Sur un petit nuage !

SUSAN MALLERY

Sur un petit nuage !

Prélud'

éditions HARLEQUIN

Collection : PRÉLUD'

Titre original : ONLY YOURS

Traduction française de AGNES JAUBERT

HARLEQUIN®
est une marque déposée par le Groupe Harlequin

PRÉLUD'®
est une marque déposée par Harlequin S.A.

Photos de couverture

Femme : © GRAPHICOBSESSION/MARC VOILLERMOZ/ONOKY
Chien : © GRAPHICOBSESSION/RUSSELL GLENISTER/IMAGE 100

Réalisation graphique couverture : © DP COM

83-85, boulevard Vincent-Auriol, 75646 PARIS CEDEX 13.

Service Lectrices — Tél. : 01 45 82 47 47

www.harlequin.fr

ISBN 978-2-2802-8344-1 — ISSN 1950-277X

1

Comment avait-elle pu être assez naïve pour croire que cette matinée qui avait si bien commencé allait se dérouler comme dans un rêve ? Pour oublier le grain de sable qui vient toujours enrayer le mécanisme le plus parfait ? Et qui, ce jour-là, prit la forme de la rencontre entre un chien, un petit garçon de quatre ans et un hot dog.

Montana Hendrix savait pourtant que la chienne labrador d'un an à peine, à l'enthousiasme un peu débordant, semait la panique partout sur son passage, et qu'elle avait une fâcheuse tendance à gober tout ce qui passait à portée de sa truffe.

Certes, Fluffy était une véritable catastrophe ambulante, mais elle avait un cœur généreux. Alors comment aurait-elle pu lui en vouloir ? Ne s'était-elle pas, elle-même, bien longtemps, jamais sentie à la hauteur ? Et même si elle était consciente de s'identifier peut-être un peu trop à cette pauvre bête qui, somme toute, n'avait aucun complexe, elle refusait de la voir endurer ce qu'elle avait enduré. Du reste, elle était bien déterminée à l'intégrer dans le programme de dressage de chiens thérapeutes.

Tout s'annonçait pourtant si bien.

C'était le début de l'été, elle promenait Fluffy dans les rues de Fool's Gold. Ou, plus exactement, elle se faisait promener par Fluffy qui, truffe au vent, la tirait en avant. Un festival célébrait le premier jour des grandes vacances et, malgré l'heure matinale, l'odeur des hot dogs et des brochettes des vendeurs ambulants flottait dans l'air.

— Du calme, Fluffy ! ordonna-t-elle en tirant sur la laisse d'un geste ferme. Un chien thérapeute doit savoir garder son sang-froid en toutes circonstances. Toujours faire preuve de pondération.

En guise de réponse, la chienne la gratifia d'un large sourire de chien, sa queue battante manquant renverser une poubelle au passage. « Pondération » ne faisait pas partie de son vocabulaire canin. Incapable de tenir en place, elle s'agitait même en dormant.

Se frayant un chemin à travers la foule déambulant sur les trottoirs, Fluffy la traîna en direction du parc où jouaient des enfants. Son comportement ne laissait planer aucun doute : elle aussi voulait jouer.

Elles arrivaient à la hauteur d'une maman qui tendait un hot dog à son fils. Ce dernier, apercevant Fluffy, le lui tendit d'un air réjoui… Distraite par la nouvelle devanture de la librairie Morgan's Books, Montana avait relâché sa prise. Elle sentit la laisse lui glisser des mains… Fluffy s'était précipitée, sonnant le signal de la débâcle.

Le petit garçon n'avait pas réfléchi aux conséquences de sa générosité. Quand il vit les quarante kilos de poils et de muscles foncer sur lui, il lâcha son hot dog et, avec un cri de terreur, se précipita derrière sa mère qui n'avait encore rien remarqué. Devant ce chien qui se ruait sur eux comme une furie, elle poussa un hurlement.

Un frisson d'effroi parcourut Montana. Comment, connaissant Fluffy, n'avait-elle pas anticipé ce qui allait se passer ?

Elle se lança à la poursuite de la chienne qui resta sourde à ses ordres — comment arrêter le court d'un torrent ?

Soulevant son fils dans ses bras, la femme se réfugia derrière un stand de limonade. Toujours lancée dans sa course effrénée, Fluffy ramassa le hot dog et l'avala d'une bouchée avant de reprendre sa route vers sa toute nouvelle liberté.

Maudissant ses sandales neuves qui lui cisaillaient les

pieds, Montana la suivit. Elle savait que, malgré sa gentillesse, Fluffy n'était pas très bien dressée. Aussi devait-elle la récupérer au plus vite. Même s'il était un peu tard pour les regrets, elle aurait sans doute dû écouter son patron, Max Thurman, qui avait décrété dès le premier jour que Fluffy ne ferait jamais un bon chien thérapeute. Cet incident ne ferait qu'apporter de l'eau à son moulin, lui fournissant le prétexte idéal pour exclure la chienne du centre de dressage. Elle sentit son cœur se serrer ; cette perspective lui était insupportable.

Beaucoup plus rapide qu'elle, Fluffy n'avait pas tardé à disparaître. Se guidant au son des cris et des aboiements, elle parvint à la pister, évitant de justesse un stand de cacahuètes et une collision avec deux cyclistes. Elle venait de tourner dans une rue quand elle vit une queue disparaître à travers les portes automatiques… de l'hôpital.

— Oh non ! gémit-elle. Pas là… N'importe où mais pas là.

A bout de souffle, elle s'élança. Le fait même d'imaginer Fluffy à l'intérieur lui donnait envie de rentrer sous terre. Un sol glissant était loin d'être l'idéal pour les grosses pattes d'un jeune chien pataud. Elle craignait le pire. Elle grimpa les six marches du perron à la hâte, se rua dans le hall d'entrée et s'arrêta net, pétrifiée. La vision d'apocalypse qui s'offrait à ses yeux dépassait ses pires craintes.

Un chariot de linge était renversé contre un mur. Des draps jonchaient le sol. Souriante, une petite fille dans un fauteuil roulant pointait un doigt en direction d'un couloir.

Les quelques personnes présentes devant les ascenseurs étaient en ébullition. Envahie par un funeste pressentiment, Montana s'avança vers elles. Oui, elles avaient bien vu un chien se ruer à l'intérieur de l'une des cabines qui, d'après le tableau lumineux, semblait s'être arrêté au quatrième étage. Il ne lui restait plus qu'à monter à son tour.

Lorsqu'elle arriva à destination, les portes coulissantes s'ouvrirent sur des cris. Là aussi, des chaises renversées, des draps s'étalant sur le sol, des tablettes de courbes de température… Devant elle, un panneau surmontant une porte à double battant indiquait « Service des grands brûlés. Secteur stérilisé. Personnel autorisé uniquement. » Un aboiement joyeux lui parvint de derrière les battants fermés. La mort dans l'âme, elle dut se rendre à l'évidence : Fluffy avait enfreint la consigne.

Un instant désemparée, elle hésita. Pouvait-elle entrer malgré l'interdiction ? A situation d'urgence, mesure d'urgence. Elle entra. Les portes s'ouvrirent sur des infirmières tentant d'encercler Fluffy qui cherchait à leur prouver son amitié par de grands coups de langue sur le visage.

— Fluffy ! appela-t-elle, mortifiée.

Poussant un petit jappement joyeux en la voyant, la chienne bondit pour lui faire la fête, mais fut gênée dans son élan par un homme en blouse blanche qui venait de sortir d'une chambre, un médecin sans nul doute.

Fluffy fonça droit sur lui et le renversa. En une fraction de seconde, Montana se retrouva allongée de tout son long, le souffle coupé, écrasée par le poids de l'homme.

Etourdie, elle resta allongée, incapable de respirer. Le sol était dur. Une langue humide léchait sa cheville nue.

Au bout de quelques secondes, l'homme se releva.

— Vous êtes blessée ? lui demanda-t-il en s'agenouillant à ses côtés.

Elle secoua la tête et reprit lentement son souffle.

Soudain très calme, Fluffy s'était assise, arborant son air le plus civilisé. Montana lui lança un regard assassin. Si elle croyait l'amadouer, elle se trompait lourdement ! Elle n'allait pas s'en tirer comme ça.

L'homme faisait courir sa grande main aux doigts fins le long de ses jambes, puis de ses bras. Une caresse purement professionnelle, et pourtant c'était la première fois depuis des mois qu'elle sentait les mains d'un homme sur elle. Avant qu'elle ait pu décider si cela lui plaisait ou pas, elle le regarda et sentit son cœur faire un bond dans sa poitrine.

Jamais elle n'avait vu un visage masculin d'une telle

beauté : des yeux de la couleur du verre fumé, ombrés de cils bruns, une bouche parfaitement dessinée, un menton volontaire, des pommettes…

— Elle va bien, déclara-t-il en tournant la tête, s'adressant à quelqu'un derrière lui.

C'est alors qu'elle vit le côté gauche de son visage.

Elle réprima une exclamation. Sa joue, son menton et son cou étaient lacérés par d'épaisses cicatrices rouges qui disparaissaient à l'intérieur du col de sa chemise, des entrelacs d'apparence douloureuse qui dessinaient un motif enflammé sur sa peau boursouflée.

Allons ! Il était temps de se ressaisir. Sa surprise devait se voir. Pourtant, il ne parut rien remarquer. La prenant par la main, il l'aida à se relever.

— Vous avez des vertiges ? s'enquit-il d'un ton sec.

— Non.

— Bon, c'est déjà ça. Mais bon sang ! s'écria-t-il alors, qu'est-ce qui ne tourne pas rond chez vous ? Quel genre d'idiote irresponsable faut-il être pour déclencher un tel incident ? Vous mériteriez d'être arrêtée et inculpée de tentative de meurtre. Savez-vous tous les germes dont un chien est porteur ? Dont *vous* êtes porteuse ? Vous êtes dans un service de grands brûlés. De malades d'une immense vulnérabilité aux infections. Leur souffrance atteint un niveau que vous ne pouvez même pas imaginer.

Elle recula d'un pas.

— Je suis désolée…, commença-t-elle.

— Tout le monde se fiche bien de vos excuses ici, répliqua-t-il, cinglant. Qu'est-ce que vous croyez ? Votre bêtise est criminelle.

Elle percevait sa rage froide dans chacune de ses paroles, et son intonation était encore plus effrayante que ses mots. Elle aurait presque préféré des cris à cette voix posée, aux inflexions glaciales, qui lui donnait l'impression d'être une moins que rien, une parfaite idiote.

— Je n'ai pas…

— Réfléchi, l'interrompit-il. Oui, merci, je m'en suis aperçu. Je doute que réfléchir fasse partie de votre vocabulaire. Et maintenant, prenez votre chien et déguerpissez !

Pour la première fois, elle remarqua les membres du personnel, qui ne perdaient pas une miette de l'altercation et la dévisageaient. Son embarras atteignit son comble.

D'un autre côté, être humiliée de la sorte lui parut injuste. Bien sûr, il était inacceptable que Fluffy soit entrée dans ce service, mais cet homme semblait lui reprocher d'avoir planifié l'incident. Elle devait se défendre. Le menton levé en signe de défi, elle déclara :

— C'était un accident.

— Ce n'est pas une excuse.

— Je suppose que vous ne faites jamais d'erreur.

Une lueur ironique s'allumant dans ses yeux verts, il lança :

— Vous êtes-vous jamais brûlé la main ? Avez-vous jamais touché une casserole chaude ou une plaque de cuisinière ? Vous souvenez-vous de la sensation ? Je vous laisse imaginer la même chose sur toute une partie de votre corps. En matière de brûlure, le processus de cicatrisation est très lent. Ce que nous faisons ici pour le stimuler est insoutenable. Dans ce service, la moindre infection peut tuer. Aussi, évoquer mes éventuelles erreurs n'a aucune pertinence dans cette discussion.

Elle refoula sa colère. Inutile de se fatiguer à lui expliquer que son travail à elle aussi était important. Elle venait souvent à l'hôpital avec des chiens thérapeutes, et le réconfort de leur présence pouvait accélérer les guérisons, à plus forte raison chez les enfants. Hélas, elle devinait que cela laisserait cet odieux personnage parfaitement indifférent.

— Vous avez raison, répondit-elle d'une voix égale. Ce qui vient de se passer est inexcusable. Je suis désolée.

— Sortez !

Abasourdie, elle le fixa. Comment pouvait-il la traiter avec un tel mépris ?

— Pardon ?

— Vous êtes sourde ? Sortez ! Emmenez votre fichu chien et ne remettez jamais les pieds ici.

La moutarde lui monta au nez. Elle était prête à admettre sa faute, à en porter le blâme, mais voir ses excuses ignorées était vraiment trop grossier. Et même si elle était du genre Miss Catastrophe, elle ne méritait pas d'être traitée de la sorte.

— Vous êtes médecin ? demanda-t-elle, devinant toutefois la réponse.

Les yeux plissés, il la regarda d'un air soupçonneux.

— Oui.

— Dans ce cas, *docteur*, vous devriez envisager de vous décoincer un peu. Cela vous donnerait peut-être une apparence humaine, ce qui aiderait sans doute vos malades.

Puis, tirant sur la laisse de Fluffy, elle quitta le service, tête haute.

Sur le chemin qui la ramenait au chenil, elle prit bien garde de tenir Fluffy d'une main aussi ferme que possible. Hélas, il était un peu tard pour rattraper l'énorme bévue de la chienne dont, indirectement, elle était la cause.

Le cœur gros, elle réfléchit aux conséquences de l'incident. Ce qui était arrivé aujourd'hui pouvait lui faire perdre ce travail qu'elle aimait tant, et par sa faute, qui plus est ! Malgré les mises en garde de Max, elle avait insisté pour donner sa chance à Fluffy.

Or, si la directrice de l'hôpital appelait Max pour interdire la visite des chiens thérapeutes dans ses murs, elle pouvait dire adieu à son emploi. Vu qu'une grande partie de son travail s'y déroulait, elle ne lui servirait plus à grand-chose. Que ferait-elle alors ?

Elle avait mis si longtemps à se découvrir une vocation, dans la vie. Or ce travail la comblait : elle aimait dresser ses chiens, travailler avec les enfants hospitalisés, les pensionnaires de la maison de retraite. Sans parler de son initiative de programme d'alphabétisation assistée par les chiens, dans les écoles primaires.

Et voilà que cette nouvelle vie qu'elle venait à peine de commencer, cette nouvelle vie qui lui plaisait, allait tourner court. Elle devait se rendre à l'évidence : quoi qu'elle entreprenne, elle semblait abonnée aux échecs.

Quelques minutes suffirent pour ramener l'ordre dans le service des grands brûlés, et Simon Bradley reprit sa tournée de visites. Sa dernière patiente de la matinée était le cas le plus inquiétant. Kalinka Riley avait été hospitalisée d'urgence suite à l'explosion d'un barbecue. La fillette avait été la seule brûlée, quarante pour cent de son corps avaient été atteints, ce qui était énorme.

Il l'avait opérée la veille. Si elle survivait, elle aurait à subir de nombreuses autres interventions. Et il était bien placé pour savoir que ses brûlures conditionneraient sa vie jusqu'à la fin de ses jours.

Les parents étaient anéantis, paniqués. Kalinka était leur fille unique. Ils voulaient des réponses et il n'en avait aucune à leur donner. Les semaines à venir seraient déterminantes : la fillette pouvait vivre comme elle pouvait mourir.

— Docteur Bradley ? J'ai l'impression qu'elle est calme.

Il sourit à Fay Riley, la mère de Kalinka, qui venait de le rejoindre dans le couloir. La jeune femme avait trente ans à peine. Elle devait être très jolie quand son visage n'était pas livide d'angoisse.

— Nous la gardons sous sédatifs pendant qu'elle cicatrise, expliqua-t-il.

— J'ai aperçu un chien, tout à l'heure.

Il se raidit.

— Cela ne se reproduira pas, décréta-t-il.

— Ma fille a ouvert les yeux quand elle l'a entendu aboyer. Elle voulait le voir.

Simon se tourna machinalement vers la porte de Kalinka, intrigué. Sa jeune malade n'aurait pas dû être aussi lucide.

— Est-ce qu'elle a dit qu'elle souffrait ? demanda-t-il.

Plus tard, ils lui enseigneraient comment gérer son inconfort, le mot consacré du corps médical — jamais il n'était question d'agonie, de supplice, de souffrance, un vocabulaire beaucoup plus approprié à une brûlure grave —, et elle apprendrait les méthodes de respiration, de méditation, de visualisation. Mais pour le moment, seuls les médicaments pouvaient la soulager.

— Elle a dit qu'elle voulait tenir le chiot dans ses bras, précisa Fay.

Un *chiot*, cette tornade ambulante ? Allons donc !

— Ce corniaud de quarante kilos n'avait rien à faire dans un hôpital, déclara-t-il. C'était un regrettable incident.

— Nous avions un yorkshire qui est mort il y a quelques mois, enchaîna Fay, sans tenir compte de sa remarque. Je sais qu'il manque terriblement à Kalinka. Je me rappelle avoir lu un article sur le travail des chiens thérapeutes dans les hôpitaux. Croyez-vous que cela pourrait l'aider ?

Simon la regarda sans répondre. Une mère aimait son enfant, elle était prête à tout pour l'empêcher de souffrir. Il en avait été témoin des centaines de fois. La force de l'amour parental ne cessait jamais de l'étonner, sans doute parce que lui-même ne l'avait jamais connu.

Un chien — même thérapeute — dans son service ? Plutôt manger du verre ! D'un autre côté, il savait que les pouvoirs de cicatrisation du corps humain pouvaient parfois être stimulés de la manière la plus surprenante. Or, la survie de Kalinka allait tenir du miracle.

— Je vais essayer d'en savoir plus, répondit-il en entrant dans la chambre de la fillette.

— Merci, répondit Fay, lui offrant un sourire à travers ses larmes. Vous avez été formidable.

Il savait pourtant qu'il n'avait pas fait grand-chose. La chirurgie était une vocation, certes, mais c'était surtout un métier qui s'apprenait, pour lequel il fallait travailler dur. Et lui, pour en arriver là, il avait payé le prix fort. Mais c'était ainsi. Aujourd'hui il vivait pour ses malades, leur prodiguait les meilleurs soins possibles et son soutien inconditionnel. Il n'était pas formidable, non. C'était sa vie de soigner.

— Montana, tu n'iras pas en prison, la rassura Max Thurman d'une voix ferme.

— Mais je devrais. Il avait raison. Ce qui est arrivé est criminel.

Après la colère qui l'avait enflammée et lui avait permis de dire ses quatre vérités à ce médecin de malheur, il ne lui restait plus que le sentiment d'avoir commis la plus grosse bévue au monde. Après avoir remis Fluffly dans son enclos, elle avait été trouver son patron dans son bureau, pour lui raconter le drame.

— Ne dramatises-tu pas un peu ? s'enquit Max, une lueur amusée dans le regard. Tu prends tout ça bien trop au sérieux.

— Fluffy était en liberté dans l'hôpital. Elle a semé la panique, elle a renversé des chariots, et surtout, elle est entrée dans le service des grands brûlés !

— Je ne dis pas que des animaux gambadant à loisir dans un bâtiment stérile soit l'idéal, mais c'était un accident et, d'après la directrice de l'hôpital, aucun dégât n'est à déplorer. Alors, prends un peu de recul.

Elle lui adressa un bref sourire et ne répondit pas. Prendre du recul ? Il en avait de bonnes ! Ce n'était pas lui qui avait été humilié !

— Si tu avais vu ce médecin, murmura-t-elle. Il était vert de rage.

Elle frissonna de terreur au souvenir de sa froideur glaciale.

— Dans ce cas, présente-lui des excuses.

Elle sursauta. Elle ne voulait plus jamais le revoir !

— A lui ? Sûrement pas ! Une autre solution, enchaîna-t-elle, serait que tu appelles la directrice pour lui dire à quel point je suis désolée.

— Voilà une réaction pleine de maturité, ironisa Max.

— Tu la connais.

— Toi aussi.

— Oui, mais toi, tu lui plais.

Max n'avait-il pas remarqué que pendant leurs réunions, la directrice de l'hôpital semblait incapable de le quitter des yeux ?

Même s'il était un peu… vieux, avec ses cheveux argentés, ses traits burinés et ses yeux bleus perçants, Max était plutôt séduisant. Grand, élancé, il donnait l'impression d'être l'homme de toutes les situations. Loin de paraître ses bientôt soixante ans, son dynamisme le rajeunissait et lui donnait des allures de jeune quinquagénaire.

— Si tu es si inquiète, tu devrais l'appeler toi-même, lui conseilla-t-il sans tenir compte de sa petite réflexion. Elle comprendra que c'était un accident.

— Ce qui n'est pas le cas du Dr J'ai-Avalé-Un-Manche-A-Balai, marmonna-t-elle sans grande conviction.

Mais Max avait raison. Elle devait téléphoner elle-même. Se levant, elle se dirigea vers la porte du bureau.

— Je vais commencer par aller travailler avec les chiens, ça me donnera du courage.

Une fois dehors, elle traversa l'épaisse pelouse bordée, à l'est, par les hautes montagnes qui se découpaient sur l'azur. La propriété de Max, sur laquelle il avait aménagé le chenil, se trouvait à la périphérie de Fool's Gold. Située en Californie du Nord, au pied de la Sierra Nevada, la petite ville, édifiée autour d'un immense lac, bénéficiait d'une situation exceptionnelle. A l'est de Sacramento et au sud de Reno, elle était entourée de vignobles que l'on traversait pour gagner les stations de ski toutes proches.

Montana aimait sa ville natale. Et elle aimait son travail.

Elle contourna l'aire de jeu où, durant la journée, les chiens couraient en liberté, jouaient, somnolaient au soleil. Deux fois par jour, elle les faisait travailler. Puis, le dressage d'un chien terminé, elle complétait sa formation en l'emmenant sur le terrain, à l'hôpital ou à la maison de retraite.

Quand elle ouvrit la barrière, ils s'élancèrent tous à sa rencontre. Elle distribua des caresses à la ronde et fixa Fluffy qui, l'air enchanté, la regardait de ses grands yeux marron.

— Max avait raison, lui dit-elle. Tu n'es pas un chien thérapeute.

La chienne agita gaiement la queue.

— Nous allons te trouver une bonne maison pleine d'enfants. Ça te plaira, d'être avec des enfants. Ils débordent d'énergie, comme toi.

Elle s'apprêtait à ajouter quelques paroles de réconfort, à lui expliquer que rien de ce qui venait de se passer n'était de sa faute, que, parfois, il fallait essayer pour s'apercevoir que l'on faisait fausse route, mais le bruit d'un moteur la coupa dans son élan. Elle leva la tête et eut un mouvement de surprise. La voiture de Marsha Tilson, maire de la ville, venait de se garer de l'autre côté de l'aire de jeu. Que diable venait-elle faire ici ?

— Ah, Montana. J'espérais bien te trouver ici. Tu as une minute à m'accorder ?

— Bien sûr.

Elle sortit de l'enclos des chiens et s'avança vers sa visiteuse. Elle avait toujours connu Marsha dans ses fonctions de maire. Cette femme chaleureuse et dévouée avait consacré la majeure partie de sa vie au service de Fool's Gold. Un collier de perles autour du cou, elle était vêtue d'un tailleur et, malgré la brise légère, ses cheveux argentés étaient, comme toujours, impeccables. Par contraste, Montana se sentait un peu négligée dans sa robe à bretelles fanée, de vieilles sandales aux pieds.

— La salle de conférences du chenil vous convient-il, ou vous préférez aller chez Max ? lui demanda-t-elle.

— La salle de conférences fera très bien l'affaire.

Marsha lui emboîta le pas jusque-là, et elles s'installèrent face à face, de chaque côté du bureau.

— Vous voulez boire quelque chose ? lui proposa Montana. Un jus de fruits ? Un café ?

— Non, merci, rien du tout. Tu dois te demander quel est l'objet de ma visite ?

— Vous êtes venue me vendre des tickets de tombola ? plaisanta Montana.

Marsha esquissa un sourire.

— Non. En fait, j'ai besoin de ton aide pour un projet qui me tient à cœur.

Montana lui lança un regard méfiant. Si elle n'avait écouté que son instinct, elle aurait pris ses jambes à son cou. En effet, quelques mois auparavant, Marsha avait déjà sollicité l'aide de l'une de ses sœurs, Dakota, pour *un projet qui lui tenait à cœur.* Promue médiatrice entre Fool's Gold et une émission de télé-réalité, Dakota avait rencontré l'amour de sa vie en la personne de Finn Andersson venu d'Alaska pour empêcher ses deux frères de participer à l'émission. Depuis, tout était allé très vite : Dakota avait adopté une petite fille, s'était fiancée à Finn et attendait un bébé qui viendrait agrandir la petite famille. Tout cela parce qu'elle n'avait pas voulu refuser son aide à Marsha. Mais personne ne pouvait refuser son aide à Marsha Tilson.

Montana fit taire son appréhension et sourit à son interlocutrice.

— En quoi puis-je vous aider ? s'enquit-elle.

— Voilà. Fool's Gold se voit honorée par la présence d'un chirurgien très doué. Il n'est pas toujours facile mais il est extrêmement brillant, et il fait des merveilles sur ses malades. Simon Bradley est spécialisé en grands brûlés et en chirurgie esthétique. Il a signé un contrat de trois mois avec l'hôpital. C'est sa façon de travailler. Il passe d'un endroit à l'autre, accomplit des miracles, avant de s'envoler vers une autre destination. Je voudrais le faire rester. Il représenterait un merveilleux atout pour la ville.

Alarmée, Montana fronça les sourcils. Où diable Marsha voulait-elle en venir ? Elle n'espérait quand même pas la voir s'immoler pour se rapprocher du bon docteur. D'autant plus qu'elle devinait aisément de qui il s'agissait.

— Je ne doute pas de ses compétences, déclara-t-elle de son air le plus innocent. Ce doit être un homme formidable. Mais en quoi puis-je être utile ?

L'envie de se lever avant d'avoir eu la réponse de Marsha et de s'enfuir la démangea un instant. Pourtant, elle s'obligea à rester assise.

— Vous dites que… Euh… il est arrivé depuis peu ? bredouilla-t-elle alors.

— Oui. Depuis une semaine.

— Et vous l'avez rencontré ?

— Oui. Il n'est pas du genre loquace, ni même aimable, je dois le reconnaître, mais il a un véritable don.

— N'a-t-il pas une cicatrice sur un côté du visage ?

— Tu le connais ? s'étonna Marsha.

— Pas vraiment. Disons plutôt que je suis tombée sur lui tout à l'heure. Au sens propre, d'ailleurs.

Et elle lui raconta l'épisode de l'hôpital, se demandant, non sans une certaine appréhension, quelle serait la réaction de Marsha. Cette dernière éclata de rire.

— Je regrette d'avoir raté ça, admit-elle.

— Bien sûr, je serais heureuse de pouvoir vous rendre service, Marsha, mais vous voyez bien maintenant que je serais loin de faire l'affaire.

— Au contraire. Tu es la personne idéale.

Abasourdie, Montana sursauta.

— Pourquoi ?

— J'ai comme un pressentiment. Je ne peux pas l'expliquer. Ce Dr Bradley dégage quelque chose.

— Oui, de la froideur. Il a avalé un manche à balai. Et de plus, il est furieux contre moi. Je ne sais pas ce que vous comptiez me demander, mais je crois qu'après un épisode aussi lamentable, vous feriez mieux de trouver quelqu'un de plus approprié.

— Pas question. C'est toi que je veux. Sois toi-même, naturelle et charmante. Fais-lui visiter la ville. Au besoin, présente-lui ta famille. Montre-lui que Fool's Gold est un endroit merveilleux à vivre. J'ai besoin de toi, Montana, conclut-elle en se redressant. Et la communauté aussi.

Montana tressaillit d'angoisse. Inutile d'insister sur les raisons pour lesquelles elle pensait que c'était une erreur. Marsha avait déjà prononcé les paroles magiques. Prouver sa gratitude envers sa ville était dans la culture de Fool's Gold. Quand ils se voyaient sollicités, réticents ou pas, les bons citoyens disaient toujours oui.

— Je vais essayer, promit-elle à contrecœur. Mais s'il ne veut pas entendre parler de moi, vous devrez trouver quelqu'un d'autre.

L'idée d'avoir accepté pour la forme la réconforta quelque peu. Elle n'avait pas refusé son aide à Marsha, et elle ne pouvait imaginer que le Dr Bradley souhaiterait passer ne serait-ce que quelques minutes en sa compagnie, quelles que soient les circonstances.

— Entendu, conclut Marsha en se levant. Si Bradley te repousse, je demanderai à une autre personne. A propos, je suis contente de voir que tu laisses pousser tes cheveux. Cela permet de te différencier, ce qui n'est pas facile avec des triplées comme tes sœurs et toi ! Je n'ai jamais eu de problème à vous reconnaître, mais certains se plaignent de ne pas y arriver.

— Vraiment ? demanda Montana en riant. Vous avez eu des plaintes nous concernant ?

— Tu n'as même pas idée de ce que je dois gérer au quotidien, laissa échapper Marsha dans un soupir.

— L'année dernière, j'étais brune. Cela aurait dû aider.

— Je préfère ton blond naturel.

Marsha marqua une pause et, l'air songeur, enchaîna :

— Je me demande si Simon Bradley aime les blondes.

Seigneur ! Marsha ne poussait-elle pas le bouchon un peu loin ?

— Dites-moi, Marsha, jusqu'où exactement suis-je censée aller pour le convaincre de rester en ville ?

Marsha éclata de rire.

— Tu n'as pas à sacrifier ta vertu, si c'est ce que tu veux savoir.

Sa vertu maintenant ! Il y a bien longtemps qu'elle avait jeté son bonnet par-dessus les moulins. Mais elle n'était pas disposée à en discuter avec une femme qui avait l'âge d'être sa grand-mère.

— Je ferai de mon mieux, se contenta-t-elle de répondre.

— Personne ne t'en demande plus, affirma Marsha avant de prendre congé.

Restée seule, Montana alla retrouver les chiens. Elle avait besoin de jouer avec eux. Leur compagnie lui ferait oublier un moment la demande ahurissante de Marsha. Mais la triste réalité ne tarda pas à la rattraper. Si elle savait déjà qu'elle allait devoir se montrer à la hauteur, elle n'avait pas la moindre idée de par où commencer. Peut-être par présenter des excuses au Dr Simon Bradley. Ce serait sans doute un bon début.

Il était presque midi. L'heure d'aller déjeuner. Elle allait d'abord passer prévenir Max qu'elle s'absentait une heure.

Son patron l'accueillit d'un grand sourire.

— Devine qui a téléphoné ? lança-t-il.

— La Loterie nationale ? J'ai gagné vingt millions de dollars ?

— Pas exactement, répondit-il en riant. Le Dr Simon Bradley. Il souhaite passer cet après-midi.

Elle étouffa un glapissement de terreur. Elle n'avait plus faim du tout, à présent.

— Pourquoi ?

— Il veut te parler.

— Me parler ou me lyncher ? marmonna-t-elle.

— Il a bien dit « parler ». Peut-être n'est-il pas aussi furieux que tu le croyais ?

Sans répondre, elle gagna sa voiture, ruminant de sombres pensées. Oh que si, il était furieux ! Elle s'en était bien rendu compte. Restait maintenant à savoir quel châtiment il lui réservait…

2

Les deux heures qui suivirent furent une véritable torture pour Montana. Si le Dr Bradley avait annoncé sa visite, il n'avait pas précisé d'heure. Toutes les trente secondes, elle jetait un coup d'œil inquiet à la longue allée menant à la bâtisse principale. Elle avait l'impression de devenir folle.

N'en pouvant plus, elle décida d'aller nettoyer les aires réservées au dressage individuel.

Après avoir troqué ses sandales pour des bottes en caoutchouc, elle entreprit de nettoyer au jet l'asphalte resté boueux après l'averse de la veille. Mais le fait d'être occupée ne changea rien. Elle était toujours aussi paniquée. Elle poussa un soupir résigné. Autant voir les choses du côté positif. Après tout, ce serait une bonne occasion d'apprendre à s'affirmer. Se connaissant comme elle se connaissait, devant le Dr Bradley, elle allait sûrement prendre une attitude coupable, ce qu'elle n'était pas. Cette fois donc, elle allait se montrer forte et se comporter en adulte réfléchie.

D'accord, l'escapade de Fluffy à l'hôpital était tout à fait regrettable. Mais ni la chienne ni elle n'avaient de mauvaises intentions. Et puisqu'elle savait qu'il n'y avait pas eu de dégâts irréparables, M. J'ai-Avalé-Un-Manche-A-Balai allait être obligé de passer l'éponge. S'il croyait l'impressionner avec sa visite et ses reproches, il en serait pour ses frais. Bien sûr elle allait s'excuser une nouvelle fois. Mais ce serait tout. Elle n'allait pas s'aplatir devant lui ! Et tout bien réfléchi, c'était à lui de s'excuser de l'avoir traitée de la sorte, non ?

Quand elle eut fini de nettoyer les pistes, il était 15 heures. Elle n'avait cessé de ruminer sa rancœur. Et elle était en colère, une colère justifiée. Son statut de médecin ne donnait au Dr Bradley aucun droit de la faire culpabiliser. C'était d'ailleurs la première chose qu'elle comptait lui dire.

Elle s'avança d'un pas décidé vers le robinet pour couper l'eau. Les bottes en caoutchouc commençaient à lui tenir chaud aux pieds. Elle allait enrouler le tuyau, puis elle les retirerait, prendrait quelques minutes pour se refaire une beauté et…

— Max m'a dit que je vous trouverais ici.

Même si elle attendait sa venue, le timbre grave de sa voix la fit sursauter. Un peu chancelante sous l'effet de la surprise, elle se redressa bien droit. Le tuyau avait failli lui échapper des mains. Heureusement, elle avait déjà fermé le robinet. D'un autre côté, arroser le Dr Bradley n'aurait pas été pour lui déplaire.

Il avait remplacé sa blouse blanche par une chemise à manches longues, à rayures grises. Sa cravate était relâchée, détail sexy sur n'importe quel autre homme. Mais pas sur lui. Il se tenait trop raide, son attitude était trop compassée. Comme si le fait d'être un simple mortel le mettait mal à l'aise et l'ennuyait.

Pourtant, comme le matin, elle fut subjuguée par son physique. C'était loin d'être uniquement dû à sa large carrure. Non, c'était son visage qui le singularisait : la perfection de ses traits, sa bouche aux lèvres voluptueuses, le vert insolite de ses yeux. Un visage qui restait gravé à jamais dans la mémoire. Le halo de poussière dorée qui tremblotait autour de lui donnait l'impression que même le soleil était impressionné.

Se sentant comme hypnotisée, elle posa la première question qui lui passa par la tête :

— Vous connaissez Max ? Vous me semblez plutôt du genre à l'appeler « M. Thurman ».

— C'est son nom ? s'enquit-il avec un froncement de sourcils. Il s'est présenté comme étant Max.

Elle acquiesça d'un imperceptible signe de tête. En quoi cela la surprenait-elle ? Son patron s'embarrassait rarement du protocole.

Le Dr Bradley tourna la tête, offrant ses cicatrices à son regard. Une nouvelle fois, elle remarqua qu'elles formaient un motif étoilé. Avec une moitié de visage aussi défigurée, n'aurait-il pas dû montrer plus de compassion, d'humanité ?

Elle s'avança vers lui et, se plantant devant lui, les mains sur les hanches, elle déclara :

— C'était un accident. Vous n'êtes pas sans savoir, étant donné votre profession, que, hélas, on peut faire du mal à quelqu'un sans le faire exprès. C'est ce qui s'est passé avec Fluffy. Un accident. Regrettable, certes, mais involontaire.

Si elle ignorait toujours pourquoi il voulait la voir, elle devinait qu'il avait l'intention de lui faire peur. Ou peut-être pire. Sans lui laisser le temps de répondre, elle poursuivit :

— Je suis obligée d'admettre qu'elle n'a pas un avenir de chien thérapeute. Max m'avait prévenue mais je ne l'ai pas écouté. Je voulais la voir réussir. Vous comprenez, elle a tellement bon cœur. Elle aime tout le monde. Elle est peut-être un peu trop démonstrative, pas très obéissante, mais c'est une chienne qui déborde d'amour. Cela ne peut pas être une mauvaise chose. Je voulais lui donner une chance de faire ses preuves. Vous ne pouvez pas comprendre, je sais. Mais ne vous avisez pas de me répondre que c'est juste un chien. Sinon, je n'hésiterai pas à vous asperger avec mon tuyau d'arrosage.

Elle reprit son souffle et scruta son visage. Quelle allait être sa réaction ? Un sourire, un éclat de rire, la colère ? Mais il la dévisageait, impassible, droit comme un « i ».

Avec un long soupir résigné, elle attendit. Elle ne devait pas oublier qu'elle avait affaire à un médecin. S'apprêtait-il à lui annoncer qu'elle souffrait d'un sérieux problème ? Un trouble du comportement ? Une tare quelconque ? Allait-il exiger qu'elle change de métier, vu qu'elle n'était même pas capable de maîtriser un chien d'à peine un an ?

Elle se décida enfin à retirer ses bottes et enfiler ses sandales. Peut-être cela allait-il le faire réagir ?

Mais il ne bougea pas et continuait à la fixer.

— Dites quelque chose ! lança-t-elle. Ou bien avez-vous fait tout ce chemin uniquement pour me regarder ?

— Qu'est-ce que vous faites ici, exactement ?

Un instant déstabilisée, elle fronça les sourcils. Pourquoi cette question ?

— Pardon ?

— Parlez-moi de votre travail, précisa-t-il avec un geste en direction du chenil.

Elle lui lança un coup d'œil sceptique. N'avait-il pas fait des études de médecine ? Quelles explications attendait-il d'elle ?

— Je forme des chiens thérapeutes.

Elle vit ses yeux se plisser, sa bouche se pincer. Ainsi, elle avait enfin réussi à le faire réagir ! Mais si c'était pour qu'il se moque d'elle, elle préférait encore son impassibilité.

— Comme son nom l'indique, le chien thérapeute a une fonction thérapeutique et éducative dans l'interaction assistée par animal, enchaîna-t-elle, imperturbable. Il diffère du chien d'utilité qui est dressé pour aider les gens sur des problèmes spécifiques. Comme, par exemple, le chien-guide pour les aveugles.

— Je comprends, fit-il en hochant la tête.

De plus en plus intriguée, elle marqua une pause. Que voulait-il savoir de plus ? Patiemment, elle reprit :

— Nos chiens sont censés apporter un peu de chaleur, de réconfort à tous ceux qui en ont besoin, de redonner un sourire, la joie de vivre, de briser l'ennui ou l'isolement. Nous les emmenons dans les écoles, les maisons de retraite et les centres hospitaliers. Deux de nos chiens passent leurs après-midi avec un groupe d'adultes souffrant d'une déficience mentale. D'autres aident les enfants en échec scolaire, surtout lors d'un apprentissage difficile de la lecture. Devant un chien, les enfants oublient leur timidité ou leurs difficultés.

— Si je comprends bien, vous emmenez des chiens à l'hôpital.

— Oui. En général, leurs visites se passent mieux qu'aujourd'hui.

— J'espère bien.

Elle se hérissa. La moutarde commençait à lui monter sérieusement au nez. Pour qui se prenait-il, à la fin ? Aussi glaciale que possible, elle enchaîna :

— Vous auriez quand même pu vous montrer plus aimable avec moi. Au risque de me répéter, j'insiste sur le fait que c'était un accident.

— Ce n'est pas mon travail d'être aimable. Mon travail, c'est d'aider mes patients à guérir.

Elle s'apprêtait à lui lancer une réponse cinglante, mais se contint. Marsha ne lui avait-elle pas demandé de se montrer aussi charmante que possible afin de le convaincre de rester ? Mais elle ne voulait pas qu'il reste !

Décidément, elle n'était vraiment pas la candidate idéale pour cette mission. Prenant sur elle, elle reprit d'une voix aussi posée que possible :

— Si Fluffy se rendait compte de ce qu'elle a fait, elle serait désolée.

Le Dr Bradley continuait à la dévisager en silence. Pourquoi diable ne disait-il rien ? Cette entrevue commençait à l'agacer prodigieusement. Elle avait l'impression de passer un entretien d'embauche. Pire ! Un scanner !

D'un autre côté, il était peut-être préférable qu'il soit aussi antipathique. Si, en plus de son physique troublant, il était le plus charmant, le plus merveilleux des hommes, aucune femme aux Etats-Unis n'aurait la moindre chance de lui résister. En attendant, elle aurait préféré qu'il aille droit au but, lui expose l'objet de sa visite, et retourne dans son hôpital.

— Je veux un chien thérapeute pour l'une de mes malades, annonça-t-il soudain.

Prise de court, elle battit plusieurs fois des paupières. Jamais elle ne se serait attendue à une telle requête. Avait-elle vraiment bien entendu ?

— Vous voulez un chien thérapeute ? finit-elle par répéter.

— Oui.

— Qui irait à l'hôpital ?

— Oui.

De plus en plus abasourdie, elle l'observa attentivement. Il se moquait d'elle. Que faisait-il des microbes, des infections ? De tout ce à quoi il avait fait allusion en lui hurlant dans les oreilles ce matin ?

Sans doute était-il préférable de ne pas le lui demander.

— Un chien vivant, nous sommes bien d'accord ? demanda-t-elle.

— Vivant, oui, ce serait mieux, laissa-t-il tomber dans un soupir exaspéré.

Puis, se radoucissant, il précisa :

— Ma malade est une fillette de neuf ans, Kalinka. Elle a été gravement brûlée par l'explosion d'un barbecue, il y a quelques jours. Elle a déjà subi la première d'une longue série d'interventions. Elle est dans un état de souffrance et de traumatisme indescriptibles.

Un muscle tressauta dans sa mâchoire, trahissant son émotion.

— Sa mère pense qu'un chien l'aiderait à moins souffrir, conclut-il. Kalinka adore les chiens.

— Bien, dit-elle, pas très convaincue. Est-elle sur un lit ? Je suppose qu'elle ne peut pas marcher.

— En effet.

Un instant, elle passa en revue les chiens disponibles. Il valait mieux prévoir un chien de petite taille. Et si la fillette avait des problèmes respiratoires, mieux valait des poils courts.

— J'ai exactement le chien qu'il vous faut ! annonça-t-elle avec un sourire. Suivez-moi, je vais vous présenter.

Simon n'avait aucune envie de suivre cette dresseuse de chiens mais il était ici en mission. Il était prêt à tout pour ses malades. Il avait toujours cru en son métier, faisait tout ce qui était en son pouvoir pour les aider à guérir. Gérer les femmes comme cette Montana, comme l'avait appelée son patron, n'était qu'un défi de plus à relever. Et il le relèverait.

Quand elle tourna la tête pour voir s'il la suivait, ses longs cheveux blonds reflétèrent le soleil. Il remarqua le dégradé de dorés, la légère ondulation. Ses yeux d'un brun sombre pétillaient d'amusement. Il ne doutait pas un instant qu'elle se moquait de lui.

Il ne se sentait pas très à l'aise mais cela n'avait rien de nouveau. Il n'était bien que dans l'enceinte de l'hôpital. Là, dans l'espace familier qui était son royaume, il était chez lui.

Montana le mena à une grande pelouse entourée d'une barrière. Les chiens qui jappaient semblaient heureux de leur sort. L'après-midi était chaud, le soleil brillait.

Elle marchait d'un pas souple et gracieux. Le vernis rose de ses ongles de pieds contrastait avec le vert de l'herbe. Après avoir troqué ses sandales contre une paire de sabots, elle entra dans ce qu'il devina être le chenil. Il la suivit.

La propreté des lieux le surprit. Il s'était attendu à une odeur de chien, mais il n'en était rien, ou si peu. Il remarqua les nombreuses fenêtres et Velux. Très lumineux, l'endroit était aménagé en grands box individuels dans lesquels chaque chien avait son propre plaid pour dormir, ses jouets, sa gamelle d'eau, de croquettes, et une porte ouvrant sur l'extérieur. Manifestement, beaucoup de temps et d'argent avaient été investis dans cette installation.

Montana lui expliqua que pour un maximum de bien-être, le bâtiment était chauffé l'hiver et climatisé l'été.

— Voilà où vivent nos chiens, expliqua-t-elle. Ce sont

tous des animaux réputés pour leur sociabilité, leur besoin de compagnie. Ils sont presque tout le temps avec quelqu'un. Des étudiants viennent leur tenir compagnie la nuit. Max a son lot d'anecdotes à ce sujet. Mais ce n'est pas pour cela que vous êtes là.

— Non.

Il savait bien qu'il aurait dû faire un effort de conversation. Se perdre en banalités mettait les gens à l'aise. Il n'avait jamais cherché à comprendre pourquoi, et pour tout dire, il s'en fichait. Mais pour lui, le simple fait de dire « Bonne journée ! » à quelqu'un était d'un ridicule fini. Comme si quiconque avait le pouvoir d'assurer que la journée serait bonne !

Montana se dirigea vers une porte qui ouvrait sur l'extérieur. Quand elle sortit sur la pelouse, petits et gros chiens accoururent vers elle avec le même enthousiasme. Il la suivit, intrigué. Il n'avait jamais eu beaucoup de contacts avec les chiens. Cinq années durant, de onze ans à seize ans, âge auquel il était parti pour l'université, il avait vécu à l'hôpital où les chiens n'étaient pas admis.

Il eut un mouvement de recul. La catastrophe ambulante de ce matin — Fluffy ? — se précipitait sur lui. La chienne l'avait reconnu et semblait bien décidée à lui faire la fête. Il fit son possible pour se protéger de ses effusions. Montana caressa tour à tour tous les pensionnaires et, en quelques minutes, l'ordre était revenu. Il fut agréablement surpris. Jamais il n'aurait pensé une telle chose possible.

— Chichi ! Viens, ma belle ! appela-t-elle, avant de se tourner vers lui. Je pense que ce sera la bonne chienne pour vous. Tranquille, bien élevée et, surtout, propre.

Un petit caniche couleur abricot se précipita vers elle. La chienne qui ne devait pas mesurer plus de cinquante centimètres, avait de longues pattes et un corps svelte. Quand Montana lui ordonna de se mettre debout, elle se dressa sur ses pattes arrière et se laissa soulever dans ses bras.

— Elle sera heureuse de se blottir à côté de Kalinka

pour aussi longtemps qu'elle le voudra, expliqua Montana. Elle est adorable avec les enfants, elle a bon caractère, et comme c'est un caniche, elle a le poil court. Nous pouvons faire en sorte qu'elle soit toujours toilettée.

Pendant qu'elle parlait, la petite chienne le fixait de ses yeux sombres, plus foncés que ceux de Montana, la truffe tremblotante, frissonnant de tout son corps.

— Elle est malade ? s'inquiéta-t-il.

Montana se mit à rire.

— Non ! Enfin pas de la façon dont vous l'entendez.

Elle chuchota quelque chose à l'oreille du caniche qui lui lécha le menton.

— Elle a le béguin pour vous, expliqua-t-elle.

— Quoi ?

Elle lui tendit la petite chienne. Machinalement il la prit, se sentant un peu gauche.

Malgré son ossature délicate, il fut surpris par sa légèreté. Sa fourrure était douce, son corps chaud. Elle se blottit dans ses bras, visiblement aux anges.

— Tenez son arrière-train, lui suggéra Montana.

Il changea de position. Chichi se nicha contre son torse et le fixa avec des yeux qui semblaient percer son âme. En voyait-elle les défauts ? Il aurait été curieux de le savoir.

— Vous lui plaisez, fit remarquer Montana d'un ton sceptique.

Il était clair que, sans le dire, elle pensait : « Chacun ses goûts. »

— Elle a l'air gentille, répondit-il d'un ton hésitant en la caressant. Mais Kalinka est fragile, vous savez.

— Vous n'avez pas d'inquiétudes à avoir. Chichi a très bon caractère. Et je serai là tout le temps.

Pas encore convaincu, il regardait la petite chienne. Allait-elle vraiment pouvoir aider Kalinka ? D'un autre côté, si la fillette voulait un chien, il était d'accord.

— Nous allons commencer par essayer, déclara-t-il

en rendant l'animal à Montana. Suivant le résultat, nous continuerons. Pouvez-vous venir demain ?

— Entendu.

Bien ! L'affaire était entendue. N'ayant plus rien à ajouter, il se dirigea vers la sortie.

Montana lui emboîta le pas, la chienne dans les bras. Se souvenant qu'il était un homme et que les hommes se devaient d'être galants, il s'arrêta sur le seuil de la porte pour la laisser passer. Elle le remercia d'un sourire et passa devant lui, l'effleurant légèrement.

Ce qui arrivait à tout le monde, tout le temps. Il était habitué aux contacts en tous genres. Il examinait ses patients, prenait les instruments qu'on lui tendait en salle d'opération. De temps à autre, il appréciait même la compagnie d'une femme, l'espace de quelques heures. Aussi le bref frôlement du bras de Montana contre le sien n'aurait dû lui faire aucun effet.

Et pourtant, à la seconde même où la jeune femme le toucha, une sensation violente et incontrôlable se réveilla en lui, le submergeant. Il s'arrêta net.

Montana lui jeta un regard surpris, comme si elle ne devinait rien du brasier que le désir venait d'allumer en lui comme une explosion.

C'était la première fois de sa vie qu'il ressentait un tel émoi. Il n'avait aucune idée de la réaction à adopter. Allait-il parvenir à refréner son envie fulgurante de la prendre dans ses bras, de l'embrasser ? Son besoin était d'une telle violence…

— Tout va bien ? lui demanda-t-elle comme il ne bougeait toujours pas.

Il se força à reprendre pied dans la réalité. Il devait prendre sur lui, s'accrocher aux quelques lambeaux de civilité qui lui restaient. Il hocha la tête.

— Oui. Merci pour votre temps.

La lueur ironique dans le regard de Montana ne lui échappa pas. Il devinait aisément ses pensées. Elle devait se rappeler lui avoir conseillé de se décoincer. Si seulement elle avait pu se douter du raz-de-marée que sa simple proximité avait provoqué en lui. Il préférait mille fois passer pour un coincé à ses yeux. C'était mieux ainsi.

Il prit congé à la hâte et, une fois dans sa voiture, essaya de recouvrer un semblant de calme. Mais ses mains tremblaient, et son érection douloureuse ne laissait rien ignorer de la tournure qu'avaient prise ses pensées. Comme il se dégoûtait ! Mortifié, il démarra. Pourvu, surtout, qu'elle n'ait rien remarqué !

Tout en roulant en direction de l'hôpital, il essaya d'analyser ce qui venait de se produire. Il ne s'était jamais considéré comme très porté sur le sexe. Et quand la nécessité se faisait ressentir, il trouvait une partenaire d'un soir, une femme qui, comme lui, recherchait une rencontre purement physique. Ce n'était pas désagréable, mais c'était plus biologique qu'autre chose. Jamais il ne s'était senti fasciné. Electrifié.

Allons, il était inutile de se mettre martel en tête. Ce qu'il venait de vivre n'était que pure chimie. L'une de ces bizarreries de l'ADN qui intriguait mais qui, au bout du compte, ne voulait rien dire. Ainsi, l'espace d'un instant, il avait éprouvé du désir pour Montana ? Quoi de plus normal ? Il était un homme, elle était une femme. Quand ils se reverraient, ce serait oublié. La seule chose qui comptait pour lui, c'était de soulager la souffrance de ses malades. Son travail suffisait à remplir sa vie.

3

Le Jo's Bar était l'un des endroits préférés de Montana. Contrairement aux bars habituels, tout y avait été conçu pour les femmes : un décor feutré aux couleurs féminines, une télévision à grand écran qui diffusait des émissions comme *American's Next Top Model* ou des chaînes de téléachat. La carte proposait des cocktails amusants, des plats allégés en calories. La salle du fond, réservée aux hommes, était équipée d'un billard et d'une autre télévision aux multiples chaînes sportives. Chez Jo, les femmes étaient reines.

Dès qu'elle entra, Montana aperçut ses deux sœurs, déjà installées à une table, face à face.

En théorie, Nevada était l'aînée, Dakota la cadette et Montana la benjamine. Toutes trois étaient nées à quatorze minutes d'intervalle. Quand elles étaient plus jeunes, elles étaient vraiment identiques. Même les membres de leur famille ne parvenaient pas toujours à les différencier. Mais, en grandissant, leur personnalité respective s'était affirmée, influençant leur apparence.

Nevada était la plus cartésienne des trois sœurs. Ingénieur des travaux publics, elle donnait la priorité à l'aspect pratique de son travail sur les chantiers : des cheveux courts, un jean, des chaussures confortables — le plus souvent des bottes. Dakota avait la même intelligence, mais sa fibre maternelle, nettement plus développée, l'avait poussée à faire un doctorat en psychologie ; elle était psychologue pour les enfants. Elle avait adopté une fillette du Kazakhstan, avait rencontré le grand amour en la personne de Finn, et s'était fiancée. Ils attendaient leur premier bébé.

Malgré tout l'amour que Montana portait à ses sœurs, elle ne pouvait s'empêcher parfois de se considérer comme la ratée de la famille. N'avait-elle pas découvert sa vocation l'année dernière seulement ? Aujourd'hui, son travail avec les chiens thérapeutes était essentiel à sa vie. Quant à ses amours, elles étaient au point mort. Mais qu'importe. Elle aurait tout le temps d'y penser plus tard.

— Comment ça va, les filles ? s'enquit-elle en rejoignant ses sœurs.

— Très bien, répondit Dakota en se poussant pour lui faire de la place. Je peux te persuader de commander un *lemondrop*, ce soir ?

— Pourquoi ? s'étonna-t-elle.

— Je veux le sentir.

Elle hocha la tête. Bien sûr, Dakota n'avait pas droit à l'alcool pendant sa grossesse.

— Et tu ne veux pas lui faire ce plaisir ? demanda-t-elle à Nevada.

— Je lui ai proposé de sentir ma vodka tonic, répondit cette dernière.

— Non merci. Du tonic ? Surtout pas ! s'exclama Dakota d'un air dégoûté.

— Très bien. Un *lemondrop* ! lança-t-elle en faisant un signe de la main à Jo, la propriétaire des lieux, qui s'approcha aussitôt.

— Montana m'aime, *elle* ! plaisanta Dakota avec un sourire.

— Je pourrais te faire un *lemondrop* sans alcool, lui proposa Jo.

— Un citron pressé et du sucre ? Ça ne me fait pas franchement rêver, marmonna Dakota.

— Bien. Un *lemondrop* pour les miss Hendrix ! lança Jo avant de s'éloigner.

Montana la suivit du regard. Jo était arrivée à Fool's

Gold quelques années auparavant, avait racheté le bar qui tombait en ruine et l'avait fait rénover de fond en comble. Personne n'avait jamais su d'où lui venaient les fonds. En fait, Jo parlait rarement de son passé. Les rumeurs les plus folles couraient sur son compte : elle avait échappé à un mari violent, c'était une princesse de la mafia, elle se cachait de sa famille. Personne ne connaissait la vérité, et Jo n'était pas du genre à raconter sa vie — et encore moins à répondre aux questions !

— Finn garde Hannah, ce soir ? s'enquit Nevada.

— Oui. Ils regardent *La Belle au bois dormant*. Jamais il ne l'admettra, mais je pourrais jurer qu'il aime ce film autant qu'elle.

— Je te conseillerais de ne pas trop le crier sur les toits, lui recommanda Nevada.

Dakota se mit à rire.

— Je me fiche bien du qu'en-dira-t-on. Je souhaite déjà à toutes les filles de trouver l'homme de leur vie.

— Je ne dirais pas non, murmura Montana, soudain mélancolique.

Elle sentit son cœur se serrer. Elle préférait ne pas penser au temps écoulé depuis la rupture avec son dernier petit ami. En tout cas, cela faisait longtemps, bien trop longtemps. Mais elle n'allait pas laisser cette situation durer, elle se le promettait. La prochaine fois, tout irait bien. Elle n'aurait pas l'impression de ne pas être à la hauteur.

— Je vous rappelle que cette ville souffre d'une pénurie d'hommes, leur rappela Nevada.

— Des hommes viennent s'y installer. L'année dernière, ils sont arrivés par bus entiers.

— Ah oui ? fit Nevada. Je rêve d'un homme qui pourrait tout quitter pour un endroit où il saurait trouver des femmes désespérées. C'est ma conception d'un rêve devenu réalité.

Dakota la regarda d'un air moqueur.

— As-tu jamais fait le lien entre ton esprit sarcastique et le fait que tu sois toujours célibataire ? lui demanda-t-elle.

— Non. Le sarcasme est ma version du charme.

— Et ça te réussit ?

— Très bien, marmonna-t-elle. Je ne veux pas en parler.

Se tournant vers Montana, elle ajouta, suppliante :

— Trouve une diversion, je t'en prie.

Montana esquissa un sourire. Elle avait sa petite idée.

— Marsha est venue me voir aujourd'hui, annonça-t-elle.

— Ce n'est jamais bon signe, bougonna Dakota. Que diable te voulait-elle ?

— Il y a un nouveau médecin à l'hôpital. Un chirurgien esthétique, spécialisé dans les grands brûlés. Il va d'un endroit à un autre et ne reste que quelques mois. Marsha m'a demandé de le convaincre de poser ses valises à Fool's Gold.

Arrivée à la fin de sa phrase, elle se raidit instinctivement et hésita à poursuivre. Ses sœurs allaient-elles se moquer d'elle ? Après tout, qui pouvait croire qu'elle pouvait convaincre le Dr Bradley de quoi que ce soit ? Mais maintenant qu'elle avait commencé…

— Cela me paraît pertinent, se contenta de faire remarquer Dakota avec un haussement d'épaules. Et quel est exactement ton rôle ?

— Le charmer. Je ne suis pas charmante. Je n'ai pas la moindre idée de comment m'y prendre.

Ses sœurs échangèrent un regard entendu.

— Sois toi-même, lui conseilla Nevada. Ton charme naturel peut séduire n'importe quel homme. Fais-moi confiance, il ne comprendra pas ce qui lui arrive.

— Tu t'es regardée dans un miroir ? renchérit Dakota avec un petit rire. Je sais qu'en théorie nous sommes identiques, néanmoins, de nous trois, tu es la plus jolie. Et la plus drôle. Comment pourrait-il te résister ?

Montana haussa les épaules, peu convaincue. Depuis quand était-elle la plus jolie ? Elle s'était toujours considérée moins belle que ses sœurs qu'elle trouvait sublimes. Et si elle était drôle, c'était rarement délibéré.

Jo revenait avec le *lemondrop*. Se ressaisissant, elle la remercia et reprit :

— Je ne suis pas plus jolie que vous. En tout cas, une chose est sûre, jamais je n'ai rencontré quelqu'un comme lui. Il est très sérieux. Compassé, pas drôle du tout. Je peux vous garantir que je l'ai laissé parfaitement insensible.

— Parce que tu l'as *déjà* rencontré ? s'exclama Dakota. On peut dire que tu prends la mission que t'a confiée Marsha à cœur dis-moi !

Montana raconta alors l'épisode catastrophique de l'hôpital et la visite de Simon Bradley au chenil.

— Je connais Fluffy, murmura Nevada. Un vrai danger public. Adorable, mais pas vraiment le chien le mieux dressé de la terre.

— Elle a beaucoup de personnalité, s'empressa de protester Montana.

— Et aucun sens de sa taille. Elle a besoin d'être adoptée par une famille. Une famille de garçons.

— Le Dr Bradley serait d'accord avec toi.

— N'oublie pas qu'il est venu te voir, lui rappela Dakota. Cela veut donc dire qu'il a besoin de ton aide. Tu as un prétexte tout trouvé pour créer des liens. Tu pourrais aussi lui faire visiter la ville. Cela vous donnera un sujet de conversation.

— C'est une idée, en effet.

La sonnerie du téléphone posé sur le bar retentit. Le silence s'abattit aussitôt sur la grande salle, et tous les regards se braquèrent vers Jo. Cette dernière décrocha et, d'un ton inquiet, demanda :

— Ça y est ?

Après un court silence, elle secoua la tête.

— Ce n'est pas Pia, annonça-t-elle à la cantonade.

Le brouhaha des conversations reprit.

— Pauvre Pia ! s'exclama Dakota. Je sais à quel point elle a hâte d'accoucher.

Pia attendait des jumeaux qui ne se décidaient pas à arriver.

— Elle est énorme, renchérit Nevada. Je l'ai vue il y a deux jours et je peux vous garantir que j'ai eu mal au dos rien qu'en la regardant.

— Et si tu parlais de ton ami docteur à Pia ? suggéra alors Dakota d'un air empressé. Elle sait tout sur la ville et ce sera une distraction pour elle.

— C'est une bonne idée, approuva Montana.

— Si ça ne marche pas, tu peux toujours essayer de le séduire pour le faire rester, la taquina Nevada. Tu pourrais t'enrouler dans de la Cellophane, par exemple.

Dakota leva les yeux au ciel.

— Je n'ai jamais compris l'intérêt de cette blague.

— Tu es emballée, comme un paquet-cadeau.

Montana grimaça. Elle préférait ne même pas y penser.

— Je ne crois pas que le Dr Bradley soit intéressé par ce genre de chose, fit-elle remarquer.

Il était d'une telle austérité. Malgré tous ses efforts, elle ne parvenait pas à l'imaginer souriant. Encore moins nu, faisant l'amour. Non qu'il ne soit pas sexy, bien au contraire. Mais il dégageait quelque chose d'un peu dangereux, d'inaccessible.

— Dans ce cas, oublie la Cellophane, lui conseilla Dakota avec un sourire malicieux. Tous les hommes nous aiment en tenue d'Eve.

Montana éclata de rire.

— C'est ça ! Je vais aller frapper à la porte de sa chambre, toute nue. Marsha sera fière de moi.

— Au moins, cela alimentera nos conversations pendant quelque temps !

Montana émergea de l'ascenseur de l'hôpital, Chichi dans les bras. Tout en s'avançant vers le service des grands brûlés, elle prit une grande inspiration. Elle avait besoin de tout son courage. Puis, d'un ton solennel, elle déclara à la chienne :

— Tu vas avoir des règles à respecter, ma belle. Il va falloir rester propre, ne pas sauter dans tous les sens et toujours bien te tenir. Kalinka est une grande malade et tu vas devoir l'aider à guérir. En tout cas, c'est le but de l'opération.

Chichi l'enveloppait de son regard brun, plein de tendresse.

— Je sais que tu me dirais de ne pas m'inquiéter si tu pouvais parler.

— Si cette chienne parlait, nous aurions un autre genre de problème, fit une voix masculine dans son dos.

Elle sursauta et se retourna. Debout devant la porte à double battant du service, Simon Bradley la regardait.

C'est vrai qu'il était grand, et très intimidant dans sa blouse blanche. Et… beau. Du côté lisse de son visage, du moins.

La gorge soudain sèche, elle déglutit et battit frénétiquement des paupières. Avait-elle bien entendu ce qu'il venait de lui dire ? Il plaisantait ? Lui ?

— C'était de l'humour ? demanda-t-elle, peu convaincue.

— Vu votre réaction, sans doute pas.

Elle rougit.

— Je suis désolée, j'aurais dû rire. Je suis juste un peu nerveuse. Vous n'imaginez pas à quel point vous me faites peur.

— Peur ? répéta-t-il, sceptique. Vous exprimez toujours vos pensées ?

— J'essaie de l'éviter au maximum, mais parfois, je ne peux pas m'en empêcher.

— Je vous avertis, si vous dites quoi que ce soit susceptible de faire du mal à Kalinka…

Ses yeux verts exprimaient soudain un mélange de colère, de détermination, un besoin de protéger.

Elle aurait dû se sentir insultée, encore plus effrayée mais, étonnamment, l'ardeur qu'il mettait à protéger ses patients avait quelque chose de très rassurant. Il en était presque touchant.

— Vous êtes très soucieux de vos malades, fit-elle remarquer.

— C'est mon travail, se contenta-t-il de répondre.

— Mais cela va plus loin que ça. Vous prenez leur cas très à cœur. C'est bien, ajouta-t-elle avec un sourire.

— Content de voir que vous approuvez.

Mais à voir son expression revêche, elle en doutait. Cela ne la dérangeait pas outre mesure. Elle commençait à le connaître assez pour savoir qu'il était loin d'être expansif.

Il fit alors un geste en direction de Chichi.

— Elle est propre ?

— Oui. J'ai téléphoné à l'une de vos infirmières ce matin, et j'ai utilisé le savon qu'elle a recommandé. Depuis son bain, elle a été tenue à l'écart des autres chiens.

— Merci. Elle n'aura pas besoin de sortir ? demanda-t-il en fronçant les sourcils.

— Elle est dressée pour attendre. Ne vous inquiétez pas, ajouta-t-elle avec un sourire. Elle ne fera pas pipi sur le lit.

— Vous m'en voyez ravi.

Il jeta un rapide coup d'œil à sa montre avant de reprendre :

— Etant donné que vous n'êtes pas une professionnelle de la santé, vous n'avez sans doute pas idée de ce qui vous attend. Les brûlures de Kalinka sont récentes. Malgré les bandages, certaines parties de sa peau, exposées, sont à vif. C'est assez révulsant. Sans parler de l'odeur et des divers médicaments que nous utilisons. De plus, la souffrance l'épuise.

Montana hocha la tête, soudain grave.

— J'aimerais pouvoir l'aider, murmura-t-elle.

— Si tout va bien, c'est la chienne qui s'en chargera. Guérir de brûlures demande des années. Le moins que l'on puisse dire, c'est que c'est inconfortable. Malgré tous nos efforts, les cas les plus graves restent marqués à jamais. Aucun retour à ce qui est considéré comme la normale n'est possible. C'est une grande lacune de la médecine. Un raté, si vous préférez.

Elle scruta son regard. Peut-être la considérait-il comme une ratée, elle aussi ?

— Vous ne resterez pas plus d'un quart d'heure, reprit-il. Nous évaluerons comment s'est passée la visite avant de décider de continuer ou pas.

Sans lui laisser le temps de reprendre ses esprits, il poussa l'une des portes et lui fit signe de le suivre.

La dernière fois qu'elle était entrée dans le service des grands brûlés, elle avait été si occupée à maîtriser Fluffy qu'elle avait à peine fait attention aux lieux. Partout régnait une propreté immaculée. Sur chaque porte de chambre, fermée, un panneau indiquait « Zone stérile ». Tout en s'avançant, elle jeta un coup d'œil à la dérobée à Simon Bradley. Une nouvelle fois, elle remarqua ses cicatrices. Quand il parlait de guérison personnelle, elle savait qu'il parlait de sa propre expérience. Que lui était-il arrivé ? Et à quelle époque de sa vie ? Elle aurait payé cher pour le savoir.

Ils arrivaient devant une porte entrouverte lorsqu'une femme, qui semblait avoir trente ans à peine, en sortit. La pâleur de son visage faisait ressortir les cernes sombres qui soulignaient ses yeux bleus. Quand elle vit Montana ou, plus exactement, Chichi, elle sourit.

— Vous avez amené un petit chien !

Montana lui sourit.

— Je suis Montana Hendrix, se présenta-t-elle. Et voilà Chichi. C'est une chienne dressée à des fins thérapeutiques.

— Fay Riley, répondit la femme en laissant Chichi flairer ses doigts. C'est exactement ce dont Kalinka a besoin. Merci du fond du cœur de l'avoir amenée. Et à vous d'avoir organisé qu'elle vienne, enchaîna-t-elle en se tournant vers Simon Bradley.

— Commençons par voir comment cela va se passer, répondit-il d'un air bourru.

Au moment où Montana s'apprêtait à entrer dans la chambre, Fay posa une main sur son bras.

— Il vous a parlé de…

Elle s'interrompit et déglutit, les yeux pleins de larmes.

— Elle est très gravement brûlée.

Montana sentit un étau lui broyer le cœur. La voix un peu étranglée, elle répondit :

— Je suis désolée de ce qui s'est passé. Nous allons faire notre possible pour essayer de la soulager. C'est ce à quoi est dressée Chichi.

Après un coup d'œil à Simon Bradley, Fay Riley hocha la tête et ouvrit la porte.

Montana prit une grande inspiration. Elle avait besoin de courage. Mais elle se jura de ne montrer aucun signe d'émotion ; quelle que soit la vision qui l'attendait, ce serait bien peu de chose comparé aux souffrances que Kalinka devait endurer.

Pourtant, devant la fillette allongée, si petite, si vulnérable, elle sentit les larmes lui brûler les paupières. Ses bras bandés ne laissaient paraître que ses mains. Son visage et son cou brûlés étaient recouverts d'une épaisse couche d'onguent.

L'odeur du désinfectant se mélangeait à celle de chair brûlée, créant un mélange putride. Un instant, Montana fut prise de nausée. Elle s'empressa de se ressaisir. Elle devait se forcer à sourire.

— Ma chérie, murmura Kay, tu as de la visite.

La fillette ouvrit les yeux. Leur bleu intense formait un contraste avec son petit visage tuméfié qui, avant l'accident, avait dû être ravissant.

Un frisson traversa Montana. Jamais elle n'avait vu des traits exprimant une telle souffrance.

— Bonjour, murmura-t-elle. Je suis Montana et voilà Chichi. Ta maman m'a dit que tu aimais les chiens, alors je te l'ai amenée. J'espère que cela ne te dérange pas.

Sans répondre, Kalinka tourna imperceptiblement la tête, puis battit des paupières, ses yeux soudain brouillés de larmes.

Montana sentit sa gorge se serrer. Comme cette enfant souffrait ! Elle aurait voulu demander à Simon Bradley de tout essayer pour la soulager. Mais c'était inutile, elle savait bien qu'il faisait déjà tout ce qui était en son pouvoir. Qu'il avait atteint les limites de ses possibilités.

Avec délicatesse, elle déposa Chichi sur le lit, jetant un regard rapide à Simon Bradley, s'attendant à quelque commentaire de sa part. Mais il se contenta de se pencher sur Kalinka d'un air protecteur.

Pendant quelques secondes, Chichi observa la fillette. Puis, s'avançant avec précaution, elle se roula en boule entre une hanche et une main et lécha le bout des doigts.

Le petit visage tuméfié s'éclaira d'un faible sourire.

— Merci, chuchota Kalinka d'une voix éraillée.

Ses yeux se refermèrent mais ses doigts s'agitèrent doucement pour caresser Chichi.

Montana ne bougea pas d'un pouce ; elle en était bien incapable. Au bout d'un quart d'heure, Simon Bradley lui adressa un petit signe de la tête. Elle avait l'impression d'avoir passé un très long moment au chevet de l'enfant. Avant de le suivre dans le couloir, elle prit Chichi dans ses bras.

— Au revoir, Kalinka, murmura-t-elle.

Fay, qui leur avait emboîté le pas, essuya sa joue baignée de larmes.

— C'était merveilleux ! Elle a souri. Vous avez vu ? Elle a souri. Vous reviendrez ? Je vous en prie, dites oui ! demanda-t-elle.

Montana lança un regard interrogateur à Simon Bradley. Allait-il donner son feu vert ? Voyant qu'il acquiesçait, elle s'empressa de rassurer Fay.

— Aussi souvent que vous le souhaitez, en fonction de la fatigue de Kalinka.

— Voyons d'abord comment son état évolue, intervint Simon Bradley. Il ne faut pas l'épuiser.

— Je vous laisse juge de ce que vous estimez le mieux, répondit Fay, avant de regagner la chambre de sa fille.

Avant de repousser la porte, elle répéta encore une fois :

— Elle a souri.

Montana la suivit du regard. Elle se sentait un peu nauséeuse. Si elle était heureuse de voir que Chichi avait pu soulager un peu Kalinka, voir souffrir la fillette et sa mère de la sorte lui était intolérable.

La chienne s'agitait dans ses bras. Un instant distraite de ses sombres pensées, elle la regarda. Que lui arrivait-il ? Elle semblait vouloir se rapprocher de Simon Bradley.

— Je crois bien que vous avez fait une touche ! plaisanta-t-elle alors, essayant d'alléger l'atmosphère.

Les yeux verts plongèrent dans les siens.

— Pardon ?

Elle fit un geste vers la chienne qui le fixait d'un air adorateur.

— Chichi vous adore.

— Je suis sûr qu'elle est comme ça avec tout le monde, répliqua-t-il, accordant à peine un regard à son admiratrice.

— Pas vraiment…

Elle laissa le silence planer un instant. Il était sans doute temps de prendre congé. Elle ne devait pas pour autant oublier sa mission. Marsha ne lui avait-elle pas demandé d'user de son charme pour convaincre Simon Bradley de rester à Fool's Gold ?

— Aimeriez-vous que je vous fasse visiter Fool's Gold ? lança-t-elle soudain. C'est une très jolie ville, et comme vous êtes nouveau, je pourrais vous servir de guide. Cela vous permettrait de connaître l'endroit où vous avez élu domicile.

Elle lui décocha un sourire rapide. A coup sûr, il allait refuser et lui envoyer quelque réplique cinglante. Ou alors s'éloigner sans même prendre la peine de répondre.

Mais il la dévisagea longuement avant de… lui sourire.

— Merci, dit-il. C'est une très bonne idée.

Puis, après l'avoir saluée, il disparut.

Un long moment, elle resta immobile dans le couloir, interdite. Il avait accepté. Elle n'en revenait pas. Etait-ce bon signe ou mauvais signe ? Elle aurait été bien incapable de le dire.

4

Fidèle au rendez-vous, Simon attendait devant le Starbucks. Montana s'arrêta au coin de la rue d'en face et resta un moment à l'admirer à la dérobée. Elle ne savait pas encore si elle aurait le cran d'aller à sa rencontre — jamais elle n'aurait dû lui proposer de lui faire visiter la ville ! Elle avait beau se répéter qu'elle travaillait pour le bien de Fool's Gold, cela ne la réconfortait pas vraiment. Le Dr Simon Bradley était si difficile à cerner.

Elle n'avait jamais eu affaire à ce type de personnalité. Si son intelligence et ses qualifications professionnelles étaient indiscutables, d'un point de vue émotionnel, c'était une énigme. Et, pour tout arranger, il était d'une beauté à couper le souffle. Même ses cicatrices ne comptaient pas. Quand un homme comme lui regardait une femme, plus rien n'existait…

Elle se reprit aussitôt. Que diable lui arrivait-il ? Simon Bradley ne lui inspirait aucun sentiment — hormis une certaine curiosité. Après tout, il était loin d'être sympathique. Or, que recherchait-elle ? Un homme à la compagnie agréable, surtout pas un ours. Bien sûr, s'il avait un regard du même vert extraordinaire, cela ne gâcherait rien. Elle réprima un soupir résigné. Le bon sens lui faisait parfois défaut mais elle avait compris que le Dr Simon Bradley n'était pas pour elle. D'ailleurs, s'il la regardait, c'était juste parce qu'il n'avait jamais dû rencontrer de femme aussi quelconque qu'elle jusqu'à présent.

Mais trêve de bavardages ! Elle avait une mission à remplir, une mission citoyenne. Puisant son courage dans une grande inspiration, elle redressa les épaules, traversa la rue d'un pas décidé et fit un bond en arrière. Elle avait failli être renversée par une Prius conduite par un touriste aussi distrait qu'elle.

Elle s'excusa d'un geste de la main, et se dirigea vers Simon. Il avait troqué sa blouse blanche et son pantalon noir pour un jean et une chemise à manches longues. Sans le connaître depuis longtemps, jamais elle ne se serait doutée qu'il possédait un jean ! Un jean… qui lui allait très bien.

— Bonjour ! le salua-t-elle en approchant.

Elle se sentait nerveuse tout à coup, empruntée. Devait-elle lui serrer la main ? Ou se contenter d'un signe de tête ?

— Bonjour, répondit-il d'une voix aussi placide que son regard.

Il avait l'air calme, tout à fait détendu. Elle ne semblait pas l'impressionner le moins du monde. C'était un peu injuste. N'était-ce pas lui le nouvel arrivant ? N'aurait-il pas dû paraître un peu mal à l'aise ?

Enfin, puisque ce n'était pas le cas, autant ne pas perdre son temps à se torturer l'esprit ; elle allait finir par se rendre folle.

Elle était en mission, se répéta-t-elle. Une mission qui lui avait été confiée par Marsha et qu'elle allait remplir au mieux. Et ce, sans plus attendre.

De son ton le plus assuré, le plus enjoué, elle déclara :

— J'avais pensé vous faire visiter la ville.

De nature gaie, elle n'avait pas à se forcer beaucoup pour paraître joyeuse. Quant à la confiance en soi, ne disait-on pas qu'il fallait la feindre pour la ressentir ? Et Dieu sait qu'elle était devenue experte en la matière !

— C'est ce que vous avez proposé, lui rappela Simon en l'enveloppant d'un regard toujours aussi neutre. Une visite de la ville.

— En effet, dit-elle en battant des paupières.

Comme conversation intelligente, il y avait mieux…

Incapable de juguler son trouble, elle esquissa un sourire. Elle allait lui parler de l'histoire de Fool's Gold, un sujet qu'elle possédait sur le bout des doigts. Au moins, cela lui éviterait de se ridiculiser.

S'éclaircissant la voix, elle commença :

— Au début du XIVe siècle, les Máa-zib, une tribu de femmes issues du peuple maya, se sont installées sur les rives du lac. Leur histoire reste, à ce jour, assez obscure. La légende raconte qu'elles étaient en quête d'un endroit où elles pourraient vivre en harmonie avec leurs enfants, sans hommes.

Simon haussa un sourcil étonné.

— La tribu s'est donc éteinte ?

— Non, les hommes étaient tolérés dans le village, à certaines fins. Mais les malheureux qui donnaient des signes de vouloir rester étaient victimes d'une malédiction. C'est sans doute la raison de la pénurie d'hommes qu'a longtemps connue Fool's Gold. Ce n'est plus le cas aujourd'hui. La population masculine y est en constante augmentation.

Elle hésita un instant. Le moment était-il opportun pour lui suggérer de s'installer ici, s'il le souhaitait ? Elle s'empressa de se ressaisir. Elle ne pouvait pas montrer un manque de subtilité aussi flagrant. Même pour la satisfaction d'avoir accompli sa mission.

D'un geste circulaire, elle désigna le parc vers lequel elle s'avança. Simon lui emboîta le pas.

— Dans ses mémoires, un marin anglais qui servait sous les ordres de sir Francis Drake raconte qu'en 1581, à la suite d'une blessure, il a été recueilli et soigné par une tribu d'Indiennes. Tout dans son témoignage semble indiquer qu'il était à Fool's Gold, chez les femmes de la tribu Máa-zib.

— Laissez-moi deviner la suite. Il a couché avec plusieurs d'entre elles mais n'a pas été autorisé à rester.

Elle acquiesça d'un nouveau sourire.

— Leur détermination force le respect, non ? demanda-t-elle.

— Eprouveriez-vous le même respect si la tribu avait été une tribu d'hommes ?

— Votre question est injuste. Ce marin avait été choisi par ces femmes comme procréateur. Cela n'est en rien comparable au cas de figure de l'homme qui abandonne une femme enceinte.

— En attendant, ce brave marin anglais n'a jamais connu ses enfants.

— Exact. Mais à Fool's Gold, le respect de la volonté des femmes est fondamental.

— Je vais faire en sorte de m'en souvenir, promit-il, un peu narquois.

Mettant un terme à leur conversation, ils marchèrent jusqu'au lac en silence. Des enfants nourrissaient les canards, quelques joggeurs couraient le long de la piste cyclable. De jeunes couples avaient étalé des couvertures pour pique-niquer à l'ombre des grands arbres.

Montana balaya du regard la scène si familière. Ici, elle était chez elle. Certains préféraient les grandes villes, mais pas elle. Jamais elle ne s'était plu ailleurs. Si elle ne doutait pas un instant des charmes qu'offrait une métropole, elle ne se sentait bien qu'à Fool's Gold.

Elle jeta un regard en biais à Simon qui contemplait le lac. Elle avait une perception aiguë de sa présence à ses côtés. Il n'était pas très loquace, certes, mais elle s'étonnait de voir à quel point elle appréciait son silence. C'était étrangement reposant. Pourtant, il était loin de la laisser indifférente… Elle s'exhorta au calme. S'intéresser au Dr Bradley pour une quelconque autre raison que pour le projet de Marsha serait la pire des erreurs.

Et s'il persistait à lui jeter des coups d'œil en coin, c'était uniquement parce qu'il attendait de nouvelles anecdotes. Ou encore qu'il était curieux de voir si elle allait le soumettre à un test sur l'histoire de la ville. Ou qu'il attendait avec impatience le signal du départ car regarder des canards sur un lac l'ennuyait à mourir. A moins que… Elle fronça les sourcils. Il fixait sa bouche avec insistance. Non, c'était impossible. Il ne pouvait pas la juger attirante.

Toutefois, elle n'aurait pas été mécontente de trouver grâce à ses yeux… Sa raison eut tôt fait de la sermonner. Comment un homme comme lui s'intéresserait-il à elle ?

Il était temps de faire taire son imagination galopante. D'un geste aussi détaché que possible, elle montra les camions garés le long du lac.

— Les préparatifs pour la fête nationale du 4 Juillet sont en cours, lui expliqua-t-elle. Fool's Gold est connue pour ses festivals, le festival du livre, du ski nautique, le festival d'été, celui d'automne, Halloween. Ici, toutes les raisons sont bonnes pour faire la fête. Notre maire, la plus ancienne de Californie, y met un point d'honneur.

— C'est une communauté dynamique, à ce que je vois.

Elle lui coula un regard en coin. Décelait-elle une pointe d'ironie ? Sans lui poser la question, elle préféra enchaîner :

— Mon amie Pia est chargée de l'organisation des festivals. C'est une énorme responsabilité.

Il opina d'un signe de tête, toujours impassible. L'ennuyait-elle ? Sans doute. C'était un chirurgien réputé, il voyageait à travers le monde pour accomplir des miracles, alors le festival d'automne d'une petite ville de Californie devait lui paraître bien insipide. Mais de quoi pourrait-elle bien lui parler ?

Ils quittèrent le parc et passèrent devant la librairie de Morgan. En voyant les livres de sa belle-sœur, en devanture, elle sourit. Elle tenait son nouveau sujet.

— Vous avez lu les policiers de ma belle-sœur, Liz Sutton ? demanda-t-elle. Elle a beaucoup de succès.

— Non. C'est un bon auteur ? s'enquit-il en la contournant pour venir se placer sur sa gauche, face à la vitrine.

— Excellent ! C'est la reine du suspens. Elle est mariée avec mon frère, Ethan. Ils ont un fils et ils élèvent les deux nièces de Liz. Enfin c'est un peu compliqué.

— Comme dans la plupart des familles, se contenta-t-il de répondre, laconique.

— C'est vrai. Nous avons perdu notre père il y a onze ans. Il descendait de l'une des plus anciennes familles de Fool's Gold. Depuis quelques années, ma mère accepte les invitations d'autres hommes. Cela ne nous dérange pas, bien sûr. Même si c'est un peu bizarre pour nous. Elle semblait très bien s'accommoder de sa solitude. Nous l'encourageons à nous parler. Pourtant, même si je ne veux que son bonheur, quand elle se laisse aller à donner des détails un peu intimes, je n'ai qu'une envie, me boucher les oreilles. C'est trop gênant.

Elle s'interrompit. Et si elle profitait de son expérience médicale pour lui poser la question qui l'intriguait ? Un peu hésitante, elle reprit :

— Vous qui êtes médecin, vous devez connaître la réponse. Pourquoi supportons-nous si mal l'intimité de nos parents ?

— Je n'en ai aucune idée.

— Le sujet n'est pas abordé dans les études de médecine ?

Soudain, la prenant totalement au dépourvu, il lui sourit.

Un frisson d'excitation naquit au creux de son ventre. Même sans être vraiment intéressée, elle ne pouvait nier une certaine attirance pour lui. Avec ses dents d'une blancheur éclatante et l'adorable fossette qui s'était creusée dans sa joue sans cicatrices, il était très séduisant quand il souriait. De plus, c'était si inattendu que cela lui donnait envie de l'entendre rire.

— Je dois avoir raté ce cours, répondit-il. Je suis désolé.

— Mais vous travaillez dans un hôpital. Vous pourriez essayer de vous renseigner.

— Est-ce vraiment si important pour vous ?

— Je suis très proche de ma mère. J'ai l'impression qu'elle devrait pouvoir me parler de tout.

— On peut être très proche sans pour autant tout dévoiler de son intimité. Cela n'enlève rien à l'amour.

Ils étaient arrivés à un carrefour et il lui sourit de nouveau.

Une douce allégresse s'empara d'elle. Pourquoi la matinée lui paraissait-elle plus claire, soudain ? Le ciel plus bleu ?

Ils traversèrent. Une fois sur le trottoir d'en face, elle remarqua, intriguée, qu'il la contournait de nouveau pour venir se placer à sa gauche. Faisant mine d'ignorer son manège, elle reprit :

— Où étiez-vous avant de venir à Fool's Gold ?

— En Inde.

— Oh. Je vois que votre réputation de globe-trotter est fondée. Vous acceptez d'aller dans le monde entier ?

— Je vais où l'on a besoin de moi. J'opère ceux qui ont le plus besoin de mon aide. Surtout des enfants. Des adultes aussi. Quand je quitterai Fool's Gold, je suis censé m'envoler pour le Pérou.

Elle le fixa, impressionnée malgré elle. A l'évidence, le Dr Bradley était un altruiste.

— Vous êtes un homme très généreux.

— Non.

Elle attendit la suite. En vain. Son sourire s'était évanoui, son visage s'était fermé. L'avait-elle contrarié ? Avait-elle franchi quelque ligne invisible ?

Au bout de plusieurs secondes qui lui parurent une éternité, il précisa :

— Je suis spécialisé en graves brûlures.

— Vous devez vous sentir seul à force de changer tout le temps d'endroit. Et votre famille ?

— Mon travail me suffit, lâcha-t-il d'un ton sec.

De plus en plus perplexe, elle le dévisagea. Cela ne pouvait pas lui suffire, c'était impossible. Chirurgien de grand talent, il exerçait un travail difficile, et elle avait pu constater à quel point il prenait à cœur le sort de ses malades. Mais qui prenait soin de lui ?

Cela ne la regardait pas. Elle n'avait pas à jouer au saint-bernard. Simon Bradley était un grand garçon, tout à fait capable à prendre soin de lui. Il parcourait le monde, accomplissait des choses étonnantes. Il n'avait pas besoin d'elle. De toute façon, elle ne devait pas aller au-delà de sa mission.

Et puis, elle devait se protéger. Elle avait vécu trois relations sérieuses dans sa vie : une au lycée, une à l'université, la troisième un peu plus âgée. Ses trois compagnons avaient rompu après lui avoir fait comprendre qu'elle n'était pas assez bien pour eux. Ni assez jolie, ni assez intelligente, ni assez ambitieuse. Prendre le risque de voir son cœur voler en éclats une nouvelle fois serait une pure folie.

Cependant la curiosité continuait à la démanger. Simon Bradley avait-il un port d'attache ?

— Où habitez-vous, officiellement ?

— A Los Angeles.

— J'y ai vécu quelque temps, laissa-t-elle tomber du bout des lèvres.

— Et vous n'avez pas l'air d'avoir beaucoup apprécié votre séjour, lui fit-il remarquer, en lui jetant un regard curieux.

— En effet. Je ne me suis jamais intégrée. Et j'y ai vécu une relation catastrophique, ajouta-t-elle en le regardant droit dans les yeux. Un futur médecin. Il faisait ses études.

— Que s'est-il passé ?

Sa question était légitime. Ne lui avait-elle pas tendu une perche ? Elle aurait dû réfléchir avant de parler.

— Nous n'avions pas les mêmes aspirations, se contenta-t-elle d'expliquer.

A peu de chose près, c'était la vérité. Ce qu'elle n'avoua pas, c'était que sa confiance en elle, déjà fragile, en avait pris un sacré coup. Même si elle savait qu'elle souffrait d'un manque d'assurance chronique.

— En tout cas, il ne savait pas ce qu'il perdait, murmura-t-il.

Abasourdie, elle le dévisagea. Pour un peu, elle se serait pincée. Avait-elle bien entendu ?

— Merci.

Puis, penchant la tête de côté, elle ajouta :

— Vous êtes différent, ce matin.

— Moins *coincé* ? demanda-t-il, un peu narquois.

Devant son sourire bienveillant, elle esquissa une grimace.

— Je suis désolée, je n'aurais jamais dû dire ça. C'était méchant. Vous étiez loin d'exagérer. Fluffy aurait pu faire de sacrés dégâts.

— Mais ça n'a pas été le cas. Je peux parfois me montrer un peu… excessif.

— Je n'avais pas remarqué, plaisanta-t-elle, se sentant soudain pousser des ailes. En tout cas, je vous remercie de votre compréhension. Ce n'était pas de sa faute, c'était de la mienne. Max m'avait prévenue qu'elle n'avait pas la personnalité d'un chien thérapeute. Mais j'étais déterminée.

— A lui assurer un destin de chien thérapeute ?

Il avait toujours le regard espiègle. Elle sentit son cœur battre un peu plus vite. Avec un peu de bonne volonté, cet homme pouvait se montrer vraiment irrésistible.

— Je ne peux pas sauver le monde, aussi ma passion est un peu plus modeste que la vôtre, répondit-elle d'une voix aussi égale que possible.

— Pas plus modeste. Différente.

Quelque chose dans la façon dont il fixait ses lèvres la perturbait, cette lueur presque vorace qui dansait dans ses prunelles. Luttant contre son trouble, elle se força à respirer calmement. Elle se berçait d'illusions. Le Dr Bradley avide de ses lèvres ? Allons donc ! Ce n'était pas sa bouche qu'il regardait. Elle devait avoir une trace noire sur le visage, voilà tout.

D'un geste aussi désinvolte que possible, elle se frotta le menton et décida d'orienter la conversation sur Max, un sujet sans risque.

— Max, mon patron, est un homme bien mystérieux, commença-t-elle. Personne ne sait d'où il vient. Il est évident qu'il n'a pas de problèmes d'argent. Vous avez vu nos locaux, il y a mis le prix. Et puis, coïncidence, ma mère a le prénom « Max » tatoué sur sa hanche. Pour mes sœurs et moi, ce ne peut être qu'un hasard, mais c'est étrange. Mais pardon, je vous gêne peut-être avec tous ces détails ?

— Un peu, avoua-t-il.

— Je n'aurais pas dû vous parler du tatouage de ma mère, c'est vrai, reconnut-elle en se remettant à marcher.

Au lieu de répondre, il la contourna encore une fois. Et soudain, l'évidence la frappa. Comment n'avait-elle pas compris plus tôt ? Il s'assurait de toujours lui offrir le côté droit de son visage, celui sans cicatrices. Un geste machinal pratiqué depuis si longtemps qu'il ne s'en rendait sans doute même plus compte.

Elle sentit sa gorge se nouer.

Une nouvelle fois, elle se demanda comment il avait été brûlé. Et pourquoi il ne s'était pas fait opérer. Si elle ne connaissait pas grand-chose à la chirurgie réparatrice, elle était prête à parier que ses cicatrices pouvaient être atténuées.

Pourtant, elle se garderait bien de lui poser la question. Ils avaient passé un très bon moment ensemble, et elle ne voulait surtout pas le gâcher par une question indiscrète. Elle avait aussi rempli son devoir vis-à-vis de Marsha et pouvait désormais revenir à sa petite vie réglée comme du papier à musique. Pourtant, elle n'en avait pas vraiment envie. Jamais elle n'aurait imaginé passer un moment si agréable en compagnie de Simon. Même si, hormis le fait qu'il habitait Los Angeles, elle n'avait pas appris grand-chose sur son compte.

Elle, en revanche, avait dû trop parler. Elle avait abordé un éventail de sujets qui l'avaient sans doute ennuyé. Eh bien, tant pis ! De toute façon elle n'était pas assez intéressante pour quelqu'un comme lui qui devait fréquenter des femmes beaucoup plus…

Elle s'empressa de stopper ses pensées qui allaient l'entraîner sur un terrain dangereux. Il n'était pas question de se laisser aller au vague à l'âme. Elle n'était pas une femme ennuyeuse. Elle n'avait rien d'anormal. Rien du tout, tant d'un point de vue physique, que mental et émotionnel.

Sans s'en rendre compte, ils avaient regagné le parc. Elle s'arrêta près d'un bouquet d'arbres, sur la pelouse.

— Tout va bien ? lui demanda Simon.

Sa voix grave la fit sursauter.

— Désolée. Je réfléchissais.

— A quoi ? Vous me sembliez bien sérieuse.

Son manque de confiance en elle était, en effet, un sujet grave. Pourquoi ses sœurs étaient-elles beaucoup plus sereines ? N'étaient-elles pas censées être identiques ? Etant donné leurs gènes, toutes trois auraient dû aborder la vie de la même manière. Or, c'était loin d'être le cas.

Néanmoins, ses petits problèmes existentiels ne concernaient pas Simon.

— Je vous ai retenu assez longtemps, déclara-t-elle. Vous devez avoir des tas de choses à faire.

Il plongea ses yeux verts dans les siens.

— C'est ce que vous pensez ?

Sans lui laisser le temps de répondre, de prononcer un mot, de même respirer, il s'avança et, soudain, ses mains vigoureuses étaient sur sa taille, l'attirant vers lui.

Sous l'effet de la surprise, elle se laissa faire, incapable de réagir. De toute façon, il ne lui laissait pas le choix. Et, sans bien comprendre ce qui lui arrivait, elle se retrouva pressée contre lui.

Ses seins s'écrasèrent sur son torse étonnement musclé. Ses cuisses frôlèrent les siennes. Quand il se pencha vers elle, une onde torride l'envahit.

Elle resta pétrifiée. Un baiser ? Simon Bradley allait l'embrasser ? Pour un peu, elle se serait pincée.

Et pourtant non, elle ne rêvait pas… Sa bouche s'était posée sur la sienne avec la précision d'un missile, elle sentait la pression dure de ses lèvres sur les siennes, son ardeur, son insistance, sans pour autant vouloir l'effrayer.

Un tourbillon capiteux la dévasta, se lovant dans son ventre, et elle se prépara à un baiser ardent, plein de volupté. Ses doigts s'agrippant à sa nuque chaude et vigoureuse, elle picora sa bouche, la couvrant d'une pluie de baisers. Il répondit à son attente avec une fougue qui la stupéfia. Tandis que leurs langues s'enlaçaient lentement, voluptueusement, les yeux clos, elle se délecta de la saveur salée de cette bouche qui la faisait délicieusement planer à dix centimètres au-dessus du sol.

Hélas, son extase fut de courte durée. Elle était en train de se dire qu'elle aurait voulu que cela dure, encore et encore, quand il posa ses mains sur ses épaules, la repoussa et recula brusquement.

Ils se trouvaient maintenant à un mètre l'un de l'autre, et se regardaient en silence, le souffle court. Le vert des yeux de Simon était assombri par une passion brûlante. De ses doigts, elle frôla ses lèvres encore gonflées de volupté.

— Je vous ai fait mal ? s'enquit-il.

— Pardon ? balbutia-t-elle. Oh ! Non.

Il se détourna à moitié, puis lui fit de nouveau face. Il semblait irrité.

— Je suis désolé, lâcha-t-il d'un ton sec. Je n'aurais pas dû.

Elle brûlait d'envie de lui demander pourquoi. Mais elle se retint. Elle avait bien trop peur de sa réponse.

— D'habitude, je ne…

Il s'éclaircit la voix et reprit :

— Je suis quelqu'un qui contrôle ses pulsions. Vous devez me croire.

— Ne vous inquiétez pas, je vous crois, répondit-elle, satisfaite de voir que sa voix ne tremblait pas.

— Vous dégagez un je-ne-sais-quoi… Je suis incapable d'ignorer mon attirance pour vous. Je…

Il s'interrompit. Il avait l'air frustré, penaud.

— … je suis désolé.

Elle lui lança un regard perplexe. Avait-elle bien entendu ?

— Au risque de vous faire éclater de rire, seriez-vous en train de me dire que vous avez été submergé par une telle passion pour moi que vous avez été incapable de refréner votre besoin de m'embrasser ?

Surprise, elle le vit hocher la tête. Elle s'était attendue à se voir remettre à sa place avec ironie.

— Et je serais bien incapable de l'expliquer, avoua-t-il d'une voix un peu hachée. C'est dû à l'un de ces phénomènes chimiques. En général, les femmes ne provoquent pas chez moi ce genre de réaction, ajouta-t-il en esquivant son regard.

Elle réprima l'envie de lui faire répéter. Jamais un homme ne lui avait avoué une passion aussi… effrénée. Et c'était tellement agréable…

— Je ne comprends pas bien, dit-elle de son air le plus innocent. Vous n'allez quand même pas me dire que vous êtes homosexuel.

Un muscle tressauta dans sa joue.

— Non, je ne suis pas homosexuel ! répliqua-t-il, cinglant. Et, d'un point de vue sexuel, je peux généralement me contrôler.

Malgré son ton glacial, ses paroles étaient si brûlantes qu'elle se sentit flageoler sur ses jambes. La vague de chaleur tournait toujours dans son ventre, mais ses nerfs étaient tendus comme des cordes.

— Et pas avec moi ? demanda-t-elle.

— Non.

Que pouvait-elle répondre à cela ? Elle n'en avait pas la moindre idée. Que devait-elle faire maintenant ? Elle n'en savait rien non plus ! Et c'était bien la première fois qu'une telle chose lui arrivait. Devait-elle l'inviter chez elle ? Si elle avait un tel pouvoir sur les pulsions d'un homme, la moindre des choses aurait été de lui prouver sa gratitude. Mais… elle n'osait pas.

A moins… qu'il joue à un jeu ? Non. Impossible. Elle avait eu un aperçu de sa fierté : jamais il ne s'abaisserait à s'humilier dans le simple but de marquer des points.

Mettant un terme à ses incertitudes, il prit la décision pour elle.

— Je vous ai fait perdre assez de temps, décréta-t-il.

Merci encore pour la visite de la ville. Quant au baiser, cela ne se reproduira pas. Vous avez ma parole.

Sur ces mots, il tourna les talons et s'éloigna, la laissant ruminer sa déception.

Simon se réfugia dans son travail, à l'hôpital. Comme toujours, le fait de rendre visite à ses malades, de planifier leur opération, d'examiner leurs brûlures, fut une diversion bienvenue. Il avait besoin d'avoir les mains et l'esprit occupés. Pourtant, le souvenir de ce qu'il venait de vivre avec Montana ne quittait pas ses pensées.

Il regagna le petit bureau qui lui avait été attribué pour les trois mois de son séjour et se planta devant le tableau de courbe des températures. En vain. Il ne voyait que le beau visage de Montana, encadré du halo de ses cheveux dorés... Un frisson l'électrifia et une myriade de sensations l'assaillit malgré lui : l'odeur de sa peau, la chaleur de son corps souple au creux de ses bras, sa chevelure soyeuse filant entre ses doigts, le son de son rire, la façon dont sa bouche souriait.

Il se sentait pris au piège. Pourquoi cette vague de désir brûlant qui le submergeait dès qu'il pensait à elle ? Pourquoi cette femme ? Pourquoi maintenant ?

Ses questions restaient sans réponses. Les caprices du destin étaient bien mystérieux. Il n'avait d'autre choix que d'accepter le fait qu'en présence de Montana toute rationalité semblait l'abandonner. Et que, s'il n'y prenait pas garde, cette situation pouvait devenir dangereuse.

Il fallait réfléchir à une solution. Son erreur de tout à l'heure lui était bien assez pénible, il n'avait pas besoin, en plus, d'adopter un comportement navrant. Il n'aurait pas dû lui dire pourquoi il l'avait embrassée. Il avait dû faire naître en elle un sentiment de pitié, la poussant à le fuir au plus vite.

En général, il se fichait bien de ce que les gens pensaient

de lui. Mais, pour une raison inexplicable, l'opinion de Montana lui importait. Il voulait l'impressionner. Or, vu sa réaction lors de l'irruption de Fluffy dans son service, sans parler du baiser qu'il lui avait arraché, il n'était pas près d'y arriver…

Son téléphone portable se mit à sonner. Devant le nom qui s'affichait à l'écran, il sourit. Alistair et lui avaient été colocataires, à Londres où il avait passé un an dans le cadre de ses études — ils avaient la même spécialité. Depuis, ils étaient restés proches. Typiquement anglais, son vieux copain lui avait fait découvrir de nombreuses régions des îles Britanniques.

— Quel est votre problème, docteur ? lança-t-il d'un ton enjoué.

— Comme d'habitude, répondit la voix aux intonations britanniques. Je t'appelle du Népal. Impressionnant, non ?

— Très. Comment ça se passe ?

— Bien. Et pour toi ?

— Pour moi aussi.

— Tu es aux Etats-Unis ?

— Oui, à Fool's Gold, une petite ville de Californie.

Il lui donna ensuite quelques détails sur ses patients, lui demandant parfois son avis. Le fait d'aller d'hôpital en hôpital, de pays en pays, permettait souvent d'améliorer ses connaissances médicales.

— J'ai l'impression que tu as du pain sur la planche, lui fit remarquer Alistair. Même chose ici. Des brûlés que je dois soigner dans des conditions assez primitives dans des endroits isolés.

Un brouhaha de voix s'éleva soudain en arrière-fond.

— Je dois te laisser, Simon. Je voulais prendre de tes nouvelles mais j'ai une urgence. Je te rappellerai.

Sur ces mots, il raccrocha.

Avec un soupir résigné, Simon remit son téléphone dans la poche de sa blouse. Il était bien placé pour savoir à quel point il était difficile d'entretenir des amitiés dans ce métier.

— Docteur Bradley ? appela une voix féminine.

Surpris, il leva les yeux. L'une des infirmières du service se tenait sur le seuil. Blonde, jeune et enjouée, elle avait toutes les qualités requises pour les malades. Néanmoins, ce genre de femme l'ennuyait. Son regard glissa sur le badge portant son nom.

— Oui, Nora ?

— Kalinka se repose. Elle n'arrête pas de parler de ce caniche qui est venu la voir. Quelle bonne idée vous avez eue ! Un chien thérapeute. Un petit chien, de surcroît. Encore une preuve de votre compétence.

— C'est la première fois de ma carrière que j'ai recours à un chien thérapeute. J'ai voulu tenter l'expérience. Il m'arrive d'avoir de la chance.

Sa réponse parut la surprendre. Une lueur espiègle s'alluma dans ses yeux bleus. Jolie, séduisante, elle ne cherchait manifestement pas à dissimuler son intérêt pour lui.

— Donc, c'est une bonne journée, dit-elle. Vous vous plaisez à Fool's Gold ?

— C'est une petite ville agréable.

— Nous entretenons notre tradition de l'hospitalité. Je peux vous le prouver en vous invitant à dîner. Je suis sûre que vous êtes fatigué du restaurant. J'ai une très bonne recette de poulet frit que je tiens de ma grand-mère, et ma tarte aux myrtilles est succulente.

Il réfléchit un instant. Pour lui, les liaisons à long terme étaient inenvisageables. Non seulement il déménageait tout le temps, mais il n'en voyait pas l'intérêt. Il n'était pas homme à entretenir des relations sentimentales suivies. Pourtant, quand une femme lui montrait des signes d'intérêt, il ne restait pas indifférent.

Une compagne pour aller dîner au restaurant et venir réchauffer son lit de temps à autre, il n'en demandait pas plus. Aussi, en d'autres circonstances, aurait-il accepté l'invitation à dîner de Nora sans hésiter. Mais c'était impossible.

Malgré le sourire engageant qui ne laissait aucun doute sur ce qui suivrait ce dîner, il ne pouvait pas accepter.

En regardant la jeune femme, la seule pensée qui s'imposait à lui était… qu'elle n'était pas Montana. Blonde aussi, certes, mais avec des cheveux courts et des yeux bleus. Et en la regardant, il ne ressentait rien. Jusqu'à ce jour, il avait toujours considéré les femmes comme interchangeables. Même s'il en préférait certaines à d'autres, les différences lui importaient peu. Jusqu'à aujourd'hui. Que diable lui arrivait-il ?

— Merci, répondit-il. Mais je vais être obligé de décliner votre invitation.

— Vraiment ?

Elle le regarda un instant, comme si elle ne le croyait pas.

— Vous êtes sûr ?

— Certain ! affirma-t-il en se levant.

Il aurait peut-être dû se montrer plus loquace. Lui donner un semblant d'explication. Mais que pouvait-il dire ? Qu'une autre femme qu'il connaissait à peine occupait toutes ses pensées et qu'il aurait préféré dîner avec elle ?

Il se hâta de sortir dans le couloir et fut soulagé de voir Fay s'avancer dans sa direction.

— Kalinka dort, lui annonça-t-elle. Elle a l'air de moins souffrir. C'est bon signe, non ?

— Elle cicatrise, répondit-il sans trop s'étendre sur le sujet.

Pourvu que Fay n'ait pas remarqué son ton évasif.

A cette étape, seul comptait pour Kalinka le fait de rester en vie. Tout le reste était négociable. Elle pouvait mourir sans aucun signe avant-coureur. Voilà pourquoi son métier était un tel enfer. Rien n'était jamais gagné. Alistair avait beau dire qu'ils faisaient leur possible et que c'était suffisant, lui n'était pas d'accord.

— Cette petite chienne, Chichi, lui a été d'un grand réconfort, reprit Fay. Montana a promis de la ramener quand vous le souhaiteriez. Vous permettez que je lui téléphone ?

Il tiqua.

— Bien sûr, répondit-il d'un ton aussi dégagé que possible. Nous devons mettre tout en œuvre pour l'aider.

— Merci, murmura Fay. Je vais appeler Montana tout de suite.

Il la regarda s'éloigner. Elle avait sorti son téléphone portable de la poche de son jean, et dans quelques secondes elle entendrait la voix de Montana. Un sentiment de... jalousie l'envahit. Décidément, il ne tournait pas rond !

Il était grand temps de se ressaisir. Il connaissait à peine Montana. Peut-être avait-il besoin de vitamines.

Il fut interrompu dans ses pensées par une infirmière qui se précipitait vers lui.

— Nous venons de recevoir un appel. Un petit garçon de douze ans qui a eu un accident avec un pétard. Je n'en sais pas plus.

Une fraction de seconde plus tard, il dévalait l'escalier. Ses idées étaient redevenues parfaitement claires.

Il avait déjà été témoin des ravages de pétards de feu d'artifice sur un corps humain. Cette rage froide, si familière, enfla en lui. Même si, pour beaucoup, c'était jour de liesse, il détestait le 4 Juillet. Quant aux parents qui laissaient leurs enfants jouer avec des pétards, c'étaient des criminels, ni plus ni moins !

Il laissa libre cours à sa colère jusqu'à la dernière marche de l'escalier. Arrivé au rez-de-chaussée, il enfila à la hâte le couloir qui menait aux urgences, se blindant contre toute émotion. Seul comptait la certitude qu'il allait faire son possible pour soigner ce petit bonhomme.

— Je sais que nous sommes censés dîner dehors, déclara Denise Hendrix. C'est une tradition. Mais j'ai l'impression d'avoir payé mon dû. Nous prenions tous nos repas dans le jardin quand vous étiez petits. J'ai eu ma dose d'insectes et de fourmis pour une vie entière. De plus, nous sommes tous des adultes.

Montana fit de son mieux pour dissimuler son amusement. Tous les étés, c'était la même chanson. Pour une femme qui aimait jardiner, la réticence de leur mère à prendre ses repas dehors était pour le moins surprenante. La simple idée semblait la rendre folle.

— Nous ne sommes pas tous des adultes, la taquina-t-elle gentiment. Reese a dix ans et Tyler vient d'avoir onze ans. Sans parler de Melissa, d'Abby et de Hannah.

Sa mère répondit dans un soupir résigné :

— En d'autres termes, tu es en train de me dire que si j'étais une bonne grand-mère, je servirais le dîner dehors.

En riant, elle la serra contre son cœur.

— Allons, maman, tu sais bien que tu es une excellente grand-mère. Tout le monde se fiche bien d'être dehors ou dedans. Nous sortirons après le dessert.

— Si tu le dis. Je ne comprends pas pourquoi je suis si énervée. Sans doute parce que vous serez presque au complet et que je n'ai pas vu mes enfants réunis depuis longtemps.

C'était la vérité. Seul Ford manquerait à l'appel. Le plus jeune des Hendrix s'était engagé dans la Navy, et voguait en ce moment quelque part dans l'océan Indien. En revanche, Kent, le cadet, qui n'avait pas pu venir à Noël pour cause de divorce, serait là, avec son fils, Reese.

Montana ignorait les raisons de cette séparation. Elle savait juste que, contrairement à de nombreuses femmes, l'ex-femme de Kent ne voulait pas la garde de Reese ; toutefois, elle comptait bien voir son fils aussi souvent que l'envie l'en prendrait.

Une attitude plutôt choquante de la part d'une mère, s'était dit Montana. Mais ce n'était pas son affaire. Ce soir, tout ce qui comptait, c'était de retrouver son frère et son neveu.

Elle finit de disposer les verres. Le dîner était prêt. Les côtelettes seraient bientôt sur le barbecue, quatre salades attendaient au réfrigérateur, et d'alléchants brownies refroidissaient sur le plan de travail.

— Nevada devrait être arrivée, dit sa mère avec un coup d'œil à la pendule murale.

La tradition familiale voulait que les trois sœurs précèdent leurs frères pour aider à la préparation. Quelques mois auparavant, Dakota aurait encore été de la partie. Désormais, elle avait sa propre famille. Et elle allait bientôt être mère…

Montana resta songeuse un instant. Porter la vie en soi et voir son ventre s'arrondir de semaine en semaine devait être une expérience indescriptible.

La prenant par surprise, un besoin violent, d'une intensité fulgurante, la saisit. Elle aussi voulait tomber amoureuse, se marier, avoir des enfants. C'était la première fois qu'elle envisageait sérieusement la question. Peut-être était-ce lié au fait qu'elle avait depuis peu trouvé sa voie professionnelle. Maintenant qu'elle avait enfin découvert le domaine où s'épanouir, elle semblait prête à passer à l'étape suivante. Hélas, aucun homme ne se profilait à l'horizon.

Le visage de Simon passa soudain devant ses yeux. Avec un frisson, elle se rappela la ferveur de son baiser. Il avait été clair, néanmoins. C'était une erreur et il n'avait aucune intention de renouveler l'expérience.

— Tout va bien ? lui demanda sa mère.

— Oui. Je pensais juste au bébé de Dakota.

— Hannah va être si contente d'avoir un petit frère ou une petite sœur.

Hannah ne faisait partie de la famille que depuis peu mais tous avaient l'impression de l'avoir toujours connue. La petite fille, qui avait commencé sa vie dans un orphelinat du Kazakhstan, s'était adaptée à sa nouvelle vie et sa famille adoptive avec une rapidité étonnante.

— Peut-être aura-t-elle des jumeaux, déclara Montana avec un sourire. Ou des triplés.

— Ne dis jamais ça devant ta sœur, malheureuse ! l'avertit sa mère.

Pour toute réponse, elle éclata de rire.

— Cela viendrait allonger la liste de tes petits-enfants.

— Moi, je ne dirais pas non. Mais ta sœur n'y tient peut-être pas. Et toi alors, raconte… Tu vois quelqu'un ?

La question avait beau avoir été posée d'un ton détaché, Montana n'était pas dupe. Sa mère voulait des détails. Mais cela faisait des mois qu'elle n'avait pas eu un rendez-vous. Et d'avoir fait visiter la ville à Simon ne comptait pas, même s'il l'avait embrassée.

— Non, répondit-elle. Et toi ?

— J'ai accepté quelques rendez-vous mais rien de spécial, laissa tomber sa mère avec un soupir las.

Avec une petite moue, elle ajouta :

— Je ne comprends pas pourquoi je semble tant plaire aux hommes plus jeunes que moi. Où sont les hommes de cinquante, soixante ans ?

Montana regarda sa mère. Avec sa blondeur, son élégante coupe courte et sa minceur de jeune femme, elle était aussi jolie que vingt ans auparavant. Pas étonnant qu'elle plaise à des hommes plus jeunes qu'elle.

L'idée de mentionner le nom de Max lui traversa l'esprit. Son patron avait à peu près l'âge de sa mère, et depuis qu'il l'avait embauchée, un an auparavant, elle ne lui avait connu aucune aventure. D'un autre côté, ils ne se racontaient pas leur vie privée. Un instant elle imagina une rencontre entre sa mère et Max… Mais non ! Elle était ridicule. Elle oubliait le tatouage sur la hanche de Denise. Si sa mère avait déjà vécu une histoire très sérieuse avec un Max, elle n'apprécierait peut-être pas un prétendant portant le même prénom.

— Ta sœur m'a parlé de ta conversation avec Marsha, reprit sa mère.

— Cela n'a aucun intérêt, répliqua-t-elle avec un coup d'œil impatient à la pendule.

Mais que faisait Nevada ? Si seulement quelqu'un pouvait arriver pour faire diversion !

— C'est bien de ta part d'apporter ta contribution à la commune, lui fit remarquer sa mère. Alors, dis-moi, comment est-il, ce chirurgien ?

— Du genre taciturne.

Malgré la curiosité flagrante de sa mère, elle se garderait bien d'ajouter qu'il embrassait divinement.

— Tu penses le revoir ?

La sonnerie du téléphone lui épargna d'avoir à trouver une réponse.

Laissant sa mère décrocher, elle ouvrit le réfrigérateur, puis, mue par son sixième sens, elle se retourna.

— Tu es sûre ? disait sa mère, le visage livide, les yeux pleins de larmes.

— Maman ! Que se passe-t-il ?

— Kent et Reese ont eu un accident. Ils sont en route vers l'hôpital. Allons les rejoindre ! lança-t-elle en attrapant son sac avant de se ruer vers la porte.

5

Montana s'obligea à concentrer son attention sur la route. Même si elle n'avait qu'une envie, laisser libre cours à sa panique, elle devait se montrer forte. Seule sa mère avait le droit de craquer. Assise bien droite sur le siège, côté passager, ses mains jointes trahissant son anxiété, cette dernière murmura :

— J'aurais voulu qu'ils m'en disent plus.

Montana se retenait de ne pas accélérer ; elle traversait le centre-ville. Quel aurait été l'intérêt de blesser quelqu'un dans le seul but de gagner un peu de temps ?

— Nous y serons dans deux minutes, dit-elle en s'engageant sur le parking de l'hôpital. Je vais t'arrêter devant les urgences et j'irai me garer.

Après avoir acquiescé d'un hochement de tête, sa mère descendit de la voiture et se précipita vers l'entrée.

Montana ne tarda pas à trouver une place. Mais avant de descendre à son tour, elle avait besoin de quelques minutes. Pour prier. Elle ne demandait qu'une chose : que son frère et son neveu aillent bien, qu'il y ait eu plus de peur que de mal.

D'un pas vif, elle gagna l'entrée à son tour. Dans le hall, Kent serrait leur mère dans ses bras. Pâle, un bandage sur le front, il semblait un peu secoué mais rien de plus. Elle sentit des larmes d'émotion lui monter aux yeux.

Levant la tête, il l'aperçut. Elle s'élança vers son bras tendu.

— Je vais bien, la rassura-t-il.

Il marqua une pause et, la voix un peu tremblante, ajouta :

— Reese va devoir être opéré. Il a des coupures au visage et aux bras. D'après les médecins, ce sont des blessures bénignes, mais j'ai eu très peur.

Il s'interrompit, et son regard se perdit dans le vide. Sans doute revivait-il l'accident…

Montana lui jeta un coup d'œil inquiet. Il aurait voulu en dire plus, c'était évident. Se confier. Mais la présence de leur mère l'en empêchait ; il voulait lui épargner les détails. Reese perdait sans doute beaucoup de sang. Kent avait raison, autant ne pas inquiéter leur mère. Pour sa part, elle aurait des précisions plus tard.

Elle recula d'un pas et l'observa. Comme ses autres frères, Ken était grand, bien bâti, les yeux et les cheveux de jais. Sa ressemblance avec leur père était frappante. Il était très beau et il émanait de lui comme une force intérieure.

La voix de leur mère la tira de ses pensées.

— Où est Reese ?

— On le prépare pour la salle d'opération.

Une femme venait vers eux. Le badge sur sa blouse indiquait « Dr Lawrence ». Montana, qui l'avait croisée lors de ses visites à l'hôpital, savait qu'elle avait bonne réputation.

— Reese va bien, leur annonça-t-elle. Il est calme. Nous lui avons donné des antalgiques. Il sera en salle d'opération d'ici une demi-heure environ.

Son visage s'éclairant d'un sourire chaleureux, elle ajouta :

— Croyez que je comprends ce que vous traversez. Mais j'ai quand même une bonne nouvelle. Votre fils va être opéré par un chirurgien au talent extraordinaire. Je lui confierais mon enfant les yeux fermés. Il s'agit du Dr Bradley.

Un instant, Montana la regarda, interdite.

— C'est Simon qui va opérer Reese ? finit-elle par demander.

— Vous connaissez le Dr Bradley ? s'étonna le Dr Lawrence.

— Oui. Je m'occupe de l'une de ses petites malades avec l'un de mes chiens thérapeutes. Simon, pardon, le Dr Bradley, est un chirurgien esthétique célèbre, ajouta-t-elle à l'intention de sa mère et de son frère. Il travaille surtout sur les grands brûlés.

Le Dr Lawrence opina d'un mouvement de tête.

— C'est exact, confirma-t-elle. Il vient de finir d'opérer un jeune garçon. Dès qu'il aura terminé, nous lui amènerons Reese. L'intervention elle-même ne devrait pas être très longue.

Après avoir donné quelques précisions et leur avoir indiqué où attendre, le Dr Lawrence les laissa.

Montana s'approcha de son frère.

— Tout ira bien, le rassura-t-elle en passant son bras sous celui de leur mère. Le Dr Bradley est le meilleur.

— Je dois dire que je suis soulagé, avoua Kent en les précédant dans la salle d'attente.

Ils prirent place sur des chaises étonnamment confortables et commencèrent à discuter de choses et d'autres.

Au bout d'un moment, Nevada les rejoignit, suivie de près par Dakota qui portait Hannah dans ses bras. Les premières effusions passées, elles s'enquirent des dernières nouvelles. Ethan et Liz ne tardèrent pas à arriver à leur tour.

Dans le brouhaha des conversations, Montana se surprit à voir ses pensées dériver. Elle venait de prendre toute la mesure de la force d'une famille : se retrouver rassemblés par une situation extrême, se serrer les coudes, prier ensemble. Quoi que lui réserve la vie, elle aurait toujours ce trésor : des gens réunis dans une salle d'attente d'hôpital, qui l'aimaient, qui s'inquiéteraient pour elle. Elle appartenait à une fratrie de six enfants et ne connaissait pas d'autre façon de vivre.

Une question lui traversa l'esprit. Et Simon ? Qui le soutenait quand il traversait une épreuve ? Qui s'inquiétait pour lui ?

Simon posa le dernier et minuscule point de suture. La procédure n'avait pas été compliquée. Les entailles étaient plus impressionnantes qu'autre chose. Il ne savait même pas si l'enfant aurait des bleus.

Tandis que le petit opéré était emmené en salle de réveil, il s'attarda en salle d'opération. Il n'était pas inquiet pour son patient, il était donc temps d'aller rassurer la famille. Mais il retardait l'entrevue.

Comme d'habitude, tous lui exprimeraient leur reconnaissance, l'entoureraient, le remercieraient, insisteraient pour lui faire un cadeau. Les femmes se répandraient en effusions et les hommes lui serreraient la main. Il en avait déjà fait l'expérience des centaines de fois sans en tirer aucune satisfaction. Or il ne voulait pas de leur gratitude. Il ne demandait qu'une chose : pouvoir s'échapper. Passer à son patient suivant et tout oublier, à l'exception de son travail.

Pour tout arranger, la situation risquait d'être encore plus embarrassante, cette fois. En effet, d'après le Dr Lawrence, il venait d'opérer le neveu de Montana. Il allait être obligé de la revoir, de fixer le velours sombre de son beau regard, de refouler son désir pour cette femme que son corps réclamait avec une avidité inouïe. Pire, il allait devoir se faire violence en présence de sa famille au grand complet.

Il devinait qu'elle avait bien trop de bon sens pour faire allusion à son baiser. Mais elle n'aurait sûrement pas oublié qu'il l'avait embrassée, l'avait quasiment forcée. Il poussa un soupir.

Allons ! Il ne faisait que reculer pour mieux sauter. Il était temps de rejoindre les Hendrix.

En entrant dans la salle d'attente, il n'eut aucune peine à les reconnaître. Ils étaient tous rassemblés, échangeant des paroles réconfortantes, souriants. Il avait entendu dire à maintes reprises que le plus difficile était l'attente. Il n'en doutait pas une seconde. Pour sa part, il était toujours occupé.

Etonné, il resta quelques secondes à observer Montana et ses sœurs à leur insu. Il étudia la structure de leur visage, la forme identique de leurs yeux. Les seules petites différences étaient dues à leur coiffure.

Montana ne lui avait jamais dit que ses sœurs et elle étaient des triplées. De plus, elle venait d'une famille nombreuse, une notion à laquelle il était incapable de s'identifier. Il était intrigué. Comment pouvait-on trouver le calme au sein d'une telle tribu ?

— Docteur Bradley ? fit la voix de Montana.

Elle venait de l'apercevoir. Tous s'écartèrent pour permettre à un homme brun, de haute taille, de s'avancer vers lui. Une femme d'un certain âge, blonde et mince, lui emboîta le pas. La ressemblance ne laissait aucun doute : il s'agissait de Mme Hendrix.

L'homme se tenait maintenant devant lui.

— Kent Hendrix, se présenta-t-il en lui tendant la main. Montana me dit que vous êtes le meilleur. Comment va mon fils ?

Tous étaient suspendus à ses lèvres, attendant son verdict. Pourtant, même quand les nouvelles étaient bonnes, il ne savait jamais quoi dire. Il bafouilla quelques paroles au hasard. Oui, Reese allait bien. Les cicatrices étaient minimes. L'opération s'était déroulée sans surprises.

Un large sourire aux lèvres, Montana s'approcha à son tour.

— J'étais si contente d'apprendre que vous étiez chargé de l'intervention. Comme je te le disais, le Dr Bradley fait un travail remarquable, ajouta-t-elle à l'intention de son frère.

Il lui jeta un regard étonné. Ainsi, elle ne lui en voulait pas ? Sans pouvoir se l'expliquer, il avait soudain l'impression d'avoir reçu une récompense. Il ne comprenait pas néanmoins comment, ne connaissant que Kalinka, elle pouvait ainsi parler de ses talents. Seules les infirmières chargées des pansements de la fillette pouvaient juger de son travail.

Il ne manquerait pas de creuser la question, il se le promettait.

— Jamais je ne pourrai assez vous remercier, disait Kent Hendrix sans cesser de secouer sa main. Quand j'ai vu mon fils allongé dans cette mare de sang !

Avec un coup d'œil inquiet à sa mère, il reprit d'une voix étranglée :

— Je ne trouve pas mes mots.

— Il n'est jamais facile de voir son enfant blessé, répondit Simon, un peu crispé.

Il parvint à se libérer de l'emprise de Kent. Mais Denise Hendrix prit le relais, le serrant contre son cœur. Elle releva alors la tête et le fixa droit dans les yeux.

— Je vous en prie, répétez-moi que tout ira bien. Je sais que vous l'avez déjà dit mais j'ai besoin de l'entendre encore.

Son regard était brillant d'amour, mais aussi d'inquiétude. Elle débordait de tendresse maternelle. Dans son métier il rencontrait souvent des femmes comme elle. Dieu merci, rares étaient les mères pour qui faire du mal à leur enfant était un acte délibéré. Mais il avait beau le savoir, les parents aimants le surprenaient encore.

— Il se portera comme un charme, affirma-t-il.

— Il va s'en tirer avec quelques cicatrices très légères, renchérit Montana en frôlant le bras de sa mère en un geste réconfortant. Cela en fera un aimant à filles.

Denise Hendrix eut un petit rire étranglé.

— Ce que toutes les grands-mères veulent entendre.

Prenant une profonde inspiration, elle ajouta d'une voix plus maîtrisée :

— Docteur Bradley, nous avions prévu un dîner de famille, ce soir. Je suppose que, vu les circonstances, nous allons le repousser à demain. Je vous en prie, faites-nous le plaisir d'être des nôtres.

Il dissimula son irritation. Il ne voulait surtout pas dîner avec les Hendrix, passer du temps avec eux, les fréquenter. Il ne savait jamais quelle attitude adopter en présence d'inconnus, comment se comporter.

Et puis les invitations n'étaient-elles pas avant tout une façon de combler le besoin de le remercier ? Alors qu'il ne faisait que son travail.

Voilà pourquoi il mettait un point d'honneur à toujours

les refuser. A séparer sa vie privée de son travail. Il n'était pas le genre de médecin à s'impliquer personnellement.

Le reste de la famille renchérit, confirmant l'invitation de Denise Hendrix. Il les laissa parler sans broncher. Mais quand Montana leva son regard serein vers lui, il se sentit flancher.

— Je vous en prie, acceptez, dit-elle.

Alors, en dépit de sa réticence, il se surprit à hocher la tête. La perspective de passer du temps en sa compagnie lui avait fait déposer les armes.

Denise Hendrix mentionna quelque chose au sujet de l'heure et lui donna une adresse. Il ne l'écoutait pas. Il était fasciné par les deux sœurs de Montana. S'il s'agissait d'une attirance chimique, purement génétique, ne serait-il pas logique qu'il éprouve la même pour elles ?

Il les observa, essayant de s'imaginer leur parler, les toucher, les embrasser. Mais loin de ressentir un intérêt quelconque, il se trouva soudain très mal à l'aise. Carrément idiot, même. Seule Montana parvenait à mettre tous ses sens en émoi.

La voix de cette dernière vint interrompre le fil de ses réflexions.

— Inutile que vous perdiez du temps à chercher la maison, Simon. Si cela vous convient, je peux passer vous prendre à votre hôtel à 16 heures.

Non, cela ne lui convenait pas du tout ! Et puis il avait eu tort d'accepter cette invitation. Supporter la proximité de Montana en compagnie d'autres gens lui paraissait au-dessus de ses forces. Et s'il se ridiculisait de nouveau ? Si une nouvelle impulsion le poussait à l'embrasser ?

D'un autre côté, il avait toujours fait preuve d'étonnantes ressources. Il avait cicatrisé plus vite que la moyenne, avait eu une meilleure autonomie de mouvements, avait continué à avoir de bonnes notes à l'école. Il était maître de son destin, dans les limites du possible, bien sûr. Il pouvait donc tout à fait dîner avec Montana et sa famille sans se ridiculiser.

— Demain, mardi, ajouta-t-elle.

Il s'autorisa un sourire.

— Je suis encore apte à me rappeler les jours de la semaine, lui fit-il remarquer.

— Vous êtes tellement occupé que j'avais peur que vous vous embrouilliez, répondit-elle, une lueur espiègle dans les yeux. J'ai toujours entendu dire que les génies peinaient à se rappeler les détails de la vie quotidienne.

— Il est vrai que ce n'est pas toujours facile, répondit-il sur le même ton badin. Demain à 16 heures. Je vous attendrai.

— Vous m'en voyez ravie.

Ils échangèrent un regard brûlant et, l'espace d'une seconde, ce fut comme si plus rien n'existait. Ils étaient tous les deux seuls au monde. Le rire de l'une des deux sœurs le fit soudain retomber sur terre.

Après avoir été remercié une dernière fois par tous les membres présents de la famille Hendrix, il prit congé. Il avait encore du travail, des patients à voir. Il gagna l'ascenseur, ses pensées toujours obsédées par Montana. Pourquoi, quand il était avec elle, avait-il l'impression que la vie lui souriait enfin ? Hélas, la réalité était tout autre. Et combien il la détestait, cette fichue réalité !

Montana attendait sur le parking de l'hôpital réservé aux médecins. Elle n'avait eu aucun mal à trouver la voiture de Simon ; chère et élégante, c'était une Mercedes décapotable — le genre de voiture qui impressionnait ses frères. Pour sa part, elle se sentait un peu mal à l'aise de s'y appuyer — elle ne voulait surtout pas risquer de rayer la carrosserie.

Le sac dans sa main pesait de plus en plus lourd. En plus, le plat serait froid. Mais ce qui l'inquiétait surtout, c'était à quel point elle allait se sentir bête si elle devait attendre encore longtemps…

Après s'être renseignée, elle avait appris que Simon finirait vers 20 heures. Elle avait décidé d'aller lui chercher un plat à emporter et de lui faire la surprise de venir l'attendre. Il était maintenant 20 h 15, le soleil était presque couché, et elle était en train de se dire… qu'elle était vraiment une idiote.

Lui acheter à dîner lui avait semblé la moindre des choses. Bien sûr, en opérant Reese, il n'avait fait que son travail quotidien. Mais pour elle et sa famille, il avait accompli un miracle, et elle tenait à lui témoigner sa gratitude. Et même si elle ne voulait pas se l'avouer, elle était curieuse de le revoir en privé, ne serait-ce qu'un court instant. Quelque chose chez lui l'intriguait : son baiser avide, son regard enflammé dans la salle d'attente, tout à l'heure. Et pour être tout à fait franche, la présence de Simon à ses côtés attisait en elle un trouble fugace qu'elle n'arrivait pas à définir mais qui lui plaisait.

Elle jeta un nouveau coup d'œil à sa montre. A 20 h 30, elle s'en irait. A l'instant même où elle releva les yeux, elle vit Simon approcher. En la voyant, il s'arrêta net.

Elle essaya de déchiffrer son expression. En vain. Elle aurait été bien incapable de dire ce qu'il pensait. Avait-elle pris la bonne décision en venant ici ? Elle commençait à en douter. Après tout, son idée de lui apporter à dîner n'était peut-être pas si bonne.

Il fit quelques pas et s'arrêta à quelques mètres d'elle.

— Que faites-vous ici ? demanda-t-il.

Son ton était aussi neutre que son regard. A ses yeux qui, de vert, avaient viré à un gris orageux, elle devinait pourtant la myriade d'émotions qui l'agitaient. Hélas, elle aurait été bien incapable de les analyser.

— J'ai entendu dire que vous aviez été en salle d'opération presque toute la journée. Vous n'avez pas fait de pause, pas trouvé un moment pour avaler quelque chose. Je suis passée au *Fox and Hound* vous acheter un plat chaud. Et j'ai pris du pain et une salade.

— N'est-ce pas demain que je dîne chez vous ? demanda-t-il, acerbe.

— Si, chez ma mère. Ça, c'est de ma part.

Elle réprima un soupir de frustration. Son idée n'était vraiment pas bonne. Simon devait croire qu'elle l'épiait. Combien elle aurait aimé trouver une réplique intelligente ! Si seulement il pouvait cesser de la dévisager ainsi.

— J'ignorais que vous étiez une sœur triplée, déclara-t-il soudain.

— Depuis ma naissance, répondit-elle avec un petit sourire, fière de son trait d'humour et soulagée du changement de sujet. Et j'ai trois frères aînés, nous sommes donc six. Ma mère est restée étonnamment saine d'esprit malgré sa tribu.

— Il devait être impossible de vous distinguer, vos sœurs et vous, quand vous étiez plus jeunes.

— C'est vrai. C'était drôle. Maintenant, nous essayons d'être différentes.

— Vous avez dépassé votre besoin de vouloir berner tout le monde ?

Elle ne répondit pas tout de suite. Sa nervosité s'était quelque peu dissipée, mais elle était remplacée par un autre type de tension, beaucoup plus agréable, mais beaucoup plus délicat à maîtriser…

Elle était consciente de la proximité de Simon. De la sensualité de sa bouche, de ses yeux marqués par la fatigue. Pourtant, en dépit de son état d'épuisement flagrant, il émanait de lui une énergie qui l'aimantait. Elle avait envie de se blottir dans ses bras, de le serrer contre son cœur. Elle voulait sentir sa bouche sur la sienne, voulait qu'il l'embrasse comme l'autre jour, dans le parc, avec cette passion qui l'emportait avec la force d'un torrent furieux… Personne ne l'avait jamais désirée aussi ardemment. Jamais elle n'aurait soupçonné provoquer un tel désir chez un homme.

— A l'approche de l'adolescence, nous avons pris la décision de nous différencier, répondit-elle enfin. Et vous ? Vous avez des frères ? Des sœurs ?

— Non.

C'était catégorique. Un peu sec aussi. Comme s'il ne voulait pas parler de sa famille.

Peut-être devrait-elle changer de sujet ? Mais il ne lui en laissa pas le temps. Lui prenant le sac contenant le dîner à emporter des mains, il ouvrit sa portière et le posa sur le siège du passager. Puis, se redressant, il la fixa, le regard insondable.

— Je ne pense pas que ce soit une bonne idée que je vienne dîner demain, finit-il par dire. Je ne suis pas très famille.

Ça, elle l'avait bien compris.

— Il n'y a pas d'examen d'entrée, le rassura-t-elle. C'est juste un dîner. Vous avez déjà été invité à dîner ?

La commissure de sa bouche se releva imperceptiblement, comme s'il était sur le point de sourire. Elle reprit espoir.

— De plus, ajouta-t-elle, un dîner familial vous fera le plus grand bien. Vous serez moins pompeux.

Le regard abasourdi qu'il lui jeta lui donna presque envie de rire.

— C'est comme ça que vous me voyez ? demanda-t-il. Pompeux ?

— Souvent, oui. Mais ce n'est pas péjoratif. Prenez les Anglais, par exemple. Ça leur va comme un gant.

Maintenant, il souriait franchement. De beau, il était passé à carrément irrésistible. Et même si certaines femmes seraient sans doute révulsées par ses cicatrices, elle, elle les remarquait à peine.

— J'ai un grand ami anglais, mais je ne prends pas très bien l'accent, fit-il remarquer, le plus sérieusement possible. Je devrais peut-être m'entraîner.

— Mais oui ! Ça plaît beaucoup aux femmes. Cela dit, vous avez déjà le truc du docteur.

— Le truc du docteur ? répéta-t-il, l'air ahuri.

— Ne faites pas semblant de ne pas comprendre. Non seulement vous êtes un beau docteur mais, en plus, vous êtes chirurgien. Un vrai piège à filles !

Son attitude changea brusquement, et il la fixa avec une intensité qui lui donna envie de reculer d'un pas. Bien entendu, elle avait encore gaffé. Mais qu'avait-elle dit, au juste ? Pourtant, il n'avait pas l'air furieux, plutôt…

Soudain il l'attira dans ses bras, prit son visage au creux de ses grandes mains vigoureuses, caressant doucement ses pommettes de ses pouces. Puis il l'embrassa, sa bouche s'emparant de la sienne, impérieuse, avec la même passion que la première fois.

Audacieux, exigeant, son baiser réveilla le désir qui sommeillait en elle, un désir contre lequel elle ne pouvait pas lutter.

Elle enroula ses bras autour du cou de Simon. Emportée par quelque chose de plus fort qu'elle, elle étouffa un soupir d'aise sous son baiser frénétique et le lui rendit avec fougue.

Simon avait un goût de café et de menthe. Sa barbe naissante lui râpait délicieusement la peau. Elle sentait le tissu soyeux de sa veste, la vigueur de ses épaules athlétiques, la tension dans ses muscles. Puis son baiser se fit plus pressant.

Elle perdit la notion de ce qui l'entourait. Son esprit se mit à tournoyer, une foule d'images l'assaillirent, tandis que tout son corps se tendait douloureusement vers celui de Simon. C'était exactement comme leur premier baiser, songea-t-elle avec bonheur alors que le désir l'inondait. Il y avait là une force naturelle, une évidence…

Les mains vigoureuses de Simon glissèrent le long de son dos pour aller se poser sur ses fesses, et il la plaqua contre lui, ne lui laissant rien ignorer de son excitation. Elle sentit la puissance de son désir et une vision de Simon et elle, nus, peau contre peau, passa devant ses yeux. La pointe de ses seins soudain tendue, son bas-ventre en fusion, palpitant, elle sombra avec délice dans le tourbillon de volupté de leurs deux bouches scellées.

Elle voulait sentir ses lèvres chaudes sur chaque parcelle de son corps… Elle le voulait en elle, tout de suite, là, sur le parking. Elle voulait prendre ses mains et les plaquer sur ses seins, entre ses jambes, sur son sexe humide et palpitant.

Elle avait déjà été embrassée, elle avait déjà fait l'amour, mais jamais elle n'avait éprouvé une faim aussi primitive, aussi intense.

Sans crier gare, Simon s'arracha à ses lèvres et recula d'un pas. Son souffle était saccadé, son regard embrasé par la passion. S'il lui demandait de l'accompagner à son hôtel, elle n'était pas sûre de pouvoir refuser. Pourtant, coucher avec un homme qu'elle connaissait à peine n'était pas vraiment dans ses habitudes.

Elle ne tarda pas à retomber sur terre. Elle s'était inquiétée pour rien, car au lieu de lui demander de le suivre, il lui présenta ses excuses. A sa façon.

— Désolé, marmonna-t-il, bourru.

Sur ces mots, il monta en voiture et démarra.

Restée seule, elle le regarda s'éloigner.

— Un homme qui vous embrasse et qui prend la poudre d'escampette, murmura-t-elle.

Un long frisson l'électrisa.

Le Dr Simon Bradley était un homme dangereux. Il allait falloir faire preuve de la plus grande prudence. Sinon, il était bien capable de lui briser le cœur

6

En ce mardi après-midi, Simon faisait les cent pas dans sa chambre d'hôtel, en proie à la plus grande indécision, ce qui l'agaçait au plus haut point. Dans son métier, les décisions devaient se prendre rapidement. Il avait appris à faire confiance à son instinct, à se convaincre que, quoi qu'il advienne, il serait toujours guidé par son expérience et ses compétences. Or à cet instant, il ne s'agissait pas de chirurgie mais de la vie quotidienne, une discipline pour laquelle il n'avait jamais été très doué.

Montana avait dû trouver un prétexte pour l'excuser auprès de sa mère. Comment, après l'épisode du parking de l'hôpital, la veille au soir, pourrait-elle l'attendre dans le hall de l'hôtel pour l'emmener dîner dans sa famille ?

Il n'aurait jamais dû l'embrasser. Son baiser avait été beaucoup plus qu'un simple baiser. Il s'était montré exigeant, impérieux. Il lui avait, pour ainsi dire, forcé la main. Une fois de plus, il avait été incapable de résister et, cette fois, il ne lui avait rien caché de l'effet qu'elle produisait sur lui. Quelle humiliation pour lui que cette incapacité à se contrôler ! Pourtant il savait qu'à la première occasion, il recommencerait.

Il jeta un coup d'œil à sa montre. Presque 16 heures. Il avait fait son possible pour s'arranger et quitter l'hôpital tôt. Mais maintenant, il devait se décider : ou bien il allait à ce fichu dîner ou bien il retournait travailler. Mû par une force qu'il ne pouvait s'expliquer, il gagna le rez-de-chaussée.

Si par hasard Montana venait quand même, il ne pouvait pas la faire attendre. D'un autre côté, si elle n'était pas là, d'abord il l'aurait bien mérité, et ensuite son dilemme serait résolu : il retournerait travailler.

Quand il l'aperçut dans le hall, son cœur se mit à cogner dans sa poitrine. Il ne voyait qu'elle. Ses longs cheveux dorés qui tombaient sur ses épaules en un joyeux enchevêtrement de boucles, sa robe bain de soleil bleu pâle qui découvrait ses bras et ses jambes. Devant sa beauté à couper le souffle, il éprouva une espèce de vertige, une nouvelle fois pris par ce désir d'une violence qui lui était jusqu'alors inconnue. Elle était sexy en diable.

Il se surprit à haïr les hommes qui lui jetaient des coups d'œil admiratifs. Il voulait s'interposer. Annoncer au monde entier qu'elle était à lui et que personne d'autre ne pouvait l'avoir. Ce besoin primitif le choqua. Il ne se reconnaissait plus, lui qui, d'habitude, était maître de lui.

Pourtant, en présence de Montana, il semblait perdre tout contrôle.

Elle l'aperçut et lui sourit, s'avançant vers lui de sa démarche chaloupée qui le rendit fou. Le moindre de ses mouvements était empreint d'une sensualité torride, portant la promesse de mille plaisirs à venir.

— Voilà que vous êtes encore en jean ! s'exclama-t-elle. Vous le faites exprès ? Vous voulez me déstabiliser, c'est ça ? Nous savons, vous et moi, que vous êtes plutôt du genre à porter un costume.

Il se souvint alors qu'elle le voyait ainsi. Ne le prenait-elle pas pour un homme coincé et pompeux ?

— A propos d'hier…, commença-t-il.

— Ne vous excusez pas, je vous en prie. Vous ne pouvez pas embrasser comme ça pour me dire ensuite que vous êtes désolé. Parce que, si c'est le cas, je vais être obligée de vous coller un bon coup de poing. J'ai assimilé le fait qu'après un baiser vous preniez aussitôt la poudre d'escampette. Peut-être votre marque de fabrique ? lança-t-elle, moqueuse. Cela dit, vous avez de la chance qu'aucun autre ne m'embrasse comme vous.

— Pourquoi, j'ai de la concurrence ?

Son rire joyeux attira quelques regards sur eux.

— Mais non, voyons ! s'exclama-t-elle. Il n'y a que vous.

— Ah, vous me rassurez, répliqua-t-il en souriant, espérant qu'elle allait comprendre sa note d'humour.

Toutefois, il ne plaisantait qu'à moitié ; il était rassuré de sa réponse. Mais il était surtout soulagé de voir qu'elle n'était pas en colère — sinon elle ne l'aurait pas taquiné de la sorte. Il était aussi heureux… qu'elle ait aimé leur baiser — même s'il ressentait une sourde angoisse à cette constatation.

Pourtant, il n'avait pu s'empêcher de se demander s'il n'était pas allé trop loin. Visiblement, non.

Elle posa une main sur son torse en un geste, sans nul doute, désinvolte. Pourtant, au contact de sa paume sur sa chemise, il sentit une vague brûlante le submerger.

— Vous devriez faire ça plus souvent, déclara-t-elle en plongeant son regard dans le sien.

— Vous embrasser ?

Elle partit d'un nouvel éclat de rire.

— Pourquoi pas ? Mais là, je faisais référence à votre sourire. Vous souriez trop rarement. Vous êtes sans doute un homme très sérieux.

Il la regarda, perplexe. Elle le prenait pour un homme sérieux. Etait-ce un compliment, dans sa bouche ? Son intuition lui soufflait que non. Il aurait voulu lui dire qu'il pouvait aussi être drôle, comme tout le monde. Mais il savait que c'était faux. Tout ce qu'il avait de drôle en lui avait été anéanti des années auparavant.

Elle laissa retomber sa main, et il faillit protester, lui avouer qu'il avait besoin de ce contact physique entre eux. Il opta pour le silence.

— Venez, dit-elle alors. Toute ma famille attend le héros que vous êtes.

— Je ne suis pas un héros, protesta-t-il en lui emboîtant le pas pour sortir de l'hôtel. Loin de là.

L'esprit soudain léger, il se prit à souhaiter, comme parfois, une vie différente. Il regardait les autres et regrettait de ne pas avoir, lui aussi, un lien, des attaches. Mais, comme on dit souvent, à quoi bon demander la lune ?

— Pour nous, vous êtes un héros, insista-t-elle.

L'après-midi était tiède, les rues animées. Le peu qu'il avait vu de Fool's Gold montrait une petite ville où les gens étaient ouverts, amicaux. Une petite ville de film ou de série télévisée. Pour autant, il n'était pas tenté par la vie ici. Quand il aurait fini, il passerait à autre chose, comme il l'avait toujours fait. C'était sa vie à lui, et elle lui convenait parfaitement.

Montana se dirigea vers un pick-up Subaru, un peu cabossé. Un gros chien, à l'arrière, le regardait. Il reconnut les grands yeux, le sourire un peu baveux et la queue battante de ce fichu animal créateur de chaos.

— C'est la chienne de l'autre jour ? s'enquit-il, méfiant, en s'arrêtant à côté de la voiture.

— Inutile de prendre ce ton dédaigneux. Oui, c'est Fluffy. Vous la reconnaissez depuis le petit incident de l'hôpital.

— Le *petit* incident ? répéta-t-il, moqueur.

— Comment le qualifieriez-vous ?

— Je préfère me taire.

— J'ai déjà reconnu mon erreur. Je pensais que Fluffy pouvait changer. C'est une chienne qui déborde de joie, d'affection. En général, c'est une bonne chose. Mais peut-être est-elle un peu trop exubérante pour en faire un chien thérapeute. Je l'emmène rencontrer Kent et Reese. Mon frère veut acheter un chien, et j'ai pensé à Fluffy.

Elle s'interrompit et, plissant les yeux, ajouta :

— Et je vous défends de faire le moindre commentaire sur le petit incident de l'hôpital.

— Loin de moi cette idée. Je ne doute pas un instant

que Fluffy ait toutes les qualités requises pour faire une excellente chienne de compagnie.

Elle lui jeta un regard perplexe, mais il n'ajouta rien. Tant que la grosse chienne pataude ne remettait jamais une patte dans son service, il n'avait rien à lui reprocher.

Quand il s'installa sur le siège du passager, Fluffy fit mine de venir le saluer. Montana s'empressa de la repousser et lui ordonna de se tenir tranquille. Il retint un sourire. Cet ouragan à pattes ne connaissait sûrement pas le sens du mot « tranquille » !

— Kent et Reese ont traversé des moments difficiles, lui expliqua Montana en s'installant au volant. Mon ex-belle-sœur a quitté mari et fils. Elle est partie, du jour au lendemain. Quel genre de mère faut-il être pour faire ça ? ajouta-t-elle en lui jetant un regard en biais. Elle ne voit pas souvent Reese. Selon Kent, elle téléphone rarement, mais quand l'envie de jouer à la maman la prend, elle s'attend à ce qu'il laisse tout en plan pour lui amener Reese. Je sais bien que l'amour d'un chien ne peut remplacer celui d'une mère, mais il contribue beaucoup à mettre du baume au cœur. J'espère que Fluffy et mon neveu s'entendront bien.

Impassible, Simon garda le silence. Sans doute aurait-il mieux valu pour lui que sa propre mère le quitte. Si seulement Montana avait pu se douter de ce que l'amour maternel avait été pour lui. Mais, heureusement, cette femme au visage d'ange ignorait tout de l'existence des vrais monstres. La vie l'avait épargnée. C'était beaucoup mieux ainsi. Il ne lui souhaitait qu'une chose, de ne jamais être éclaboussée par la laideur du monde.

— Je n'ai pas dit à Chichi que j'amenais Fluffy, reprit-elle, un sourire aux lèvres. Je ne veux pas qu'elles se battent.

Elle marqua une courte pause, avant de préciser :

— Vous savez, Chichi a un vrai béguin pour vous. C'est tellement adorable.

Il esquissa un sourire poli. Le petit caniche était bien

mignon et semblait faire du bien à Kalinka. Il ne demandait rien de plus.

— A mon avis, vous accordez trop d'importance aux états d'âme de cette petite bête, dit-il d'un ton dégagé.

— On voit que vous ne la connaissez pas bien. Mais vous allez voir, vous allez rapidement être conquis.

Sans lui laisser le temps de répondre, elle commença à énumérer au passage les divers centres d'intérêt de Fool's Gold. Après avoir traversé le parc, puis le centre-ville, ils gagnèrent un quartier résidentiel.

Avec ses nombreux arbres, l'endroit était idyllique. Des bicyclettes étaient appuyées contre les vérandas des maisons souvent anciennes mais bien entretenues. Sans doute un cadre normal pour beaucoup de gens de classe moyenne aux Etats-Unis. Le genre d'environnement où la plupart des enfants grandissaient ou, tout au moins, rêvaient de grandir. Il n'avait jamais rien connu de tel. Enfant, avec sa mère, il avait vécu dans une série de petits appartements dans des quartiers sinistres. Et il avait passé ses années d'adolescence à l'hôpital.

Montana se gara devant l'une des maisons. Plusieurs voitures se trouvaient déjà dans l'allée. La façade semblait repeinte de frais, le toit était neuf, le jardin bien entretenu. Il descendit de voiture, se préparant une nouvelle fois à affronter ces gens qu'il ne connaissait pas. Ce n'était pas son point fort, se dit-il sombrement. De plus, il avait toujours mis un point d'honneur à séparer son travail de sa vie privée ; il ne souhaitait pas entretenir de relations personnelles avec ses patients. C'était la toute première fois de sa carrière qu'il acceptait l'invitation à dîner de la famille d'un malade. Mais ce n'était pas pour la famille Hendrix qu'il était là.

Après lui avoir mis sa laisse, Montana ouvrit à Fluffy qui bondit à terre et la traîna jusqu'à la véranda. Elles ne l'avaient pas encore atteinte quand la porte d'entrée s'ouvrit.

— Bienvenue ! s'exclama Denise Hendrix en se hâtant à leur rencontre, les bras grands ouverts.

Il fut saisi d'une furieuse envie de tourner les talons et de prendre ses jambes à son cou. Une excuse, vite ! Il devait trouver une excuse. Mais tout allait trop vite. Déjà Denise Hendrix l'enlaçait et le serrait contre son cœur à l'étouffer.

— Mon petit-fils est rentré à la maison ce matin, annonça-t-elle. Exactement comme vous l'aviez dit. Grâce à vous, tout va bien.

Puis, le tenant par les bras, elle recula d'un pas et, le fixant droit dans les yeux, reprit :

— Je pourrais passer la journée à vous remercier. Mais je ne veux pas vous mettre mal à l'aise. Aussi, je vous le dis une bonne fois pour toutes : merci.

— Je vous en prie, répondit-il, espérant que sa voix ne trahissait pas son embarras.

Le prenant par le coude, elle l'entraîna vers la famille au grand complet qui discutait dans la véranda.

Il serra la main de Kent qui ne put s'empêcher de le remercier, puis salua Ethan et sa femme, l'écrivain, Liz Sutton. Vint ensuite le tour de Dakota et de Nevada, les deux autres triplées.

Dakota, qui portait un bébé dans les bras, lui présenta Finn, son fiancé.

— Les enfants sont dans le jardin, à l'arrière, précisa Denise Hendrix. Vous connaissez Reese, bien sûr. Il joue avec les trois enfants de Liz et d'Ethan. Ne manque à l'appel que mon benjamin, Ford, qui est dans la Marine, à l'étranger.

Sans cesser de parler, elle le précéda à l'intérieur. Les pièces étaient spacieuses et lumineuses, le mobilier confortable et accueillant. A sa grande surprise, il se sentit soudain plus détendu.

Ils ressortirent dans le jardin et tout le monde se dirigea vers les tables dressées à l'ombre des grands arbres. Dakota et Nevada taquinaient leur mère avec gentillesse. Il crut comprendre que cette dernière n'était pas une adepte des repas en plein air.

— Tout va bien ? lui demanda Montana en s'approchant de lui.

— Très bien.

— Je me permets de vérifier parce que je sais que vous m'avez dit ne pas spécialement être fan des réunions de famille. Des groupes en général, ajouta-t-elle avec un sourire entendu.

Il lui jeta un coup d'œil intrigué. Etait-ce si flagrant ?

— J'apprécie votre invitation, et…, commença-t-il.

Elle l'interrompit d'un petit rire.

— Je vous en prie, dit-elle en secouant la tête. Gardez votre courtoisie pour ma famille. Je sais très bien que vous préféreriez être chez le dentiste à vous faire dévitaliser une dent plutôt qu'ici. Ce qui rend votre présence encore plus appréciable.

Il ne s'était jamais considéré comme le genre d'homme qui avait une préférence pour un type de femme. D'ordinaire, les femmes ne faisaient que passer dans sa vie. Pourtant, à cet instant précis, devant les beaux yeux bruns pailletés d'or de Montana, il s'interrogea. Allait-il jamais pouvoir regarder une autre femme sans penser à elle ?

Ils s'assirent côte à côte, et Nevada s'installa en face d'eux. Se penchant vers lui, cette dernière déclara, l'air grave :

— Je ne vais pas vous répéter à quel point nous apprécions ce que vous avez fait. Maman s'en charge très bien toute seule. Je devine qu'au bout d'un moment, les remerciements deviennent pénibles à entendre.

— Pas pénibles, la corrigea-t-il, gênants.

— Vous n'aimez pas trop que l'on se répande en compliments à votre égard, si je comprends bien.

— Non.

Elle sourit, d'un sourire presque identique à celui de Montana. Elles avaient la même bouche. Pourtant, elle le laissait tout à fait indifférent. Aussi jolie et charmante qu'elle soit, elle n'avait rien à voir avec sa sœur. Ce qui, pour des triplées, était assez surprenant.

— Montana me disait que vous étiez ici en mission temporaire, reprit-elle. Vous allez ainsi d'un endroit à l'autre pour pratiquer des interventions chirurgicales ?

— En effet. A moins d'y être appelé pour un cas exceptionnel, je ne vais pas dans les grandes villes. Et, tous les deux ans, je passe quelques mois à l'étranger. Après Fool's Gold, je suis attendu au Pérou.

— Pour Médecins sans Frontières ? s'enquit Montana.

— Non. J'ai déjà travaillé avec eux mais je travaille aussi pour d'autres organisations. Le besoin de chirurgiens dans le Tiers-Monde est illimité.

— Mais vous opérez principalement des grands brûlés ? demanda Nevada, visiblement très intéressée. N'ont-ils pas besoin de soins à long terme ?

— Si, bien sûr. Je pratique la chirurgie préliminaire, puis je laisse la charge aux médecins locaux de prodiguer les soins à long terme. Parfois, si j'ai eu affaire à un cas vraiment difficile, j'y retourne quelques années plus tard.

— N'êtes-vous pas un peu jeune pour avoir une telle expérience ? s'étonna Nevada.

Il faillit éclater de rire. Décidément, les sœurs Hendrix n'avaient pas leur langue dans leur poche !

— J'ai commencé mes études de médecine très jeune, expliqua-t-il. Je savais ce que je voulais, j'étais motivé.

Montana, qui ne perdait pas une miette de leur conversation, s'en félicitait. Ne sachant pas grand-chose de Simon, les questions de sa sœur l'aideraient à mener à bien la mission confiée par Marsha.

Elle s'étonnait toutefois. Aller ainsi d'un endroit à l'autre pouvait sembler attrayant. Mais n'avait-il pas envie de se poser un jour ?

Elle l'observa attentivement. En s'asseyant à sa gauche, il avait pris soin, encore une fois, de faire en sorte qu'elle ne puisse voir que le côté droit de son visage. Pourtant, quand il se tourna légèrement, elle aperçut l'entrelacs enflammé de ses épaisses cicatrices qui défiguraient sa joue et descendaient dans son cou. Lui couvraient-elles le dos ? Le torse ?

Une multitude de questions se bousculaient dans son esprit. Que lui était-il arrivé ? Comment avait-il été blessé, comment avait-il guéri ? Qui était le vrai Simon Bradley ? Malgré elle, elle réprima un sourire. Elle était bien théâtrale, soudain.

Au moment où elle commençait à se demander comment amener le sujet, Kent et Reese les rejoignirent, suivis par Fluffy bondissant derrière eux. Une partie du visage tuméfié de son neveu était bandée. Elle lui adressa un clin d'œil plein de tendresse. Il avait passé l'après-midi dans un transat — sur l'ordre de sa grand-mère —, mais elle était sûre que dès demain, il serait sur pied, à courir partout avec ses cousins.

— Comment te sens-tu ? s'enquit Simon.

— Très bien, répondit Reese. Sauf que mon visage me tire encore et que je suis un peu fatigué. Papa me dit que vous êtes le docteur qui m'a opéré.

— Oui. Tu as été mon cas le plus facile de la journée.

Reese s'adossa à la table. Avec ses beaux cheveux bruns, il était le portrait craché de son père.

— Ça ne vous dérange pas, tout ce sang ? demanda-t-il, curieux.

— J'ai l'habitude.

— Vous avez un très beau métier. Moi j'aurais peur d'être dégoûté.

— Tu aimerais être médecin ? demanda son père, surpris.

Avec un sourire indulgent, Reese répliqua :

— Papa, j'ai dix ans. Tous les métiers me tentent. N'empêche, ce que fait le Dr Bradley est vraiment trop fort. Il répare les gens.

Montana lança un regard amusé à Kent. Elle connaissait assez son frère pour deviner qu'il brûlait d'envie de faire remarquer à son fils que son métier aussi était intéressant. Elle doutait néanmoins que beaucoup d'enfants de dix ans rêvent d'une carrière de prof de maths.

— Médecin est un très beau métier, mais tu devras aller à l'école pendant longtemps, dit Kent.

— Il a encore le temps de décider, intervint Simon. Demain, tu ne seras plus aussi fatigué. Et ton visage aura cessé de te faire mal, ajouta-t-il avec un sourire à l'intention du petit garçon.

— Super !

Puis, emboîtant le pas à son père, Reese regagna la maison, suivi par Fluffy, l'air très affairé.

Nevada se leva d'un bond.

— Je dois aller aider maman !

Montana s'apprêtait à l'imiter mais sa sœur lui fit signe de se rasseoir.

— Occupe-toi de notre invité, lui ordonna-t-elle avec un sourire entendu. Je vais apporter les plats sur la table.

Montana jeta un coup d'œil furtif à Simon. Avait-il remarqué le manque de subtilité de sa sœur ? Dieu merci, il semblait captivé par la scène à l'intérieur de la maison.

Reese s'était installé sur l'un des canapés, Fluffy couchée à ses pieds.

— Je suis heureuse que Fluffy et Reese s'entendent aussi bien, dit-elle. Vous voyez, au lieu de jouer avec les autres enfants, dans le jardin, elle est à l'intérieur avec lui. Elle le protège. Elle n'a pas la personnalité d'un chien thérapeute, mais elle en a le cœur.

— Vous êtes déçue que ce ne soit pas suffisant ?

— Non. Je suis heureuse qu'elle puisse faire du bien à Reese. Même si je regrette de ne pas avoir pu l'intégrer à mon équipe. Les gros chiens sont souvent très efficaces.

— Par exemple ?

— Quand nous allons rendre visite à un groupe important, comme une maison de retraite. Les gros chiens peuvent passer de pensionnaire en pensionnaire pour recevoir des caresses, sans risquer de se faire écraser les pattes par les déambulateurs et les chaises roulantes. Ce qui n'est pas le cas des petits chiens. Et puis, ils sont plus efficaces pour les cours de lecture. Malgré leur taille, ils ne font pas peur aux enfants qui peuvent s'adosser à eux, les cajoler. Cela les aide à oublier leur stress pour lire. Ce qui n'enlève rien au travail des petits chiens. Vous avez vu Chichi avec Kalinka. Difficile, en revanche, pour un labrador de quarante kilos de se coucher sur un lit avec un enfant malade.

Elle s'interrompit. Elle ne s'était pas rendu compte du flot de paroles qu'elle venait de déverser.

— Je suis désolée, murmura-t-elle, un peu gênée, je me suis un peu emballée.

— J'aime vous écouter parler de votre travail.

— Ce n'est rien, comparé à ce que vous faites.

Il l'enveloppa de son paisible regard vert.

— Je ne suis pas d'accord. Il est aussi important pour un enfant de savoir lire que d'avoir un physique aux normes de la société.

Il avait raison, bien sûr.

— Vous sauvez des vies, insista-t-elle néanmoins.

— Quand vous emmenez un chien voir une personne qui souffre de solitude, ne lui sauvez-vous pas la vie, vous aussi ?

— Sur le moment.

— Et qu'est-ce que la vie, sinon une succession de moments ?

Sa réponse la laissa un instant abasourdie. Jamais elle n'aurait soupçonné ce côté de sa personnalité. Essayant de dissiper son trouble, elle lança d'un ton qu'elle voulait taquin :

— Et moi qui croyais que tous les chirurgiens avaient un ego surdimensionné !

— Je n'échappe pas à la règle. De temps en temps.

Une lueur espiègle dans le regard, il ajouta :

— Et puis, je suis tellement *pompeux* qu'il m'arrive d'avoir un peu la grosse tête.

Elle rougit.

— Je suis navrée, je n'aurais jamais dû dire cela, murmura-t-elle.

— Ne vous excusez pas. Je peux être trop concentré sur

ce que je fais. Une concentration qui est indispensable à mon travail, mais, en dehors de l'hôpital, je dois peut-être apprendre à me... déconnecter.

Il lui décocha un sourire si éblouissant qu'elle se sentit chavirer. Cet homme dégageait un magnétisme vraiment exceptionnel. Si elle avait osé, elle lui aurait demandé de lui parler de ses cicatrices. Comment était-ce arrivé, pourquoi ne les avait-il pas fait disparaître ? Peut-être était-ce impossible. Et puis, elle aurait tant aimé en savoir plus sur sa vie personnelle. A force de ne jamais poser ses valises nulle part, ne se sentait-il pas seul, de temps en temps ?

Mais elle ne dit rien.

En général, elle n'avait aucune difficulté à trouver des sujets de conversation, mais avec Simon, elle avait l'impression qu'elle devait marcher sur des œufs. C'était d'autant plus étrange qu'il l'avait embrassée sans lui demander son avis. Elle n'aurait jamais dû se sentir aussi intimidée. Quoi de plus intime qu'un baiser ? Mais était-ce tant de la timidité que la crainte de l'effaroucher en montrant trop de curiosité ?

— Si je comprends bien, vous n'avez jamais eu de chien ? se risqua-t-elle quand même à demander.

Elle savait qu'avec cette question, elle lui tendait une perche. Allait-il enfin lui parler de son passé ?

Elle vit sa mâchoire se crisper. Seigneur ! Une nouvelle fois elle n'avait pas dit ce qu'il fallait.

— Non, pas de chien, répondit-il, l'œil sombre. Je vivais seul avec ma mère. Jusqu'à ce que j'aille à l'hôpital.

A cause de ses brûlures, comprit-elle. C'était peut-être lui, qui lui tendait une perche avec cet aveu. Mais sans lui laisser le temps de réfléchir à la question qu'elle allait lui poser pour en savoir plus, il demanda :

— Vous et vos sœurs êtes les plus jeunes ?

— Oui. Après avoir mis au monde trois garçons, maman voulait une fille, et elle en a eu trois d'un coup. Je me dis parfois que cela n'a pas dû être facile de mettre des triplées au monde. Tout comme pour mon amie Pia qui attend la naissance de jumeaux d'un jour à l'autre. Je ne peux même pas l'imaginer. D'autant que, d'un point de vue biologique, ce ne sont pas les siens.

— Elle a reçu un don d'ovules ?

— Elle s'est fait implanter les embryons congelés de l'une de nos amies, Crystal. Son mari, Keith, et elle sont morts. Pia n'avait pas vraiment envie d'être mère mais sa rencontre avec l'homme de sa vie, Raoul Moreno, l'ancien *quarterback* de l'équipe des Cowboys de Dallas, l'a fait changer d'avis. Ils ont déjà un fils adoptif, Peter. Un garçon qui a perdu ses parents dans un accident de voiture dont il est sorti indemne. Les bébés vont donc arriver dans une vraie famille.

Avec un soupir d'aise, elle ajouta :

— C'est merveilleux quand tout finit bien.

— Parce que vous croyez aux *happy ends* ? lança-t-il, moqueur.

— Bien sûr. Fool's Gold est la ville où tout finit toujours bien. Et vous, vous y croyez ?

— Parfois, reconnut-il.

Le parfum des fleurs du jardin flottait dans l'air tiède. Elle percevait vaguement le joyeux brouhaha des conversations, des rires des enfants qui jouaient. Pourtant, seul Simon retenait vraiment son attention. Il était devenu triste soudain. Sans doute pensait-il à toutes ces personnes qu'il avait opérées, à celles qui s'en étaient sorties sans trop de dégâts. Aux autres…

— Seulement parfois ? demanda-t-elle. Parce que quelquefois, vos malades ne s'en sortent pas ?

Elle comprenait combien il devait être tragique pour lui de ne pas réussir à sauver quelqu'un.

— J'ai fini par l'accepter, laissa-t-il tomber.

— Vous ne pensez pas vraiment ce que vous dites.

Il la fixa, l'air grave.

— Non, je ne le pense pas vraiment, avoua-t-il. Jamais je ne pourrai l'accepter. Je suis censé pouvoir tous les sauver. C'est là, dans ces mains, ajouta-t-il en posant ses mains à plat sur la table. Et dans ma tête. Je suis bon dans mon domaine. Je suis l'un des meilleurs. J'ai toujours su que j'avais un talent particulier, et que si je me consacrais exclusivement à le perfectionner, je pourrais sauver des vies.

Elle l'observa attentivement. Son instinct lui soufflait que cela n'avait aucun lien avec un ego surdimensionné. C'était autre chose. Quelque chose de beaucoup plus profond, plus sincère, inhérent à l'homme profondément humain qu'il était.

— Vous êtes du genre compliqué, finit-elle par dire.

— Non, je suis plutôt simple. C'est vous qui êtes compliquée.

Elle éclata de rire.

— Je ne crois pas, non. J'ai une vie très normale. Limite ennuyeuse.

— Pas ennuyeuse, la corrigea-t-il.

Elle lui lança un regard reconnaissant. Si seulement il disait vrai !

— J'ai toujours voulu être un peu exotique, précisa-t-elle. Originale. Au lieu de ça, je suis l'un des six enfants de parents qui se sont aimés. Même si le fait d'être une triplée n'est pas banal, bizarrement, cela n'a fait que renforcer la normalité de ma vie. Il n'est pas facile de cultiver son individualisme quand on est trois, et surtout que l'on est liée à ses deux autres sœurs par un lien un peu spécial.

Elle s'interrompit, guettant sa réaction. Comprenait-il ce qu'elle voulait dire ? Visiblement non.

— Je ne suis pas très claire, n'est-ce pas ? C'est tout moi, ça ! Je voue un amour sincère à ma famille. Mais, contrairement à mes deux sœurs qui ont toujours eu une idée très précise de leur avenir, je suis restée longtemps indécise sur la voie à prendre.

— D'où votre inquiétude pour la destinée de Fluffy.

Elle se mit à rire.

— La destinée ! Comme vous y allez ! Avec votre éducation raffinée.

— Raffiné : c'est tout à fait moi, répliqua-t-il d'un air moqueur.

Sans réfléchir, elle posa sa main sur la sienne, et lui sourit.

— Je suis heureuse que vous soyez venu aujourd'hui.

Sa peau chaude lui rappela l'enclos de ses bras. Elle s'était sentie si bien, serrée contre son torse vigoureux...

Il la dévisagea d'un air grave.

— Moi aussi, murmura-t-il. Et ce n'était pas gagné d'avance. Je n'ai pas l'habitude de passer du temps avec une famille.

Par choix, songea-t-elle. Il aurait pu décider de s'installer quelque part et de faire venir ses patients à lui. Mais cela n'avait pas été le cas. Sa vie de nomade était une décision délibérée. Ce qui ne répondait toujours pas à sa question : pourquoi ?

Ethan s'approchait d'eux, et elle vit Simon se redresser imperceptiblement sur sa chaise, comme s'il voulait remettre un peu de distance entre eux, reprendre sa liberté. Leur petit moment d'intimité était terminé.

— Simon, je suis venu vous proposer de faire une pause, dit Ethan. Kent et moi allons regarder le match en buvant une bière. Voulez-vous vous joindre à nous ?

Montana réprima son soupir de frustration. Bien sûr, elle aurait préféré le garder avec elle. Mais quel homme pouvait résister à l'appel du sport ?

— Allez-y, lui dit-elle. Je vais aider maman dans la cuisine.

Ils regagnèrent la maison. Simon s'installa dans la salle de séjour, en compagnie des frères Hendrix, une bière à la main, et Montana se rendit dans la cuisine où sa mère et ses sœurs mettaient la main aux derniers préparatifs du dîner.

Dans son parc, Hannah plongeait gaiement la main dans un sac en tapisserie rempli de peluches. Les enfants jouaient dans le jardin. Une fin d'après-midi en famille dans la plus pure tradition, songea Montana.

— Laisse-moi deviner, lui dit sa mère en la voyant entrer. Ils vont regarder le match.

— Gagné !

— Les hommes et le sport ! Je ne comprendrai jamais, s'exclama-t-elle en s'adossant au plan de travail. Et pourtant votre père aimait tant le base-ball.

— Et le football américain, renchérit Nevada. Rappelez-vous ce Thanksgiving. La dinde était cuite mais, pour un peu, il aurait fallu attendre la fin des prolongations.

Montana hocha la tête en souriant. Un simple regard à sa femme et leur père s'était empressé d'éteindre la télévision. Leur mère avait été si impressionnée qu'elle avait demandé à Ethan et Ford de traîner le poste dans la salle à manger, pendant que son mari découpait la dinde.

— Il était prêt à rater la fin du match pour toi, lui rappela Montana. Il t'aimait tant.

— C'est vrai, reconnut leur mère, songeuse. C'était un homme bien. Je veux que vous trouviez un homme comme lui, mes chéries.

— Je n'y suis pas opposée, répondit Montana en se retenant de jeter un coup d'œil vers la salle de séjour.

La pensée de Simon ne devait même pas l'effleurer. Pour commencer, elle le connaissait à peine. Or on ne construisait pas une relation sur un simple baiser, aussi fabuleux soit-il. De plus, il semblait toujours prêt à sauter dans le premier avion, alors qu'elle était plutôt du genre casanier.

— Les belles histoires comme celle de papa et toi se font rares, grommela Nevada. Essaie de dénicher un homme bien, à notre époque.

— Bien sûr que ça se trouve ! rétorqua Dakota.

— Merci. Insiste bien sur le fait que *toi*, tu as trouvé l'exception.

— Peut-être pas, murmura leur mère, songeuse.

Montana, horrifiée, vit que sa mère regardait Simon avec attention, et… se tournait vers elle avec un petit sourire qu'elle n'aimait pas du tout.

— As-tu senti des étincelles ? lui demanda-t-elle.

— Maman ! s'exclama-t-elle. Imagine qu'il t'entende.

— Ils sont de l'autre côté de la pièce avec la télévision allumée. Il ne peut pas m'entendre.

Néanmoins, elle baissa la voix pour ajouter :

— Je vous ai vus discuter dehors. Y a-t-il quelque chose entre vous ?

Que pouvait-elle répondre ? Simon était intelligent, très beau, il embrassait à couper le souffle. Mais…

— Je ne sais pas, admit-elle. Nous n'avons pas grand-chose en commun.

— C'est-à-dire ? s'enquit Nevada.

— Eh bien pour commencer, il est très solitaire. Est-ce sa nature ou est-ce dû aux circonstances de la vie ? Je serais bien incapable de le dire.

— En gros, tu te demandes s'il cache un secret ou bien s'il souffre d'un problème psychologique grave.

— Exactement, répondit-elle avec un sourire.

— Tu pourrais essayer de le découvrir, lui suggéra sa mère.

Elle allait rétorquer qu'elle avait autre chose à faire de ses journées, lorsqu'elle se rendit compte… que c'est ce qu'elle essayait de faire depuis qu'elle avait rencontré Simon.

— Tu as sans doute raison, murmura-t-elle, songeuse.

7

Debout devant la cafetière électrique, Denise resserra la ceinture de sa robe de chambre en coton. Elle attendait que le café passe. Elle s'était habituée à vivre seule dans cette grande maison. Pourtant, comme il était bon d'avoir une partie de la famille sous son toit, même si ce n'était que temporaire. Veuve depuis plus de dix ans, elle s'était habituée au silence. Pourtant elle préférait sentir la maison pleine, sans parler de la joie que lui procurait la présence de ses petits-enfants.

Kent entra dans la cuisine, vêtu d'un pantalon noir et d'une chemise bleue. Il était douché et rasé de près.

Elle posa deux mugs sur la table et les remplit de café.

— Tu es nerveux ? s'enquit-elle.

— Un peu, avoua-t-il. Je tiens à décrocher ce poste.

Le but de sa visite à Fool's Gold était un entretien au lycée de la ville. Il devait remplacer le directeur du département des mathématiques quand il prendrait sa retraite.

— Mon fils, ton retour à Fool's Gold me comblerait de joie, bien sûr. Mais je veux que tu sois sûr de toi.

Kent lui sourit, et elle sentit son cœur se serrer. Elle avait soudain l'impression d'avoir son mari devant elle. Ils se ressemblaient tant !

— Maman, nous en avons déjà parlé.

— Et alors ? Je cherche simplement à te conseiller de ne pas faire un choix hâtif, dicté par un besoin de fuite en avant.

Il leva une main en un geste résigné.

— Je t'écoute, maman. Exprime le fond de ta pensée.

— Tu me comprends. Reese et toi avez traversé tellement d'épreuves, ces deux dernières années, que je voudrais que tu sois sûr de toi.

— Je le suis, affirma-t-il en s'adossant au plan de travail. Je sais que Lorraine ne reviendra pas. Il n'est pas facile pour Reese et moi de vivre dans cette maison, avec tous nos souvenirs. Je veux redémarrer à zéro. Ce sera mieux pour Reese. Et aussi pour moi. Et où serais-je mieux qu'ici ? C'est une ville géniale. Et nous venons si souvent que Reese y a déjà des amis. Sans parler de la famille. Je veux habiter Fool's Gold, maman.

— Si tu en es certain.

— Je le suis, affirma-t-il encore une fois.

Un instant silencieuse, elle but une gorgée de café.

— Je suis désolée pour Lorraine.

— Je sais bien que ce n'est pas vrai.

Elle but une nouvelle gorgée, avant de rectifier :

— Je suis désolée de te voir souffrir.

— Là, je te crois.

Denise acquiesça d'un hochement de tête. Même si elle avait détesté le cliché de la belle-mère incapable d'approuver la femme que son fils avait épousée, elle n'avait jamais pu aimer Lorraine, et ce, dès la seconde où elle l'avait rencontrée. Cliché ou pas, cette femme n'était pas assez bien pour son fils. Elle était belle, certes, mais d'une froideur d'iceberg. A l'époque, elle s'était étonnée de voir une femme aussi ambitieuse et déterminée épouser un futur professeur de mathématiques.

Leur mariage avait été tumultueux dès le début. Lorraine était partie plusieurs fois. Et, dix-huit mois auparavant, elle avait annoncé qu'elle demandait le divorce. Une nouvelle fois, elle avait fait ses valises mais, cette fois, elle n'était pas revenue.

Bien sûr, Denise partageait le chagrin de Kent. Mais c'était Reese qui lui faisait le plus de peine. Lorraine ne voyait son fils qu'à de rares occasions et, quelques mois auparavant, elle avait même oublié son anniversaire. Comment une mère pouvait-elle faire preuve d'un tel égoïsme ? La voix de Kent vint interrompre le fil de ses pensées.

— Tu es sûre que cela ne te dérange pas de m'héberger ?

— C'est une grande maison. J'aime ta compagnie. C'est plutôt pour toi que je m'inquiète.

Il eut un sourire malicieux.

— Un trentenaire qui vit chez sa mère ? Avec un fils en prime ? Toutes les femmes vont se jeter à mon cou.

— Je pense que oui. Quand tu seras prêt.

Le sourire de Kent s'évanouit aussitôt.

— Et je ne le suis jamais, laissa-t-il tomber. J'avais pensé avoir trouvé ce que tu avais avec papa. Je croyais que Lorraine était la femme de ma vie. Peut-être était-ce le cas, mais cela n'a plus vraiment d'importance. Elle est partie.

Denise aurait voulu lui dire de ne pas renoncer. Qu'il était trop jeune, que la vie était longue. Mais elle avait appris depuis longtemps qu'il valait mieux se montrer diplomate avec ses enfants. Aussi évitait-elle de donner des avis catégoriques.

— Tu as tout le temps, se contenta-t-elle de dire. Pour le moment, la priorité, c'est ton entretien d'embauche.

Cela ne l'empêchait pas de penser qu'une fois qu'il serait installé, elle trouverait un moyen de le présenter à des femmes de son âge. Et elles étaient nombreuses à Fool's Gold.

— A propos, je ferais bien d'y aller. Merci maman, enchaîna-t-il en s'avançant vers elle pour la serrer dans ses bras. Tu es la meilleure.

— Je le croirai quand tu m'auras érigé une statue.

Une fois son fils parti, elle s'approcha de la fenêtre. Perdue dans ses souvenirs, elle laissa son regard errer sur le jardin. La vie était si différente du vivant de Ralph. Tellement plus belle. Avant lui, il y avait eu Max. Elle l'avait aimé, lui aussi. Même s'il faisait partie des secrets qu'elle gardait pour elle, une chose était sûre, elle avait eu beaucoup de chance. Elle ne devait pas l'oublier. Elle avait tant reçu. Pouvait-elle demander plus ?

Un petit pas la fit sursauter. Encore tout ensommeillé, Reese se tenait sur le seuil de la cuisine. Les cheveux en bataille, il portait un T-shirt sur un bas de pyjama trop grand. Sentant son cœur se gonfler de tendresse, elle s'avança pour serrer son petit-fils contre elle.

— Bonjour mon grand. Comment te sens-tu ?

— Mieux. Mon visage ne me fait plus mal du tout, exactement comme l'avait dit le Dr Bradley.

— Bonne nouvelle !

Le petit garçon lui rendit son étreinte et se jucha sur une chaise, devant la table. Elle sortit un pichet de jus d'orange du réfrigérateur.

— Tu veux des gaufres pour ton petit-déjeuner ? proposa-t-elle.

— Génial !

Il prit le verre qu'elle lui tendait et, après l'avoir remerciée, enchaîna :

— Grand-mère, tu sais qu'il y a beaucoup de gens à l'hôpital ?

— Oui, répondit-elle en commençant à réunir la farine, le lait, les œufs, le sucre. Un étage entier est même réservé aux enfants. C'est le service de pédiatrie.

— Je crois que je le savais, répondit-il d'un air grave. Les enfants aussi tombent malades. Quand même, ça fait bizarre. Beaucoup d'entre eux sont vraiment malades et doivent rester longtemps à l'hôpital. Par exemple, certains ont des cancers, m'a dit l'une des infirmières.

Se rembrunissant soudain, il se tut.

Aussitôt, Denise sentit son instinct de protection se réveiller. Comment pouvait-elle lui épargner la laideur de la vie ? D'un autre côté, le fait de côtoyer le malheur des autres aidait un enfant à apprendre la compassion.

— Ce doit être très difficile pour eux et pour leur famille, fit-elle remarquer.

— C'est sûr. En plus, c'est l'été et ils ne peuvent même pas jouer dehors.

Après avoir reposé son verre sur la table, il reprit :

— Je pourrais peut-être rendre visite à certains enfants. Ceux qui n'ont pas d'amis ici, par exemple. Et jouer à un jeu vidéo avec eux.

Elle lui adressa son plus beau sourire. Elle était si fière de lui ! Et de Kent. Il avait si bien réussi l'éducation de son fils.

— Je vais en parler à ta tante Montana. Elle emmène souvent des chiens thérapeutes à l'hôpital. Elle saura auprès de qui se renseigner.

— Super !

Il lui sourit, exactement comme son père au même âge. Kent avait peut-être un goût déplorable concernant les femmes, mais c'était un merveilleux papa. Quelque chose que Lorraine ne pourrait jamais lui enlever.

Montana adorait la bibliothèque de Fool's Gold, construite dans les années 1940, et agrémentée de colonnes torsadées et d'immenses fresques murales. Elle aimait le large escalier menant à la porte de bois sculpté à deux battants, les fenêtres en vitraux, et l'odeur prégnante des livres.

Avant de travailler pour Max, elle avait eu un poste à la bibliothèque. Elle s'y était beaucoup plu. Mme Edler, la bibliothécaire en chef, avait même voulu la garder à temps plein. Elle avait longuement hésité, sachant qu'il aurait été raisonnable d'accepter. Mais elle avait fini par écouter son instinct qui la conduisait vers d'autres passions.

Dieu merci, Mme Edler n'était pas rancunière, et quand Montana lui avait fait part de son projet de programme d'alphabétisation assistée par des chiens thérapeutes, pendant les vacances d'été, elle avait été enthousiasmée.

Il avait été décidé, pour commencer, de faire appel à un seul chien pour trois élèves. Le principe était simple. Pendant une demi-heure, l'élève était suivi par un professeur qui travaillait le vocabulaire du texte choisi avec lui. Venait alors l'exercice de lecture à voix haute qui se pratiquait en présence d'un chien.

Montana avait choisi Buddy, un chien gentil, compréhensif, très soucieux du bien-être d'autrui. Elle avait remarqué que la sollicitude des chiens était un grand réconfort pour les enfants, et surtout ceux qui manquaient de confiance en eux.

D'où cette méthode, certes insolite, mais tout à fait logique. Un enfant qui avait des difficultés à lire acceptait sans crainte de lire devant un chien qui ne le jugeait pas.

Mme Elder, venue à sa rencontre, l'accompagna jusqu'à une salle aménagée, à sa demande, avec des poufs en forme de poires et de grands coussins à même la moquette. Quand un enfant faisait la lecture à un chien, mieux valait qu'ils soient au même niveau.

Un petit garçon, très maigre qui devait avoir l'âge de Reese, attendait.

— Voilà Daniel, annonça la bibliothécaire avec un sourire encourageant. Daniel, je te présente Montana et son chien, Buddy. Je vous laisse.

— Bonjour, dit l'enfant du bout des lèvres, ses yeux à peine visibles à travers sa longue frange.

Son « bonjour » ressemblait plus à un soupir qu'à un salut. Montana compatit. L'idée de passer un après-midi d'été à la bibliothèque ne devait pas l'emballer outre mesure.

Elle prit place dans l'un des fauteuils et indiqua un coussin à l'enfant.

— Buddy est très impatient d'entendre l'histoire. Je lui en ai parlé, il est tout excité.

Daniel s'affala sur le sol et leva les yeux au ciel.

— Comme si les chiens étaient intéressés par les livres.

— Comment le sais-tu ? Quand Buddy n'a pas passé une très bonne journée, les histoires lui remontent le moral.

— Vous ne pouvez pas me faire croire ça.

— Bien sûr que si. Regarde-le. Est-ce qu'il a l'air heureux ?

Docile, Daniel se tourna vers Buddy. Suivant son habitude,

le chien avait une expression inquiète, comme s'il portait tout le poids de la misère du monde sur ses épaules.

— Il a l'air un peu triste, admit le petit garçon. Mais le fait de lui lire quelque chose ne va pas l'aider. Les chiens se fichent de ce genre de choses.

— Tu crois vraiment ? demanda-t-elle en s'emparant des deux livres apportés par Daniel pour les tendre à Buddy. Lequel veux-tu ?

Levant une patte, le chien tapota l'un des livres.

— Tu vois bien qu'il a une opinion, déclara-t-elle, triomphante.

Les yeux écarquillés, Daniel s'exclama :

— Waouh ! Je n'ai jamais vu ça ! Buddy, tu veux vraiment que je te lise une histoire ?

Son imagination lui jouait peut-être des tours, mais Montana crut voir le chien hocher la tête

Après un court silence, Daniel se tourna vers elle.

— J'espère que tu ne vas pas rester, dit-il.

— Non, le rassura-t-elle en se levant. A toi de jouer.

Elle quitta la pièce et resta derrière la porte entrebâillée. Ce n'était pas pour espionner ; c'était juste pour évaluer les difficultés de l'enfant et pouvoir juger de ses progrès à venir.

Daniel commença à lire. Il progressait avec une douloureuse lenteur, trébuchant pratiquement à chaque mot. Pourtant, vaille que vaille, il avançait.

Elle sourit. Quelques semaines auparavant, elle avait eu l'idée de charger les chiens du choix des livres. Il avait été facile de leur apprendre le tour. Si cela amenait l'enfant à croire que le chien était intéressé, l'expérience n'en serait que plus enrichissante.

Elle jeta un coup d'œil à sa montre, puis ressortit du bâtiment. Elle reviendrait vérifier où en était Daniel dans une dizaine de minutes.

A peine s'était-elle installée à l'ombre d'un grand chêne qu'elle sentit la vibration de son téléphone portable dans sa poche.

— Allô ?

— Montana ? C'est Fay Riley, la maman de Kalinka. Je vous dérange ?

La voix de la jeune femme trahissait l'épuisement, comme si elle n'avait pas dormi depuis des jours. Ce qui était sans doute le cas, songea Montana, se rappelant à quel point Kalinka lui avait paru frêle dans son lit d'hôpital.

— Non, vous ne me dérangez pas du tout. En quoi puis-je vous aider ?

— Kalinka passe une sale journée. La douleur est atroce, elle n'arrive pas à dormir. Serait-ce trop vous demander d'amener Chichi ? Je pense que cela l'aiderait beaucoup. Je n'essaie pas de vous culpabiliser, s'empressa-t-elle d'ajouter. Ou alors, peut-être que si. Je suis désespérée.

Sa tension était palpable, son angoisse aussi. La jeune femme était au bord des larmes.

— Bien sûr, je peux l'amener, lui assura Montana. Je suis à la bibliothèque, j'en ai pour une heure. Puis j'irai chercher Chichi. Que diriez-vous de 15 h 30 ?

— Ce serait super, répondit-elle d'une voix étranglée.

Montana frissonna. Tant de détresse lui brisait le cœur.

— Tout ira bien, dit-elle d'une voix apaisante. Je suis heureuse de pouvoir faire mon possible pour vous aider.

— Et je vous en suis si reconnaissante. Ne m'en voulez pas de craquer, mais ces brûlures ! Elles sont tellement atroces, je ne sais plus quoi faire.

— Vous êtes avec votre fille et vous l'aimez.

— Si seulement cela pouvait suffire.

Sa voix se brisa.

— Je suis désolée, reprit-elle. Vous êtes merveilleuse et je suis…

— Je comprends. Autant que je le peux, du moins.

— Merci Montana. C'est si important, et pour Kalinka et pour moi.

Après avoir raccroché, Montana remit son téléphone dans sa poche, le cœur serré. A moins d'avoir traversé la même épreuve, il était impossible de comprendre la tragédie que vivait cette famille. Elle regrettait de ne pouvoir les aider qu'en proposant la compagnie d'un caniche. Mais c'était déjà ça !

Chichi toilettée dans les bras, Montana sortit de l'ascenseur de l'hôpital. Tout excitée, la chienne semblait reconnaître les lieux. Tremblait-elle de joie à la perspective de revoir Kalinka ? Ou Simon ?

Montana esquissa un sourire. Pour être honnête, le fait de passer un peu de temps avec Simon ne lui déplairait pas non plus. Même si leurs fabuleux baisers la comblaient, elle avait envie de le connaître mieux, de parler. Elle voulait en savoir plus sur sa vie.

Quand elle arriva à l'étage du service des grands brûlés, elle s'engagea dans le couloir en direction de l'entrée. Après avoir reçu le feu vert des infirmières, elle gagna la chambre de Kalinka. Fay, qui s'avançait à sa rencontre, agita la main.

Cela ne faisait que quelques jours que Montana était venue avec Chichi, mais la jeune femme paraissait encore plus frêle et épuisée que la dernière fois. Les cernes noirs sous ses yeux semblaient gravés dans sa peau, et sa bouche tremblait d'émotion.

— Merci d'être venue ! s'exclama-t-elle. Kalinka souffre le martyre. Les infirmières persistent à me dire qu'elles font leur possible pour la soulager, mais elle m'implore de l'aider et je suis totalement…

S'interrompant, elle passa une main tremblante sur son front et esquissa un pâle sourire.

— Je suis désolée, murmura-t-elle.

Un instant, Montana resta désemparée. Comment soulager une telle détresse ?

— Ne vous excusez pas, Fay. Vous traversez une épreuve si difficile. Je comprends votre besoin de vous épancher, ne vous gênez surtout pas avec moi.

— Vous êtes adorable.

Un peu dubitative, Montana hocha la tête. Adorable ? C'était vite dit. Toutefois, elle était prête à faire tout ce qui était en son pouvoir pour soulager la souffrance de la fillette et de sa mère.

— Je ne lui ai pas dit que Chichi devait venir, avoua Fay. Elle va être si heureuse.

En entrant dans la chambre de Kalinka, Montana retint un mouvement de recul. Les brûlures de la fillette semblaient avoir empiré. La peau à vif était plus enflammée, l'odeur était plus forte. Comme si elle se souvenait de sa dernière visite à Kalinka, Chichi, tremblante d'excitation, se mit à gigoter pour s'échapper de ses bras.

Kalinka ouvrit les yeux.

— Oh ! Vous avez amené Chichi, murmura-t-elle.

— J'ai pensé qu'elle t'aiderait peut-être à te sentir mieux, répondit sa mère.

La fillette esquissa un sourire.

— Merci, maman.

Montana s'assit sur le lit et posa Chichi à côté d'elle. La petite chienne s'avança avec délicatesse et, après l'avoir regardée quelques secondes, lui lécha les doigts. Un petit rire faible fusa des lèvres entrouvertes de Kalinka.

— Elle m'aime bien.

— Bien sûr, acquiesça Montana, la gorge nouée.

Chichi se roula en boule contre Kalinka qui, après lui avoir tapoté gentiment la tête, ferma les yeux.

— C'est bien, murmura-t-elle.

Fay fit alors signe à Montana de la suivre dans le couloir.

— Vous pouvez rester un peu avec elle ? lui demanda-t-elle. Elle va peut-être se détendre et enfin dormir.

— Bien sûr. Et si vous en profitiez pour faire une pause ? Si vous alliez manger quelque chose ?

— Je n'ai pas faim, répondit Fay. En revanche, je rêve d'une bonne douche.

Elle jeta un coup d'œil en direction de la chambre.

— Je déteste m'éloigner d'elle, murmura-t-elle.

— Je reste là, la rassura Montana en tirant un livre de son sac. Je vous promets.

— S'il se passe quoi que ce soit, l'infirmière a mon numéro de portable.

Toujours hésitante, Fay semblait ne pas pouvoir se décider.

— J'aurais préféré que ce soit moi, dit-elle d'une voix sourde. C'est tellement dur ! La douleur, la cicatrisation, les opérations. Ses amies lui manquent mais elles sont trop loin pour venir lui rendre visite. De plus, je ne suis pas sûre qu'elles supporteraient de la voir dans cet état.

Montana hocha la tête. Que pouvait-elle dire ? Soudain, sa conversation avec sa mère lui revint à la mémoire. Sa mère ne lui avait-elle pas dit que Reese aimerait rendre visite aux enfants hospitalisés ?

— Croyez-vous qu'elle aimerait recevoir la visite de mon neveu de dix ans ? demanda-t-elle. Je pourrais le lui amener.

— Pourra-t-il gérer la situation ? Je ne voudrais pas qu'il ait un mot malheureux et qu'il lui fasse de la peine sans le vouloir, ou qu'il laisse paraître sa surprise ou son dégoût.

— Je vais commencer par en parler à Reese. Nous pourrions aller sur internet pour l'aider à comprendre ce que votre fille vit. C'est un enfant très sensible, très bon. Et puis Kalinka n'a pas les mains brûlées, ils pourront jouer ensemble.

Fay hocha la tête, rassurée.

— Ce serait bon pour elle de voir d'autres têtes que le personnel hospitalier et moi, reconnut-elle. Il faudra choisir un jour où elle ira bien. Ils ont été rares jusqu'ici.

— Réfléchissez-y. En attendant, je vais voir si Reese est d'accord, si son père est d'accord aussi, puis je le préparerai à la visite.

Fay lui sourit, mais ses yeux scintillaient de larmes.

— Merci, Montana. Nous ne sommes pas d'ici. Nous sommes venus à Fool's Gold pour le Dr Bradley. C'est le meilleur. Et tout le monde s'est montré si accueillant. Je ne m'attendais pas du tout à une telle solidarité.

Montana la serra dans ses bras. Quelques longues secondes, Fay s'agrippa à elle, comme si elle avait besoin de son soutien pour rester simplement debout.

— Si vous avez besoin de quelque chose, n'hésitez pas, lui dit Montana. Quoi que ce soit. Je pourrai sans doute trouver un moyen de vous le procurer.

— Pour le moment, une douche est déjà un cadeau.

Après être allée chercher des vêtements de rechange dans sa valise, elle ressortit de la chambre et s'éloigna dans le couloir.

A son tour, Montana se glissa dans la chambre. Kalinka dormait, un bras protecteur autour de Chichi. La tête de la petite chienne reposait sur sa paume.

— Tu fais du bon travail, la complimenta-t-elle.

Pour toute réponse, Chichi agita la queue sans bouger d'un poil.

Montana s'installa dans un fauteuil mais, incapable de lire, elle se surprit à prier pour Kalinka et pour tous les enfants du monde qui, comme elle, souffraient.

Pia était très, très, enceinte. Jamais Montana n'aurait pu croire que l'on pouvait avoir un ventre aussi énorme. Ni des pauvres chevilles aussi enflées — elles avaient la taille d'un ballon !

— Tu vas vraiment bien ? demanda-t-elle en essayant de retenir sa grimace.

Manifestement incapable de trouver une position confortable, Pia se tortillait dans son fauteuil trop grand.

— Je sais que ce n'est pas beau à voir mais crois-moi, c'est encore pire à vivre, répondit-elle dans un soupir. Ce sont les éléphantes qui portent leur petit pendant deux ans, non ? Comment y arrivent-elles sans devenir folles ? J'ai tellement hâte de voir sortir ces bébés ! Les jumeaux sont censés arriver tôt mais pas les miens, bien sûr !

Elle posa une main sur son ventre.

— Je suis gonflée comme une outre. Raoul va me quitter.

— Allons ! Il t'adore, répliqua Montana avec un sourire réconfortant.

— Il *m'adorait*, tu veux dire. Au passé. Mais il ne peut pas adorer le monstre que je suis devenue. Je te promets que si j'avais la formation médicale, je n'hésiterais pas à accoucher seule. Et tout de suite !

— Je ne pense pas que je te serais d'une grande utilité. Que dit le Dr Galloway ?

— Elle préconise la patience. Que plus longtemps je les porterai, mieux ce sera pour eux. Avant, j'aimais bien le Dr Galloway. Mais je commence à croire qu'elle est membre d'une conspiration. Quand je mettrai ces bébés au monde, ils auront l'âge de partir à l'université !

Montana sourit, partagée entre la compassion et l'amusement.

— Que puis-je faire pour t'aider ? demanda-t-elle.

— M'écouter me plaindre. C'est si gentil à toi. Merci pour ta patience.

Pia changea encore une fois de position, puis, dans un grognement, reprit :

— Ce qui m'inquiète le plus, c'est que cela risque de ne pas s'améliorer après leur naissance. Imagine qu'ils me haïssent ?

Voilà un moment maintenant que Pia s'inquiétait à ce sujet. Elle ne s'était jamais considérée particulièrement maternelle. Pourtant, quand son amie Crystal était morte, lui laissant ses embryons congelés, elle avait fait la démarche extraordinaire de se les faire implanter.

— Tes bébés vont t'adorer, répondit Montana d'une voix ferme. Tu le sais très bien.

— Parce qu'ils ne connaîtront pas mieux ! Je serai leur

seule mère dans la vie. Ils n'auront pas le choix. Tu pourrais m'amener l'un de ces méchants chiens thérapeutes ?

— Nos chiens thérapeutes ne sont jamais méchants, répliqua-t-elle, un peu irritée. Leur travail exige qu'ils s'entendent avec tout le monde.

— Ne te fâche pas. J'avais pensé que si j'arrivais à me faire aimer d'un chien difficile, j'aurais plus de chances avec mes bébés.

Montana lui jeta un coup d'œil inquiet. Pia était vraiment déprimée. Un bon câlin, voilà ce qu'il lui fallait.

— Allons, allons, tout ira bien, la rassura-t-elle en se levant pour la serrer dans ses bras.

— Ne t'inquiète pas, ce doit être hormonal. Un peu de ma faute aussi, peut-être, mais, en gros, je ne suis pas responsable. Oh non..., gémit-elle. Pas en *gros*. Je ne veux plus entendre ce mot de ma vie !

— Essaie de te détendre, lui conseilla Montana en se rasseyant. Tu vas être une super-maman. Tu n'as pas hésité une seconde pour porter les bébés de Crystal. Est-ce que cela ne prouve pas l'amour que tu as à donner ?

Dans un reniflement, Pia répondit :

— Je vais tâcher de m'en souvenir. Et si nous changions de sujet ? Comment va le monde ? Je ne suis pas sortie depuis quinze jours. Je suis enfermée soit ici soit chez le médecin. Y a-t-il toujours un ciel ? Des arbres ?

Montana partit d'un éclat de rire.

— Rien n'a changé. La terre tourne toujours autour du soleil et les jours s'écoulent par tranches de vingt-quatre heures.

— Contente de le savoir. Et toi, ça va ?

— Ça va. J'ai démarré mes cours de lecture d'été à la bibliothèque. Et je continue d'emmener mes chiens voir les malades et les retraités.

Elle s'interrompit, un peu hésitante. Elle brûlait d'envie d'aborder le sujet qui occupait toutes ses pensées. Pia saurait-elle l'aider ?

— Nous avons un nouveau docteur à l'hôpital, Simon Bradley, commença-t-elle. C'est un excellent spécialiste de la chirurgie réparatrice, qui se consacre principalement aux grands brûlés, surtout les enfants. Pendant trois à quatre mois, il met ses compétences au service d'un hôpital, puis il change d'endroit. Marsha m'a chargée d'une mission : le convaincre de rester à Fool's Gold.

Avec un soupir affligé, Pia laissa aller sa tête contre son fauteuil.

— Tu dois vraiment aimer Marsha pour avoir accepté de t'embarquer dans une telle galère. Il aime le sport ton toubib ? Et si c'est le cas, il est plutôt base-ball ? Golf ? Les deux ?

— Aucune idée. D'un autre côté, tous les médecins jouent au golf, non ?

— Sans doute. Je vais en parler à Raoul. Il pourrait lui proposer de faire un golf, avec Josh et Ethan. Sinon, ils pourront toujours aller boire un verre. Entre hommes. A part ça, que connais-tu de ses goûts ?

Un frisson la traversa. Elle savait qu'il aimait l'embrasser… Le souvenir de l'intensité de ses baisers lui donna la chair de poule. Elle devait se ressaisir. Pia était peut-être perturbée par sa grossesse, mais elle avait un regard affûté et un sixième sens.

— Il parle surtout de son travail, répondit-elle. Il y a quelques jours, Kent et Reese ont eu un accident de voiture et…

— Comment ça, un accident de voiture ? s'exclama Pia en se redressant brusquement. Je n'en ai rien su. Et comment vont-ils ?

Sous l'effet de la surprise, elle avait failli tomber de son fauteuil. Ce qui, étant donné son état, aurait été fâcheux, songea Montana en se levant d'un bond pour l'aider à reprendre son équilibre.

— Je suis désolée, je pensais que tu étais au courant, dit-elle. Tout va bien maintenant. Détends-toi.

Il ne fallait surtout pas que Pia perde les eaux sous le coup de la contrariété.

— Tout va bien, la rassura Pia. C'est arrivé quand ?

— Le 4 Juillet. Kent s'en est tiré sans une égratignure, mais Reese a eu le visage coupé en plusieurs endroits. Le Dr Bradley l'a opéré, il devrait s'en tirer sans cicatrices. Notre dîner familial du 4 Juillet a été repoussé au 5, et maman a invité le Dr Bradley à se joindre à nous. Mais même avec elle, il ne s'est pas montré très loquace. Et pourtant tu connais ma mère…

— Et toi, que penses-tu de lui ?

Que pouvait-elle répondre ? De correct, cela allait de soi.

— Il est très solitaire, répondit-elle. Très professionnel quand il s'agit de son travail et de ses malades. Sinon, c'est un homme plutôt paisible. Très secret. Tu penses bien que si même ma mère n'arrive pas à le faire parler, un agent de la CIA peinerait à lui soutirer des informations.

Pia éclata de rire.

— C'est vrai. Sans avoir l'air d'y toucher, ta mère parvient toujours à tout savoir. Elle ferait parler une momie !

— Ce n'est pas un solitaire comme les autres, poursuivit Montana, songeuse. Pas comme ceux qui préfèrent leur propre compagnie et font le choix d'être seuls. Il me donne plutôt l'impression de subir sa solitude.

Après un court silence, elle reprit :

— Des cicatrices de brûlure le défigurent. Il a un visage très beau d'un côté, de l'autre…

— C'est un monstre ?

— N'exagérons rien ! Je suis sûre que ses cicatrices pourraient être opérées. Le fait de ne rien faire est-il sa manière de se montrer solidaire de ses malades ? Une hypothèse peut-être bien naïve de ma part. J'aimerais juste savoir ce qui lui est arrivé. Il ne me l'a jamais dit et je ne sais pas comment le lui demander.

Elle s'interrompit. Pourquoi Pia la fixait-elle d'un air aussi étrange ?

— Qu'y a-t-il ? lança-t-elle, nerveuse.

— Ce qu'il y a ? Mais tu es amoureuse, voilà ce qu'il y a, ma belle !

Elle s'empressa de baisser la tête. A ses joues brûlantes, elle devina qu'elle devait avoir viré au rouge pivoine.

— Ne dis pas ça, marmonna-t-elle. Je le trouve intéressant. Ça ne va pas plus loin.

— Ça va beaucoup plus loin, au contraire ! affirma Pia avec un sourire entendu.

Montana ne trouva aucun argument valable à lui opposer. Il était vrai que les baisers de Simon l'avaient tourneboulée — mais comment était-elle censée rester indifférente, étant donné la manière dont il l'embrassait ? —, et qu'elle aurait bien aimé qu'il lui parle de lui, de son enfance, de ses désirs…

— De toute façon, même s'il était mon genre, je suis sûre de ne pas être le sien, décréta-t-elle.

Elle n'avait d'ailleurs jamais été le genre d'aucun homme, alors il n'y avait aucune raison pour que cela change.

— Et pourquoi ça ? demanda Pia. D'après ce que tu me dis, tu serais idéale pour un homme comme lui. Mais je ne veux pas t'embarrasser en parlant de toi. Réfléchissons plutôt à différentes façons de convaincre le bon docteur de rester. A-t-il de la famille ?

— De la famille ? répéta-t-elle, ahurie.

— Tu sais bien. Une femme, des enfants. Je suppose que, s'il a été marié, il ne l'est plus.

— Pas que je sache…

Une angoisse inexplicable lui oppressa soudain la poitrine. La question résonnait dans sa tête. Simon, marié ? Il n'avait jamais abordé le sujet et elle n'avait jamais pensé à lui poser la question.

— Il n'a jamais fait référence à une femme, ajouta-t-elle d'une voix blanche.

Quelque chose en elle s'affola. Même s'il avait clairement laissé entendre qu'il était célibataire, elle devait en avoir le cœur net. Et le plus tôt serait le mieux.

8

Quand il entendit son pager vibrer, Simon rappela le poste des infirmières.

— Montana Hendrix aimerait vous voir, si vous avez une minute.

Sa réaction fut instantanée. En entendant le nom de Montana, il sentit une vague de désir torride l'inonder. Il s'éclaircit discrètement la gorge avant de répondre :

— Je suis dans mon bureau, merci de me l'envoyer.

Puis, reposant le combiné, il se leva et se mit à faire les cent pas, ce qui était un exploit vu l'exiguïté des lieux.

La pièce, pas très grande, était meublée d'un bureau, de deux fauteuils et d'une étagère presque vide de dossiers. Son statut de temporaire lui épargnait la paperasse médicale habituelle, à l'exception des courbes de température de ses malades. L'hôpital lui avait fourni un ordinateur et une imprimante. Il n'avait pas besoin de beaucoup plus.

A cet instant précis, il regrettait l'austérité des lieux. Il aurait aimé des murs d'une autre couleur que ce blanc clinique, des tableaux, une plante verte. Un décor qui aurait réchauffé un peu cette ambiance d'hôpital.

Il se reprit. Il était médecin, et il ne recevait pas Montana pour un tête-à-tête romantique. Décidément, il devenait vraiment idiot. Quel que soit le motif de la visite de Montana, cela n'avait rien à voir avec son bureau. Elle voulait sans doute lui demander la permission d'amener un poney ou des singes jongleurs à l'hôpital. Et il allait l'écouter. Même discuter d'un audit d'impôts avec elle serait un bonheur. Il aimait le son de sa voix, la lueur d'émotion dans ses yeux couleur de châtaignes mûres, la façon dont elle agitait les mains quand elle s'animait, et ce sourire qu'elle semblait toujours retenir. Elle était si vivante, si vibrante, le monde pour elle débordait de possibilités. Personne ne lui avait jamais fait de mal, elle n'avait pas été brisée. Il était pris d'une envie subite de faire écran entre elle et la réalité, de s'assurer qu'elle ne change pas, qu'elle ne soit jamais atteinte par le mal, la souffrance.

A peine avait-il ouvert la porte, qu'elle surgit au bout du couloir. Elle avait troqué sa robe d'été habituelle pour un jean. Devant ce corps aux rondeurs sensuelles, il sentit tous ses sens s'affoler et dut se faire violence pour garder un semblant de contrôle.

Devant ses longs cheveux blonds, lâchés, il fut pris d'une envie subite de laisser leur douceur soyeuse filer entre ses doigts. Un sourire à la fois gracieux et un peu aguicheur éclairait son visage. Un désir implacable le submergea. Il voulait lui faire l'amour. Tout de suite. Et d'autres fois encore. Il savait qu'elle seule saurait réchauffer son cœur meurtri.

— Bonjour, le salua-t-elle en s'approchant. J'espère ne pas vous déranger.

— Si vous me dérangiez, je ne vous aurais pas fait venir.

Il lui fit signe d'entrer, puis la suivit, prenant bien garde à laisser la porte entrouverte. Savoir qu'ils pouvaient être surpris l'aiderait peut-être à garder ses distances.

S'arrêtant au milieu de la pièce, elle se tourna pour le regarder, une lueur espiègle dans ses prunelles.

— Vous n'êtes pas du genre à faire des salamalecs, n'est-ce pas ?

— Que voulez-vous dire ?

— Je sais bien que si vous aviez été occupé, vous ne m'auriez pas reçue. Vous n'avez pas besoin de me le préciser.

— Je ne vois pas pourquoi. C'est la vérité.

Elle partit d'un grand éclat de rire.

— Je sais ! Mais quand je vous ai dit que j'espérais ne pas vous déranger…

Il attendit, intrigué. Où voulait-elle en venir, au juste ?

— … vous n'étiez pas censé me faire cette réponse, conclut-elle.

— Pourquoi pas ?

— Vous ne l'étiez pas, c'est tout.

— Tant que les règles sont claires, je ne vois pas où est le problème.

Elle se mit à rire de nouveau, et il se surprit à sourire, sans savoir pourquoi.

— J'ai appris que vous étiez allée voir Kalinka, l'autre jour, reprit-il. Je suis content que vous en ayez pris le temps.

Son visage se rembrunit soudain.

— Fay m'a téléphoné, elle avait l'air vraiment désespérée, expliqua-t-elle. Ce ne doit pas être facile pour elle. Je suis heureuse que Chichi et moi puissions aider. Surtout Chichi.

— Cette petite chienne est très précieuse.

— Je suis contente de vous l'entendre dire.

Tout en parlant, ils s'étaient rapprochés. S'en rendant compte il recula d'un pas, pour ne pas tenter le diable. Mais cela n'y changea rien ; il se sentait comme aimanté par la présence de Montana.

Ils se fixèrent un instant en silence. Il y avait soudain comme de l'électricité dans l'air. Incapable de quitter sa bouche des yeux, son besoin de l'embrasser se fit plus pressant, incontrôlable. Il recula de nouveau d'un pas.

— C'est pour ça que vous vous êtes arrêtée ? demanda-t-il d'une voix altérée.

Elle battit des paupières.

— Je… non. En fait, j'ai trouvé que vous n'aviez pas vu grand-chose de la ville durant votre mini-tour. Et vous n'êtes pas ici pour très longtemps. Ce serait dommage pour vous de ne pas vraiment visiter Fool's Gold.

— Je suis d'accord, il manquerait quelque chose d'important à ma vie, répondit-il, feignant une légèreté qu'il était loin de ressentir.

La lueur d'amusement s'alluma de nouveau dans les yeux sombres de Montana.

— Vous pouvez toujours vous moquer de moi, dit-elle, mais attendez de voir. Fool's Gold est un endroit vraiment particulier. Notre histoire est pimentée d'anecdotes de pirates espagnols, sans parler de nos ancêtres mayas.

— Vous y avez déjà fait référence. Mais vous avez raison, je suis intéressé.

— J'aimerais vous préparer un programme. Vous pourriez peut-être me parler de vos goûts.

Comme soudain fascinée par le dos de son écran d'ordinateur, elle ne le regardait plus et se dandinait sur place en se tordant les doigts. Pourquoi semblait-elle si nerveuse soudain ?

— A part mon métier, je n'ai pas beaucoup de centres d'intérêt, se contenta-t-il de répondre.

Elle toussota, avant de reprendre :

— Cela pourrait intéresser… d'autres personnes.

— Que voulez-vous dire ?

— Des gens, parmi vos proches.

Il lui lança un regard surpris. Il était de plus en plus perplexe.

— Je ne vois pas du tout de quoi vous parlez.

— Votre famille. Vos enfants.

Elle s'interrompit et lui lança un coup d'œil à la dérobée.

— Votre femme, ajouta-t-elle. Vous ne m'avez jamais dit si vous étiez marié.

Soudain, il comprit. Elle était inquiète — jalouse ? Il fut aussitôt pris d'une joie… ridicule. Il n'aurait sans doute pas dû mais il aimait sentir son incertitude, voir le rouge qui colorait ses joues, trahissant sa gêne. Il aimait savoir que sa réponse aurait de l'importance pour elle.

— Je ne suis pas marié.

— Vraiment ?

— Ce n'est pas le genre de détail que j'aurais pu oublier, ironisa-t-il.

— Vous seriez surpris de savoir le nombre d'hommes qui l'oublient très vite.

— Vous parlez d'expérience ?

— Non. Les hommes qui ont traversé ma vie n'étaient pas mariés. Je ne les intéressais pas, voilà tout.

— J'ai peine à le croire.

— Vraiment ?

— Vraiment.

— Merci.

— Je vous en prie. Je ne vous aurais pas embrassée si j'étais marié, précisa-t-il en se rapprochant d'elle, oubliant tous ses désirs de prudence.

— Je m'en doutais un peu mais je voulais m'en assurer.

— Vous êtes une femme pleine de bon sens.

— C'est bien la première fois que l'on me parle de mon bon sens, chuchota-t-elle en plongeant son regard dans le sien. Ce n'est pas l'image que je donne, en général.

Il avait envie de lui demander comment les autres la voyaient, comment elle se voyait elle-même. Il voulait tout savoir d'elle. Mais ces questions attendraient. Pour le moment, tout ce qui comptait, c'était de la serrer contre lui.

D'un geste vif, il referma la porte du bureau et, quand il attira Montana dans ses bras, elle se laissa faire sans résister, se lovant contre lui avec un empressement qui l'enchanta.

Ils ne s'étaient embrassés que deux fois, mais c'était suffisant pour que la sensation de son corps contre le sien lui soit devenue familière. Mais, au lieu de sentir son intérêt décroître, il se surprenait à vouloir goûter chaque millimètre de sa peau, à vouloir l'embrasser et l'embrasser encore. Il voulait se perdre dans son parfum, sentir la douceur de sa bouche contre la sienne, son goût, ses courbes affolantes sous ses paumes.

Il tressaillit lorsque ses mains glissèrent sur son torse… Le contact de sa caresse attisa le brasier qui couvait en lui, et le désir se mit à rouler dans ses veines à la manière d'un torrent furieux. L'alchimie entre eux était totale. Chaque fois qu'ils se frôlaient, son corps s'embrasait. Il la regarda, se délectant de la légère rougeur qui colorait ses joues, du soupir qui s'échappait de ses lèvres entrouvertes.

Son corps était tendu à l'extrême, raide, douloureux, sa fièvre si violente qu'il avait du mal à étouffer ses gémissements. Le passé n'avait plus aucune importance. Le futur était un brouillard brumeux. Mais l'intensité du présent le galvanisait.

Leur baiser commença doucement, presque hésitant, comme s'ils prenaient leur temps, par un frôlement de lèvres. Puis sa bouche s'empara de celle de Montana, impérieuse, et ce fut comme si, soudain, une source venait assouvir sa soif. Depuis toujours il vivait comme un zombie. Un corps sans âme. Il respirait, mangeait, travaillait ; couchait parfois avec une femme qu'il oubliait aussitôt. Mais il se sentait vide, si vide que seule la routine le portait. Il s'abrutissait dans son travail, s'immergeait dans la minutie de ses tâches quotidiennes. Tout pour ne pas penser, ne pas avoir le temps de se poser des questions sur le néant de sa vie.

Et Montana l'avait tiré de sa torpeur.

Tous ses sens surchauffés, il dévora sa bouche, l'étreignit follement, comme pour compenser toutes ces années.

Ses mains glissèrent le long de son dos avant de se poser sur ses fesses et de la plaquer contre lui, ne lui laissant rien ignorer du désir qu'il avait d'elle.

Elle étouffa un gémissement qui vint se perdre sur ses lèvres, et se fondit contre lui. Il s'arracha à sa bouche et, la tête enfouie dans son cou de cygne, l'explora, l'effleurant de ses lèvres. Il inspira profondément. Son parfum collait à sa peau, à ses cheveux. Il s'infiltra en lui, mélange voluptueux de roses et d'épices, décuplant son avidité.

Son désir était violent, vorace. Jamais il n'avait désiré une femme avec cette intensité, ce désespoir. Une seule chose comptait : assouvir son désir.

Il butina la peau chaude et satinée de Montana, sentant ses frissons de plaisir. La tête penchée de côté, elle s'abandonnait à ses longs baisers.

Ses seins étaient tendus de désir et, comme s'il devinait ses pensées, il recula imperceptiblement, juste assez pour relever son T-shirt.

Ses doigts glissèrent langoureusement sur les douces rondeurs emprisonnées dans la dentelle, avant de se faufiler en douceur sur sa peau… Elle gémit.

S'enivrant de plaisir, il fit durer l'instant. Puis il trouva ses mamelons durcis et, tour à tour, les caressa de ses doigts, avant de repousser la dentelle pour y porter ses lèvres, lui arrachant un nouveau gémissement d'extase. Une vague de désir plus violente le submergea.

— Tu es belle, chuchota-t-il, détachant sa bouche de la pointe rose et tendue de ses seins. Si belle…

— Je te veux, Simon. Maintenant. Je t'en prie. Maintenant…

Elle avait un sourire coquin, une petite flamme audacieuse dansait au fond de ses prunelles. Comment aurait-il pu résister ?

Reprenant sa bouche avec ferveur, il défit la fermeture Eclair de son jean qu'il fit lentement descendre le long de ses jambes et, s'enhardissant, glissa la main sous son slip, jusqu'à la chair brûlante qui l'attendait. Les cuisses écartées, toute pudeur oubliée, elle s'offrait à lui. Et il allait prendre ce merveilleux cadeau. Il se fichait bien de l'endroit où ils étaient. Seule comptait la sensation de ses mains sur elle. Lorsque, poussant le jeu plus loin, il glissa un doigt, puis deux, dans l'onctuosité de son sexe chaud, elle poussa un petit cri.

Il voulait lui procurer la caresse la plus audacieuse, la plus intime, déguster son intimité palpitante de sa langue, connaître enfin son goût de femme. Il la voulait frémissante d'épuisement, ivre de plaisir.

Dans le couloir, un brouhaha de voix ponctuées de rires

le fit soudain retomber sur terre. En un flash, il se rappela. Ils étaient dans son bureau.

A contrecœur, il se redressa, et fixa le regard embrumé de volupté de Montana, ses joues rosies par le plaisir. Son désir était flagrant. Il sourit.

— Merci, murmura-t-il.

Les paupières alourdies, elle cligna des yeux, comme si elle sortait d'une longue torpeur.

— Je vous en prie, docteur. Vous pouvez m'embrasser quand vous voulez. Je suis sérieuse.

Les voix se rapprochaient. Elle jeta un coup d'œil vers la porte et tressaillit.

— J'ai oublié où nous étions, avoua-t-elle.

— J'aimerais pouvoir en dire autant.

Il l'aida à se rhabiller, s'attardant sur sa peau douce, ses seins.

Elle lui sourit. Un éclair de malice dans les yeux, elle posa ses mains sur son ventre, puis la fit glisser plus bas pour enserrer son sexe dressé. Il lut la surprise sur son visage.

— Waouh ! s'exclama-t-elle.

— Tu avais des doutes ?

— Peut-être. Un peu. Tu es juste si… Enfin je ne suis pas vraiment ton type.

— Comment peux-tu ne pas être mon type ? Tu es belle, drôle, intelligente. Tu as raison, tu n'es pas mon type. J'ai dû me tromper quand je t'ai embrassée.

Elle laissa échapper un petit rire.

— Tu préfères les femmes dépourvues de charme et de personnalité ? demanda-t-elle.

— J'aimerais pouvoir dire non mais mon passé parle de lui-même.

Il était toujours sorti avec des femmes qui ne présentaient pas de risques. Des femmes qui acceptaient ses règles. Montana n'était pas comme ça. Pourtant, il semblait incapable de lui résister.

— Le mien aussi, murmura-t-elle, soudain triste.

Il frôla sa joue d'un doigt. Il savait qu'il ne trouverait pas la paix tant qu'il ne lui aurait pas fait l'amour.

— Je te veux, Montana. Dans mon lit. Nue. Je t'en prie, dis-moi oui !

Jamais elle n'avait eu affaire à un homme aussi direct. Ni aussi excité. Il se consumait de désir pour elle. Elle le voyait sur son visage, sentait la tension dans son corps. Cette violence lui fit peur.

Souvent elle ne s'était pas sentie à la hauteur. Le scénario était toujours le même. Ou les hommes dont elle était tombée amoureuse la quittaient, ou ils essayaient de la faire changer et elle était obligée de fuir, plutôt que de devenir quelqu'un d'autre. De se sentir désirée pour elle-même lui donnait l'impression de flotter sur un petit nuage. Mais pourrait-elle répondre aux attentes de Simon ?

Elle le fixa sans ciller.

— Oui, répondit-elle. Mais pas dans ton lit, si cela ne te fait rien. Tu es à l'hôtel et je connais tout le monde dans cette ville.

— Dans ton lit, alors.

— Dans mon lit.

Il se pencha et l'embrassa de nouveau. Un baiser rapide mais passionné, porteur de mille promesses.

— Ce soir ? demanda-t-il en se redressant.

Hochant la tête, elle lui donna son adresse et ils convinrent d'une heure de rendez-vous.

Alors qu'elle était sur le point de sortir, il frôla son bras. Elle le regarda.

— Montana, tu sais que je ne suis pas ici pour rester.

Ce n'était pas au soir même qu'il faisait référence, comprit-elle avec tristesse. Il cherchait juste à la mettre en garde. C'était un homme qui ne pouvait pas se poser. Ou qui ne le voulait pas. Un homme qui partait.

— Je sais.

— Dès que je quitte Fool's Gold, je m'envole pour le Pérou. Rien ne me fera changer mes projets.

Elle se contenta de hocher la tête. Elle savait pourtant qu'il testait sa réaction, que ce qu'il voulait entendre de sa bouche, c'était qu'elle était une femme émancipée, habituée à ce genre de situation. Qu'elle se fichait bien qu'il s'en aille une fois leur relation terminée. Mais elle n'était pas cette femme-là. Optant pour le silence, elle se contenta d'ouvrir la porte et de sortir.

Même si elle n'était pas ce genre de femme, au diable la prudence ! Elle préférait prendre le risque de souffrir mais connaître l'ivresse d'une nuit dans les bras de Simon. Son intuition lui soufflait que le jeu en valait la chandelle.

Les autres expériences sexuelles de Montana se limitaient à… deux. Elle avait donné sa virginité au petit copain de ses années universitaires et, ironiquement, son cœur au médecin rencontré durant son bref séjour à Los Angeles. Qui le lui avait brisé sans vergogne.

Avec son premier amant, elle avait appris qu'il ne fallait pas toujours croire un homme qui vous disait « Je t'aime ». Le second lui avait fait perdre son peu de confiance en elle. Si elle avait eu une once de bon sens, elle aurait su qu'avec Simon, elle devait se tenir sur ses gardes. Pourtant, elle s'y refusait.

Un long moment, elle hésita devant sa penderie. Que portait-on pour ce genre de rendez-vous, à caractère principalement sexuel ? Elle poussa un soupir découragé. Simon avait beaucoup voyagé, il était cultivé, détaché, et savait garder ses distances d'un point de vue émotionnel. Elle aurait pu faire un choix plus judicieux. Si elle ne savait pas ce qu'il recherchait chez une femme, elle se doutait bien que l'élue ne serait pas une dresseuse de chien provinciale.

Néanmoins, elle devinait sa bonté. Et quand elle plongeait les yeux dans son regard gris-vert, elle se surprenait à vouloir s'y noyer. Rien d'autre ne comptait. Elle aimait son sourire, ses baisers, sa façon de faire attention au moindre détail, de presque demander pardon d'être si coincé. Elle voulait connaître son passé, ses blessures et tous ses regrets.

Elle savait qu'elle prenait un risque. Elle ne se donnait jamais à la légère. Qu'est-ce qui lui faisait croire qu'elle pouvait coucher avec un homme qui ne cachait pas son intention irrévocable de partir ? Ne devrait-elle pas essayer de se protéger ? Hélas, toute raison semblait l'avoir abandonnée.

Elle pouvait toujours se raconter que faire l'amour avec lui permettrait de mieux le connaître. Il y avait sans doute du vrai là-dedans. Mais une chose était sûre : elle avait le sentiment qu'il allait la combler de sensations qu'elle n'avait jamais éprouvées. Toute femme ne devait-elle pas en faire l'expérience, ne serait-ce qu'une fois dans sa vie ?

Ce qui la ramenait à son dilemme actuel. Qu'allait-elle bien pouvoir porter ? Même s'ils terminaient au lit, sûrement très vite, lui ouvrir la porte nue aurait manqué de subtilité. De la lingerie fine, voilà le choix qui s'imposait. Hélas, elle n'en possédait pas. Et elle doutait que Simon soit emballé par sa plus jolie chemise de nuit, un cadeau de Noël de sa mère, en coton imprimé de chiens de dessins animés. Elle possédait néanmoins un soutien-gorge en dentelle noir et un slip assorti. Un string, plus exactement, mais elle pourrait le supporter pendant deux heures.

Elle continua à passer en revue ses tenues. Une robe pouvait être pas mal. La bleue, toute simple, sans manches, un peu moulante. La longue fermeture Eclair dans le dos faciliterait la séance de déshabillage. Quoique… vu la façon dont Simon avait réussi à lui retirer son soutien-gorge en un tournemain, il était sans doute inutile de se lancer dans des complications vestimentaires.

Souriant à cette pensée, elle s'habilla et vérifia son maquillage. Un trait de khôl, un soupçon de mascara, juste assez pour agrandir ses yeux, cela suffirait. Les chaussures ne seraient pas un problème, elle resterait pieds nus.

Un coup d'œil rapide au réveil lui confirma qu'elle avait encore une heure à attendre. L'impatience lui nouait l'estomac. Peut-être pourrait-elle lui téléphoner et suggérer qu'il arrive plus tôt. Ou bien encore…

Son téléphone portable se mit à sonner. Le nom de Simon s'afficha à l'écran.

— Je pensais justement à toi, lui dit-elle en guise de salut.

— Montana, je ne peux pas venir. Il y a eu un accident.

La poitrine soudain prise dans un étau, elle se laissa tomber sur le canapé.

— C'est toi ? fit-elle d'une voix étranglée par la peur.

— Non. Un motard. Il passe en salle d'opération. Quand ce sera fait, j'aurai besoin de travailler sur son visage. Je suis désolé, finit-il dans un soupir.

— Moi aussi.

— Je n'aurais pas voulu annuler mais…

— Simon, tu n'as pas besoin de t'expliquer. C'est ton métier. Mais je te remercie de m'avoir prévenue.

— Tu n'es pas fâchée ?

— Non. Terriblement déçue mais pas fâchée.

— Bien. Je ne voulais pas que tu penses que j'essayais de trouver un prétexte pour esquiver notre petite soirée.

— Notre petite soirée sexe ? le taquina-t-elle.

— Oui, notre petite soirée sexe.

Elle repensa à ses caresses qui avaient enflammé son corps…

— Rassure-toi, je crois avoir compris à quel point tu me désirais, murmura-t-elle. Je peux attendre.

— Tant que ce n'est pas trop longtemps.

— Le plus tôt sera le mieux.

— Je dois y aller. Je t'appelle dès que je le peux.

— J'espère qu'il va s'en sortir.

— Moi aussi.

Et il raccrocha. Elle resta quelques instants comme pétrifiée, puis elle se leva. Finalement, la soirée string tombait à l'eau.

Elle alla se changer. A peine avait-elle enfilé ses sandales que le téléphone sonna de nouveau. C'était Raoul.

— Ça y est ? demanda-t-elle, le souffle court.

— Oui, ça y est. Elle a des contractions, précisa-t-il d'une voix trahissant sa panique. Nous partons pour l'hôpital. Tu as bien la liste ? Tu sais quoi faire ?

— Tu vas commencer par respirer un bon coup. Je sais exactement quoi faire. D'abord, j'appelle ma mère. Elle sera chez vous dans moins de dix minutes. Si je n'arrive pas à la joindre, je viendrai garder Peter en attendant son arrivée.

— D'accord. Là, je vais le confier à un voisin. Bon sang ! Je dois vraiment filer. Pia a des contractions !

— Je crois que j'avais compris. Dépêche-toi. J'appelle maman et je vous retrouve à l'hôpital. Dis à Pia que je pense bien à elle.

— D'accord.

Songeuse, elle raccrocha. Pour un footballeur qui avait mené l'équipe des Cowboys de Dallas jusqu'à la finale du Super Bowl, Raoul était vraiment très nerveux. Sans doute était-ce normal pour une naissance.

Elle appela sa mère qui répondit dès la première sonnerie.

— Pia a enfin des contractions, lui annonça-t-elle.

— Dieu merci ! Voilà des semaines qu'elle attend. Je suis prête. Je file chez eux.

— Parfait. Moi je vais à l'hôpital.

— Tiens-moi au courant.

— Tu peux compter sur moi.

— J'ai hâte de savoir si ce sont des filles ou des garçons. Ça va être un très beau jour !

— Oh oui, maman. Je t'aime.

— Moi aussi, je t'aime, chérie.

Montana alla chercher la liste des gens à prévenir. Elle allait commencer par ses deux sœurs.

— Si ce sont des jumeaux, l'accouchement va durer deux fois plus longtemps ? demanda Nevada.

Montana se mit à rire.

— Je ne sais pas et je ne suis pas sûre de vouloir le savoir.

Elles s'étaient retrouvées dans la salle d'attente de la maternité, où d'autres familles étaient réunies, attendant leur propre miracle. Les amis de Pia étaient arrivés en nombre : Marsha, Charity et Josh Golden avec leur bébé. Ethan et Liz avaient, pour leur part, décidé de laisser les enfants à la maison.

Les tables étaient couvertes de victuailles, et une glacière remplie de bouteilles d'eau et de sodas avait été prévue. Tout le monde avait été invité à se servir. Et même si personne n'avait oublié qu'il s'agissait d'un hôpital, l'ambiance était à la fête.

Montana poussa un soupir de satisfaction. Cette joyeuse effervescence aurait fait plaisir à Pia.

— Dakota doit arriver dès que Hannah dormira. Finn la gardera, dit-elle en se levant pour aller embrasser sa mère qui venait d'entrer avec le fils adoptif de Raoul et Pia.

— Peter. Tu vas bien ?

L'air un peu gêné, le petit garçon, qui avait l'air plus curieux qu'inquiet, lui rendit son étreinte.

— Je voulais venir, répondit-il en la défiant du regard.

— Il était anxieux de nous voir tous nous faire du souci, sans lui expliquer pourquoi, expliqua Denise en posant une main protectrice sur son épaule.

— J'aime Pia, dit-il simplement. Je veux que tout se passe bien.

— Nous aussi, lui assura Montana en l'entraînant vers une table. Viens prendre un biscuit.

— Elle va bien ?

— Pas de nouvelles, bonnes nouvelles.

Il était inutile de l'alarmer avec les possibles complications de la naissance. Après tout, il n'avait que dix ans.

— Tu crois que Raoul a peur ? demanda-t-il.

— Je suis sûre qu'il est terrifié. Les bébés, c'est tout petit, sans défense.

Peter hocha la tête d'un air grave.

— Dans ce cas, j'aiderai. Je serai leur grand frère.

Montana lui sourit et passa son bras autour de ses épaules.

— Mes grands frères aussi ont aidé nos parents à notre naissance.

Dakota arriva et salua tout le monde.

— Bientôt, ce sera ton tour, ma chérie, déclara Denise avec un sourire réjoui.

Dakota tapota son ventre plat.

— Je ne dois accoucher qu'en mars, maman. Nous avons encore le temps.

— En tout cas, je suis aux anges.

— Tu cherches à nous mettre la pression, maman ? lança Nevada avec un soupir résigné.

— Je n'ai rien dit, se défendit Denise. J'ai bien le droit de dire que je rêve d'avoir des tas de petits-enfants.

Heureusement, elles furent interrompues par un médecin qui entrait dans la salle d'attente. Ignorant leurs regards pleins d'espoir, ce dernier s'avança vers une autre famille.

Songeuse, Montana balaya la pièce du regard. Des moments comme celui-ci lui rappelaient pourquoi elle aimait tant vivre à Fool's Gold. C'était plus qu'une petite ville, c'était une vraie communauté. Les gens prenaient soin les uns des autres. Elle savait que quand Pia rentrerait chez elle, tout le monde lui apporterait des repas, lui évitant ainsi de cuisiner pendant des mois, qu'elle se verrait prodiguer des conseils, qu'on lui proposerait des heures de baby-sitting. Et même si Raoul trouvait peut-être la vie ici un peu provinciale, il serait vite conquis par tant de chaleur.

Montana aimait sentir qu'elle faisait partie de cette dynamique. Savoir qu'elle pouvait compter sur la solidarité de sa famille, de ses amis, et de tous les habitants. La vie à Fool's Gold était comme nulle part ailleurs.

Tirée de ses pensées par l'arrivée de Raoul, elle sursauta.

L'ancien champion de football entra dans la salle d'attente en titubant. Tout le monde cessa de parler et le regarda.

Vêtu d'une blouse, Raoul avait les cheveux en bataille,

le regard un peu hagard. Il jeta un coup d'œil à la ronde, comme s'il ne savait plus très bien où il était.

Quand il vit Peter, son visage s'illumina d'un sourire réjoui.

— Ce sont des filles, finit-il par annoncer. Tu as deux petites sœurs, bonhomme. Elles sont très belles. Parfaites. Je n'arrive pas à croire à ma chance. D'abord toi, puis ces deux filles. Adelina Crystal et Rosabel Dana, en l'honneur de Crystal et de Keith Danes. Ainsi, nos amis continueront à vivre à travers nos filles.

Tout le monde se précipita dans un concert d'exclamations.

Montana les laissa à leurs effusions et s'éclipsa. Personne ne pourrait voir Pia et ses filles avant un moment. Elle avait besoin d'aller trouver Simon.

Elle gagna l'accueil principal de l'hôpital. Une femme d'un certain âge leva les yeux de son écran d'ordinateur.

— Je peux vous aider ? s'enquit-elle.

— Je voudrais savoir où en est le Dr Bradley. Il est en salle d'opération. Savez-vous pour combien de temps encore ?

— Non, le Dr Bradley n'opère pas ce soir. Voulez-vous que je l'appelle sur son pager ?

Interdite, Montana ouvrit la bouche, puis la referma. Il n'était pas en salle d'opération ? Ne lui avait-il pas dit que... ?

La gorge soudain sèche, elle toussota.

— Non merci.

Une sourde angoisse lui étreignant le cœur, elle rebroussa chemin.

Simon lui aurait-il menti ? Elle ne pouvait pas le croire. Mais alors, quelle autre explication ? Il avait changé d'avis ? Il ne voulait plus coucher avec elle et, au lieu de le lui dire franchement, il avait inventé un bobard. Pourtant il lui avait semblé si sincère, tout à l'heure, au téléphone...

Les larmes brûlaient ses paupières. Non, elle ne pleurerait pas ! C'était bien assez humiliant d'avoir voulu se donner à lui sur un coup de tête. Alors inutile en plus de perdre son temps à pleurnicher, il n'en valait pas la peine.

Elle secoua la tête. Il ne s'en tirerait pas comme ça !

Avant de partir, elle irait le trouver et lui dire ses quatre vérités. Il fallait faire comprendre à Dr Coincé que son comportement était inacceptable. Elle n'avait peut-être ni la sophistication ni l'élégance des femmes qui le faisaient craquer d'habitude, mais elle ne se laisserait pas traiter de la sorte ! Pas avant de lui avoir dit ce qu'elle pensait de lui.

9

Elle trouva Simon devant la chambre de Kalinka. Il observait la fillette endormie par la porte entrebâillée. Sans détourner les yeux pour la regarder approcher, il chuchota :

— J'opérerai de nouveau Kalinka dans quelques jours. Elle cicatrise bien.

Montana le fixa avec stupeur. Faisant un effort pour ne pas élever la voix et réveiller Kalinka, elle répliqua :

— C'est tout ce que tu as à me dire ?

Seul le respect des autres malades du service la retenait de hurler. Ou de le frapper. Ethan et Kent leur avaient appris, à ses sœurs et elle, où viser pour faire mal.

Simon lui jeta un coup d'œil perplexe.

— Que veux-tu que j'ajoute ? demanda-t-il, les sourcils froncés. Elle est…

S'interrompant, il étouffa un juron.

— Tu es venue me surveiller ?

— Non, riposta-t-elle sans ciller. Je suis ici parce que l'une de mes amies vient d'accoucher. J'ai profité de l'occasion pour passer te saluer.

— Ce n'est pas ce que tu crois. Je n'ai pas changé d'avis pour notre rendez-vous. J'avais un patient…

Les mains sur les hanches, elle le foudroya de son regard le plus assassin. S'il y avait eu un tant soit peu de justice en ce monde, le laser de ses pupilles l'aurait réduit en bouillie.

— Je n'étais pas en salle d'opération, reprit-il d'un ton

las, parce que je n'ai pas eu le temps de l'opérer. Il est mort avant même que j'aie pu commencer.

Elle le dévisagea, bouche bée, presque reconnaissante de sentir son esprit se vider. Elle savait que, d'une seconde à l'autre, la culpabilité allait la submerger.

Simon la prit par la main et, l'entraînant dans le couloir, la fit entrer à sa suite dans une chambre vide. Le lit d'hôpital n'avait pas de draps, les stores étaient relevés sur la fenêtre ouvrant sur la nuit.

— Pardonne-moi, murmura-t-elle. Je n'aurais pas dû me faire un film.

— Qu'est-ce qui t'en empêchait ? Après tout, tu ne me connais pas très bien.

Elle le dévisagea, un peu déconcertée par sa bienveillance. Pourquoi faisait-il preuve d'une telle compréhension ? Elle s'était attendue à une réaction exaspérée.

— Je suis désolée, reprit-elle. Ce doit être difficile de perdre un patient.

— Je ne l'ai même pas vu, répondit-il avec un haussement d'épaules résigné. Il était mort avant mon arrivée. Ce sont les aléas de mon métier. Mon rôle n'est pas toujours de les sauver, mais de garantir à ceux qui vivent une apparence aussi normale que possible. Même si je ne suis pas sans savoir que redevenir M. Tout-le-monde a ses limites.

Il avait beau la regarder, elle savait qu'il ne la voyait pas. Son regard était lointain, comme perdu dans le passé.

Etait-ce à son passé qu'il faisait référence ? Pourtant, il arborait ses cicatrices comme une médaille. A moins que ce soit sa manière à lui de ne pas oublier son calvaire.

D'un geste empreint de tendresse, elle frôla sa joue, effleurant délicatement ses cicatrices. Elle sentit sa main se poser sur la sienne, comme pour la retenir.

— Je n'en ai pas que sur le visage, déclara-t-il avec gravité. Elles descendent dans mon cou, sur mon torse. Et j'en ai d'autres dans le dos, et sur un bras.

Un frisson la traversa. Comment réagir à cet aveu ?

Qu'attendait-il d'elle au juste ? Elle savait bien que l'assurer que cela ne changeait rien pour elle ne suffirait pas.

— Ne t'inquiète pas, si nous avions fait l'amour ce soir, je ne te les aurais pas imposées, précisa-t-il. J'aurais gardé mon T-shirt. Cela aurait été plus facile.

— Plus facile pour qui ?

— Pour nous deux.

Que pouvait-elle répondre ? Elle n'était pas convaincue de vouloir que ce soit plus facile ; pour elle, du moins. Tout connaître de lui ne faisait-il pas partie de l'intimité qu'ils devaient partager ? A moins qu'il refuse de lui dévoiler son corps dans son intégralité.

Elle se surprit soudain à souhaiter les voir, ses cicatrices, les caresser. C'était ridicule. Qu'espérait-elle ? Les effacer, peut-être ?

Elle retira sa main sans toutefois le quitter des yeux.

— Mon amie Pia vient de mettre au monde des jumelles, dit-elle. Voilà pourquoi je suis ici. C'est une tradition à Fool's Gold : tous les proches se réunissent dans la salle d'attente de la maternité, avec des en-cas. Si tu as faim, n'hésite pas. Ma mère sera ravie de te saluer.

— Je ne suis pas très porté sur les fêtes, répondit-il d'un ton neutre.

— Ce n'est pas une fête. Juste une réunion. Une naissance, ça se partage dans la joie.

Il détourna la tête. Un bref instant, elle crut qu'il allait partir, mais il la regarda de nouveau.

— Je suis comme ça, reprit-il d'une voix qui ressemblait à un grondement rauque.

— Je ne comprends pas.

— En tant que chirurgien, je suis brillant. Dans une salle d'opération, je peux faire de la magie. Je peux rendre à un patient qui est obligé de se cacher une apparence presque normale. Tu sais ce que cela signifie, pour lui, d'être comme tout le monde ?

De plus en plus désorientée, elle secoua la tête. Où voulait-il en venir ?

Sa bouche se tordant en un rictus, il enchaîna :

— Tu peux l'imaginer mais jamais tu ne le sauras. Tu as reçu la beauté en don, dit-il en effleurant son visage. Sais-tu que la différence entre ce que nous jugeons beau ou laid est infime ? Des yeux trop petits, une bouche irrégulière. Des fractions de millimètres.

Il marqua une pause et, de son pouce, dessina le contour de ses lèvres.

— D'un point de vue physique, tu es la perfection incarnée, reprit-il.

— C'est faux, protesta-t-elle.

— Tu n'en es pas loin. Or il y a tous les autres, comme moi. Les monstres. Je les fais sortir de l'ombre. Comme par magie, ajouta-t-il en levant les mains pour ponctuer sa phrase. Une formation chirurgicale, beaucoup de travail et un don. Mais tout cela a un prix. Je ne suis chez moi nulle part, Montana, je n'ai ni ta beauté ni ton univers. Je me contente de faire mon travail et je reste en marge. C'est mieux comme ça.

— C'est ridicule ! Rien ne dit que tu dois te sacrifier pour être le meilleur dans ton domaine. Oui, tu as beaucoup de talent et tu as travaillé dur pour le perfectionner. Tu as décidé d'être le meilleur et tu y es arrivé. Mais il n'y a aucune force divine qui tient les comptes. Personne pour décider que, si tu trouves enfin un havre de paix, que tu vis une vie heureuse, tu dois renoncer à tout le reste.

— Je le sais mieux que toi.

Elle fouilla son visage assombri. Touchait-elle au cœur du problème ? Venait-il de lui dévoiler sa vraie nature ? L'essence même de son être ? Un homme qui croyait que le prix à payer pour sauver le monde était de se sacrifier ?

C'était tout simplement inimaginable. Pourtant, elle savait qu'il était sincère.

La chambre était si obscure qu'elle peinait à distinguer

ses traits. Elle voyait ses cicatrices et savait que le côté lisse de son visage illustrait la beauté qu'il venait d'évoquer. La perfection. Quand il se regardait dans une glace, il était confronté aux deux aspects de son travail de chirurgien. Il visualisait l'avant et l'après : la créature des ombres et l'homme de la lumière.

Les questions se bousculaient dans son esprit, pourtant elle savait que la partie était perdue d'avance. Elle aurait beau trouver des arguments, discuter pendant des heures, cela ne changerait rien. Mue par une impulsion soudaine, elle lui prit la main.

— Suis-moi, lui ordonna-t-elle.

A sa grande surprise, il obtempéra sans protester. Elle l'entraîna vers l'ascenseur et, une fois dans la cabine, elle pressa le bouton du rez-de-chaussée.

Devant les vitres de la nursery s'alignaient des gens qui pointaient du doigt un berceau et agitaient la main. Sa mère et sa sœur Dakota étaient parties, la première ramenant sans doute Peter, la seconde pour retrouver Finn et Hannah. En revanche, Nevada était toujours là, en compagnie de Marsha et de tous ceux qui avaient attendu la nouvelle de la naissance des jumelles.

— Montana, te voilà ! s'exclama Marsha en les apercevant.

Elle s'avança à leur rencontre, la main tendue.

— Je vois que tu as amené le Dr Bradley. Nous nous sommes rencontrés quand vous êtes arrivé.

— En effet, acquiesça Simon en lui serrant la main.

— Je suis venue saluer mes toutes nouvelles administrées, expliqua-t-elle alors avec un sourire malicieux.

Montana n'avait pas besoin de toucher Simon pour sentir à quel point son corps était tendu. Elle l'avait entraîné dans la situation qu'il cherchait précisément à éviter. Hélas, il lui était impossible maintenant de lui expliquer qu'elle avait juste eu l'intention de lui montrer les bébés, pas de l'attirer dans un guet-apens.

Heureusement, Marsha prit rapidement congé et s'éloigna,

suivie par la plupart des visiteurs. A travers la vitre, Montana put alors lui désigner les deux petits berceaux portant le nom de Moreno.

— Ce sont les embryons que Crystal a laissés à Pia. Elle a eu une FIV et voilà le résultat : deux magnifiques petites filles !

Avec un coup d'œil en biais, elle ajouta :

— Peut-on imaginer plus beau geste ?

— Certes.

— Tu es d'accord ? Les naissances sont des miracles quotidiens. Les gens ont des enfants, des petits-enfants. Et il n'y a aucun prix à payer. Les dieux n'exigent rien en retour. Alors qu'est-ce qui te fait croire que ton métier est si exceptionnel que tu devrais payer pour le restant de tes jours ?

Le visage impassible, il se mura dans le silence.

Elle réprima un soupir. C'était mauvais signe. Elle avait espéré le convaincre qu'il n'avait pas à payer son exceptionnel talent de sa souffrance.

Mais au lieu de répondre qu'il comprenait, ou de discuter, il se contenta d'esquisser un sourire poli.

— Si tu veux bien m'excuser, dit-il.

Sans rien ajouter, il s'éloigna, la laissant seule à ruminer sa frustration. Au lieu de lui ouvrir les yeux, elle l'avait insulté — blessé, peut-être ? —, exacerbant encore son sentiment de solitude. Elle avait eu sa chance mais n'avait pas su la saisir.

Denise s'arrêta au carrefour pour laisser la priorité à la voiture qui venait sur sa droite.

— Une location te permettra de voir si le voisinage te plaît, déclara-t-elle en redémarrant.

— Nous sommes à Fool's Gold, maman, lui rappela Kent. Il n'y a pas de quartiers dangereux.

— C'est vrai, mais pour que Reese ait des amis, il faut que tu vives dans un quartier habité par des gens dans ta tranche d'âge. Tes frères et toi ameniez toujours des petits voisins à la maison.

Elle repensa à l'époque où elle accueillait tous les gamins du quartier. Ils jouaient dans le jardin, regardaient la télévision. Cela lui avait demandé pas mal de travail en plus, sans parler des dépenses pour les nourrir, mais elle avait aimé avoir ses fils à la maison et connaître leurs copains.

Elle se gara devant une belle maison de caractère, à deux étages.

— Tu t'inquiètes pour moi ? lui demanda Kent.

— Oui. Et ne me dis pas que ce n'est pas la peine. Je suis ta mère. Cela fait partie de mon rôle. C'est joli, ajouta-t-elle avec un coup d'œil à la maison.

— Elle appartient à Josh, grommela Kent. Je ne suis pas sûr de le vouloir comme propriétaire.

Avec une bouffée d'affection, Denise revit Josh enfant, quand sa mère l'avait abandonné, purement et simplement. Malgré leur famille déjà nombreuse, Ralph et elle n'avaient pas hésité un instant et l'avaient recueilli. Il n'avait pas été question de le livrer à la DAAS.

— S'il te cherche des noises, tu peux toujours le menacer de lui faire honte avec quelques anecdotes croustillantes de votre enfance.

— Bien vu ! approuva Kent en souriant.

Ils descendirent de voiture et se dirigèrent vers la porte d'entrée, ouverte, comme Josh l'avait annoncé.

Le petit vestibule donnait sur une spacieuse salle de séjour. Les parquets avaient été rénovés, les peintures rafraîchies, les placards encastrés et les poutres au-dessus des portes avaient été laissés tels quels.

— C'est ravissant, fit-elle dans un soupir, en se dirigeant vers la salle à manger.

— Lorraine adorerait, murmura Kent.

Denise s'arrêta et se força à rester calme.

Cela faisait un an que Lorraine avait quitté son mari et son fils. Si laisser tomber son conjoint n'avait rien de condamnable à l'époque actuelle, quel genre de femme fallait-il être pour abandonner son enfant ? Lorraine voyait rarement Reese, ne lui téléphonait pas, ne lui envoyait même pas de texto. Pourtant, elle n'était pas morte. Ce dont Kent, apparemment, s'était assuré. D'après ce qu'il lui avait dit, elle avait choisi de vivre une autre vie, sans mari ni responsabilités parentales. De plus, elle ne voulait pas dépenser un sou pour l'éducation de leur fils.

— Tout me semble parfait, constata Kent en examinant la cuisine. Lorraine a toujours aimé les éviers surmontés de baies vitrées.

Denise, qui l'avait suivi, s'arrêta pour admirer l'harmonie entre le granit bleu et le blanc des placards et du sol carrelé. Puis, les mains sur les hanches, elle fit face à son fils. Même si cela ne la regardait pas, il était temps de donner son point de vue.

— Cela fait plus d'un an que Lorraine est partie, déclara-t-elle d'une voix égale, malgré la fureur qui bouillonnait en elle. Un an. Lorraine n'est pas en vacances, elle vous a quittés, Reese et toi. Elle a abandonné son fils, Kent. Sans un mot, sans une lettre, rien. C'est une femme qui n'a pas de cœur. Ce n'est pas une belle personne, elle ne reviendra pas.

Kent, debout, lui tournait le dos, ses épaules affaissées trahissant sa tension. Submergée par une vague de tristesse, elle se sentit soudain penaude.

— Je suis désolée, s'empressa-t-elle de reprendre. J'aurais dû me taire. Mais si tu savais à quel point je déteste te voir comme ça.

Il se retourna.

— Je l'aime, maman. Je n'y peux rien.

— Tu as essayé de tourner la page au moins ? Tu fais quelque chose pour guérir ?

— T'es-tu remise de la mort de papa ?

Ralph était mort depuis assez longtemps pour qu'elle puisse répondre à sa question sans laisser la douleur l'envahir.

— Il me manque toujours, si c'est ce que tu veux savoir. Mais oui, je suis passée à autre chose, j'ai une vie.

— Tant mieux pour toi. Moi je suis différent. Lorraine était la femme de ma vie.

Devant le désarroi de son fils, Denise ravala sa réponse. Pour elle, Lorraine était une garce finie.

— On a rarement un seul grand amour dans une vie, reprit-elle toutefois. Peut-être que le fait de recommencer à sortir et de rencontrer des filles t'aiderait.

— Je ne veux pas.

— Alors tu vas passer le reste de ta vie à pleurer pour une femme qui ne veut pas de toi ?

Il tressaillit et, détournant le regard, murmura :

— Tu n'étais pas là, maman. Tu n'as aucune idée de ce que nous avons partagé. Nous avons un passé.

« Un drôle de passé », pensa Denise sans trahir sa rancœur. Quant à Lorraine, à l'exception de Kent, toute la famille l'avait percée à jour des années auparavant.

— Je t'aime et je déteste te voir comme ça, reprit-elle. Je te demande au moins une chose : que tu envisages d'essayer de tirer un trait sur ton mariage. Si tu ne le fais pas pour toi, fais-le pour Reese. Tu ne penses pas qu'il sait à quel point tu souffres ?

— Il n'en parle pas.

— C'est un enfant intelligent. Il va deviner. Te voir souffrir lui fait du mal. Ne te fatigue pas à me dire que j'ai tort. Je me rappelle trop bien les réactions de mes enfants quand il m'arrivait de pleurer.

Il se dirigea vers la fenêtre et, les yeux perdus dans le vague, murmura :

— Peut-être.

Ce n'était pas une grande concession mais elle devrait s'en contenter.

— Et toi ? reprit-il en se tournant vers elle. Tu vas vraiment passer à autre chose dans la vie ?

— J'accepte des rendez-vous. Pour le moment, pas avec

grand succès ni beaucoup d'enthousiasme, mais j'essaie. Tu dois faire comme moi.

— Tu me laisseras tranquille si je te dis que je vais y réfléchir ?

— Promis, répondit-elle avec un sourire.

Ce qui n'était pas tout à fait la vérité. Oui, elle le laisserait tranquille, mais elle reviendrait à la charge plus tard.

Chichi laissa tomber la petite balle de sa gueule et lança un regard plein d'espoir à Kalinka. En riant, la fillette la ramassa et la jeta vers l'extrémité du lit. La petite chienne se jeta dessus et revint vers elle, la brandissant fièrement.

Elles jouaient depuis dix minutes maintenant. Quand Kalinka donna les premiers signes de fatigue, Chichi laissa tomber la balle et se roula en boule à côté d'elle. La fillette lui caressa le dos et la chienne roula de côté pour qu'elle lui gratte le ventre.

— Elle est en confiance, lui dit Montana. Elle ne laisse pas n'importe qui lui gratter le ventre.

— Je l'aime beaucoup, répondit Kalinka avec un sourire.

— On peut dire qu'elle lui fait vraiment du bien, intervint Fay, assise à sa place habituelle, de l'autre côté du lit.

— Est-ce qu'elle peut rester plus longtemps, demain ? demanda Kalinka. Le Dr Bradley a dit qu'elle pouvait.

Fay regarda Montana d'un air gêné.

— Il aurait sans doute dû vous en parler d'abord, dit-elle. Je suis désolée. Nous étions en train d'évoquer la présence bénéfique de Chichi devant le Dr Bradley, et il nous a proposé d'installer la petite chienne dans son bureau. Il l'utilise très peu et il dit qu'elle ne le dérangera pas du tout. De cette manière, Kalinka pourra la voir plus souvent sans vous déranger chaque fois.

Montana, étonnée, ne répondit pas tout de suite. Sans doute devrait-elle se réjouir des progrès qu'avait faits Simon concernant les chiens thérapeutes. Mais elle ressentit plutôt une certaine colère. Il aurait quand même pu commencer par en discuter avec elle. D'un autre côté, étant donné qu'elle ne l'avait pas vu depuis presque une semaine, elle n'avait pas à s'étonner.

Il l'évitait, c'était évident. Et elle était seule responsable, se dit-elle, accablée. Elle avait commencé par imaginer le pire à son sujet, puis elle était allée trop loin. Qu'est-ce qui l'avait poussée à croire qu'elle pouvait soulager ses souffrances ? Pourquoi avait-elle insisté ? Elle s'était montrée bien présomptueuse — et très impolie ! Si ses idées étranges l'aidaient à supporter son quotidien, comment pouvait-elle se permettre de lui dire qu'il avait tort ?

S'était-elle demandé pourquoi il agissait de la sorte ? Non, bien sûr. Elle s'était avancée avec ses gros sabots, le poussant dans ses retranchements. Résultat, maintenant il l'évitait. Et elle n'avait que ce qu'elle méritait !

Et il lui manquait terriblement…

Se rappelant soudain que Fay lui avait posé une question et attendait sa réponse, elle se força à sourire.

— C'est une excellente idée. Chichi passera la journée avec vous deux. Je peux l'amener le matin et la récupérer le soir. Elle est dressée pour considérer sa cage comme sa maison, précisa-t-elle à l'intention de Kalinka. Elle y dort, ça la rassure.

— Comme si elle pouvait emporter sa chambre avec elle, répondit Kalinka d'un air satisfait.

— Exactement. Je l'amènerai avec des croquettes et deux gamelles. Tant qu'elle sort le matin et l'après-midi, tout ira bien.

— Merci, murmura Fay, dans un souffle. Mais j'ai l'impression que cela va vous donner beaucoup de peine. Vous n'êtes pas obligée de l'amener tous les jours. Ne venez que quand cela vous arrange.

Montana jeta un regard rapide à Kalinka. Manifestement, la fillette n'était pas d'accord avec sa mère. Et elle en supportait bien assez comme cela. Aussi, si la présence de Chichi pouvait l'aider, la question ne se posait même pas.

— Je m'arrangerai, promit-elle.

— Merci, chuchota Kalinka, les paupières soudain alourdies de sommeil.

Chichi se blottit contre elle, comme si elle avait compris qu'il était temps de faire un somme.

Quand Fay la raccompagna dans le couloir, Montana lui demanda si elle avait eu l'occasion de lui parler de son neveu.

— Je ne veux voir personne, lança Kalinka.

— Tu es sûre ? demanda Montana en revenant vers elle. Mon neveu Reese a ton âge. Il pourrait jouer avec toi.

— Non. Je ne veux voir personne.

— Tu ne te sens pas un peu seule ?

Les yeux soudain pleins de larmes, Kalinka murmura :

— Je ne peux pas. Personne ne peut me voir comme ça.

Fay contourna le lit et prit la main de sa fille dans la sienne.

— Ma chérie, tu ne peux pas te cacher pour toujours.

— Et pourquoi pas ? Je suis un monstre. Je suis affreuse.

Montana sentit son cœur se serrer. Les paroles de Simon lui revinrent à la mémoire. Il tâchait de redonner à ses patients une apparence normale. Le pourrait-il pour Kalinka ?

— Il veut vraiment te rencontrer, reprit-elle alors. Pour être honnête, Reese n'est pas comme ça. Je ne pense pas que tu aies à t'inquiéter.

Un long moment, Kalinka la fixa.

— Tu promets qu'il ne dira rien ?

Elle acquiesça d'un hochement de tête. Pourvu qu'elle soit en train de prendre la bonne décision.

— Accorde-lui dix minutes, lui proposa-t-elle. S'il te tape sur les nerfs, je l'emmènerai et tu n'auras plus jamais à le voir. Tu trouves que c'est équitable ?

— Dans ce cas, d'accord.

— Ne t'inquiète pas. Je te préviendrai à l'avance. Vous êtes d'accord ? ajouta-t-elle à l'intention de Fay.

— Nous avons toutes les deux besoin de redécouvrir le monde, répondit cette dernière.

La visite de Reese serait déjà un début, songea Montana en les quittant. Il ne lui restait plus qu'à s'assurer que tout se déroulerait sans accroc.

Assis devant son ordinateur, dans son bureau, Simon mettait à jour ses feuilles de température. Malgré sa concentration, il ne voyait que la cage à chien et deux gamelles dans un coin, l'une remplie de croquettes, l'autre d'eau.

Il avait donné son accord pour que Chichi vive temporairement dans son bureau. Sa présence aidait Kalinka à guérir, ce qui était sa priorité. Pourtant, cette cage ou ce panier à chien, qu'importait le nom, le distrayait. C'était stupide mais c'était ainsi.

Pire encore, il avait hâte de voir la petite chienne. Il en était le premier étonné, mais elle lui était... sympathique. Il n'avait jamais cru éprouver un intérêt quelconque pour un animal de compagnie, mais il aimait bien cette petite bête.

Son tableau terminé, il se carra dans son fauteuil, pensif. Qui cherchait-il à berner ? Bien sûr, Chichi était adorable. Mais c'était Montana qu'il attendait.

Huit jours s'étaient écoulés depuis la soirée fatidique. Huit jours depuis qu'il lui avait avoué la vérité sur son compte, lui avait expliqué pourquoi il n'était pas l'homme qu'il lui fallait.

Il avait toujours su que personne ne pouvait comprendre. Pourtant, il s'était surpris à espérer que Montana serait l'exception, qu'elle saurait voir ce qu'il traversait. Il s'était trompé.

Elle n'était sans doute pas responsable. Après tout, aucune de ses expériences ne l'avaient préparée à côtoyer un éclopé de la vie, comme lui. Elle avait apparemment toujours vécu dans un monde plein de bonté, un monde sécurisé. Sa famille semblait aimante et très unie, de même que son cercle d'amis, d'après ce qu'il avait pu en juger. Contrairement à lui, elle ignorait le pire : la trahison d'une mère.

Il n'éprouvait aucun ressentiment. Au contraire. Voir à quel point Montana avait confiance en son prochain lui apportait une grande sérénité.

Elle lui manquait. La voir, l'entendre, discuter avec elle lui manquait. Il voulait qu'elle lui parle de sa vie, voulait l'embrasser, lui faire l'amour. Lentement, la première fois, savourant chaque seconde, avant de la prendre avec vigueur une seconde fois, pour un voyage qu'elle n'oublierait jamais.

Il referma ses dossiers, éteignit son ordinateur et se leva. Au moment où il s'apprêtait à sortir, quelqu'un frappa à la porte entrouverte de son bureau.

— Entrez.

Deux hommes de son âge entrèrent. S'il n'avait jamais rencontré le blond, il reconnut Ethan Hendrix, le frère aîné de Montana.

— Nous ne vous dérangeons pas ? s'enquit ce dernier.

— J'étais en train de finir des papiers. Content de vous revoir, fit-il en lui serrant la main.

— Voilà Josh Golden, le champion cycliste, deuxième athlète le plus célèbre de Fool's Gold après Raoul Moreno.

— Le premier ! rectifia Josh avec un sourire. Tu crois vraiment que Raoul pourrait courir les cent quatre-vingts kilomètres d'une étape de montagne du Tour de France ?

— Bien sûr !

— Admettez-le, vous avez entendu parler de moi, reprit Josh en se tournant vers Simon.

— Tu n'as pas besoin de faire de la musculation, déclara Ethan en riant. Tes chevilles enflent bien assez comme ça !

Josh se remit à rire.

— Tu es jaloux parce que j'ai toutes les femmes à mes pieds.

— Je ne suis intéressé que par l'amour d'une seule femme.

— Tu as raison. Moi aussi, je ne veux que Charity. Que ferais-je des autres ? Et vous, Simon ? Intéressé ?

— Je ferais un bien piètre joli cœur.

D'autant plus qu'il n'était, lui aussi, intéressé que par une seule femme. Une femme qu'il avait peut-être perdue.

Ils continuèrent à discuter sur le ton de la plaisanterie. Il était évident que l'amitié de Josh et Ethan remontait à bien longtemps. Une chose que son style de vie ne lui avait pas permis de connaître. Et cela lui manquait, songea-t-il brusquement. Mais il ne restait jamais assez longtemps quelque part pour créer des liens durables.

Malgré lui, il se revit à onze ans, debout dans la cuisine de sa mère, les oreilles sifflant de la gifle qu'il venait de recevoir.

« C'est un monstre, s'était plaint le dernier compagnon en date de sa mère en levant le bras pour le frapper de nouveau. Dis-lui d'arrêter de me regarder. »

Au lieu de prendre sa défense, sa mère lui avait hurlé de quitter la pièce. Quand il avait couru se réfugier dans sa chambre, il avait entendu l'homme déclarer qu'il était un enfant qui faisait froid dans le dos. Que quelque chose, chez lui, ne tournait pas rond.

Ce n'était pas la première fois qu'il entendait ces mots. A l'époque déjà, il n'avait pas d'amis, il ne savait pas s'intégrer. Il était plus intelligent que les autres enfants, et il avait sauté deux classes. Il se rappelait s'être demandé à quoi cela ressemblerait d'être comme tout le monde.

La voix de Josh le ramena au présent.

— Vous jouez au golf, Simon ?

— Question bien superflue. Le golf fait partie du cursus de médecine, plaisanta Ethan.

— J'ai fait l'impasse sur ce cours mais je joue, à l'occasion, répondit Simon avec un petit rire.

— Nous avons entendu dire que vous aviez un après-midi libre. Pia a mis Raoul dehors car, aujourd'hui, leur maison grouille de femmes. Venez avec nous. Ce sera sympa.

Même sans les connaître, il avait envie de les accompagner.

Et puis un après-midi loin de l'hôpital l'aiderait peut-être à s'éclaircir les idées.

— Donnez-moi juste le temps de prévenir de mon absence, répondit-il en décrochant son téléphone. Nous jouons pour de l'argent, bien sûr ? ajouta-t-il, pince-sans-rire.

Les deux hommes lui jetèrent un regard amusé.

— Je sens que vous n'allez pas tarder à vous intégrer, lui assura Josh.

10

Denise jeta un coup d'œil discret à sa montre. Pourvu que l'homme qui lui faisait face ne remarque rien. Elle réprima un soupir. Cela ne faisait vraiment que vingt minutes qu'elle était là ? Dieu merci, ils avaient juste prévu de prendre un verre, pas de dîner !

Steve était un homme séduisant. Bronzé, athlétique, raisonnablement intelligent. Et puis ses yeux bleus lui plaisaient. Leur conversation avait porté sur son travail de directeur régional pour un distributeur de pièces informatiques, sur le Festival d'Eté qui allait se dérouler à Fool's Gold, et sur le temps.

— Vous venez ici souvent ? lui demanda-t-il.

— Au vignoble ? Non. Pas souvent.

Elle jeta un regard autour d'eux. Des tables et des chaises avaient été sorties. La soirée d'été était chaude, agrémentée d'une brise légère. Avec, à l'est, la chaîne montagneuse qui barrait le ciel et, à l'ouest, les vignes qui s'étendaient à l'infini, elle n'aurait pu rêver cadre plus romantique. Alors pourquoi se sentait-elle si mal à l'aise ?

— J'ai lu dans le journal que c'était un bon été pour le raisin, reprit-elle. Si le beau temps persiste, la Californie va donner un cru exceptionnel cette année.

Elle refoula un grognement de frustration. Quelle conversation passionnante !

Peut-être ce cadre idyllique manquait-il de naturel, en fait. A vrai dire, il lui était difficile de trouver un endroit où donner un premier rendez-vous à Fool's Gold où tout le monde se connaissait. Ce qui compliquait singulièrement sa vie privée. Et tout particulièrement à son âge.

— Vous venez souvent à Fool's Gold ? demanda-t-elle.

— Non, mais ça peut s'arranger…

Elle réprima un frisson de terreur. Quelle idiote elle faisait ! Comment avait-elle pu lui tendre une perche pareille ? Se composant un air détaché, elle enchaîna :

— Donc, les affaires vont bien ?

— De mieux en mieux, figurez-vous, répondit-il en se penchant vers elle. La technologie des portables est en constante mutation et les gens veulent suivre. Dans nombre d'industries, vous devez attendre jusqu'à ce que les appareils rendent l'âme. Réfléchissez-y. Remplaceriez-vous votre lave-linge juste parce qu'un nouveau modèle, plus sophistiqué, arrive sur le marché ?

— Bien sûr que non.

— Exactement ! Personne ne le ferait. Mais, pour les gens, il est tout à fait naturel d'acheter un nouveau téléphone simplement parce qu'il est plus performant. C'est une espèce de désuétude calculée.

— J'ai l'impression que vous aimez beaucoup votre travail.

— C'est le cas. J'aime beaucoup la vente et j'adore avoir accès aux tout derniers gadgets.

Il tira un téléphone ultra-plat de sa poche, tapota l'écran et lui montra la multitude d'icônes qui s'affichaient.

— Si vous cherchez à m'impressionner, vous avez tiré le mauvais numéro, dit-elle. J'ai le même téléphone depuis deux ans. La simple idée de devoir apprendre à me servir d'un autre me terrifie.

— Je pourrais vous aider, suggéra-t-il avec un regard éloquent.

Il était évident qu'il était intéressé, songea-t-elle avec une pointe de lassitude. Elle aurait dû être flattée. Du reste, elle l'était. Un peu. Il était plutôt pas mal, il semblait charmant. Mais il manquait l'essentiel : la petite étincelle.

Il lui souriait, et elle s'aperçut soudain que les coins de ses yeux étaient à peine marqués. Que ses cheveux châtain clair n'avaient aucune touche de gris.

Ils s'étaient rencontrés le mois dernier, au Starbucks, alors que Steve se trouvait à Fool's Gold pour une conférence. Quand elle avait renversé son café sur son costume, il avait réagi avec humour. Aussi, quand il lui avait demandé son numéro, elle le lui avait donné sans trop réfléchir, supposant qu'il avait plus ou moins son âge.

— Quel âge avez-vous ? lui demanda-t-elle.

— Quarante-deux ans.

Elle faillit s'étrangler.

— J'ai plus de dix ans de plus que vous, annonça-t-elle une fois qu'elle eut repris ses esprits.

Maintenant, il allait sûrement prendre ses jambes à son cou.

— L'âge n'est qu'une question de chiffres, répondit-il.

— Ce n'est pas ce que me dit mon miroir le matin, ironisa-t-elle.

Il se pencha de nouveau vers elle.

— Ne vous inquiétez pas. Ai-je l'air de m'inquiéter, moi ? Vous êtes une femme séduisante, pleine de vitalité. Et, sexuellement, dans la fleur de l'âge.

Elle se figea, partagée entre l'envie d'éclater de rire et le besoin pressant d'appeler ses enfants à la rescousse. Sexuellement dans la fleur de l'âge ? Elle n'arrivait même pas à embrasser les hommes avec qui elle acceptait des rendez-vous ! Alors, de là à envisager une relation sexuelle…

Elle étouffa un soupir.

— Steve, nous avons passé un bon moment, commença-t-elle.

— Tout à fait d'accord. Je veux vous revoir.

— Pourquoi ?

Il sourit.

— Vous me plaisez, Denise.

— Vous aussi, vous êtes charmant, murmura-t-elle, mais soyons réalistes. Vous avez été marié ?

— Je suis divorcé.
— Vous avez des enfants ?
— Non.
— Vous en voulez ?
— Oui.
— Eh bien voilà ! Vous n'avez aucun avenir avec moi. J'ai six enfants, et l'aîné a…

Elle s'interrompit et déglutit.

—… huit ans de moins que vous.

— Vous vous êtes donc mariée très jeune. Cela ne change rien, insista-t-il.

— Détrompez-vous. Je suis grand-mère. Je ne veux pas tout recommencer. Je veux…

Elle pinça les lèvres. Que voulait-elle au juste ? Elle ne le savait pas elle-même. L'impossible, sans doute. Elle voulait un homme qui ferait battre son cœur plus vite, qui la comprendrait, qui comprendrait son monde, qui déciderait qu'elle était exactement la femme qu'il recherchait. Un homme… qu'elle pouvait imaginer clairement, mais qu'elle faisait tout pour éviter.

— J'ai été très contente de vous avoir rencontré, déclara-t-elle en se levant. Merci pour le verre.

Il se leva à son tour.

— Vous partez ?
— Oui. Au revoir.

Sur ces mots, elle quitta la salle de dégustation et regagna le parking. Arrivée devant sa voiture, elle n'y monta pas tout de suite et, face aux sommets illuminés par le soleil couchant, elle refoula ses larmes.

Parfois, Ralph lui manquait à tel point qu'elle avait l'impression qu'on lui arrachait le cœur. Il lui arrivait même d'avoir l'impression qu'il lui était impossible de continuer. Mais aujourd'hui, alors qu'elle fixait la chaîne des montagnes, ce n'était pas à son mari qu'elle pensait.

C'était à Max. Max le motard, si dangereux, si troublant, avec lequel elle avait échangé des baisers passionnés. Max qui lui avait appris la violence de l'amour qui balaye tout sur son passage.

Mais les hommes comme lui ne restaient pas. Quand il était parti, elle avait déjà rencontré Ralph et compris qu'il était le genre d'homme qu'elle pourrait aimer toute sa vie. Il lui avait apporté la sécurité, la stabilité, tout ce que Max aurait été incapable de lui donner. Ralph lui avait donné tout ce que Max lui avait refusé.

Ils avaient eu six enfants magnifiques, et elle avait vécu avec lui les années les plus heureuses de sa vie. Il avait été sa moitié. Leur amour avait survécu à sa mort, et elle lui était restée fidèle.

Elle monta en voiture et démarra. Si elle ne croyait pas à un seul grand amour dans une vie, elle doutait de rencontrer de nouveau un homme comme Ralph. Ce qui lui laissait deux options : ou se contenter d'un second choix, ou refuser tout rendez-vous galant.

Songeuse, elle prit la direction de chez elle. Si elle se dépêchait, elle pourrait arriver à temps pour dîner avec Kent et Reese, puis aller promener Fluffy. Sans doute sa routine familière et rassurante valait-elle mieux que ce qu'un homme pouvait lui offrir.

Dans l'ascenseur de l'hôpital, Montana se tourna vers Reese.

— Tu as bien compris les règles ?

— Nous les avons déjà révisées trois fois, répondit-il avec un regard exprimant un mélange de patience et de pitié. N'empêche, je suis un peu nerveux.

Ils allaient voir Kalinka.

En sortant de l'ascenseur, Reese s'arrêta un instant et, l'air grave, déclara :

— Je n'en dirai pas plus que ce que j'ai promis. Je sais déjà qu'en la voyant, je vais avoir un peu peur. Mais je m'en remettrai. Je ne suis plus un enfant. Je devine à quel point elle est mal.

Montana le serra dans ses bras. Comme elle était fière de son neveu !

— Regarde-toi ! Tu as tellement grandi.

— Encore six ans et j'aurai le permis de conduire ! répliqua-t-il d'un air réjoui. J'ai même compté les jours.

— Si j'étais toi, j'éviterais d'en parler à ton père, lui fit-elle remarquer avec un clin d'œil. S'il savait que tu vas conduire dans si peu de temps, il aurait un infarctus.

Reese éclata de rire.

Ils gagnèrent le service des grands brûlés et se dirigèrent vers la chambre de Kalinka. Fay les attendait devant la porte.

— Elle est un peu fatiguée, déclara-t-elle, visiblement inquiète. Vous êtes bien sûrs ?

Devinant qu'elle devait regretter d'avoir donné son accord, Montana jeta un coup d'œil à Reese qui hocha la tête.

Le petit garçon entra dans la chambre et, sans hésiter, se dirigea vers le lit.

— Bonjour Kalinka, dit-il avec un sourire, je suis Reese.

La fillette était à moitié assise dans son lit. Quelques mèches de cheveux blonds dépassaient de ses bandages qui couvraient son visage et son cou, dévoilant des pans de peau à vif.

Voyant qu'elle ne répondait rien, il enchaîna :

— Ma tante Montana m'a dit que tu ne pouvais pas te lever. Je suppose que c'est pour ça que tu veux avoir la visite d'un petit chien. Mon père et moi aussi, nous avons une chienne, depuis quelques semaines, Fluffy. Je suis sûr qu'elle sèmerait la panique, ici. Elle est très joueuse mais elle n'a aucune idée de sa corpulence. Elle a failli me faire tomber avec sa queue et elle a déjà cassé plein de trucs chez ma grand-mère.

Il se tourna vers Montana qui observait la scène.

— Tu as déjà emmené Fluffy à l'hôpital ? lui demanda-t-il.

— Une fois seulement, répondit Montana un peu mal à l'aise. C'était un accident.

A sa grande surprise, Kalinka se mit à rire.

— Je me rappelle ! Je l'ai entendue aboyer. Le Dr Bradley était furieux.

— Ah ça ! Pour être furieux !

— Moi aussi je connais le Dr Bradley ! s'exclama Reese avec fierté. J'ai eu un accident de voiture et il m'a mis des points de suture. Il pense que je n'aurai pas de cicatrice. Je dois dire que ça m'était un peu égal. Je trouve les cicatrices intéressantes.

Kalinka détourna un instant la tête. Puis elle le regarda de nouveau.

— J'ai des cicatrices, dit-elle. Du moins, je vais en avoir.

— Ça fait très mal ? s'enquit Reese.

Kalinka hocha la tête.

— Ils me donnent des médicaments pour la douleur. Ça me fait dormir. Le barbecue a explosé. J'ai pris feu.

— Comme à la télévision, dit Reese en s'asseyant.

— Exactement.

Il était temps de les laisser. Montana sortit de la chambre et retrouva Fay qui l'attendait dans le couloir.

— Elle discute avec lui, chuchota-t-elle. Je pensais qu'elle lui demanderait de s'en aller. C'est plutôt positif, non ?

— Je pense. C'est une forme de retour à la normale.

Montana tressaillit. Ce mot la faisait toujours penser à Simon. Mais il ne fallait pas qu'elle pense à lui.

— Merci d'avoir suggéré cette visite, reprit Fay. Je deviens folle à la regarder souffrir, sachant que je ne peux rien faire pour la soulager.

— Le temps que vous passez avec elle compte déjà beaucoup.

— Je l'espère.

Reese les interrompit.

— Vous avez des jeux ? demanda-t-il. Les mains de

Kalinka ne sont pas trop brûlées, elle peut se servir d'un joystick ou d'une télécommande.

— Ou elle pourrait jouer à un jeu de société, suggéra Montana.

— Super, marmonna Reese sans grande conviction.

Fay se mit à rire.

— Tu aimes les mêmes jeux que ma fille, je suppose. J'ai apporté sa Playstation 2.

Comme tout semblait bien se passer, Montana décida d'aller s'installer dans une salle d'attente. Elle reviendrait chercher Reese dans une heure.

Elle se dirigeait vers le poste des infirmières quand, au détour du couloir, elle se trouva nez à nez avec Simon.

— Montana.

— Bonjour. J'ai amené mon neveu rendre visite à Kalinka. Jusqu'ici, tout se passe bien. Ils jouent à un jeu vidéo.

— C'est très bien. Moins elle déprimera, plus elle cicatrisera vite.

Il marqua une pause et s'éclaircit la voix.

— Je suis content de te voir. Je voulais te parler de quelque chose. Plusieurs enfants vont passer demain au dispensaire pour se faire retirer leurs points de suture. Pour peu que le premier se mette à pleurer, tous les autres paniquent, et la matinée tourne au désastre. Je voulais savoir si tu pouvais amener un chien thérapeute pour les distraire.

— Bien sûr. Vers quelle heure ?

— 9 h 30. Cela ne devrait pas durer plus de deux heures.

— Je t'amènerai l'un des gros chiens. Ils font plus facilement diversion.

— Parfait.

Elle l'observa à la dérobée. Il était distant, son ton était formel. Où était l'homme passionné qui l'avait embrassée ? Mais elle n'avait que ce qu'elle méritait.

D'un geste hésitant, elle frôla son bras. Le tissu de sa blouse blanche était lisse sous ses doigts.

— Je suis désolée, déclara-t-elle. Pour l'autre jour. Ce

n'est pas à moi de te dire ce qu'il faut croire ni comment vivre ta vie. Je te connais à peine. J'essayais juste de te démontrer quelque chose et j'ai tout gâché. Je te demande pardon si je t'ai fait de la peine ou si je t'ai offensé.

— Et si je te dis que ce n'était rien ?

— Je ne te croirais pas mais je ne discuterai pas.

— Là, c'est moi qui ne te croirais pas. Tu aimes discuter.

— C'est faux. Enfin, ce n'est pas un trait de mon caractère que j'aime, précisa-t-elle dans un soupir résigné.

— Dans ce cas, ça change tout.

Elle le scruta avec attention, essayant de deviner ses pensées.

— Tu es fâché ? demanda-t-elle.

— Non.

— Tu me détestes ?

— Non.

Une question lui brûlait les lèvres. La désirait-il toujours ? Mais elle se garderait bien de la lui poser. Il y avait des limites à son courage.

— Tu me pardonnes ?

— Oui.

Elle lui sourit.

— Merci !

Il leva une main comme pour caresser son visage, mais la laissa retomber. Un sentiment de déception remplaça le soulagement qu'elle venait d'éprouver. Il lui pardonnait, certes, mais leur relation ne serait jamais plus comme avant.

Encore perturbée par sa rencontre avec Simon, Montana décida qu'elle avait besoin d'un bon roman pour se distraire. Une soirée sur son canapé, à lire, lui remonterait le moral. Aussi, après sa journée de travail, elle passa chez Morgan's Books.

Elle trouva la librairie pleine d'animation, comme d'habitude. Le parfum du café mélangé à celui, délicieux, des brownies, flottait dans l'air. Amber, la fille de Morgan, venait sans nul doute d'apporter une fournée de sa boulangerie.

Après avoir salué de la main les clients qu'elle connaissait, elle se dirigea vers le rayon des romans sentimentaux. Sa vie amoureuse plus que désastreuse ne devait pas l'empêcher de vivre de belles histoires par procuration. Elle balaya les étagères du regard, en quête d'un livre qui correspondrait à son humeur. Une couverture rouge attira son attention.

— *Visions of Magic*, par Regan Hastings, murmura-t-elle, intriguée, en étudiant le tatouage en forme de flamme sur le dos de la femme en photo sur la couverture.

Elle tendit le bras pour l'attraper mais effleura une autre main.

— Pardon ! s'excusa-t-elle.

Elle reconnut alors la jeune femme un peu potelée, arrivée récemment à Fool's Gold. Elle avait environ son âge, des cheveux dorés ramenés en tresse, et de grands yeux verts qui, bien malgré elle, lui rappelèrent ceux de Simon… Elle s'empressa de chasser ce dernier de ses pensées et demanda :

— Bonjour. Heidi, c'est ça ?

— Oui, répondit la jeune femme avec un sourire. Et vous êtes l'une des triplées. J'ai encore un peu de mal à vous distinguer les unes des autres, il faut m'excuser.

— Je suis Montana.

— Ah oui ! s'exclama Heidi en penchant la tête de côté, comme si elle l'étudiait, dans l'espoir de trouver une différence.

— Si ça peut vous aider, Dakota est enceinte. Elle sera donc facilement identifiable dans les mois à venir.

— Merci du tuyau.

— Votre grand-père et vous êtes les nouveaux propriétaires du Castle Ranch ?

— C'est exact.

— Vous vous habituez à la région ?

— Nous vivons au jour le jour. La maison a besoin d'une

rénovation complète. Je pense qu'elle n'a pas été habitée depuis longtemps.

Montana essaya de se rappeler qui avait été le dernier habitant.

— Il y a bien vingt ans que le vieux Castle est mort, dit-elle. Je ne m'en souviens pas bien. Il y vivait avec sa femme et ses trois fils qui s'occupaient du ranch. Il ne rapportait pas grand-chose, déjà à l'époque. Quand il est mort, la famille est partie. Il a été question d'un héritier de la côte Est mais personne ne l'a jamais vu mettre un pied au ranch.

— Ça se voit, répliqua Heidi avec une grimace. Enfin, j'ai vécu dans pire. Au moins, l'électricité fonctionne et le toit tiendra encore deux ans. Mais sérieusement, quand pour la dernière fois avez-vous vu une cuisinière vert olive ?

Montana se mit à rire.

— Au cinéma !

— N'hésitez pas si vous voulez en voir une vraie. J'en ai une !

— Vous et votre grand-père élevez du bétail ?

— Non, je ne suis pas très intéressée par les vaches. J'ai quelques chèvres et je fais du fromage.

— Vous vous appelez Heidi, vous vivez avec votre grand-père et vous avez des chèvres ?

— Croyez-moi, l'ironie de la situation ne m'échappe pas, répondit Heidi en riant. La différence étant que Glen, mon grand-père, est très affable. Je n'aurai donc pas à faire le lien entre les gens de Fool's Gold et lui. Quand avez-vous lu *Heidi* pour la dernière fois ?

— Ma mère a dû nous le lire, à mes sœurs et à moi, quand nous étions petites. N'y avait-il pas une fillette en fauteuil roulant ?

— En effet. Ma mère aussi me le lisait, ajouta-t-elle, un peu triste soudain. Ce sont de bons souvenirs.

Heidi devait avoir perdu sa mère, songea Montana.

— Vous venez souvent en ville ? enchaîna-t-elle vivement. Avec un groupe d'amies, nous organisons souvent des soirées entre filles, au restaurant ou chez l'une d'entre nous. Si vous me donnez votre numéro, vous pourrez vous joindre à nous, la prochaine fois.

— Merci, j'en serai ravie.

— Vous vous en sortez tout seuls, votre grand-père et vous ? reprit Montana après avoir enregistré le numéro de Heidi dans son téléphone portable.

La lueur malicieuse se ralluma dans les pupilles de la jeune femme.

— Malgré les appareils ménagers hideux, nous nous débrouillons très bien. C'est la première vraie maison que nous avons. Nous avons beaucoup voyagé. Vous n'imaginez pas comme il est bon d'être enfin installés. Nous avons de grands projets pour le ranch.

— Je devine qu'ils n'incluent pas les vaches.

— Sans doute pas. Mais je veux agrandir mon troupeau et créer une fromagerie. Nous nous plaisons beaucoup à Fool's Gold, tous les deux. Tout le monde est si amical, si accueillant. Mon grand-père est même devenu la coqueluche des femmes de sa génération. Je ne sais pas encore si cela me fait plaisir ou pas.

Montana n'était pas surprise. Si la pénurie d'hommes avait été enrayée par la création de nouvelles entreprises, ceux qui venaient s'installer à Fool's Gold avaient, pour la plupart, moins de cinquante ans.

— Ça le gardera jeune, répondit-elle.

— Tant que je ne le surprends pas en train de batifoler avec l'une d'entre elles, cela ne me dérange pas.

Montana lui sourit — elle ne la comprenait que trop bien ! — et prit deux volumes du livre de Regan Hastings.

— Laissez-moi vous en offrir un. Un cadeau de bienvenue, en quelque sorte.

— Wouah ! Merci ! Voilà pourquoi j'aime cet endroit. Je vais l'annoncer au monde entier, je ne partirai pas. Le vent, la neige, les criquets, rien ne me découragera.

— J'aime les gens qui font des projets. Vous savez que Fool's Gold a été fondée par un groupe de femmes appartenant à la tribu des Mayas ? Elles s'appelaient les Máa-zib. Cela voulait dire quelque chose comme « minorité d'hommes ». On raconte qu'elles gardaient les hommes comme esclaves pour l'amour.

— C'était le bon vieux temps, non ? Ça ne vous manque pas ?

— Constamment ! répliqua Montana en riant.

— Montana, calme-toi. Ce n'est qu'un simple rendez-vous professionnel. Un rendez-vous comme tant d'autres.

Elle n'avait en effet aucune raison de sauter de joie parce qu'elle avait rendez-vous au dispensaire avec Simon. Il allait retirer leurs points de suture à des enfants. Des enfants qui appréhendaient ce moment, songea-t-elle soudain, et elle… elle était heureuse de voir Simon ! Elle n'avait vraiment aucune pitié !

— Voilà encore une chose sur laquelle je dois travailler, déclara-t-elle à Buddy en lui ouvrant la portière arrière de sa voiture pour lui permettre de sauter.

Buddy la regarda de son air perpétuellement inquiet.

Après avoir réfléchi au chien le plus qualifié pour l'occasion, son choix s'était porté sur lui. Sentant son inquiétude constante, les enfants passaient leur temps à le rassurer, ce qui leur permettait de concentrer leur attention sur autre chose que leurs propres appréhensions. De plus, grâce à sa taille, ils pouvaient s'appuyer contre lui et lui faire des câlins — ce que Buddy appréciait tout particulièrement !

Sur la route du dispensaire, elle se répéta que sa visite était purement professionnelle. Elle devait être reconnaissante de la confiance que leur témoignait Simon, à elle et à ses chiens, pour venir l'assister.

— Enfin, l'assister, c'est une façon de parler, dit-elle à l'intention de Buddy. Je ne voudrais pas te vexer mais je ne pense pas que tu sois très doué pour retirer des points de suture.

Buddy lui jeta un regard qui semblait signifier qu'il ne l'était pas le moins du monde.

Arrivés au dispensaire, ils traversèrent les divers services sans se faire remarquer, sans doute en raison du manteau de « chien visiteur » de Buddy.

Au poste des infirmières, une femme d'une quarantaine d'années la salua d'un sourire affable.

— Le Dr Bradley vous a annoncée. Il m'a expliqué à quel point vos chiens peuvent être d'une aide précieuse. J'ai hâte de voir celui-ci à l'œuvre.

Elle tapota la tête de Buddy d'un geste amical. Sans se départir de son calme, le chien agita la queue, mais son air soucieux s'intensifia, comme s'il comprenait l'importance de sa mission.

Montana était un peu perplexe. Ainsi, Simon avait parlé d'elle en termes aimables ? Elle savait déjà qu'il avait compris, avec Chichi et Kalinka, à quel point un chien pouvait aider un malade — sinon pourquoi aurait-il pris la peine de l'inviter ? —, mais le fait de vanter son travail à une tierce personne était assez… inattendu.

L'infirmière les fit entrer dans une petite salle d'examens. Quand Montana aperçut le plateau sur le plan de travail, elle comprit l'appréhension que pouvaient ressentir les enfants en entrant dans la pièce. Le plateau avait beau être couvert, il n'était pas difficile d'imaginer toutes sortes d'instruments brillants et pointus.

Elle balaya les lieux du regard. Une table matelassée, des chaises sur le côté de la pièce, des lumières vives au plafond ; pas franchement accueillant comme décor.

Elle sursauta lorsque la porte s'ouvrit. En voyant Simon, elle fut envahie par un mélange d'excitation, d'espoir, et, pour être franche, de désir.

— Bonjour, la salua-t-il d'un ton sec. Merci d'être venue.

Ses paroles impersonnelles, la façon dont il la regardait à peine, lui firent l'effet d'une douche glacée.

— Nous sommes contents de pouvoir t'aider, se força-t-elle à répondre. Je te présente Buddy.

A sa grande surprise, il s'agenouilla pour se mettre au niveau du chien.

— Je suis content de te rencontrer, Buddy, murmura-t-il en lui caressant les oreilles.

Sensible à son attention, Buddy redressa la tête.

— Il est très doux, expliqua-t-elle alors que Simon se relevait. Mais comme il a constamment l'air inquiet, les enfants ont toujours envie de le rassurer. Et du coup, ils pensent à autre chose qu'à leurs problèmes. J'ai pensé que c'était ce qu'il fallait aujourd'hui.

— En effet.

Le cœur serré, elle refoula sa déception. Elle aurait pu tout aussi bien être n'importe quel membre de son personnel. Apparemment, le temps des baisers fougueux était révolu. Avait-il seulement existé ? Peut-être n'avait-elle fait que l'imaginer, après tout.

— Ils sont prêts, docteur, annonça l'infirmière en passant la tête par la porte entrebâillée.

— Donnez-moi quelques minutes. Puis vous pourrez m'envoyez le premier.

— Très bien.

Simon se dirigea vers le petit lavabo, se lava les mains, les essuya, et enfila des gants.

— Enlever des points de suture ne demande pas très longtemps, dit-il. S'il n'y a pas de complications, nous devrions avoir fini d'ici une heure. Aimerais-tu aller prendre un café après ?

Elle était tellement perdue dans ses tristes pensées qu'elle n'entendit que sa question. Prise au dépourvu, elle bredouilla :

— J'ai Buddy.

— Le Starbucks a une terrasse.

— C'est exact. Oui, alors. C'est une bonne idée.

— Très bien.

Sans lui jeter un regard, il fit entrer sa première patiente accompagnée de sa mère.

Mindy avait douze ans. Elle avait des points de suture sur le menton et sur un côté du cou. Simon expliqua à Montana que l'un de ses petits voisins avait envoyé un ballon dans sa fenêtre qui avait volé en éclats.

— Tu as dû avoir peur, lui dit Montana.

— Oui. Il y avait du sang partout, répondit-elle d'une voix à la fois pleine de fierté et d'horreur, jetant un coup d'œil surpris à Buddy.

— Nous n'avons même pas réussi à tout nettoyer, plaisanta sa mère.

Mindy monta sur la table d'examens. Simon avança une chaise et fit signe à Buddy de sauter. Mindy enroula ses bras autour du chien et offrit son visage à Simon qui commença son minutieux travail.

— Que vas-tu faire ce week-end ? lui demanda-t-il d'un ton dégagé.

C'était la première fois que Montana le voyait travailler. La vitesse à laquelle il retirait chaque point était impressionnante. Ses gestes minutieux, pleins d'assurance étaient d'une parfaite précision. Lorsqu'il lui avait dit qu'il était le meilleur, il ne se vantait pas.

— Nous allons au Festival d'Eté, comme chaque année, répondit la fillette. C'est l'un de mes préférés, même si j'aime beaucoup Noël aussi.

— Je ne suis jamais allé à un Festival d'Eté.

Elle le regarda avec surprise.

— C'est vrai ? C'est le meilleur des festivals. Il y a des jeux, des stands, des chichis.

— Qu'est-ce que c'est, les chichis ?

— Vous ne connaisez pas ? s'exclama-t-elle, les yeux écarquillés. C'est comme des gâteaux. Ça se mange chaud, avec du sucre en poudre.

— Et c'est excellent pour sa ligne, intervint sa mère avec un petit rire.

— Je vois, fit Simon, sans ralentir le rythme. Nous avons presque fini.

— Vous pouvez arrêter, maintenant ? murmura la fillette, les yeux soudain pleins de larmes.

Avec un petit gémissement, Buddy lui donna un petit coup de museau, détournant son attention.

— Tout va bien, lui chuchota-t-elle, tout va bien.

— Et voilà, mademoiselle ! C'est fini ! déclara Simon.

Mindy le regarda d'un air étonné.

— Déjà ? Je n'ai même pas eu mal.

— Ce n'est pas encore cicatrisé, et pourtant, ça se voit à peine, fit remarquer la mère en examinant le travail.

— Je crois qu'elle n'aura même pas un bleu, déclara Simon. Vous savez ce qu'il faut faire quand la croûte tombera ?

— Oui.

— Je serai toujours jolie ? s'inquiéta la fillette.

— Tu es déjà très jolie, lui répondit Simon en l'aidant à descendre de la table. Je ne pense pas que je puisse faire beaucoup plus pour que tu sois encore plus jolie. Je n'ai pas un aussi grand talent.

Mindy le regarda avec un grand sourire.

— Merci ! J'avais peur. En fait, ce n'était rien.

— J'en suis ravi, répondit-il avec un sourire.

Montana avait observé la scène sans bouger. Comme Simon était différent avec ses patients. Il était ouvert, attentif, généreux, détendu. A croire qu'il ne s'autorisait à se détendre que dans le cadre de son métier.

Une fois Mindy et sa mère sorties, l'infirmière fit entrer un petit garçon, âgé de six ou sept ans, accompagné d'une femme que Montana connaissait — c'était une assistante sociale. Le visage du garçonnet était couvert de coupures et de points de suture.

Simon s'agenouilla devant lui.

— Bonjour Freddie, le salua-t-il en posant une main sur son épaule.

— Bonjour, répondit l'enfant d'une voix douce, un peu aiguë.

— J'ai entendu dire que ta tante était venue te chercher.

Les commissures des petites lèvres se relevèrent sans esquisser un véritable sourire. Comment aurait-il pu sourire, se demanda Montana, le cœur serré, avec ses coupures et ses points de suture ?

— Le juge a dit qu'elle pouvait m'emmener avec elle à Hawaii. Mon cousin Sean est mon meilleur ami mais papa avait dit que je ne pouvais plus le voir. Maintenant, je pourrai.

Simon fit signe à Buddy d'approcher.

— Mon amie Montana a amené un chien très spécial. Il s'appelle Buddy. Il a un peu peur d'être à l'hôpital mais quand je lui ai parlé de toi, il a voulu venir te voir.

— On ne peut pas parler aux chiens, répliqua Freddie, une lueur moqueuse dans le regard.

— N'oublie pas que je suis médecin, jeune homme. Je peux faire tout ce que je veux. Buddy, tu es inquiet ? ajouta-t-il en se tournant vers le chien.

Les sourcils de Buddy se rapprochèrent encore et il poussa un gémissement.

— Waouh ! s'écria Freddie d'un air admiratif. D'accord, Buddy. Merci d'être venu me voir.

Le chien leva une patte pour le saluer.

Simon aida l'enfant à monter sur la table. Cette fois, Buddy sauta sur la chaise sans se faire prier. Comme Mindy, Freddie passa un bras autour de son cou, et Simon se mit à l'œuvre. Freddie tressaillit une ou deux fois mais il resta stoïque.

Montana comprit alors que le petit garçon n'en était pas à sa première séance. Que lui était-il arrivé ? Cela ne la regardait en rien, bien sûr, mais elle se sentait concernée par la souffrance de tous ces enfants.

Comme Simon le lui avait promis, au bout d'une heure il avait terminé, et ils quittaient le dispensaire.

— J'ai une idée ! s'exclama-t-elle soudain. On va passer prendre nos cafés au Starbucks, et je t'emmène quelque part.

— Comme tu voudras.

Un quart d'heure plus tard, leur café dans les porte-gobelets, ils prirent la route de la montagne.

— Nous n'allons pas loin, annonça-t-elle. Je vais te faire découvrir une splendide prairie où nous pourrons parler pendant que Buddy pourra se dépenser.

— Tu as bien mérité d'aller gambader, mon vieux, dit Simon en tapotant la tête du chien, assis sur la banquette arrière. Tu as fait du bon boulot. Je vais peut-être te prendre pour assistant.

Montana lui jeta un coup d'œil rapide mais ne fit aucun commentaire. Il semblait… détendu. C'était tellement rare qu'elle ne voulait pas prendre le risque de dire quelque bêtise qui aurait rompu cet instant paisible.

Elle sortit de la route principale, s'engagea sur un petit chemin et se gara sur un remblai terreux qui faisait office de parking. Une fois Buddy libéré, elle prit une couverture dans le coffre et entraîna Simon vers la prairie.

Le soleil était chaud, la brise légère, l'herbe parsemée de fleurs champêtres. Le bourdonnement paisible des insectes se mêlait au chant des oiseaux. Elle poussa un soupir d'aise. Une matinée idéale dans un petit coin de paradis. Après avoir étalé sa couverture, elle fit signe à Simon de s'asseoir.

— Parle-moi de Freddie, commença-t-elle. Comment a-t-il été blessé ?

— Son père l'a coupé. Ce n'est pas la première fois.

Incrédule, elle le dévisagea. Que voulait-il dire ?

— Je ne comprends pas.

— Tous les parents ne sont pas comme les tiens, Montana, dit-il d'une voix grave. Certains ont de graves problèmes émotionnels, et peuvent se montrer cruels. Le père de Freddie l'attachait et le coupait avec un couteau de chasse, sur le dos, sur le torse. Et, pour la première fois, il s'est attaqué à son visage.

La poitrine soudain prise dans un étau, elle eut du mal à respirer quelques secondes. Plutôt que de céder aux larmes qui lui brûlaient les paupières, elle regarda Buddy qui essayait d'attraper un papillon.

— Pourquoi Freddie ne lui a-t-il pas été retiré plus tôt ? demanda-t-elle d'une voix qu'elle essaya de maîtriser.

— Le gosse n'a pas raconté comment il avait été blessé, répondit Simon avec un haussement d'épaules désabusé.

— Quel parent faut-il être pour agir de la sorte ?

— Un mauvais. Cela arrive plus souvent que tu ne le penses.

Le regard de Montana se posa sur les cicatrices de Simon, et une horrible pensée la traversa. Et si l'un de ses parents était responsable de ses brûlures ? Non. C'était impossible.

— Je ne peux pas croire que Fool's Gold puisse être le théâtre d'une telle atrocité, murmura-t-elle, essayant de chasser cette horrible pensée.

Elle ne devait absolument pas lui parler de ce qui venait de lui traverser l'esprit.

— Cela arrive partout, dit-il. Mais si cela peut te réconforter, Freddie et son père n'habitaient Fool's Gold que depuis quelques mois. Le personnel des urgences a compris tout de suite. Ils ont prévenu les services sociaux. Et Freddie a aussitôt été retiré à son père.

— J'en suis ravie. J'espère qu'il restera sous les verrous très longtemps.

— Moi aussi.

— Tu dois être témoin de nombreuses atrocités, dans ton métier.

— La cause de la blessure est parfois pire que la blessure elle-même, répondit-il d'une voix sombre.

— Arrives-tu à faire abstraction ou es-tu constamment hanté par la brutalité de la réalité ?

— J'y suis habitué.

Elle était sûre qu'un chirurgien aussi professionnel que lui savait faire la part des choses. Pourtant, quand il se retrouvait seul, les atrocités auxquelles il était confronté devaient le hanter.

Il but une gorgée de café et enchaîna :

— Je ne devrais pas te parler de tout cela. Tu n'as pas besoin de savoir.

— Je ne suis pas aussi sensible que tu sembles le croire.

Il sourit. Avec son costume, sa chemise et sa cravate, il aurait dû paraître tout à fait décalé dans ce paysage champêtre. Pourtant, en dehors de l'hôpital, jamais il ne lui avait paru aussi à l'aise.

— Oh que si ! Tu es sensible et délicate. Tout à fait le genre de femme qui veut tomber amoureuse.

— N'est-ce pas le cas de tout le monde ?

— Non.

Elle le scruta avec attention. C'était à lui qu'il faisait référence, elle le savait.

— Tu as déjà été amoureux ? demanda-t-elle.

— Jamais.

— Dommage pour toi.

— Pourquoi ? Je suis très bien comme ça.

— Tu ne veux pas être heureux ?

— Le bonheur ne dure pas. Mon travail me rend heureux. Cela me suffit.

Si seulement il avait su combien il se trompait ! Mais il était inutile de tenter de le lui faire comprendre ; c'était une cause perdue d'avance.

— Et toi, pourquoi n'es-tu pas mariée ?

— Aucun homme ne m'a demandé de l'épouser. J'ai eu deux histoires sérieuses et, les deux fois, j'ai été quittée. Ils n'étaient pas amoureux de moi. Je n'étais pas…

Elle marqua une pause et, avec un haussement d'épaules, reprit :

— Je n'étais pas assez bien pour eux. L'un d'eux m'a trompée et l'autre a tout simplement rompu. Le dernier n'arrêtait pas de dire que je serais *parfaite* si je changeais mon style vestimentaire, ma coupe de cheveux, mon maquillage, et j'en passe. La liste était sans fin.

Elle avait pris son ton le plus détaché — elle ne voulait pas lui montrer à quel point l'évocation de son triste passé sentimental la blessait encore —, mais elle n'était pas sûre de pouvoir faire illusion.

Simon lui jeta un regard pénétrant.

— Deux parfaits abrutis, laissa-t-il tomber, laconique.

— Merci, murmura-t-elle, un peu surprise toutefois.

— Je ne dis pas ça par politesse, Montana. Tu es le genre de femme avec qui tout homme rêverait d'être.

Le cœur de Montana battit soudain un peu plus fort. Que voulait-il dire par là ? Elle n'était pas sûre de bien comprendre.

— Même toi ? lança-t-elle.

— Surtout moi.

Ses yeux verts s'assombrissant, il précisa :

— *Si* je recherchais une relation stable.

— Je vois.

— Et tu es le genre de femme qui a besoin de stabilité dans ses relations.

Même si elle aurait voulu lui certifier le contraire, elle hocha la tête sans répondre.

— Dans quelques semaines, je partirai pour le Pérou, enchaîna-t-il. Puis pour une autre destination.

Un instant, il baissa les yeux sur son café, puis, les relevant, il précisa :

— Je pourrais revenir pour des séjours.

— Mais pas pour rester.

— Non. Pas pour rester.

11

En général, Montana n'assistait pas aux réunions du conseil municipal — elle n'avait jamais été impliquée dans la politique de la ville —, mais Marsha ayant souhaité sa présence, elle avait accepté.

L'ordre du jour fut donné : des informations sur le projet de rénovation du réseau routier financé par l'Etat de Californie, quelques problèmes de permis de construire, une récapitulation du programme du Festival d'Eté qui démarrerait dans deux jours.

Elle commençait à se demander pourquoi elle était ici, quand Gladys, un membre du conseil qui n'avait pas sa langue dans sa poche, se tourna vers Marsha.

— Je suppose que Montana est ici pour évoquer le problème du Dr Bradley ? demanda-t-elle.

Marsha, souriante, acquiesça d'un signe de tête.

— En effet. Alors Montana, comment se déroule notre projet ?

Prise au dépourvu, Montana étouffa un soupir résigné. Quelle idiote elle était ! Il lui aurait suffi de réfléchir un peu pour comprendre ce qui lui avait valu cette convocation.

— Je... en fait... je ne sais pas quoi vous dire, bredouilla-t-elle.

— Se plaît-il à Fool's Gold ? insista Marsha.

— Oui. Je crois qu'il apprécie la chaleur de l'accueil de nos concitoyens. Néanmoins, il n'est pas du genre très sociable. A ma connaissance, il n'a aucun hobby.

— Je sais qu'il a fait un golf avec Josh et Ethan, intervint un membre du conseil. Raoul les a rejoints pour la fin du parcours.

— Penses-tu que les sportifs célèbres puissent l'intéresser ? reprit Marsha avec ferveur. Devrais-je suggérer à Josh et Raoul de passer plus de temps avec lui ?

Mal à l'aise, Montana fit son possible pour ne pas trahir sa gêne. Qu'il était désagréable de sentir tous ces regards braqués sur elle !

— Pas vraiment, répondit-elle. Ce n'est pas ce genre d'homme. Il est silencieux, sérieux. Il ne semble s'ouvrir qu'avec ses malades.

— Je suppose que vous n'avez pas encore couché ensemble ? hasarda Gladys.

Montana sentit soudain ses joues la brûler.

— Gladys, cela ne te regarde en rien ! intervint Marsha avec fermeté. J'ai demandé à Montana de se lier d'amitié avec le Dr Bradley pour lui faire visiter Fool's Gold et lui vanter sa qualité de vie. Il n'a jamais été question qu'elle se sacrifie pour le bien de la commune.

— De mon temps, on comprenait l'utilité de certains choix, grommela Gladys

Ignorant sa réponse, Marsha enchaîna :

— Montana, as-tu l'impression de progresser ?

— Je ne sais pas, avoua-t-elle. Il est si… énigmatique.

L'air pensif, Marsha acquiesça d'un hochement de tête, avant de passer au sujet suivant.

Une fois la réunion terminée, Montana se levait pour partir quand, d'un petit signe, Marsha la pria de rester assise. Quand elles ne furent plus que toutes les deux, Marsha lui demanda d'un ton confidentiel si elle savait d'où Simon tenait ses cicatrices.

Un peu désorientée, Montana se trémoussa sur sa chaise. A la façon dont Marsha posait la question, il était évident qu'elle, elle connaissait la réponse.

— Non. Il ne me l'a pas dit.

— Veux-tu le savoir ? murmura Marsha avec douceur, l'air bienveillant.

— Je… Oui.

Après avoir mis ses lunettes, Marsha ouvrit un mince dossier qui se trouvait devant elle.

— D'après ce que j'ai pu apprendre, sa mère ne s'intéressait pas du tout à lui, commença-t-elle. Son père n'est mentionné nulle part. Il semble avoir disparu assez tôt. Peut-être avant même sa naissance. Sa mère a donc eu des amants et, d'après les rapports de la police, un des compagnons de sa mère trouvait Simon… bizarre.

S'interrompant, elle lui jeta un coup d'œil par-dessus sa monture, avant de préciser :

— Déjà petit, Simon était d'une intelligence exceptionnelle. A onze ans, il avait déjà sauté deux classes et devait en sauter encore.

Montana s'agrippa au bord de la grande table de conférence ; son instinct lui soufflait qu'elle n'allait pas aimer ce que Marsha lui apprendrait.

— Cet homme ne supportait pas Simon et a quitté sa mère. Cette dernière, sans doute pour se venger, a poussé Simon dans la cheminée. Elle le tenait pour responsable de la rupture, expliqua-t-elle en retirant ses lunettes pour la fixer avec gravité. Quand il a essayé d'en sortir, elle l'y a poussé de nouveau. C'est un miracle qu'il n'y soit pas resté.

Prise de vertige, Montana sentit une vague nauséeuse enfler en elle. Pourvu qu'elle ne vomisse pas !

Malgré elle, l'image du petit Freddie s'imposa à son esprit. Comment pouvait-on survivre à de telles atrocités ?

— Les voisins ont appelé la police et une ambulance, reprit Marsha. Simon a été transporté aux urgences et la mère a tout avoué. Elle se fichait bien d'aller en prison. Elle ne voulait plus jamais voir son fils. Elle disait qu'il avait gâché sa vie.

Remettant ses lunettes, elle reprit sa lecture.

— Pendant ses quatre ans à l'hôpital, il a subi un

nombre incalculable d'opérations. Fait extraordinaire, il a poursuivi sa scolarité seul, avec, pour unique aide, un professeur bénévole à mi-temps. Il a obtenu les plus hautes notes à tous ses examens de fin de cycle et, à seize ans, il a décroché une bourse pour l'université de Stanford. Puis il a fait médecine à l'UCLA.

Incapable d'en entendre plus, Montana se leva et passa son sac en bandoulière.

— Excusez-moi, Marsha. Je dois y aller.

Le souffle court, les oreilles bourdonnantes, elle quitta la salle du conseil presque en courant. La distance jusqu'à la sortie lui parut interminable. Enfin, elle fut dehors. Se penchant en avant, elle aspira une bouffée d'air frais pour essayer de reprendre son souffle.

Elle devait vivre un cauchemar. Elle allait se réveiller. Cette conversation n'avait pas eu lieu.

Mais ce qu'elle venait d'apprendre ne pouvait s'effacer. Elle connaissait désormais l'abominable réalité du passé de Simon. Elle avait vu les brûlures de Kalinka et comprenait qu'il avait dû endurer la même agonie. Peut-être même pire.

Elle imagina ses hurlements, le vit se débattre pour sortir de la cheminée. Non seulement sa mère l'avait poussé dans un feu, mais elle avait voulu l'empêcher d'en sortir ! Elle avait voulu le faire mourir de la plus odieuse des façons. Sa propre mère, celle qui aurait dû l'aimer le plus au monde.

Quand, enfin, elle se redressa, elle s'aperçut que ses joues ruisselaient de larmes. Elle pleurait pour le petit garçon sauvagement défiguré, qui, devenu adulte, faisait son possible pour protéger de toute émotion son cœur muré dans la solitude.

Avec un long soupir, elle s'essuya les joues d'un revers de main. Quand elle lui avait demandé de convaincre Simon de rester à Fool's Gold, Marsha n'ignorait rien de cette tragédie. Et elle avait pris la sage décision de lui dévoiler la vérité quand elle l'avait sentie prête à l'entendre.

L'évidence la frappa alors de plein fouet. Quels que soient

ses sentiments pour Simon, ce n'était pas elle qui comptait, ni la peur de voir son cœur voler en éclats, c'était lui. Il avait besoin de savoir que le monde était peuplé de belles personnes, de gens qui s'aimaient. Elle devait lui donner envie de rester à Fool's Gold. Par n'importe quel moyen.

Nevada arracha une touffe de mauvaises herbes entre deux rosiers, s'assit sur ses talons et examina son bras égratigné.

— Maman, tu peux m'expliquer quel plaisir tu trouves à ce genre de passe-temps ? On a chaud, on transpire. On a les mains dans la terre, et on se fait piquer par les épines des roses.

— Ce que tu décris comme une telle torture s'appelle du jardinage, ma chérie, répondit Denise en riant.

— Je sais bien. Mais je voudrais en comprendre l'intérêt.

— Moi, ça me détend. Et c'est un travail dont je peux admirer le résultat. Je ne tire pas la même satisfaction de ma lessive, par exemple. J'ai l'impression qu'il y a toujours du linge sale.

— Il y a aussi toujours des mauvaises herbes.

— Décidément, tu es hermétique à la poésie du jardinage !

La visite fortuite de Nevada l'avait surprise. Sa fille avait annoncé qu'elle souhaitait passer un peu de temps avec elle. Elle avait beau être très proche de ses enfants, ils s'arrêtaient rarement chez elle dans le simple but de prendre des nouvelles. En général, ils l'invitaient plutôt à dîner et à déjeuner. Quand l'un d'entre eux venait à la maison, c'était souvent signe de problème.

En attendant, elle n'avait toujours pas la moindre idée de ce dont Nevada voulait l'entretenir. Elle était néanmoins mère depuis assez longtemps pour avoir apprivoisé la notion de patience : quand sa fille serait prête, elle lui parlerait. Ce qui arriva plus vite que prévu.

— J'ai bien réfléchi à mon travail, déclara soudain

Nevada. Ethan est plus impliqué dans ses éoliennes que dans la construction.

A la mort de Ralph, Ethan avait hérité de l'entreprise familiale, spécialisée dans le bâtiment et la rénovation. Il avait depuis diversifié son activité en se consacrant aux énergies nouvelles et avait construit un parc d'éoliennes à la périphérie de Fool's Gold. Son diplôme d'ingénieur en poche, Nevada était venue travailler avec son père et son frère.

— Serais-tu intéressée par la reprise du département construction de la société ? s'enquit Denise.

— Pas vraiment. J'ai quelque chose à te dire, maman. Mais sache que je ne voudrais surtout pas te contrarier, déclara Nevada en s'asseyant dans l'herbe.

Denise l'imita et retira ses gants de jardinage. Cette entrée en matière n'était pas vraiment rassurante. Ignorant son appréhension, elle trouva le moyen de plaisanter.

— Je ne te promets rien mais je ferai de mon mieux pour ne pas effrayer les voisins par mon hurlement.

— Merci, murmura Nevada. Voilà. Je… je pense à changer de carrière.

— Tu veux exercer une autre activité au sein de la société ?

Fuyant un instant son regard, Nevada baissa les yeux, avant de les relever.

— Non, je veux aller travailler ailleurs.

— Pourquoi ?

— Pour de nombreuses raisons.

Perplexe, Denise attendit qu'elle lui en dise plus. Cela faisait six ans que Nevada travaillait pour son frère. Ils semblaient très bien s'entendre. Ethan passait son temps à encenser sa sœur.

— Je n'ai jamais rien eu à faire pour décrocher ce poste, reprit Nevada. Il était entendu que dès que je serais diplômée, je serais recrutée. Je n'ai pas eu besoin de réfléchir à la direction que je souhaitais donner à ma carrière, aux endroits où je voulais travailler. A part pour mes jobs d'été, je n'ai jamais passé d'entretiens. Je veux me prouver de quoi je suis capable.

— C'est une décision personnelle ou tu as été influencée par quelqu'un ?

— C'est une décision personnelle. Le but n'est pas de flatter mon ego. Juste de savoir si je suis vraiment compétente.

— Ton frère te trouve formidable.

— A-t-il vraiment le choix ? S'il souhaitait me renvoyer, le pourrait-il ?

— C'est ce que tu souhaites ?

— Non. Mais je veux une chance de faire mes preuves.

Denise observa sa fille. Elle était ravissante. Mais comme leurs vies étaient différentes... Elle avait dix-neuf ans quand elle avait rencontré Ralph. Elle suivait des cours à l'université de Fool's Gold, sans pour autant avoir le moindre projet sérieux de passer un diplôme ou de choisir un métier.

Au bout de six mois, Ralph l'avait demandée en mariage et elle avait accepté. Sa seule expérience professionnelle se résumait à une série de mi-temps. Trois mois plus tard, ils étaient mariés et deux mois après elle attendait un enfant. Les trois garçons étaient arrivés en trois ans. Puis, après deux années de répit, elle avait eu les triplées. A l'âge de Nevada, elle était mère de six enfants. Embrasser une autre carrière que celle de mère de famille ne lui avait jamais effleuré l'esprit.

L'entreprise familiale rapportait suffisamment pour leur assurer une vie confortable. Ralph et elle avaient acheté la maison juste avant la naissance des trois filles, et l'avaient remboursée en quinze ans. Economiser pour payer des études universitaires à six enfants avait été une véritable gageure, mais ils y étaient arrivés.

A la mort de Ralph, elle avait découvert qu'il lui avait laissé une généreuse assurance-vie lui garantissant une fin de vie tranquille. Ethan avait repris l'affaire et l'avait développée. Chacun des autres enfants avait reçu un chèque correspondant à sa part d'héritage.

Désormais, son plus gros problème était de trouver à s'occuper. Après une vie passée à prendre soin de sa famille, de la maison et, parfois, de ses amis, ses journées lui semblaient bien vides. Elle pourrait peut-être retourner à l'université. Démarrer une carrière. Elle savait déjà que, quelle que soit la voie qu'elle choisirait, cela lui demanderait sûrement beaucoup moins de travail que d'être mère de six enfants !

Mais elle réfléchirait à tout cela une autre fois. Pour le moment, Nevada avait besoin de conseils.

— Tu as parlé à ton frère ? demanda-t-elle, comme sa fille ne disait plus rien.

— Pas encore. Je dois d'abord me décider.

Un frisson parcourut soudain Denise. Une pensée atroce venait de lui traverser l'esprit. Sans rien montrer de son inquiétude, elle s'efforça de garder une voix égale et demanda :

— Si tu as un autre travail en vue, te faudra-t-il quitter Fool's Gold ?

— Un moment, j'ai cru que oui. Mais peut-être pas. J'ai trouvé un gros poste à pourvoir dans la région. Tu as peut-être vu la petite annonce dans le journal. Janack Constructions est chargé de la mise en œuvre d'un complexe casino-hôtel à la sortie de Fool's Gold. J'ai pensé envoyer ma candidature.

— Janack ? répéta Denise. Pourquoi ce nom m'est-il familier ?

— Ethan était ami avec Tucker Janack autrefois. Ils ont fait un camp à vélo ensemble.

— Ah oui ! s'exclama-t-elle, revoyant le petit garçon maigre aux cheveux bruns. Ils ont de gros chantiers partout dans le monde, n'est-ce pas ?

Les Tucker étaient richissimes. A la fin du camp, M. Tucker était venu chercher son fils en hélicoptère.

— En effet, ils viennent de terminer un grand parc à thèmes à Rio. Le terrain sur lequel va s'élever le nouvel hôtel est une concession destinée aux descendants de la tribu Máa-zib, expliqua Nevada. Mme Tucker a du sang máa-zib.

Denise lui jeta un coup d'œil surpris. Il ne s'agissait pas là d'une conversation en l'air. Nevada avait pris sa décision.

— Tu es bien renseignée.

— Je pense qu'il est important que j'en sache le plus possible sur cette société. Ce chantier est très important pour Fool's Gold. Le projet prévoit d'élargir la route jusqu'à la ville. Ce qui permettra aux touristes de venir plus nombreux. Et même si le terrain est un héritage máa-zib, cela ne les dispensera pas de payer les impôts locaux.

— Marsha doit se frotter les mains.

— Je n'en doute pas une seconde ! s'exclama Nevada en riant.

Denise prit sa main et la serra dans la sienne.

— Tu sais que je n'ai jamais voulu que ton bonheur.

— Je le sais, maman.

— Alors si ta décision est prise, sois heureuse. Tu as raison. Ethan ne s'implique pas dans le développement de la partie chantiers de construction. Si tu étais intéressée par la reprise de l'affaire, il ne te ferait aucune difficulté. Tu aurais ta chance de laisser ta marque. Mais puisque tu as d'autres projets, tu as raison de changer de voie. Comment as-tu dit ? De *tester tes compétences*.

Au pire, elle pourrait toujours revenir dans l'entreprise familiale, songea Denise. Mais elle ne le lui suggérerait pas. Faire allusion à un éventuel échec aidait rarement.

— J'ai besoin de savoir de quoi je suis capable, répéta Nevada.

— Dans ce cas, fonce.

— Tu es la meilleure, fit-elle en la serrant contre son cœur.

Denise lui rendit son étreinte. Décidément, elle avait des enfants merveilleux !

— Je sais. Vous avez tous les six beaucoup de chance de m'avoir pour mère, plaisanta-t-elle, la voix un peu altérée par l'émotion.

Nevada éclata de rire.

— Ce que nous admirons le plus chez toi, c'est ta modestie.

— Et vous le pouvez !

— Ah, vous êtes là ! s'exclama une voix, les faisant sursauter.

Elles se retournèrent toutes les deux et virent Dakota qui venait vers elles, Hannah dans ses bras.

— Je passais devant la maison quand j'ai remarqué ta voiture, Nevada.

Denise se releva et alla à sa rencontre.

— Ta sœur est venue m'aider à désherber.

Lorsqu'elle reconnut sa grand-mère, Hannah sourit et agita ses bras potelés en poussant de petits cris d'excitation.

Sentant son cœur fondre, Denise ne se fit pas prier pour la prendre, et la fillette se blottit contre elle.

— Regarde-toi, murmura-t-elle en la câlinant. Toute jolie et heureuse. Comment va ma petite-fille ?

— Si les grands-mères n'existaient pas, il faudrait les inventer, soupira Dakota en se laissant tomber sur l'herbe, à côté de sa sœur. Maman me sert de baby-sitter et de conseillère pédagogique gratis.

— J'ai l'impression que la grand-mère y trouve aussi son compte, fit remarquer Nevada.

— C'est vrai, approuva Denise d'un ton léger, en picorant le cou de Hannah de baisers. Rentrons, maintenant. Avec cette chaleur, je ne voudrais pas qu'elle prenne un coup de soleil.

— Surtout pas. Mais si tes filles attrapaient une insolation, ce ne serait pas grave, la taquina Nevada en lui emboîtant le pas vers la porte de la cuisine.

— Mais si, je m'inquiète. Je vous aspergerais même au jet, répliqua-t-elle du tac au tac.

A l'intérieur, régnait une agréable fraîcheur. Nevada sortit des verres et des assiettes d'un placard tandis que Dakota prenait un pichet de thé glacé dans le réfrigérateur et la jarre à cookies en forme de coccinelle sur le plan de travail.

En quelques minutes, chacune était à sa place habituelle, autour de la grande table familiale.

Nevada mordit dans un cookie aux pépites de chocolat fait maison et, la bouche pleine, demanda :

— Tu es contente d'avoir Kent et Reese ici, maman ?

— Ravie ! Cette maison est trop grande pour moi toute seule. Je suis si heureuse de pouvoir y recevoir ma famille.

— Tu n'envisages pas de vendre, j'espère ? demanda Dakota d'un air soupçonneux.

— Non, bien sûr, s'empressa-t-elle de la rassurer. A l'exception de Ford, vous habitez tous Fool's Gold. Nous avons besoin d'espace pour nos réunions familiales

Son regard se perdit dans le vague. Avec un peu de chance, son benjamin reviendrait aussi quand il quitterait enfin la Marine.

La conversation porta ensuite sur Ethan et Liz, puis sur Kent et son poste de professeur de maths au lycée de Fool's Gold.

— Montana voit-elle toujours ce médecin ? demanda soudain Nevada. Elle ne m'en parle jamais, et je ne veux pas poser de questions.

— Je pense que oui, répondit Denise. J'avoue néanmoins ne pas très bien comprendre leur relation. D'après elle, elle lui fait découvrir Fool's Gold pour rendre service à Marsha. Croyez-vous qu'il y ait autre chose ?

Ses deux filles échangèrent un regard entendu.

— Il est plutôt séduisant, fit remarquer Nevada. Un très beau visage, malgré ses cicatrices. Montana semble passer beaucoup de temps en sa compagnie. Mais ce qu'ils font de ce temps passé ensemble, ça…

— Je suppose que la meilleure façon de le savoir est de lui poser la question, murmura Denise. Laquelle de vous deux est prête à se porter volontaire ?

— Moi ! s'exclama Dakota. Finn est en Alaska, il finalise la vente de son entreprise. Et ce soir, j'emmène Hannah au

Festival d'Eté. Je suis sûre de croiser Montana. L'occasion idéale de lui parler.

— Surtout, fais-lui bien comprendre que nous ne l'espionnons pas. Simplement, que nous nous faisons du souci pour elle.

Les deux sœurs partirent d'un grand éclat de rire.

— La différence est infime, maman, lui rappela Nevada.

— Oui, mais elle est importante.

Montana aimait l'excentricité de Fool's Gold. Presque partout ailleurs, le Festival d'Eté durait une journée. Pas ici. La fête avait démarré le vendredi soir et se prolongeait sur tout le week-end. Les rues étaient envahies d'orchestres divers qui s'en donnaient à cœur joie, de nombreux étals de nourriture avaient été dressés et, dès la tombée de la nuit, des feux d'artifice illuminaient le ciel.

Saluant ses connaissances au passage, elle se fraya un chemin à travers la foule, heureuse de voir tant de monde. De nombreux touristes faisaient le déplacement, remplissant hôtels et motels, ce qui était toujours une bonne chose pour la ville. Les restaurants seraient bondés, les sentiers autour du lac envahis de bicyclettes et de cris d'enfants, les divers festivals de Fool's Gold attirant surtout des familles.

Elle s'arrêta devant un stand pour acheter un *taco* qu'elle dégusta debout, avant de passer à un autre stand où elle goûta deux vins. Puis elle se mit en quête d'un dessert et arriva devant un marchand de chichis. Les délicieux beignets lui firent venir l'eau à la bouche et, bien malgré elle, elle pensa à Simon qui ne connaissait pas cette friandise, comme il l'avait avoué à la petite Mindy l'autre jour.

Elle commanda son chichi et se surprit à jeter un coup d'œil à la dérobée en direction de l'hôtel où il logeait. Après tout, qu'est-ce qui l'empêchait d'aller frapper à la porte de sa chambre pour l'inviter au Festival ?

Mais elle n'en fit rien. D'abord parce qu'elle n'était pas

sûre de pouvoir faire comme si de rien n'était maintenant qu'elle connaissait son passé, et ensuite parce qu'au fond de son cœur, elle savait bien que le Festival n'était qu'un prétexte pour passer la nuit avec lui. Et pas une fois dans sa vie, elle ne s'était imposée dans le lit d'un homme. Surtout un homme qui faisait tout ce qu'il pouvait pour la tenir éloignée de lui. Elle avait sa fierté.

Elle brûlait d'envie de faire l'amour avec lui, bien sûr, mais depuis qu'elle avait appris ce qu'il avait enduré dans son enfance, son désir s'était amplifié. Une réaction purement émotionnelle, sans doute. Peut-être croyait-elle lui faire oublier les horreurs qu'il avait vécues. Quelle prétention !

Tout en dégustant son chichi, elle flâna de stand en stand. Un homme lui proposa des échantillons de miel sauvage local. Elle admira des bijoux faits main, regarda des CD. Une femme en turban disait la bonne aventure. Les orchestres jouaient sans répit.

Vers 20 heures, elle croisa Dakota, avec Hannah dans sa poussette. La fillette, aux anges, souriait à tout le monde.

— Tu t'amuses bien ? demanda-t-elle à sa sœur.

— Oh oui ! J'adore ce festival.

— Finn est toujours en Alaska ?

— Oui. Il revient demain. J'ai tellement hâte de le voir.

— Je suis sûre que lui aussi.

— Il ne s'en cache pas, avoua Dakota avec un sourire réjoui. Je dois dire que j'aime vraiment cette sincérité chez un homme.

— Moi aussi, je crois que ça me plairait.

Elles continuèrent leur chemin, côte à côte, arrêtées presque tous les deux mètres par des personnes qui demandaient des nouvelles de Hannah.

— Tu penses que l'on faisait autant attention à nous quand nous avions son âge ? demanda Montana, surprise.

— Bien sûr ! répondit Dakota en riant. Nous étions des triplées dans une petite ville. Nous devions être la coqueluche de Fool's Gold.

— J'aimerais pouvoir m'en souvenir.

— Tu pourrais essayer la thérapie.

— Je n'en suis pas là. Mais merci du conseil.

— Je t'en prie. Alors, quoi de neuf ?

L'un des avantages d'être une triplée était de comprendre l'autre à demi-mot. Pour n'importe qui, la question aurait été anodine. Mais Montana n'était pas dupe.

— Qu'est-ce qui se passe ?

— Rien, répondit Dakota de son air le plus innocent. Pourquoi tu demandes ça ?

Montana l'entraîna sur la pelouse, à l'écart de la foule.

— Tu veux parler de quelque chose en particulier ? insista-t-elle. Je le vois bien. Que se passe-t-il ?

Dakota soupira.

— Nous nous inquiétons un peu de ta relation avec Simon, voilà ce qui se passe.

Montana leva les yeux au ciel. Elle aurait dû s'en douter.

— Tu t'es portée volontaire ou tu as perdu le pari ? lança-t-elle, moqueuse.

— J'ai proposé de t'en parler.

Evidemment ! C'était typique, dans sa famille. Dès qu'il y avait de l'amour dans l'air, il fallait que tout le monde s'inquiète et commence à fouiner. Quoi qu'elle fasse, elle ne pourrait pas y échapper.

— Il n'y a pas grand-chose à dire, avoua-t-elle. J'ai essayé de le convaincre de rester parce que Marsha me l'a demandé.

— Nous connaissons cette partie. Mais le reste ? insista Dakota avec un regard brillant. C'est un homme fascinant, non ?

— Je ne te conseille pas de dire ça devant Finn !

— Je ne suis pas celle qui est amoureuse de Simon, se défendit Dakota.

— Moi non plus.

— En es-tu bien sûre ?

Montana haussa les épaules. Il était inutile de mentir à Dakota, elle s'en apercevrait tout de suite.

— C'est un homme bien qui a dû surmonter des épreuves intolérables, dit-elle, presque pour elle-même. Je l'ai vu avec ses petits patients. Il est vraiment à l'écoute. Il leur donne tout ce qu'il a. Mais il réussit quand même à contenir ses émotions. Rien ne semble l'atteindre.

— Un bel inconnu, au visage couvert de cicatrices, qui guérit les gens, surtout les enfants, hermétique à toute émotion, résuma Dakota d'un ton léger. C'est un fantasme féminin incarné.

Montana lui coula un regard en biais. Elle y avait déjà pensé.

— Je n'ai jamais beaucoup fantasmé, se contenta-t-elle de répondre.

— Tu sais très bien ce que je veux dire.

— Tout va bien. Je ne suis pas amoureuse de lui.

— Pourrais-tu l'être ?

Elle ne voulait même pas l'envisager. Elle esquiva la question.

— Il a besoin de moi.

— Il ne me donne pas l'impression d'avoir besoin de quiconque, répliqua Dakota. Tu ne peux pas le sauver.

— Quelqu'un le doit, marmonna-t-elle.

Une expression grave se peignit alors sur le visage de sa sœur.

— Non. Montana, je sais que tu t'investis totalement dans une relation. Ce n'est pas toujours le meilleur moyen de te protéger pour ne pas souffrir.

— Il est très seul, se justifia-t-elle.

— Il va partir.

— Je le sais.

Elle ne le savait que trop ! Elle savait que sortir avec Simon était dangereux. Que tomber amoureuse d'un homme comme lui serait désastreux.

— Vraiment ? lança Dakota, peu convaincue.

— Bien sûr. Il a été très clair là-dessus. Sa prochaine

mission sera au Pérou. Mais je vais bien. Tu n'as pas à t'inquiéter pour moi.

— C'est mon travail de sœur, lui rappela Dakota. Je veux que tu te protèges.

Parce que, en réalité, Simon pouvait lui briser le cœur. Elle pouvait tomber amoureuse de lui et, une fois son cœur pris au piège, le regarder partir sans rien pouvoir faire pour le retenir.

— Je veux l'aider, reprit-elle. Mais tu as raison, je dois me protéger. Ce que je fais. Je ne suis pas la dernière des imbéciles.

Dakota la regarda un instant sans rien dire, puis ouvrit la bouche pour dire quelque chose. Elle se ravisa et, avec un soupir, se contenta de lui sourire.

— Voilà mon trésor de bébé ! s'exclama Belle Gionni, l'une des coiffeuses de Fool's Gold, en s'accroupissant devant Hannah.

— Tu nous ignores ? la taquina gentiment Montana, heureuse de cette diversion.

— Votre tour viendra après, leur promit Bella, en s'extasiant devant la fillette. Elle grandit tellement vite. C'est une dent, ça ?

— Oui. Elle en a quelques-unes, maintenant, répondit Dakota. Mais elle ne pleure presque jamais.

Après avoir observé la scène quelques minutes, Montana murmura :

— Je vais faire un tour.

— Tout va bien ? s'inquiéta sa sœur.

— Bien sûr, la rassura-t-elle avec un sourire. Je sais bien que tu m'aimes. Même si c'est parfois un peu agaçant, c'est sympa.

— Contente de te l'entendre dire !

Montana se fondit dans la foule, toutes ses pensées occupées par Simon. Sa conversation avec Dakota semblait avoir renforcé son besoin de le voir. Restait maintenant à savoir quelle décision elle allait prendre à ce sujet.

*
* *

Simon n'avait pas eu l'intention d'aller au Festival d'Eté. Après son travail à l'hôpital, il avait prévu de commander à dîner au service d'étage de son hôtel et de se coucher avec un bon bouquin. Mais une fois dans sa chambre, après s'être douché, il était ressorti, mû par une force incontrôlable.

La nuit était chaude, la brise transportait les musiques des orchestres. Les rues étaient fermées à la circulation pour permettre à la foule de se promener à son aise.

Dans les villes où il avait vécu, les gens marchaient vite, utilisaient les transports en commun, ne se regardaient pas, se parlaient encore moins. Jamais il n'avait vu un endroit comme Fool's Gold où tout le monde semblait connaître tout le monde depuis des générations. A sa grande surprise, il était tombé sous le charme de la petite ville.

Même s'il n'était ici que depuis peu, il reconnut plusieurs personnes qui répondirent à son salut. Il aurait presque eu l'impression d'habiter ici depuis toujours ! Et même si c'était une illusion, c'était une illusion… bien agréable.

Il fit une halte pour dîner d'une entrecôte et d'un épi de maïs chaud, accompagnés d'une bière. Puis il reprit sa balade, au hasard, essayant de se convaincre qu'il était là pour découvrir le fameux festival. Mais à quoi bon se mentir ? Il cherchait Montana. Il savait bien qu'elle était là, quelque part au beau milieu de cette foule.

Une voix féminine le fit sursauter, le tirant de sa rêverie.

— Bonsoir, docteur Bradley !

Il se retourna et reconnut une infirmière de l'hôpital.

— Vous passez une bonne soirée ? s'enquit-elle après lui avoir présenté son mari et ses deux enfants.

— Excellente, merci.

— Vous verrez, au début de l'automne, Fool's Gold organise des rencontres d'artistes. Il y a quelques années, nous avons reçu Wylan, l'auteur des immenses fresques murales sur la vie sous-marine. J'adore ses œuvres. Cette année je ne sais plus qui viendra, mais je suis sûre que l'événement vous plaira beaucoup.

— Sûrement, répondit-il dans un effort de politesse.

A dire vrai, il s'en moquait éperdument. Quand arriverait l'automne, il serait loin d'ici.

Après quelques minutes à bavarder, il prit congé et se remit en route, fouillant le flot de badauds du regard. Une seule chose comptait : trouver le seul visage qu'il cherchait.

Un rire fusa, près du manège. Il se retourna vivement et surprit un éclair de cheveux blonds. Il refoula sa déception. C'était l'une des sœurs de Montana, la maman du bébé.

Il s'avança de deux pas et se figea, le cœur battant. Elle était là, tout près de lui, il en avait l'intuition. Soudain il la vit. Enfin ! Elle marchait vers lui. Quand elle l'aperçut, elle lui sourit.

Immobile, il la laissa s'approcher. La balle était dans son camp. C'était à elle de décider. Arrivée devant lui, elle prit sa main, comme s'ils étaient déjà tombés d'accord.

— Allons chez moi, se contenta-t-elle de dire en l'entraînant.

12

Pendant le court trajet dans le tranquille quartier résidentiel, Simon ne remarqua pas grand-chose. Ils s'arrêtèrent devant l'une des coquettes maisons, en retrait du trottoir, grimpèrent les deux marches qui menaient à la véranda. Montana ouvrit la porte d'entrée et ils se retrouvèrent dans une salle de séjour qui faisait environ la moitié de la superficie de sa chambre d'hôtel.

Une lampe restée allumée baignait la pièce d'une douce lumière. Sans s'arrêter, Montana l'entraîna à travers la salle à manger et la cuisine, pour déboucher dans un petit couloir. Ils passèrent devant une première porte, sur leur gauche, qui ouvrait sur un bureau, puis devant une autre donnant sur la salle de bains. La dernière, au bout du couloir, était une chambre.

Par cette nuit sans lune, la pièce était plongée dans l'obscurité totale. En entrant, Montana actionna l'interrupteur mural et les lampes des tables de chevet s'allumèrent.

Simon balaya les lieux du regard. Après avoir enregistré l'emplacement de la commode et du lit, il éteignit de nouveau la lumière. Dans la pénombre revenue, il sentit que Montana se tournait vers lui.

Son corps réclamait cette femme avec une force inouïe. Son sang pulsait à ses oreilles, son désir était si violent qu'il en était douloureux. Il la désirait plus qu'il n'avait jamais désiré une femme. Et il savait que Montana était une femme différente, et que ce moment qu'ils passeraient ensemble, à faire l'amour, allait le bouleverser au-delà de ce qu'il pouvait imaginer.

Elle commença par rallumer la lumière.

— Je croyais que les hommes aimaient voir, dit-elle d'un ton léger, en l'enveloppant de son beau regard brun.

— Je suis un homme qui préfère l'obscurité.

Elle posa ses mains sur son torse.

— Je ne suis pas comme les autres femmes, murmura-t-elle.

— Quelles autres ?

— Celles qui ne voulaient pas voir tes cicatrices. Je n'ai pas peur.

— Tu n'imagines pas ce qui t'attend.

Elle le fixa sans répondre. Il comprit alors sa détermination. Elle croyait qu'en le voyant tel qu'il était vraiment, leur relation en serait renforcée. Elle se trompait. Ses cicatrices allaient l'horrifier. Elle essaierait peut-être de les ignorer mais elle serait froide, incapable de répondre à ses caresses.

Les femmes avec qui il avait fait l'amour avaient toujours insisté pour qu'il garde son T-shirt. C'était plus facile pour elles — comme pour lui, d'ailleurs.

Pourtant, il savait déjà que Montana était différente.

— Je te veux, dit-elle, avec ferveur. Je veux être avec toi. Maintenant. Ici. Je te veux totalement. Je te veux nu contre moi.

Pour des raisons qu'il ne pouvait s'expliquer, il était incapable de lui dire non. Comme s'il ne voulait pas prendre le risque de lui faire de la peine. Mais de là à lui montrer ses cicatrices…

Elle portait une robe d'été fermée de petits boutons, en tissu fleuri, qui moulait délicieusement ses formes.

Il la regarda la déboutonner, fébrile, et la retirer, dévoilant un soutien-gorge en dentelle et un slip rose pâle.

Il réprima un petit grognement. Elle était la perfection incarnée. Ses seins lourds, la courbe de ses hanches, la douce rondeur de son ventre… Son érection se fit plus douloureuse encore. Au moment où il s'apprêtait à l'attirer dans ses bras, elle recula d'un pas.

— J'ai vécu ma dernière histoire avec un médecin. J'habitais Los Angeles, je pensais que j'avais besoin de voir autre chose que Fool's Gold. Il n'était pas chirurgien esthétique mais il était très exigeant. Un soir, après l'amour, il a posé ses mains sur mon corps et m'a montré tous ses défauts.

Le menton levé, elle le défiait du regard. Pourtant, il entendait la douleur dans sa voix.

— Il m'a dit qu'il pouvait *arranger* mes seins. Qu'il existait des traitements au laser pour me débarrasser de mes taches de rousseur. Que je serais vraiment jolie si je perdais dix kilos. Le plus fort étant qu'il semblait penser que, d'une certaine façon, il m'aidait. Je te raconte ça car, même si ce n'est pas comparable, tu dois comprendre qu'il n'est pas inhabituel d'être jugé sur son apparence.

Ses yeux brillaient étrangement, comme si elle refoulait ses larmes.

— C'était un salaud ! s'exclama-t-il, furieux.

Et il lui aurait volontiers réglé son compte de quelques coups de poing bien placés. Montana était tout ce qu'un homme pouvait rêver. Quel genre d'ordure fallait-il être pour parler ainsi à quelqu'un ? Surtout à une femme comme elle.

— Tu devais l'intimider par certains côtés, ajouta-t-il. Il ne se sentait pas à la hauteur et, du coup, avait décidé de te rabaisser.

Ses lèvres esquissant un sourire tremblotant, elle murmura :

— Je ne l'intimidais pas, tu peux me croire. Il voulait une femme parfaite, ce que je ne suis pas. Pire, je me fiche d'être parfaite. La perfection m'ennuie. Du moins, c'est ce que je me répète. La plupart du temps, j'arrive même à le croire.

Il s'avança vers elle et prit son visage au creux de ses mains.

— Tu es si belle que, parfois, j'ai mal rien qu'en te

regardant. Tes yeux sont une myriade de bruns pailletés de turquoise.

Il frôla ses pommettes de ses pouces.

— Tes taches de rousseur te donnent la fraîcheur de la lycéenne que l'on aime en secret. Ta bouche est douce, sexy, et quand tu souris, le monde paraît tout de suite plus beau. Jure-moi que tu ne changeras jamais rien. Jure-le-moi !

Les beaux yeux bruns s'embuèrent encore.

— Eh bien ! Toi, au moins, tu sais parler aux femmes. Je regrette de ne pas t'avoir connu à cette époque. J'avais vraiment le cœur en miettes. Je m'en suis remise, ne t'inquiète pas. J'ai compris que c'était un crétin, qu'il n'était pas pour moi, et je suis rentrée à la maison. Maintenant Simon, je veux faire l'amour avec toi. Avec toi tout entier.

Il ne pouvait plus reculer. Cédant à l'inévitable, il hocha la tête.

Puisqu'elle s'entêtait, inutile de la faire languir. Sans perdre une seconde, il tira sa chemise de son jean, la déboutonna et l'envoya sur une chaise dans un coin de la pièce.

— Quoi que tu imagines, c'est pire, dit-il d'un ton laconique en attrapant le bas de son T-shirt blanc.

Elle le fixait, ne donnant aucun signe d'appréhension, et pourtant il devinait qu'elle se préparait mentalement, qu'une petite voix dans sa tête devait lui souffler de ne laisser transparaître aucune émotion.

Une fois débarrassé de son T-shirt, il bomba un peu le torse, serrant le vêtement roulé en boule dans sa main comme si, de sa simple volonté, il pouvait effacer les abominables marques.

Il allait fermer les yeux. Voir sa réaction ne servirait qu'à attiser sa honte. Hélas, il était incapable de détourner le regard.

Le visage impassible, elle l'observait. Il nota l'imperceptible durcissement de sa bouche. Pourtant, ce n'était pas de la répulsion. Elle avait l'air pensif, un peu triste. Puis elle s'approcha de lui. Il savait ce qu'elle voyait. Les brûlures sur son visage et son cou n'étaient pas si terribles, mais celles sur son torse avaient laissé des cicatrices enflammées, ignobles, qui formaient un entrelacs complexe.

Elle remarquait sans doute les différentes couleurs, les endroits où le rouge virait à un gris qui n'avait plus rien d'humain. Ce qu'elle ignorait et ce qu'il ne lui disait pas, c'était que, parfois, elles le faisaient encore souffrir. Que s'il faisait des faux mouvements, il sentait la douleur, que ses gestes étaient limités. Que si ses mains avaient été épargnées, son âme restait meurtrie à jamais, et que les cauchemars persistaient à revenir en traître.

Un lent frisson le traversa. Les doigts légers de Montana se posèrent sur son torse, remontèrent doucement, frôlant chacune de ses cicatrices. Pourquoi se penchait-elle ? Il sursauta. Sa bouche déposait maintenant un chapelet de baisers sur sa peau, comme des caresses de plume.

Il resta d'une immobilité de statue.

Puis elle le contourna, et ses lèvres continuèrent leur lente exploration dans son dos.

Jamais il n'aurait imaginé une telle réaction. Comme si elle était prise d'un besoin instinctif de guérir. L'enjeu était démesuré mais l'intention si pure, que tout ce qui lui restait de réserve et de crainte se dissipa comme une fumée dans le vent. A cet instant précis, il n'y avait plus que la nuit et cette femme qu'il désirait avec une férocité dont il n'avait jamais fait l'expérience.

Toujours figé, il lui laissa le temps de terminer son exploration. Quand elle lui fit de nouveau face, ses joues étaient baignées de larmes.

— Tes cicatrices font partie de toi, murmura-t-elle.

Puis, nouant ses bras autour de son cou, elle se souleva sur la pointe des pieds pour l'embrasser.

Même dans ses rêves les plus fous, jamais il n'aurait imaginé qu'elle l'accepterait ainsi, tel qu'il était. Il l'attira plus près et s'agrippa à elle. Au-delà du désir insensé qu'elle lui inspirait, il avait besoin d'elle.

*
* *

Montana sentit la surprise dans le baiser de Simon. Au début, c'était un baiser plein de pudeur, comme si sa réaction le stupéfiait. Certes, les cicatrices étaient bien pires que ce qu'elle avait imaginé, mais si elle n'avait qu'à les regarder, lui devait vivre avec elles et avec le souvenir du drame de son enfance.

Elle se dégagea et sonda ses magnifiques yeux verts.

— Tu me prends pour un cœur sec parce que j'ai tellement envie de toi que j'ignore tes brûlures ? Devrais-je me montrer plus compatissante ?

Contre toute attente, il partit d'un rire profond, rauque, qui résonna dans toute la chambre. C'était un rire de soulagement, comme si, enfin, il croyait au bonheur. Elle se surprit à rire aussi, et il la souleva dans ses bras.

Avec un petit cri, elle s'agrippa à lui.

— Que fais-tu ? demanda-t-elle.

— Je vais te faire l'amour.

Il l'allongea sur le lit. Reculant, il retira le reste de ses vêtements à la hâte. L'espace d'une seconde, il se dressa devant elle dans toute la splendeur de sa virilité. Il était, comme elle l'avait deviné, parfait. De longues jambes, des muscles sculptés comme un athlète. Des abdominaux en béton, des hanches étroites, et une érection qui éveillait un elle un tourbillon de sensations exquises.

Enfin, il se coula à côté d'elle et, l'attirant dans ses bras, l'embrassa.

Sa bouche s'écrasa sur la sienne avec une passion qui la surprit et lui arracha un petit cri. Elle sentit son désir décupler. Elle n'entendait plus rien, ne voyait plus rien, avait soudain l'impression d'être dans un cocon. Simon la retenait prisonnière, sa bouche moelleuse glissant sensuellement sur la sienne, prenant son âme au piège. De sa langue, il effleura ses lèvres qui s'ouvrirent comme une fleur. Elle s'agrippa à ses hanches, et le monde bascula. Ils se mirent à onduler en rythme, leurs deux corps scellés par la même passion dévorante.

Elle sentit sa main jouer avec l'agrafe de son soutien-gorge, qui céda. D'un geste impatient, il l'envoya sur le sol et, avec une intensité qui ressemblait à une vengeance, il s'emplit les paumes de ses seins. Avide de prolonger ce plaisir indicible, elle se cambra.

Lorsqu'il happa, une à une, les pointes durcies dans sa bouche avide, elle étouffa un cri, mille sensations divines explosant en elle. Un gémissement lui échappa quand ses doigts prirent la relève, et une sensation d'un plaisir infini la transperça.

Elle se cambra de nouveau, brûlante.

Ses bras et ses jambes se nouèrent autour de ses hanches, et elle l'attira tout contre elle, lui arrachant un grognement de satisfaction. Lorsqu'elle se mit à onduler contre lui, ses seins contre son torse, sa douce féminité frôlant son membre durci, ses lèvres reprirent les siennes et il l'embrassa comme si sa vie en dépendait.

Elle ne se reconnaissait plus. Elle avait déjà été embrassée, aimée, néanmoins aucun homme n'avait jamais suscité cette envie primitive chez elle. Jusqu'ici, elle avait fait l'amour un peu pour faire comme tout le monde.

Cette fois, c'était différent. Elle voulait être sienne. S'il existait une façon pour lui de la marquer comme au fer rouge, c'était ce qu'elle voulait : porter toute sa vie son empreinte sur elle.

Incapable de supporter ce délicieux supplice plus longtemps, elle tendit le bras à tâtons vers le tiroir de sa table de chevet. Elle en sortit un préservatif. Elle attira Simon entre ses jambes et s'empara de son sexe lourd et dur.

Il posa une main sur ses seins.

— Que fais-tu ? demanda-t-il d'un air surpris.

— Je te veux en moi.

— Pas encore, répliqua-t-il, plus amusé qu'irrité.

— Je veux mener la danse, dit-elle dans un souffle.

D'accord, je ne suis pas très douée mais il faut me suivre. J'ai besoin de pratiquer.

— Je veux que tu aies le premier orgasme.

— Ne t'inquiète pas pour ça.

Si elle se montrait un peu présomptueuse, il n'avait pas besoin de le savoir.

— Simon, je veux te sentir en moi.

— Je te promets de venir, très vite. Mais d'abord, j'ai quelques fantasmes personnels à assouvir.

— Avec moi ?

— Tu es la seule femme qui me fait fantasmer. Quelquefois, quand je suis en route vers l'hôpital, je t'imagine dans mes bras.

Sentant son corps s'alanguir, elle murmura d'une voix hachée :

— Et que me fais-tu ?

— Tu veux savoir le légal ? Ou l'illégal ?

— Les deux.

— Ça va faire beaucoup à te montrer. Mais si tu y tiens…

Il roula de côté et se retrouva allongé à côté d'elle. Prenant appui sur un coude, il passa une main entre ses cuisses.

— Parfois je rêve que je fais ça…, commença-t-il en écartant les plis délicats de sa féminité pour y glisser ses doigts.

Il s'y aventura lentement, explorant chaque millimètre de sa chair brûlante. Quand il s'enfonça dans son sexe humide, il en cajola le cœur. Ivre de volupté, elle renversa la tête en arrière, s'abandonnant totalement au flot de jouissance qui la submergeait.

Sous la caresse de Simon, ses hanches se mirent à onduler en cadence.

— Je pensais savoir à quel point ce serait bon, mais je me trompais, murmura-t-il sans la quitter des yeux. C'est encore mieux.

Cambrée, elle se soumettait à sa main avec un abandon total. Il la comblait de sensations indescriptibles, la portait aux confins du paradis. Les premiers spasmes du plaisir la prirent par surprise, et elle s'accrocha au regard de Simon. Elle avait beau s'ordonner de fermer les yeux, de s'abandonner aux sensations exquises, elle en était bien incapable. Elle avait besoin de voir Simon la regarder. Elle voulait faire durer ce ravissement à l'infini, jusqu'à la délivrance.

Au moment précis où elle atteignait la limite du non-retour, son corps prêt à voler en éclats, il intensifia encore la délicieuse torture, et elle sentit le monde exploser autour d'elle.

Elle aurait voulu parler, mais elle en était bien incapable. Son corps semblait ne plus lui appartenir.

De ses lèvres sur les siennes, Simon étouffa les gémissements que la puissance de l'orgasme faisait monter en elle. Les lames d'un plaisir intense déferlèrent en elle. Les yeux toujours plongés dans ceux de Simon, elle s'offrit à lui sans aucune retenue, voulant lui faire partager l'intensité de son plaisir.

Quand son souffle retrouva un rythme normal, il se retira lentement, se pencha vers elle et l'embrassa. Elle l'enlaça et sentit qu'il tremblait aussi.

— Simon ? murmura-t-elle.

Sans répondre, il se positionna sur son corps alangui et, après avoir déroulé le préservatif sur son sexe en érection, il s'enfonça lentement en elle.

Elle noua ses jambes autour de ses hanches et plaqua ses mains dans son dos.

Pourquoi se raidissait-il soudain ? Elle comprit alors qu'elle touchait ses cicatrices.

— Et maintenant, je dois te rappeler que tu me trouves irrésistible, ne put-il s'empêcher de dire, un brin provocant.

— Simon, ce n'est pas poli de lire dans les pensées d'une dame.

Mais malgré sa tentative d'humour, elle voyait la bataille faire rage en lui. Saurait-il lui faire confiance ? Elle resserra son étreinte, le poussant à s'enfoncer en elle plus profondément. Pressant alors sa bouche contre la sienne, il s'exécuta.

Le plaisir la catapulta dans un autre espace-temps. S'arc-boutant à lui, elle lutta pour faire durer l'instant. Quand il commença à osciller en cadence avec elle pour la rejoindre dans le ballet sensuel de l'amour, elle chavira, s'abandonnant avec délice aux décharges électriques qui la traversaient.

Il accéléra son tempo. Elle sentit la réalité s'estomper. Ses ongles fichés dans les épaules de Simon, elle s'entendit crier son nom, et le plaisir jaillit en elle sans prévenir. Simon la serra contre lui, la rejoignant aussitôt dans un orgasme d'une rare intensité. Après une dernière poussée, il frissonna et s'abandonna enfin.

Une fois le dernier frisson apaisé, il enfouit son visage dans ses cheveux. Elle posa une main sur sa nuque et ferma les yeux.

Si elle avait pris la peine d'y réfléchir, Montana aurait peut-être appréhendé l'après. Mais avec Simon, tout se déroula le plus naturellement du monde. Ils se glissèrent sous les draps comme s'ils avaient fait l'amour dans ce lit mille fois auparavant et s'enlacèrent.

Il caressa sa longue chevelure et dégagea son visage. Jamais elle ne lui avait vu un air aussi détendu. Pour un peu, elle aurait dit « juvénile ». Non, plutôt vulnérable. Elle savait bien qu'il avait fait en sorte que le côté meurtri de son visage soit enfoncé dans l'oreiller, et cela ne la dérangeait en rien. Elle comprenait que son besoin de cacher ses cicatrices était désormais machinal, un geste aussi naturel que de se brosser les dents.

— Merci, murmura-t-il.

Elle esquissa un sourire langoureux.

— Vu la façon dont tu as comblé mes sens, c'est moi qui devrais te remercier.

Il ne lui rendit pas son sourire. Tout à coup très grave, il lâcha :

— Je ne peux pas rester.

Le cœur lourd soudain, elle lança avec une légèreté qu'elle était loin de ressentir :

— Après l'amour ou en général ?

— Quand j'aurai fini ma mission. Je quitterai Fool's Gold.

Le chagrin enfla en elle. Quel besoin avait-il d'aborder ce sujet maintenant ? Comme si elle avait oublié qu'il partait ! Affichant toujours un détachement forcé, elle reprit, désinvolte :

— Oui, tu vas au Pérou, je sais. En tout cas, tu es champion pour déclarer ta flamme.

— Montana, je ne joue pas à un jeu. Il faut que tu comprennes…

— Que tu vas partir, le coupa-t-elle en roulant sur le dos. Je persiste à penser que ce serait bien pour toi de rester.

— Je ne peux pas.

— Tu ne *veux* pas.

— C'est vrai, je ne veux pas.

— Parce qu'il y a des gens qui ont besoin de toi ?

— Oui.

— Ils pourraient venir te voir ici.

— Pas tous.

— Tu ne peux pas tous les guérir.

— Je peux essayer.

— Cela implique une pression énorme.

— Oui, mais cela n'a pas d'importance. Tu ne peux même pas imaginer ce que je vois. Dans certains endroits du monde, les gens meurent parce qu'ils n'ont pas accès à l'eau potable. Je fais ce que je peux. C'est mon métier.

Pour lui, cela représentait bien plus qu'un simple métier, mais à quoi bon le lui dire ? Il le savait déjà. Lui expliquer que ce n'était pas en sauvant le monde qu'il trouverait la paix était un peu théâtral, certes, même si c'était la vérité, mais cela ne servirait à rien : soigner les autres était sa manière de guérir ses propres blessures.

— Tu as peut-être un don, mais tu en paies le prix fort, chuchota-t-elle.

— Je le sais.

Il s'empara doucement de ses lèvres, sans doute pour mettre un terme à cette conversation qui l'ennuyait. Ce qui n'était pas pour lui déplaire. Quelle que soit la façon dont tout cela se terminerait, à cet instant précis, elle n'aurait pu rêver mieux que de se nicher au creux des bras de Simon.

Tard dans la matinée du samedi, Simon regagna son hôtel. Il devait aller à l'hôpital voir ses malades. Et puis il avait besoin de s'éclaircir les idées.

Il alla se doucher avec un peu de réticence ; il aimait sentir le parfum de Montana coller à sa peau. Une fois sous le puissant jet d'eau chaude, il se réconforta en se disant qu'il irait la retrouver plus tard et que, enfoui au plus profond de son corps, il oublierait tout.

Sa douche terminée, il se sécha vigoureusement et s'habilla. Il s'apprêtait à sortir de sa chambre quand quelqu'un frappa à la porte. Il l'ouvrit et réprima un mouvement de surprise. Qu'est-ce qui lui valait la visite de Denise Hendrix ?

— A la réception on m'a dit que vous veniez de rentrer, déclara-t-elle, le visage fendu d'un large sourire.

— En effet. J'étais sorti, ce matin.

Ses conquêtes n'étaient jamais chez lui prétexte à culpabiliser. Pourtant, à cet instant précis, avec la mère de Montana, il se sentait aussi penaud qu'un gamin de seize ans surpris à batifoler avec sa petite copine sur la banquette arrière de la voiture familiale.

Il recula d'un pas. Pour un peu, il en aurait oublié ses bonnes manières.

— Entrez, je vous en prie.

Elle lui montra le sac qu'elle tenait à la main.

— Montana m'a dit que votre suite était équipée d'un réfrigérateur et d'un four à micro-ondes, dit-elle. J'ai pensé que vous deviez être las de manger au restaurant, et je vous ai préparé quelques plats. C'est une sorte de tradition, à Fool's Gold.

Il se sentit rougir de honte. Il avait couché avec sa fille et elle lui avait cuisiné des petits plats ? Il était évident qu'elle ignorait tout de sa nuit avec Montana.

Il avait l'impression d'être une ordure. Mais il y penserait plus tard. Pour les cinq ou dix prochaines minutes, il devait faire bonne figure.

— Merci, c'est très aimable à vous, dit-il en la débarrassant du sac.

— Vous avez un plat mexicain, un peu épicé, et des pâtes sauce bolognaise. C'était le plat préféré de mon mari.

Elle lui donna les instructions pour les réchauffer, le regarda les ranger dans son petit réfrigérateur et lui demanda d'un ton léger s'il se plaisait à Fool's Gold.

Il faillit s'étrangler. Mais qu'avaient-ils, tous, à lui poser cette question ?

— Oui, répondit-il le plus poliment possible. Tout le monde est très amical. Mes patients sont tous charmants. Même les cas les plus difficiles.

— Vous faites un travail prodigieux.

— Pas assez souvent à mon goût.

Il pensa à Kalinka et à toutes les années de chirurgie qui l'attendaient. Que n'aurait-il donné pour faciliter son parcours. Hélas, il ne connaissait pas d'autre moyen que la patience. Et l'espoir.

Il se tut un instant. Denise allait-elle lui parler de Montana ? Le mettre en garde, peut-être ? Non, elle se contenta de parler du festival, du temps, de lui suggérer quelques endroits qu'il pourrait visiter. Puis elle prit congé.

Il resta un long moment immobile, l'esprit en déroute. La visite inopinée de Denise l'avait perturbé. Les plats qu'elle lui avait cuisinés étaient-ils un prétexte pour lui faire passer un message ? Mais lequel ? Il se rabroua. Pourquoi persistait-il à se méfier systématiquement de tout le monde ? Chez certains, rien n'était plus naturel que la gentillesse. La majorité des enfants grandissaient au sein de foyers stables. Ils se sentaient aimés, protégés. Dieu merci, le petit Freddie et lui, et toutes les autres petites victimes du monde, étaient des exceptions.

— C'est ouvert ! lança Montana quand, plus tard dans l'après-midi, il frappa à sa porte d'entrée.

Il entra et la trouva portant un plateau avec une bouteille de vin et des sandwichs.

Un sourire malicieux aux lèvres, elle déclara :

— Si je parviens à te séduire encore une fois ce soir, tu auras besoin de prendre des forces.

Pieds nus, sans un soupçon de maquillage, elle portait un jean et un T-shirt bleu, et avait lâché ses cheveux qui tombaient en un joyeux enchevêtrement blond sur ses épaules.

Un long moment, il la fixa. Elle rayonnait. Il s'imprégna de son éclat, de la vie qui bouillonnait en elle. Puis, traversant la pièce, il lui prit le plateau des mains, le posa sur la table basse et l'attira au creux de ses bras.

Quand ils émergèrent de leur long baiser passionné, elle resta agrippée à lui. La lueur espiègle se rallumant dans son regard, elle dit, le souffle un peu court :

— Toi, au moins, tu sais dire bonjour aux dames. Même si je ne te recommande pas de faire la même chose avec tes collègues, à l'hôpital. Elles passeraient leur temps à se jeter à ton cou, ce qui rendrait ton travail difficile.

— Bien vu ! Je crois que je vais me contenter de leur serrer la main à l'avenir.

Elle se mit à rire et, à ce moment précis, il sentit son téléphone portable vibrer dans sa poche.

Il ne voulait pas répondre. Pour une fois, il ne voulait pas être appelé à l'hôpital pour une urgence, ne voulait pas voler au secours d'un accidenté… Etouffant un juron, il se fit violence et décrocha.

— Bradley, laissa-t-il tomber.

— Tu n’as pas l’air de très bon poil, lui fit remarquer Alistair.

— Je suis occupé. On peut se rappeler ?

— Je vois, murmura son ami, une pointe moqueuse dans la voix. Qui est-elle ?

Il jeta un coup d’œil à Montana qui ne perdait pas un mot de ce qu’il disait, sans même prendre la peine de feindre la discrétion.

— Quelqu’un de spécial, répondit-il.

— Une fille ?

— Une femme.

— De mieux en mieux, approuva Alistair. Est-ce qu’elle me plairait ?

— Oui, mais elle n’est pas pour toi. Je vais raccrocher, maintenant.

— Embrasse-la quand même pour moi.

— Dans tes rêves ! s’exclama-t-il, avant de mettre fin à la communication.

— Un ami ? s’enquit alors Montana.

— Oui. Alistair, un autre chirurgien. Je le connais depuis des années. Nous allons nous retrouver au Pérou.

L’étreignant de nouveau, il murmura, son souffle contre ses lèvres entrouvertes :

— Il est beau, spirituel et très britannique. Il te plairait.

— Dommage. C’est toi qui me plais.

Après un nouveau baiser enfiévré, il la libéra et, la bouteille de vin à la main, déclara d’un ton neutre :

— J’ai reçu la visite de ta mère, tout à l’heure.

— En quel honneur ?

— Elle m’a cuisiné des petits plats qu’elle m’a apportés.

— Je vois. C’est tout elle, ça ! Tu ne lui as rien dit, j’espère ?

— Pas un mot, la rassura-t-il.

— D’un autre côté, si elle était au courant, pour nous deux, cela ne me ferait rien, je crois. Enfin je ne sais pas trop. Vu que je préfère ne rien connaître de l’intimité amoureuse de ma mère, je suppose qu'elle ressent la même chose à mon égard.

— Tu n'as pas à t'inquiéter, elle ne sait rien de ce que nous avons fait, dit-il en lui tendant un verre de vin rouge.

— Je n'ai pas l'habitude de boire du vin à 3 heures de l'après-midi.

— J'aimerais pouvoir en dire autant, répliqua-t-il, un sourire en coin.

— Ah ! Je savais bien que tu étais du genre mauvais garçon.

— Pas jusqu'à ce que je te rencontre. J'étais quelqu'un de studieux, plutôt rasoir.

— J'ai quelque chose à te dire, dit-elle en se carrant confortablement sur le canapé.

A voir son air soucieux, il aurait dû s'inquiéter. Mais il s'agissait de Montana. Rien de ce qu'elle aurait à dire ne le choquerait.

— Je t'écoute, répondit-il, en s'installant à côté d'elle.

— Je sais ce qui t'est arrivé concernant tes cicatrices. Quelqu'un m'a tout raconté.

Il tressaillit. Il s'était attendu à tout sauf à cela. Sa première réaction fut l'embarras. Nul être humain n'aimait admettre avoir été un enfant si peu digne d'amour que sa propre mère l'avait poussé dans le feu pour le tuer. Mais il s'agissait de lui, pas des autres. Et c'était Montana qui était en face de lui, pas n'importe qui. De plus, s'il avait repoussé l'échéance autant que possible, il était temps de dévoiler son lourd secret à Montana. Puisant tout son courage dans une grande inspiration, il s'adossa au canapé et commença d'un ton monocorde :

— Ma mère n'était pas du genre à travailler pour gagner sa vie. Elle préférait trouver un homme pour l'entretenir. Ce qui n'était pas si facile avec un gamin dans les pattes. Quand j'avais onze ans, elle avait un compagnon qui me faisait penser à une fouine. Je ne sais pas très bien comment il gagnait sa vie mais je suis sûr que c'était illégal.

S'interrompant, il but une gorgée et reprit :

— Il se plaignait que je le regardais tout le temps, ce qui était faux. Quand j'étais à la maison, j'étais obligé de baisser la tête. Un jour, ils ont eu une grave dispute et il l'a quittée. Selon lui, j'étais la raison principale de son départ. Ma mère avait bu. Elle s'est mise à pleurer, à me hurler des injures.

Il parlait avec autant de détachement que possible, comme s'il se posait en spectateur, qu'il lui racontait un film.

— Elle a jeté mes livres de classe à travers la pièce. J'ai eu peur et j'ai voulu sortir mais elle m'a rattrapé et m'a secoué très fort. Puis elle m'a poussé dans la cheminée.

Il avait beau lutter, il fut soudain incapable d'endiguer le flot des souvenirs. Une douleur fulgurante le déchira. Il se rappelait avoir poussé des hurlements, s'être débattu pour essayer de s'enfuir, l'avoir suppliée. Et quand il avait réussi à ramper hors du foyer, elle l'y avait poussé de nouveau.

Tout le reste se perdait dans les brumes de ses souvenirs. Quand, enfin, il avait réussi à s'enfuir, toujours hurlant, il s'était jeté dans un tas de neige. Mais le froid n'avait pas soulagé son supplice. Rien ne pouvait le soulager. Incapable de faire taire ses cris de douleur, il avait entendu la sirène de l'ambulance. Il revoyait des hommes l'entourant, lui affirmant que tout irait bien. Il avait su qu'ils lui mentaient.

— Après l'accident, j'ai passé de nombreuses années à l'hôpital, reprit-il, lui épargnant ces détails.

— Tu as revu ta mère ?

— Non. Elle a été envoyée en prison. La nouvelle de sa mort m'a laissé indifférent, précisa-t-il avec un haussement d'épaules. Je vivais à l'hôpital. J'avais subi de nombreuses opérations, alors les médecins et les infirmières étaient devenus ma famille. Pour une raison quelconque, mes mains étaient restées intactes. Dès la première année, j'ai compris que je voulais être chirurgien. Pour aider les enfants comme moi.

Montana posa son vin et, s'agenouillant devant lui, posa ses mains sur ses cuisses.

— Tes médecins et tes infirmières ne finissaient-ils pas par partir ? s'enquit-elle avec compassion.

— Ne noircis pas encore le tableau, je t'en prie.

Il savait où elle voulait en venir : comme il avait toujours vu ceux à qui il s'attachait partir, il ne se fixait nulle part.

Elle le regardait sans ciller, sondant son regard comme si elle cherchait des réponses. L'idée l'effleura de lui dire qu'il n'était pas aussi compliqué qu'elle l'imaginait. Mais elle ne le croirait sans doute pas. Quand il était à l'hôpital, il avait consulté toutes sortes de thérapeutes, de psychiatres. Il connaissait leur jargon, comprenait leurs théories.

— Si je comprends bien, tu as tout déformé pour arriver à la conclusion que si tu sacrifiais ta vie personnelle, tu pourrais guérir tout le monde ? demanda-t-elle.

— Tu ne comprends pas. J'aime mon métier. Je n'ai aucune autre aspiration.

— Et te sentir chez toi quelque part ? Aimer, être aimé ?

Il posa son verre et se leva. Tôt ou tard, cela devait arriver, il aurait dû s'en douter. Montana était une romantique.

— L'amour n'a pas grande importance, dit-il. Je n'irais pas jusqu'à dire qu'il n'existe pas. J'en ai parfois été témoin.

Se levant à son tour, elle le regarda bien en face.

— L'amour est la seule chose qui compte dans la vie.

Il savait que c'était faux. Il n'avait jamais ressenti d'amour pour personne, et il ne s'en portait pas plus mal. Il était plus simple de garder ses distances, de se poser en observateur. Plus simple et plus clair. Et moins douloureux. Il avait assez souffert dans les premières années de sa vie pour vouloir tenter de nouvelles expériences.

— Tout le monde veut avoir des racines quelque part, insista-t-elle.

— Non. Toi, tu veux des racines. Moi, je suis un nomade. J'ai choisi de soigner les autres partout dans le monde.

— Est-ce un choix ou un devoir ?

— Quelle importance ?

A son regard voilé de tristesse, il vit qu'elle avait enfin compris que sa décision de partir était irrévocable.

— Je ne veux pas te faire de peine, murmura-t-il.

— Trop tard !

13

Sa visite à la maison de retraite de Fool's Gold était en général le point culminant de la journée de Montana. Elle adorait arriver avec sa camionnette remplie de chiens joyeux, et regarder leur magie opérer. Elle connaissait désormais le prénom de chaque pensionnaire, se rappelait leurs préférences, un petit chien à câliner ou un plus gros pour jouer à la balle. Elle avait été témoin de petits miracles, comme un patient muré dans son monde réagissant par un sourire à l'affection que lui témoignait l'une de ses braves bêtes.

Pourtant, aujourd'hui, en garant la camionnette de Max, elle avait l'impression d'avoir mal partout, comme si elle avait eu du plomb dans les jambes. Hélas, ce n'était pas que physique.

Simon allait partir. Bien sûr, il ne s'en était jamais caché. Elle l'avait toujours su. Pourtant, maintenant, c'était différent : elle comprenait qu'elle était en train de tomber amoureuse d'un homme qui n'avait aucune intention de rester à Fool's Gold. Quels que soient ses sentiments pour lui, leur histoire n'avait pas d'avenir. Même s'il avait été d'accord pour installer son point d'ancrage à Fool's Gold et poursuivre ses missions dans le monde, même si elle avait eu l'intention d'aller le voir de temps en temps, ils n'auraient pas partagé une vraie relation.

Au fond d'elle-même, elle avait toujours souhaité trouver le grand amour, comme l'avaient vécu ses parents. Vivre un long mariage heureux. Bien sûr, elle n'était pas parfaite mais son mari n'aurait pas à l'être non plus. Malheureusement, celui qui occupait ses pensées ne serait jamais cet homme. Il n'était intéressé ni par le mariage, ni par les enfants, ni par les histoires quotidiennes et banales qui tissent une vie. Il voulait continuer à courir le monde.

Se dire que c'était son droit le plus strict ne lui était d'aucun secours et l'obligeait à faire preuve de la plus grande vigilance en sa présence. Elle devait se protéger. Le plus intelligent aurait sans doute été de décider de ne plus le voir. Mais cette seule pensée la terrifiait.

Toujours plongée dans ses pensées, elle contourna la camionnette et ouvrit la portière arrière. Les chiens la fixaient, le regard impatient. Aucun d'entre eux n'essaya de s'échapper. Elle leur passa leur laisse, puis, un à un, ils sautèrent à terre, les deux plus petits, dont Chichi, avec son aide.

Une fois la portière refermée, elle se dirigea vers l'entrée, précédée par les chiens. Ils franchirent la porte automatique et elle s'arrêta à l'accueil pour signer le formulaire d'entrée.

— Tout le monde attend votre visite avec impatience, lui dit la réceptionniste, souriante. Ils ont l'intention de danser pour amuser les chiens.

— J'ai hâte de voir ça.

La réceptionniste prévint les infirmières du service de leur arrivée afin de procéder à la répartition des chiens. Trois d'entre eux, dont Buddy, furent confiés aux responsables de la salle des loisirs. Trois autres, de taille moyenne, au service de kinésithérapie. Chichi et un autre petit yorkshire du nom de Samson passeraient de lit en lit pour distraire les pensionnaires qui ne pouvaient pas se lever.

— La voilà ! s'exclama l'une d'entre elles en les voyant entrer.

— Bonjour, madame Lee. Chichi est ravie de vous retrouver.

— Et moi donc !

Montana déposa la petite chienne sur le lit. Cette dernière

s'élança vers Mme Lee et, posant ses petites pattes sur ses épaules, lui lécha délicatement le visage.

— A moi aussi, tu as manqué, ma chérie.

— Te voilà, Montana, fit une voix familière.

Montana se retourna et salua Bella Gionni. Le lundi, jour de fermeture de son salon, la coiffeuse faisait du bénévolat à la maison de retraite. Brune, la quarantaine, elle avait des yeux magnifiques. Sa sœur Julia et elles possédaient les deux salons de coiffure concurrents de Fool's Gold. Leur rivalité remontait à plus de vingt ans sans que personne en connaisse l'origine. Se montrer loyale envers l'une équivalait à se faire une ennemie de l'autre. La plupart des gens contournaient le problème en se faisant coiffer tour à tour chez l'une et l'autre.

— Dis-moi, Montana, j'ai entendu des rumeurs à ton sujet et à celui d'un certain docteur.

— Marsha m'a demandé de lui faire découvrir la ville, voilà tout.

— Oh. Je te recommande de t'en tenir à cette version des faits. Quelqu'un te croira… peut-être.

— Tu es impossible ! lança Montana en riant.

— Dans le bon sens du terme, répondit Bella en s'approchant du lit pour tapoter la tête de Chichi. Bonjour madame Lee, je vois que votre visiteuse préférée est revenue.

La vieille dame lui répondit d'un sourire ravi.

— Je connais la liste, ajouta Bella à l'intention de Montana. Tu peux aller livrer Samson à ses fans.

— D'accord. Merci.

Tous les quarts d'heure, Bella s'occuperait de faire passer Chichi de pensionnaire en pensionnaire. Chacune avait droit à quinze minutes de la compagnie du caniche. Samson allait jouer le même rôle dans l'aile réservée aux hommes. Là, un autre pensionnaire devait le prendre en charge. Cette aide précieuse permettait à Montana de s'assurer que les gros chiens consacraient un temps égal aux pensionnaires de la salle des loisirs.

En général, ses visites duraient environ trois heures. Et lorsqu'elle quitterait les lieux, vers midi, elle se sentirait beaucoup plus optimiste. Pour elle, voir les chiens en action témoignait de toute la bonté qui régnait dans le monde.

Après une courte halte au service de kinésithérapie pour vérifier que tout se passait bien avec ses chiens, elle regagna le hall d'entrée. De la musique s'échappait de la salle de loisirs. Les pensionnaires avaient commencé à danser, constata-t-elle en entrant. Certains d'entre eux se contentaient d'osciller sur leur chaise, d'autres chantaient en rythme avec la musique. Mais ce qui l'enchantait le plus était de voir les couples sur la piste.

Elle inspecta les chiens et chacun des pensionnaires, tour à tour. Et comme toujours, son regard s'arrêta sur les Spangle.

Le mois dernier, ils avaient célébré leurs soixante et onze ans de mariage. Indifférents à leurs rides, à leurs petits soucis de santé dus à leur âge, ils étaient amoureux comme au premier jour.

La direction de la maison de retraite les avait autorisés à partager une chambre et à rapprocher leurs deux lits d'hôpital. Les infirmières les voyaient souvent s'endormir main dans la main.

En les regardant tendrement enlacés, elle esquissa un sourire. C'était ainsi que devrait se dérouler la vie : dans l'amour. L'amour d'un père et d'une mère, puis d'un conjoint, et de ses enfants.

Malgré tous ses efforts, ses pensées glissèrent vers Simon. Simon qui ne croyait qu'à la solitude. En fin de compte, elle le plaignait. Mais visiblement il n'attendait pas la même chose qu'elle de la vie. Alors elle devait se faire une raison.

Et puisqu'il lui était impossible d'envisager de ne pas le revoir, elle allait accepter ses règles à lui. C'était la meilleure façon de se protéger, d'éviter que son cœur vole en éclats.

Elle l'espérait, tout au moins.

*
* *

— Je ne comprends pas, déclara Fay en se tordant les mains.

Debout d'un côté du lit de Kalinka, la jeune femme était dans tous ses états.

— Elle a de la fièvre et la fièvre monte, répondit Simon.

Pire, Kalinka était à peine consciente, et cela l'inquiétait.

— Je sais que sa fièvre monte, docteur, je passe chaque minute de mes journées avec elle. Ce que je veux savoir, c'est pourquoi maintenant ? Qu'est-ce qui lui arrive ?

Il referma son dossier et lui fit signe de le suivre dans le couloir.

— Je ne sais pas, reconnut-il. Il y a plusieurs causes possibles : une infection, un virus, une réaction de son corps aux brûlures.

— Mais cela fait presque un mois depuis l'accident, murmura Fay d'une voix étranglée.

Il la regarda, envahi par un immense sentiment de lassitude. Fay n'avait pas idée de ce que sa fille avait enduré. Bien qu'elle soit restée à son chevet jour et nuit, qu'elle l'ait regardée souffrir, qu'elle ait fait son possible pour la soulager, elle ne pouvait pas comprendre l'étendue des dommages, l'épreuve insoutenable que les brûlures infligeaient au reste de son corps.

Un instant, il songea à le lui expliquer à l'aide de termes techniques, de photos. Mais à quoi bon ? Quoi qu'il fasse, elle resterait une mère terrifiée, totalement désemparée devant les souffrances de son enfant malade. D'un ton qu'il voulait rassurant, il reprit :

— Je ne pense pas qu'il s'agisse d'un virus ou d'une infection. Kalinka traverse une phase de cicatrisation démesurée. Si vous comparez avec l'ascension de l'Everest, elle a à peine entamé son vol pour le Népal.

Fay le fixa, les yeux écarquillés, le visage soudain blanc comme un linge.

— Vous êtes en train de me faire comprendre qu'elle peut encore mourir ?

Même si c'était la vérité, il ne le lui dirait pas. Hélas, elle semblait l'avoir deviné. Les yeux pleins de larmes, elle se couvrit la bouche d'une main et se mit à pleurer.

— Je ne peux pas la perdre, hoqueta-t-elle entre deux sanglots. Pas après tout ça. Vous devez la sauver.

— Nous faisons en sorte qu'elle souffre le moins possible. Nous mettons tous les moyens en œuvre pour l'aider. A partir de là, cela dépend d'elle.

Fay se redressa et le foudroya du regard.

— Comment pouvez-vous dire une chose pareille ! s'exclama-t-elle. Ce n'est qu'une enfant !

— Je sais.

Si seulement elle avait pu se douter à quel point il savait. Qu'il avait vécu chaque instant de ce que traversait Kalinka. Qu'il avait connu les mêmes souffrances, frôlé la mort.

Fay s'était remise à pleurer. Mal à l'aise, il se dandina d'un pied sur l'autre.

— Peut-être pourrions-nous parler plus tard, dit-il.

Elle hocha la tête et se détourna.

Il fit quelques pas en direction du poste des infirmières, puis jeta un coup d'œil en arrière. Les bras enroulés autour de sa taille, le corps secoué de sanglots, Fay était devant la porte de la chambre de sa fille.

Il avait déjà été confronté à des situations semblables, et en général, il estimait que le plus simple était de laisser les familles gérer leur chagrin. S'impliquer ne faisait que compliquer encore un processus déjà difficile. Pourtant, sans pouvoir s'en empêcher, il revint vers Fay et l'attira contre lui.

— Je suis désolé, murmura-t-il.

Avec un hochement de tête, elle s'abandonna. Il la serra dans ses bras et la laissa pleurer. Il n'avait rien d'autre à lui offrir.

Au bout de quelques minutes, les larmes de Fay cessèrent.

— Je suis désolée, chuchota-t-elle, en reculant d'un pas et en s'essuyant le visage.

— Ne le soyez pas. C'est tellement lourd pour vous.

Après une hésitation, il ajouta :

— Je fais vraiment de mon mieux pour la sauver.

— Je sais, murmura-t-elle d'une voix étranglée. Merci. Il est temps que j'aille la retrouver.

— Je repasse dans quelques heures. S'il y a du nouveau, faites-moi appeler sur mon pager.

— Entendu docteur. Merci.

Il la regarda disparaître dans la chambre, puis, préoccupé, s'éloigna. Kalinka allait devoir subir de nombreuses interventions chirurgicales. Le problème était qu'il ne pouvait rien faire tant qu'elle n'avait pas repris des forces. Or cet accès de fièvre allait encore l'affaiblir.

Son temps à Fool's Gold était compté. Et, au rythme où allaient les choses, s'il avait de la chance, il pourrait l'opérer encore deux fois avant de partir. Ce qui voulait dire qu'elle serait ensuite suivie par un confrère.

En général, il se moquait éperdument que d'autres chirurgiens finissent ce qu'il avait commencé, mais avec Kalinka, c'était différent. Peut-être était-ce lié au fait qu'elle lui avait fait part de son souhait de devenir médecin, comme lui. Son accident avait visiblement influencé la façon dont elle se projetait dans l'avenir. Comme lui.

Il était temps de penser à autre chose. Il était chirurgien, pas psychologue.

Une heure plus tard, il était de retour dans son bureau. Chichi n'était pas là pour l'accueillir. Montana avait laissé un mot disant qu'elle l'emmenait à la maison de retraite.

Il se surprit à regretter les effusions de la petite chienne quand elle le voyait entrer dans la pièce. Lui qui n'avait jamais été particulièrement intéressé par les chiens était tombé sous le charme, ce qui ne cessait de l'étonner.

Une fois installé à son bureau, il se plongea dans sa paperasse, mit ses dossiers à jour, scanna des articles de journaux. Juste avant le déjeuner, il fut interrompu par un coup frappé à sa porte.

— Entrez.

Même s'il savait qu'il ne devait pas attendre Montana, il ne put s'empêcher d'être déçu en voyant la directrice de l'hôpital.

— Bonjour, docteur Bradley, le salua-t-elle avec un sourire.

— Docteur Duval.

— Vous plaisez-vous à Fool's Gold ? s'enquit-elle en s'installant dans le fauteuil face à lui.

Oh non… Elle aussi faisait partie du club « Faire rester le Dr Bradley à Fool's Gold »…

— Tout le monde s'est montré très amical et coopératif avec moi, répondit-il, méfiant.

Le Dr Duval était redoutable. D'un simple haussement de sourcils, elle obtenait tout ce qu'elle voulait.

— C'est typique de notre commune. Je vois que Chichi n'est pas avec nous aujourd'hui, ajouta-t-elle en jetant un coup d'œil à la cage vide.

— Non, Montana l'a emmenée à la maison de retraite.

— Une jeune femme intéressante, notre Montana. Il lui a fallu quelque temps avant de décider ce qu'elle voulait faire de sa vie. Elle semble avoir trouvé sa vocation avec ses chiens thérapeutes, et elle fait un travail extraordinaire.

Mal à l'aise, il changea de position et se garda de tout commentaire. Dans son expérience, les directeurs d'hôpitaux se concentraient sur la logistique de leur hôpital. Entre le personnel, les malades, les fournitures, ils avaient du pain sur la planche. Il n'avait jamais vu un directeur d'hôpital s'intéresser aux programmes pour chiens thérapeutes, et encore moins à la vie privée de leurs dresseurs. Mais, à Fool's Gold, rien n'était comme ailleurs.

— J'ai entendu dire que Kalinka a quelques problèmes, reprit le Dr Duval. Ce doit être atroce pour une enfant de cet âge d'avoir été victime d'un accident aussi horrible et d'endurer de telles souffrances. Si Chichi lui fait du bien, je vous suis reconnaissante d'avoir autorisé ses visites à l'hôpital.

Sachant que le Dr Duval n'était pas passée dans le simple but de papoter avec lui, il se cala dans son fauteuil. Il était curieux de savoir ce qu'elle avait à lui dire.

Il n'eut pas longtemps à attendre.

— Comme nous l'avons évoqué quand vous êtes arrivé, reprit-elle, nous avons un gala de charité dans quinze jours. Je voulais votre confirmation que vous seriez des nôtres.

Il doutait que « confirmation » soit le mot approprié — c'était la première fois qu'il entendait parler de ce gala. Le Dr Duval était ici pour s'assurer qu'il allait bien y participer. Et s'il résistait, elle trouverait un moyen de le convaincre.

Or il n'avait pas la moindre envie d'assister à ce gala de charité. Se retrouver le centre de l'attention d'une foule de deux ou trois cents personnes était son idée personnelle de l'enfer. Mais c'était l'un des prix à payer dans son métier.

— Je viendrai, dit-il.

— Je suis contente de le savoir, répondit-elle, avec un mélange de surprise et de soulagement. Votre présence ici est inestimable. Mais vous coûtez votre prix.

— Je suis sûr que le coût en vaut la peine, lui fit-il remarquer avec un sourire.

— C'est exact. Vous auriez pu demander plus, répliqua-t-elle d'un ton confidentiel. Vos tarifs sont le cadet de nos soucis.

— Vous me payez largement assez.

Il gagnait suffisamment bien sa vie pour ne pas faire un trou dans les budgets des hôpitaux publics. Tout ce qu'il exigeait d'eux était de pouvoir soigner gratuitement les malades sans assurance-maladie. Ce qui obligeait l'hôpital à récolter de l'argent avant et après son passage.

— Je me réjouis de vous voir au gala de bienfaisance, reprit-elle en se levant. Vous comptez venir accompagné ?

La pensée de Montana s'imposa aussitôt à son esprit. Il

était partagé. Bien sûr, il voulait la voir en robe de soirée, passer la soirée avec elle, peut-être même danser avec elle. Mais il ne tenait pas particulièrement à lui imposer ce type d'événement.

— Je n'ai pas encore décidé, se contenta-t-il de dire.

— Dès que vous le saurez, faites-le-moi savoir afin que nous puissions organiser le plan de table en conséquence.

Quand elle fut sortie, il étouffa un soupir de soulagement. Ce qu'il aurait dû décider à l'égard de Montana allait à l'encontre de ses certitudes. D'habitude, il ne s'autorisait pas de dilemmes moraux. D'un autre côté, d'habitude, il ne s'autorisait pas de relations avec des femmes comme elle.

Denise était un peu inquiète. Les propriétaires du vignoble allaient finir par lui demander de payer un loyer. Sans doute devrait-elle trouver un nouvel endroit pour sa série d'horribles premiers rendez-vous avec des inconnus, mais la salle de dégustation était si pratique pour les y retrouver. Des en-cas étaient disponibles pour accompagner l'excellent vin, et le panorama était superbe, sans doute le plus beau à cinquante kilomètres à la ronde.

Son dernier galant en date s'appelait Art. Ils s'étaient rencontrés en ligne, une méthode qu'elle essayait généralement d'éviter, mais… à la guerre comme à la guerre ! Cette fois, elle avait mis un point d'honneur à s'inscrire chez les « plus de cinquante ans ».

Avec un soupir résigné, elle balaya les lieux du regard, à la recherche d'un visage correspondant à la photo vue sur son écran d'ordinateur, avec de beaux yeux et des cheveux poivre et sel, un peu bouclés.

— Denise ? Je suis Art. Ravi de vous rencontrer.

Elle sursauta, faisant son possible pour cacher sa surprise. L'homme qui lui faisait face la dépassait d'un centimètre à peine, il était presque aussi large qu'il était grand, et ses cheveux tiraient plutôt sur le blanc. Un septuagénaire qui aurait pu être son père. Quant à la ressemblance avec la photo, il fallait vraiment la chercher.

— Art ?

— Oui. Je dois dire que je suis un peu surpris.

Elle faillit éclater de rire. *Il* était surpris ? Qu'aurait-elle dû dire !

— Vous êtes exactement comme sur votre photo, précisa-t-il. C'est la première fois que cela m'arrive. J'ai de la chance.

— Oui, vous avez de la chance, murmura-t-elle, ne sachant quoi dire d'autre.

Ils choisirent une table dans le patio, et le serveur vint prendre leur commande. Elle opta pour un verre de vin rouge. Art préférait le blanc. Quand il demanda deux glaçons, le serveur lui jeta un regard horrifié. Elle eut envie de rentrer sous terre. Dire qu'elle allait être coincée avec ce type pendant une demi-heure au moins… D'un autre côté, elle devait s'abstenir de porter un jugement hâtif. Art était sans doute un homme très sympathique. Si elle lui donnait une chance, ils allaient peut-être très bien s'entendre. Décidant de faire contre mauvaise fortune bon cœur, elle lui sourit.

— Alors, Art, racontez-moi. Que faites-vous, dans la vie ?

— Je suis retraité. J'habite à l'est de Sacramento, dans un joli parc de mobile homes. Mais je pense retourner vivre en Floride. J'adore la Floride. On y pêche beaucoup. Vous pêchez ?

— Pas trop, répondit-elle d'un ton détaché.

— Vous devriez essayer. C'est très amusant. J'ai décidé d'acheter mais je n'arrive pas à décider si je veux un appartement ou une maison avec un jardin. J'en ai vu de superbes sur internet. D'un autre côté, je ne veux pas avoir à me soucier d'un jardin. A mon âge, il faut faire attention à son cœur.

Il fut interrompu par le serveur qui leur apportait leur vin, accompagné par une mini-*quesadilla*.

Art prit son verre, fit tourner le vin dans un cliquetis de glaçons, avant d'en boire une gorgée. Après un claquement de langue, il s'empara de la *quesadilla* qu'il avala en une bouchée.

— Je ne suis pas vraiment censé manger du fromage, mais après tout, on n'a qu'une vie, non ? lança-t-il. A propos, vous en vouliez ?

— Je suppose que non.

— Nous pouvons en commander une autre, lui proposa-t-il, pas du tout déstabilisé par sa réponse et encore moins par le manque de politesse dont il avait fait preuve.

— Ça ira, je vous remercie. Je n'ai pas faim.

Ils passèrent le quart d'heure suivant à discuter des avantages et des inconvénients des prévisions financières pour la retraite. Après lui avoir annoncé avec fierté le montant de ses revenus annuels, il la conseilla sur son futur choix d'assurance complémentaire. Incapable de lutter contre ce flot de paroles, elle protesta d'une voix faible :

— Je n'ai pas l'âge du *Medicare*. C'est une assurance-santé pour les plus de soixante-cinq ans.

— Il n'est jamais trop tôt pour prévoir.

— Vous avez sans doute raison, capitula-t-elle.

Elle n'avait pas touché à son vin. En général, elle évitait de boire sans manger. Mais il n'était pas question de commander quoi que ce soit. Cela l'obligerait à s'attarder.

Elle jeta un coup d'œil à sa montre et sentit son cœur se serrer. Vingt minutes seulement s'étaient écoulées ? C'était impossible. Elle avait l'impression d'être ici depuis une bonne heure. Y avait-il un problème avec la rotation de la Terre ? S'armant de courage, elle lança une nouvelle question — la dernière ! —, l'accompagnant d'un sourire las :

— Quels sont vos autres goûts ?

Ils n'avaient pas vraiment parlé de ses goûts à elle, jusqu'à présent, mais cela n'avait aucune importance. Elle avait déjà décidé de ne jamais le revoir, et n'avait donc aucune envie de lui raconter sa vie.

Il posa son verre et se pencha vers elle. Pour un peu, elle aurait juré qu'il la regardait d'un œil lubrique.

— Je suis toujours friand de jeux d'alcôve, répondit-il d'un air entendu. Si vous êtes intéressée, nous pourrions jouer au jeu du prisonnier échappé et à la femme du geôlier.

Stupéfaite, elle ouvrit la bouche, puis la referma. Pourvu que personne ne l'ait entendu ! Elle sentit ses joues la brûler. Elle devait être rouge de honte.

— Non, je ne pense pas, répondit-elle en se levant. J'ai été très contente de vous rencontrer, Art, mais je dois partir maintenant.

— Voilà dix ans que vous êtes veuve, lui dit-il en la retenant par la main. Vous devez avoir du chagrin. Je suis prêt à vous aider, à vous donner tout ce que je pourrai.

Il ponctua sa proposition d'un clin d'œil suggestif.

Devait-elle rire ou hurler ? Le mieux aurait sans doute été de lui jeter ses glaçons à la figure. Mais elle n'était pas le genre de femme à faire des scènes. Ce que, pour une fois, elle regrettait.

— Au revoir ! dit-elle d'un ton ferme en retirant sa main.

Elle passa la bandoulière de son sac sur son épaule et se dirigea d'un pas décidé vers la sortie. Le chemin était pavé de pierres un peu irrégulières. Au moment où elle tournait, elle perdit l'équilibre et sentit quelqu'un la rattraper par le bras. Une fraction de seconde, une sensation d'horreur la submergea. Art l'avait-il suivie ? Etait-il du genre à insister ?

Se redressant, elle regarda celui qui l'avait retenue et, devant ces yeux bleus, si familiers, sentit son cœur cesser de battre.

Même si, depuis quarante ans, elle avait pris grand soin de ne plus jamais croiser la route de Max Thurman, elle aurait reconnu son impressionnante carrure et son corps athlétique n'importe où. Et, ma foi, il portait toujours aussi bien le jean…

— Denise ?

Il l'enveloppait d'un regard incrédule, plutôt content que surpris. Mais elle n'en était pas sûre. Encore plus perturbant, elle était aussi nerveuse que le jour où elle l'avait rencontré pour la première fois — il lui semblait même que son corps était parcouru de ces mêmes picotements ! A vingt ans, il était déjà un homme. Avec ses dix-sept ans, elle n'était plus tout à fait une enfant mais pas encore la femme qu'elle était devenue, le soir de ses dix-huit ans quand elle avait perdu sa virginité dans ses bras.

Un lent sourire éclaira son visage buriné.

— C'est bien toi, murmura-t-il. J'espérais qu'un jour, le hasard nous guiderait…

L'un vers l'autre ? C'était peu probable. Elle avait fait de son mieux pour s'assurer que cela n'arriverait jamais. Elle avait voulu éviter tout moment comme celui-ci.

— Je dois y aller, dit-elle désespérément.

Elle ne pouvait pas lui parler maintenant. Pas ici, pas après tout ce temps. Et s'il voyait Art et pensait qu'ils étaient ensemble ? Et s'il disait qu'elle avait vieilli ou…

Son cerveau en ébullition échafaudait les pires scénarios. Elle sentait sa tête prête à exploser. Ne disait-on pas, pourtant, qu'avec le temps, on gagnait en grâce et en sérénité ? Les autres peut-être. Pas elle.

Elle marmonna une vague excuse et prit la fuite.

Devant la porte de Montana, Simon hésitait. Malgré tous ses efforts pour l'éviter, il se rendait compte que tout, chez elle, lui manquait. Ses yeux, son sourire, sa voix ; même ses questions qui le dérangeaient ! Il était censé être intelligent, et pourtant cela ne semblait pas avoir beaucoup d'influence sur son pouvoir de décision. Son besoin de la voir balayait tout le reste.

Au moment où il s'apprêtait à frapper, il perçut un drôle de bruit qui ressemblait à un cri. La dérangeait-il au beau milieu de quelque chose ?

Son imagination s'emballa. Etait-elle avec un autre homme ? Il frappa la porte de ses poings. Qui cela pouvait-il bien être ?

— Une minute ! lança-t-elle.

Enfin, la porte s'ouvrit sur Montana, vêtue d'un simple T-shirt et d'un short. A sa colère se mêla une bouffée d'un désir implacable. L'écartant, il entra.

— Où est-il ?

Il balaya la pièce du regard. Il s'était attendu à voir une table dressée, avec des chandelles et une bonne bouteille de vin, un homme, confortablement installé sur le canapé, un verre à la main. Toutefois, les fenêtres étaient grandes ouvertes et rien ne semblait indiquer qu'il interrompait une soirée romantique. Les trois chiots noir et blanc qui se battaient pour une chaussette étaient manifestement les seuls visiteurs. L'un d'eux jappa et il reconnut le son qu'il venait d'entendre.

Il se retourna vers elle et s'aperçut qu'elle tenait un quatrième chiot dans les bras. Tout à sa jalousie, il ne l'avait même pas remarqué quand elle lui avait ouvert…

— Où est qui ? demanda-t-elle, l'air perplexe.

— Je… Personne, bredouilla-t-il, gêné. Bonsoir.

Il enfonça les mains dans les poches de son jean. Il se sentait très bête, soudain.

— Bonsoir, répondit-elle. Tout va bien ?

Il acquiesça d'un signe de tête.

— J'aurais dû téléphoner avant de passer, marmonna-t-il.

— Peut-être. Mais tu as bien fait de venir à l'improviste.

— Tu as des chiots, dit-il, se sentant de plus en plus stupide.

— Quatre. Les parents sont de formidables chiens thérapeutes. Je garde leurs chiots la nuit pendant quelques semaines pour évaluer leur potentiel et décider s'ils doivent être dressés. Pendant la journée, ils sont chez Max.

— Il te laisse la partie la plus difficile.

— Je suis le plus jeune membre de son personnel. Et cela fait partie de mon travail.

Il scruta son visage. A quoi pensait-elle ? Que ressentait-elle ? Leur dernière entrevue s'était finie en dispute. Enfin presque ; ils ne s'étaient pas quittés dans les meilleurs termes.

— Tu vas bien ? finit-il par demander.

— Oui. Et toi ?

Un peu pris au dépourvu, il hocha la tête. On lui posait rarement cette question. En général, il était celui qui demandait comment ça allait, qui prenait les décisions, qui changeait les vies.

Elle posa le chiot par terre, et ce dernier s'élança pour rejoindre les autres toujours occupés à se disputer la chaussette.

— Tu m'as manqué, reconnut-il. Et puis je pensais que tu m'en voulais.

— Alors tu as décidé que je m'étais jetée dans les bras d'un autre homme.

— Pas avant d'entendre ces bruits bizarres derrière ta porte, se défendit-il.

— Tu ne sors pas souvent avec une femme, fit-elle remarquer.

— Jamais.

— Je sais qu'il y a eu des femmes, dans ta vie. Tu es bien trop sexy pour les laisser indifférentes. Comment cela se passe-t-il avec elles ?

Sexy ? Personne ne lui avait dit une telle chose. La notion était troublante. Comment Montana pouvait-elle le voir autrement que comme le monstre qu'il était ?

— Je sors avec des femmes à l'occasion, répondit-il. Mais ce n'est jamais sérieux.

— Laisse-moi deviner. Un dîner au cours duquel vous échangez quelques banalités, suivi par une relation sexuelle aussi satisfaisante pour l'un que pour l'autre.

— Quelque chose dans ce genre.

Elle l'enveloppa d'un regard inquisiteur.

— Bon d'accord, ça se passe *exactement* comme ça, reconnut-il.

— Puis tu la quittes.

— Puis je la quitte.

— Tu ne regrettes jamais ? L'une de ces femmes interchangeables ne te manque-t-elle pas ?

— Non.

— Et moi, je vais te manquer ?

Maintenant, c'était à lui de la fixer, de contempler ses grands yeux, ses longs cheveux blonds, sa bouche aux lèvres charnues, sensuelles. Désormais, il reconnaîtrait son parfum n'importe où.

Au lieu de répondre il s'approcha d'elle et s'empara de sa bouche. Il voulait s'imprégner des courbes de son corps, de l'odeur de sa peau, les graver en lui pour toujours. Dans une étreinte passionnée, elle noua ses bras autour de son cou.

Il laissa ses mains voguer sur ses formes affolantes. Au bout de quelques secondes, il se dégagea. Quel était ce tiraillement sur le bas de son jean ? Il sourit. L'un des chiots était occupé à mâchonner le chambray de l'ourlet. Se penchant vers lui, il le souleva dans ses bras.

— Comment t'appelles-tu ?

Le chiot, plus blanc que noir, avait des oreilles pendantes et des yeux vifs. Avec une expression béate, il se nicha contre sa poitrine.

— C'est Palmer, dit Montana, l'un des trois mâles. Ensuite, tu as Jester, Bentley. La femelle, c'est Daphné.

— Palmer, rien que ça ! Un nom auquel il faut faire honneur, décréta-t-il en hissant l'animal au niveau de son visage.

Palmer s'empressa de le lécher avec enthousiasme.

— Tu es un dresseur-né, le complimenta Montana.

Il se mit à rire.

— En quoi consiste le dressage ? demanda-t-il.

— Je fais de mon mieux pour les épuiser, puis il y a une pause-pipi avant l'heure du coucher. A environ 2 heures du matin, je les lève pour une autre pause-pipi. Ensuite, nous nous rendormons jusqu'à 5 heures du matin, environ.

— Ereintant.

— Ça en vaut la peine.

— Tu veux de la compagnie ?

— Tu veux dire que tu vas rester ici ce soir ?

— Oui.

— Je ne suis pas sûre.

Sa réponse lui fit l'effet d'une douche glaciale.

— Je comprends, dit-il.

— Non, tu ne comprends rien du tout. Tu n'as pas répondu à ma question de tout à l'heure.

De quoi donc parlait-elle ? L'espace d'une minute, il la regarda, perplexe. Soudain, il se souvint. Il porta sa main à ses lèvres et déposa un baiser au creux de sa paume.

— Je suis navré. Je croyais y avoir répondu.

Il marqua une pause et, d'une voix qu'il voulait grave, reprit :

— Tu vas me manquer, Montana. Pour la première fois de ma vie, je vais quitter quelqu'un à regret.

Après un rapide sourire, elle libéra sa main.

— Dans ce cas, tu peux rester. Tu vas m'aider à leur apprendre à rattraper une balle.

Après avoir pris quatre petites balles sur une étagère, dans un coin de la pièce, elle les pressa, leur arrachant un couinement. Les quatre chiots se figèrent et la regardèrent, oreilles dressées, leur queue battant l'air. Un large sourire aux lèvres, elle demanda :

— Prêts ?

Déjà les chiots se précipitaient dans le couloir, patauds sur leurs pattes malhabiles.

Elle lança les quatre balles à la fois. Dans un concert de jappements, ils se battirent pour les rattraper. Dans un éclat de rire, elle les rejoignit et se mit à jouer avec eux.

Fasciné par la scène, Simon sentit son cœur se gonfler de tendresse. Quand viendrait l'heure de partir, ce ne serait pas seulement du regret qu'il ressentirait.

14

— Encore un, dit Simon en tirant sur le dernier point de suture.

Il examina le visage du petit garçon à la lumière vive de la lampe spéciale, puis il hocha la tête.

— Tout va bien.

Kent s'avança pour, à son tour, étudier la joue de son fils.

— Je n'en reviens pas de la vitesse à laquelle il cicatrise.

— C'est l'avantage d'être un enfant en bonne santé, expliqua Simon, une main sur l'épaule de son petit patient. Changez son pansement comme vous l'avez fait jusqu'ici. Dans une semaine, ce ne sera plus qu'un mauvais souvenir.

— Super ! s'exclama Reese avec un sourire réjoui, avant de se tourner vers son père. Tu as entendu ?

— Oh oui.

— Je peux aller voir Kalinka maintenant ? demanda-t-il en sautant de la table de soins. Quand elle a su que je devais me faire retirer mes points aujourd'hui, elle m'a demandé de passer la voir.

— D'accord, mais il faudra porter une blouse et un masque, lui recommanda Simon.

La fièvre de la fillette n'était pas complètement tombée. Néanmoins, un peu de compagnie lui ferait du bien.

— D'accord ! Papa, tu viendras me chercher quand tu seras prêt à partir ?

— Entendu. Je dois passer voir un copain qui travaille dans la section administrative. Puis je viendrai te chercher.

— C'est un gentil petit, déclara Simon, une fois que Reese fut parti.

— Oui. J'ai de la chance. Tu te plais à Fool's Gold ?

— Ne me dis pas que tu es dans la conspiration ?

— Celle qui vise à te faire rester ? Mais non, bien sûr. C'était histoire de parler. Mais, connaissant les gens d'ici, je ne suis pas surpris de voir que tu subis quelques pressions.

— J'avoue que c'est plutôt flatteur.

Ils quittèrent la salle de soins et s'arrêtèrent dans le couloir. C'était presque l'heure du déjeuner, l'endroit était désert.

— J'ai une question, reprit Kent. Si tu me trouves indiscret, n'hésite pas à me le dire.

Simon s'arma de courage. Il allait lui parler de Montana. C'était normal, il était son grand frère ; il était naturel qu'il s'inquiète de sa famille.

— Je t'écoute.

— Pourquoi gardes-tu tes cicatrices ? Quand Reese a été blessé, j'ai fait quelques recherches sur internet. Il existe aujourd'hui des tas de solutions pour les faire disparaître. Je suppose que tu les connais toutes.

Simon lui jeta un coup d'œil surpris. Ce n'était pas la question à laquelle il s'attendait. De plus, même s'il était conscient d'attiser les curiosités avec ses cicatrices, peu de gens avaient le courage de lui en parler.

— Je les garde pour mes patients, expliqua-t-il. C'est ma façon de leur faire comprendre que l'on peut très bien être différent. Que même avec des cicatrices, même défiguré, on peut être heureux.

De plus, il tenait au souvenir qu'elles représentaient : son combat acharné et sa victoire. Mais c'était un détail qu'il garderait pour lui.

— Je comprends, répondit Kent. J'espère ne pas m'être montré indiscret.

— En aucun cas.

— Merci.

— Je t'en prie.

Laissant Kent se diriger vers l'ascenseur, il prit l'escalier pour monter les deux étages qui menaient au service des grands brûlés. En arrivant devant la chambre de Kalinka, il l'entendit rire. Par la porte entrouverte, il vit Reese qui avançait comme un zombie, les bras levés, les jambes raides. Les deux enfants s'amusaient.

Il voyait bien que la guérison de Kalinka était trop lente, mais il ne savait pas comment enrayer le mal. Sa fièvre l'épuisait et compliquait le processus de cicatrisation. Cela voulait dire qu'elle n'était pas hors de danger, loin de là.

Même si l'incertitude était inhérente à son métier, il ne l'avait jamais acceptée. Il avait toujours cherché des réponses, des solutions logiques. Hélas, parfois, il se heurtait à un mur. A l'heure actuelle, Kalinka devrait être saine et sauve, en phase de récupération. De la voir toujours aussi vulnérable l'inquiétait.

— Je pensais que les médecins consacraient leur temps libre à jouer au golf, déclara Montana.

Elle était attablée face à lui au Margaritaville, le restaurant mexicain de Fool's Gold qu'elle lui avait suggéré quand il l'avait appelée pour l'inviter à déjeuner.

— Tu es plus intéressante que le golf.

Elle se mit à rire.

— C'est censé être un compliment ?

— Ça l'est pour quelqu'un qui aime le golf.

— Et tu aimes le golf ?

— Comme ci comme ça, répondit-il avec un haussement d'épaules.

Elle se mit à rire de nouveau.

— Tu plaisantes ? Tes très sérieux confrères de l'ordre des médecins sont-ils au courant ? S'ils l'apprenaient, tu n'aurais plus le droit d'intervenir à l'une de leurs conférences.

— Je pense pouvoir supporter cette déception.

— Et moi qui voulais voir ta photo dans leur bulletin.

Leur serveur apparut et entreprit de préparer un guacamole sous leurs yeux. Fascinée, Montana le regarda, s'abandonnant au plaisir de l'instant.

Cela lui arrivait souvent. Elle semblait s'émerveiller de tant de choses, dans la vie. Toutes les occasions étaient bonnes pour en faire des moments d'exception. S'il savait qu'il ne serait jamais comme elle, à son contact il pouvait apprendre à être moins blasé, plus ouvert aux petits détails de la vie quotidienne.

Une fois le guacamole posé entre eux, elle se pencha vers lui et lui tendit une chip.

— Tu vas adorer. Tu vas voir, il est délicieux. Tout le monde se répand en compliments sur leur margarita, mais si tu veux mon avis, c'est leur guacamole qui est le meilleur du monde.

Il plongea sa chip dans la mixture.

— Eh bien ? demanda-t-elle.

— Très bon.

Elle leva les yeux au ciel.

— Tu dois travailler tes superlatifs. « Très bon », c'est beaucoup trop tiède. Un guacamole pareil, c'est l'expérience d'une vie.

A son tour, elle le goûta.

— La perfection !

Malgré son envie de la taquiner en lui disant qu'elle devrait sortir un peu de son trou, il s'abstint. Elle était parfaite, ne devait rien changer à sa personnalité.

— Comment vont les chiots ? demanda-t-il.

— Ils grandissent. Sous mes yeux, pour ainsi dire. Sinon, hier soir, je n'ai pas eu d'incidents.

De sa seule nuit passée chez elle, il savait que la pause-pipi de 2 heures du matin ne protégeait pas des imprévus.

— Ils sont en progrès, fit-il remarquer.

— Oui. Maintenant, j'attends qu'ils fassent leurs nuits. Sinon, comment ça va à l'hôpital ?

*
* *

Tout en écoutant Simon lui raconter une opération particulièrement délicate, Montana scruta son visage. Il était fatigué, elle le devinait sans peine. Il travaillait trop dur. Mais c'était sans doute toujours comme ça. Son séjour ne serait pas très long, il devait en tirer le maximum. Elle s'empressa de chasser cette pensée. Elle ne voulait pas envisager son départ. Elle préférait profiter de lui pendant qu'il était là.

— Montana ! s'exclama une voix féminine. Je suis si contente de te voir avec ton ami.

Surprise, elle sursauta, leva la tête et salua Gladys qui s'était arrêtée à leur table.

Elle réprima une grimace. Gladys était un élément incontournable de Fool's Gold où elle sévissait déjà bien avant sa naissance. Malgré son bon cœur, elle n'hésitait pas à exprimer ses pensées sans prendre de pincettes. Le genre de personne qui, malgré elle, vous donnait envie de rentrer sous terre ou de fuir à l'autre bout du pays.

Gladys lui tapota l'épaule et, se penchant vers elle, lui chuchota à l'oreille :

— Dommage pour son visage, mais je parie que tout le reste fonctionne très bien.

Pétrifiée de honte, Montana passa en revue les diverses réactions à adopter : hurler, se cacher sous la table ou s'enfuir dans les montagnes. Elle regarda Simon à la dérobée. Pourvu qu'il n'ait rien entendu. Hélas, son expression lui prouva le contraire.

— Désolée, murmura-t-elle en lui offrant un petit sourire d'excuse.

Se tournant vers Gladys, elle ajouta :

— Tu sais que tu me rends folle ?

Sans donner aucun signe de remords, Gladys sourit.

— Dans ce cas, j'ai accompli mon travail ! s'exclama-t-elle, ravie, avant de s'éloigner non sans un petit salut à Simon.

— C'est dans ce genre de situation que je regrette de ne pas être restée à Los Angeles, gémit Montana, le visage enfoui dans ses mains. Là-bas, je ne rencontrais jamais personne que je connaissais. C'était reposant, si tu savais ! Tu es furieux, enchaîna-t-elle en relevant les yeux.

Une lueur de malice dans les yeux, il répondit :

— Non. Juste un peu offensé que tu n'aies pas défendu mon honneur.

Elle lui jeta un coup d'œil surpris.

— Pardon ?

— Tu ne lui as même pas dit à quel point j'étais un amant exceptionnel.

Elle éclata de rire.

— C'était ce que tu aurais voulu ? Alors je te rassure. Je vais sûrement être de nouveau conviée à la réunion du conseil municipal la semaine prochaine. Je peux mettre cette information à l'ordre du jour.

— Je t'en serais très reconnaissant.

— Tu serais bien embêté, si je le faisais.

— Je n'en suis pas si sûr, répliqua-t-il, le regard toujours aussi espiègle. Au cours des premières semaines de mon séjour, tout le monde était très poli. Maintenant, tout le monde me suggère sans beaucoup de subtilité de m'installer à Fool's Gold. Hier, j'ai même eu une vieille dame en jogging rose fluo qui m'a recommandé de faire de toi une femme honnête.

— Oh… Eddie. Je suis désolée.

— Ne sois pas désolée. Je me plais ici. Il règne un bon esprit dans cette ville.

— Dans ce cas, j'ai une présentation Powerpoint illustrant toutes les raisons pour lesquelles tu devrais songer à emménager ici. Si cela peut t'aider.

— Avec des graphiques en couleurs ?

— Tu as déjà vu une présentation Powerpoint sans graphiques ? Mais ne veut-on pas te voir rester partout où tu passes ?

— La plupart du temps, reconnut-il.

— Je ne vois pas en quoi cela devrait t'étonner. Tu es un chirurgien plein de talent. Cela compterait beaucoup pour une communauté comme Fool's Gold de pouvoir te garder. Et puis, tu es très beau.

En voyant son regard se durcir, elle tressaillit. Qu'avait-elle bien pu dire de maladroit ? Elle hésita un peu mais décida d'en avoir le cœur net.

— Pourquoi es-tu contrarié tout à coup ? demanda-t-elle.

— Contrarié ? répéta-t-il, sans comprendre.

— Oui. Comme si tu étais fâché. Ai-je dit quelque chose de déplaisant ?

— Tu parles de mon visage comme s'il était normal, déclara-t-il avec lenteur.

Elle vit qu'il choisissait ses mots avec soin. Décidément, elle comprenait de moins en moins.

— Oui, j'ai dit que tu…

Soudain, elle comprit. Se penchant vers lui, elle chuchota :

— Simon, je ne vois pas tes cicatrices. Je ne les vois plus depuis longtemps.

Une lueur passa dans son regard. Elle aurait donné cher pour savoir quelles pensées l'animaient.

— Comment ça, tu ne les vois pas ?

— Tu es toi, voilà tout, répondit-elle avec un haussement d'épaules. Je ne vois rien de plus.

Elle s'interrompit, un peu inquiète. Ils s'engageaient sur un terrain dangereux. Au bout de quelques secondes, elle reprit d'un ton aussi dégagé que possible :

— Puisque nous abordons ce sujet, ne crois-tu pas qu'il serait temps de me retourner le compliment ? Après tout, en général, ce sont plutôt les hommes qui font des compliments aux femmes.

Elle s'exprimait avec une assurance qu'elle était loin de ressentir. Mais il n'avait pas besoin de le savoir.

— Tu as raison. Nous ne parlons pas assez de toi.

Soudain grave, il la fixa droit dans les yeux avec une intensité qui la fit frissonner.

— Je t'ai dit que tu étais très belle aujourd'hui ?

La tête légèrement penchée de côté, elle sourit.

— Tu veux savoir si, aujourd'hui, tu m'as dit que j'étais belle ? Ou si tu m'as dit que j'étais belle seulement aujourd'hui ? Parce que, vois-tu, ce n'est pas la même chose.

A sa grande surprise, il s'adossa à sa chaise et éclata de rire. Un rire sonore et chaleureux qui l'inonda d'un sentiment de bien-être.

Quand il se redressa, il avait l'air plus détendu. Rajeuni.

— Tu es très belle tout le temps et je ne pense pas te l'avoir dit aujourd'hui. J'en profite pour te dire aussi que j'ai de la chance d'être avec toi. Tu es une femme extraordinaire, Montana Hendrix.

Elle se sentit rougir.

— Je ne faisais que plaisanter, murmura-t-elle, gênée.

— Et moi je dis la vérité.

De plus en plus mal à l'aise, elle déplia et replia sa serviette nerveusement. A son grand soulagement, le serveur arrivait avec leur repas, lui offrant une diversion bienvenue.

— Reese est venu rendre visite à Kalinka, reprit Simon après avoir commencé à manger.

— Je suis contente de le savoir. Ça s'est bien passé ?

— Je pense que sa présence l'aide à oublier ses blessures.

Elle résista à l'envie de lui demander des nouvelles de Kalinka ; elle savait qu'il ne lui en donnerait pas. Les dernières fois où elle lui avait amené Chichi, elle était toujours tombée sur une infirmière. Le temps de déposer la petite chienne et elle prenait congé. La prochaine fois, elle essaierait de parler avec Fay.

— Je sais que tu crois que je compte les minutes jusqu'à mon départ, reprit-il, mais c'est faux. Kalinka est l'exemple même d'une malade que je vais regretter de laisser derrière moi. Elle va devoir subir tellement d'opérations.

— Tu essaies d'insinuer qu'aucun autre docteur n'en sera capable ?

— Ce serait bien présomptueux de ma part.

— Ne l'es-tu pas un peu ? le taquina-t-elle.

Pour toute réponse, il esquissa un rapide sourire.

Et elle, allait-il regretter de la laisser derrière lui ? Bien sûr il lui avait déjà dit qu'elle allait lui manquer, mais n'avait-il pas réfléchi depuis ? Décidé d'envisager de rester plus longtemps, peut-être ? Pour toujours ?

Ses pensées furent interrompues par l'arrivée de Marsha qui s'avançait vers leur table.

— Votre déjeuner est-il bon ? leur demanda-t-elle.

— Oui, merci, répondit-elle. Comment allez-vous, Marsha ?

— Très bien, merci. Je vois que vous vous plaisez dans notre jolie ville, ajouta-t-elle alors à l'intention de Simon.

— En effet.

— Ne vous inquiétez pas, je ne vais pas commencer à vous énumérer toutes les raisons pour lesquelles vous devriez rester, s'empressa-t-elle de le rassurer. Mais j'ai été contente d'apprendre que vous seriez présent au gala de bienfaisance de l'hôpital.

Elle jeta un coup d'œil à Montana et ajouta :

— J'ai hâte de voir ce que tu porteras. Rappelle-toi, la tenue demandée est une robe de cocktail. Vous ferez un très beau couple, conclut-elle avec un sourire. Bon déjeuner.

— Merci, murmura Montana, soudain passionnée par le contenu de son assiette.

Un gala de charité ? Maintenant qu'elle y pensait, elle se rappelait avoir vu des affiches en ville. Le but était de récolter des fonds pour soutenir le travail de Simon. A l'évidence, il était obligé d'y assister. Il serait sans doute même l'invité d'honneur. Et, en général, on venait à ce genre d'événement accompagné. Pour Marsha, la question ne se posait même pas : Montana serait sa cavalière.

Alors pourquoi ne lui en avait-il pas parlé ?

Il n'était pas homme à oublier ce genre de choses. Même s'il était très occupé, il était toujours au courant de tout. Si elle comprenait bien, il n'avait pas eu l'intention de lui demander de l'accompagner.

Elle n'était pas sûre de savoir pourquoi. Etait-ce dû à la dimension publique de la soirée ou préférait-il ne pas lui donner de faux espoirs concernant leur relation ? Tout cela était logique, et elle était capable de comprendre et d'accepter sa décision de ne pas l'inviter. Mais elle avait du mal à accepter le fait qu'il ne lui avait rien dit…

Une petite voix en elle réclamait des explications. Pourquoi la trouvait-il assez bien pour coucher avec lui mais pas assez pour l'accompagner à un fichu gala de charité ? Comme s'il lisait dans ses pensées, il commença :

— Je ne t'ai pas demandé de m'accompagner parce que…

Il se tut.

Elle l'observa avec attention. Il avait l'air plus mal à l'aise que contrit. Une pensée lui traversa l'esprit, qu'elle n'aimait pas du tout…

Même si elle savait qu'il partait, que leur histoire était sans lendemain, elle avait supposé qu'ils partageaient quelque chose qui ressemblait à une relation amoureuse. Qu'ils étaient ensemble. Qu'ils formaient un couple. Or elle comprenait maintenant que lui n'envisageait pas leur relation ainsi. Pour lui, elle représentait une commodité, une femme qu'il désirait, à qui, peut-être, il tenait un peu, qu'il regretterait quand il s'en irait, mais qui ne comptait pas. Elle s'était inquiétée de savoir si elle lui manquerait après son départ. C'était le moins grave. Ce qui devrait l'inquiéter le plus, c'était si elle comptait pour lui tant qu'il serait ici. Apparemment non.

Sa poitrine se contracta, sa gorge se noua ; la crise de larmes était proche. Elle ne devait pas rester une minute de plus.

Feignant la surprise, elle s'exclama :

— Oh non ! J'ai rendez-vous avec Max. J'avais complètement oublié. Je dois filer, sinon je vais être en retard. Désolée.

Elle farfouilla dans son sac et jeta un billet de vingt dollars sur la table.

— Montana…, commença-t-il en se levant en même temps qu'elle.

D'un geste de la main, elle lui fit signe de se rasseoir.

— Non. Je t'en prie. Finis de déjeuner. C'est ma faute. Je suis trop tête en l'air.

Après lui avoir adressé un petit salut rapide, elle sortit du restaurant aussi vite que possible.

Terrifiée à l'idée qu'il la suive et qu'il lui demande de parler, elle entra dans la boutique la plus proche, et sortit par la porte de secours. Enfin seule dans la ruelle arrière, elle s'autorisa à laisser libre cours à ses larmes.

Un chiot dans chaque bras, Nevada faisait les cent pas dans le salon de Montana, tout en essayant d'esquiver les deux autres.

— Je sais que ce n'est pas grand-chose, mais je jure que c'était à voir, disait-elle.

Assise sur son canapé, Montana essaya de ramener son attention sur sa sœur. Toujours sous le coup de son déjeuner catastrophique avec Simon, elle peinait un peu à suivre son histoire.

— Bon, tu as aperçu maman au centre de dégustation du vignoble et, quand elle a vu Max, elle a pris la fuite, c'est ça ? résuma-t-elle. Mais qu'est-ce qui te fait penser que les deux faits soient liés ? Peut-être était-elle en retard quelque part ? Ou bien elle sortait d'un rendez-vous désastreux ?

— J'y ai pensé, répondit Nevada en s'affalant dans le fauteuil en face d'elle. Mais à la seconde où ils se sont vus, maman est devenue livide. Et Max s'est figé. Je te le dis, c'est le Max du tatouage. Ton Max est son Max.

Montana lui lança un regard incrédule. Leur mère et Max Thurman ? C'était impossible !

— Non, je ne peux pas y croire ! s'exclama-t-elle. Je travaille pour Max depuis un an et jamais elle n'a dit un mot à son sujet. Pourtant, je lui parle tout le temps de mon travail et de mon patron.

— Max n'a-t-il pas déjà vécu à Fool's Gold ?

— Si, mais cela fait des années. Il est parti avant notre naissance.

Nevada lui lança un regard éloquent. « Tu vois bien ! », semblait-elle lui dire.

— Tu as une imagination bien trop fertile ! Tu te fais des romans.

— Je ne pense pas, répondit Nevada. Récapitulons les faits. Nous ne savons pas grand-chose de ton Max, si ce n'est qu'il habitait le coin, mais pas en ville. Il est parti avant le mariage de papa et maman pour revenir à Fool's Gold au bout de presque quarante ans. C'est un homme énigmatique.

— Mais pas du tout ! s'exclama-t-elle, de plus en plus agacée. C'est un type très sympa.

— D'où tient-il son argent ? N'est-ce pas lui qui finance tout le travail des chiens thérapeutes ?

— Nous recevons des dons mais, en effet, Max subvient à presque tout. Par conséquent, c'est un homme riche.

— A-t-il fait un héritage ? Dévalisé une banque ? A-t-il fait de gros investissements ?

— Nous n'en parlons jamais. Cela ne me regarde pas.

— Mais il a habité ici autrefois. Sérieusement, Montana, combien d'hommes de l'âge de maman qui ont vécu à Fool's Gold s'appellent Max ? Je te le dis, c'est lui.

Songeuse, Montana réfléchit un instant.

— Je ne suis pas sûre de vouloir que ce soit lui, murmura-t-elle. C'est bizarre de penser qu'avant de rencontrer papa, maman a aimé un homme au point de se faire tatouer son nom sur le corps.

Bentley monta sur ses genoux. D'une main distraite, elle le caressa.

— Mais tu dis que Max est un type sympa, insista Nevada.

— Oui. Je l'aime beaucoup. Je ne serais pas mécontente que maman sorte avec lui. C'est juste que je déteste la pensée qu'elle ait pu aimer un autre homme que papa.

— Parce que pour toi, papa devrait être son unique grand amour ?

— Oui.

— En quoi le fait de savoir qui est Max change quoi que ce soit à ça ?

— Peut-être que cela ne change rien, répondit-elle avec un haussement d'épaules. Si c'est le même Max, cela pourrait devenir vraiment intéressant, non ?

Après tout, leur mère avait le droit d'avoir un passé. Tout le monde avait un passé.

— Désolée, murmura Nevada. J'aurais dû m'en apercevoir avant.

— De quoi parles-tu ? demanda-t-elle, surprise.

— De toi. Quelque chose ne va pas. C'est Simon ? Il s'est passé quelque chose ?

— Non, il ne s'est rien passé. C'est bien le problème.

— Je croyais que vous aviez couché ensemble.

Elle leva les yeux au ciel.

— Le sexe ne résout rien. Au contraire, c'est souvent le début des problèmes.

— Ce qui veut dire qu'il s'est passé quelque chose, répéta Nevada, têtue.

Comme elle savait que sa sœur n'abandonnerait pas, Montana poussa un soupir.

— Je savais qu'il partait, commença-t-elle. Je le sais depuis le début. Et même si Marsha m'a demandé de le convaincre de rester, tout le monde sait bien que c'est perdu d'avance. Mais pour moi, ce n'était pas un problème. Cela faisait longtemps que je n'avais pas rencontré un homme qui me plaisait. J'aimais sa compagnie, les sentiments qu'il m'inspirait. Et j'avais accepté son départ, sachant que je devrais apprendre à gérer son absence.

— Mais ?

— Je croyais compter aussi pour lui. J'espérais qu'il tenait un peu à moi. Or j'ai découvert aujourd'hui que pour lui, j'étais juste une commodité. Une façon d'assouvir ses besoins.

— Tu en es bien sûre ?

— Aucun doute. Il est l'invité d'honneur au grand gala de bienfaisance pour l'hôpital et il ne m'a même pas demandé de l'y accompagner.

Elle guetta la réaction de Nevada, mais cette dernière ne parut pas vraiment surprise. Elle poussa un soupir désolé. Décidément, tout cela était de plus en plus frustrant.

— Es-tu sûre que cela a un rapport avec toi ? demanda Nevada.

— Et avec qui d'autre ?

— Avec lui. D'après tout ce que tu m'as dit, être au centre de l'attention n'est pas ce qu'il recherche. Aussi, pourquoi t'inviterait-il à ce genre d'événement, où vous serez le point de mire de tout le monde ? Peut-être cherche-t-il plutôt à te protéger qu'à t'éviter.

— Comment peux-tu le savoir ? rétorqua-t-elle, cassante.

Pourquoi Nevada ne voulait-elle pas prendre son parti ? Ses sœurs étaient vraiment exaspérantes, parfois !

— Et toi ? rétorqua Nevada. Tant que tu ne lui auras pas posé la question, qu'est-ce qui te prouve que tu as raison ? Je connais ta tendance à te rendre responsable de ce qui tourne mal, n'oublie pas.

— Cette fois, c'est Simon que je tiens pour responsable.

— Je ne crois pas. Tu me dis t'être trompée sur la façon dont tu voyais votre relation. Et si tu ne t'étais pas trompée ? Si au lieu d'être un salaud, il essayait d'être un type bien ? Il n'y a pas de mal à vouloir être avec quelqu'un. A vouloir suivre les règles de l'amour.

Montana jeta un regard assassin à sa sœur. Pourquoi

diable Nevada se mettait-elle à philosopher ? Cela dit, elle avait peut-être raison…

— Je déteste quand tu te montres raisonnable, grommela-t-elle.

— Je te conseille juste de lui parler. D'essayer de savoir pourquoi il ne t'a pas invitée à l'accompagner. S'il te répond que tu ne comptes pas pour lui ou qu'il ne veut pas être surpris en public avec toi, tu lui fiches un bon coup de pied où je pense et tu le plantes là.

— Il a déjà été vu en public avec moi.

— Pose-lui la question.

— Très bien.

Nevada caressa les chiots qu'elle tenait dans ses bras et reprit, l'air innocent :

— En tout cas, j'espère que tu as compris le fond du problème : tu es en train de tomber amoureuse de lui.

Montana réprima un geste d'humeur. Franchement, à cet instant précis, c'étaient les derniers mots qu'elle souhaitait entendre.

— Je ne suis pas amoureuse de lui.

— Si, Montana, tu l'es.

15

Debout, les mains sur les hanches, Daniel la fixait, ses yeux lançant des éclairs.

— Je ne veux pas être ici. C'est débile. Je veux aller jouer dehors avec mes copains.

Montana posa le livre qu'elle tenait à la main et, à son tour, le foudroya du regard.

— Waouh ! Tu parles d'un scoop ! Depuis cinq semaines, tu me sers exactement le même discours. Si tu en as vraiment marre, pourquoi continues-tu à venir ? Pourquoi ne laisses-tu pas tomber ? Parce que, si je comprends bien, tu te fiches bien de savoir lire, non ? Tout comme d'aller au lycée et de décrocher une bourse pour jouer au football. Tu pourrais abandonner l'école et trouver un travail. Mais attends un peu… Comment peux-tu trouver un travail si tu ne sais pas lire ?

S'interrompant, elle caressa Buddy qui les avaient rejoints, sans doute pour s'assurer que tout allait bien.

— Je suis fatiguée des gens qui n'essaient même pas et qui se plaignent quand c'est trop difficile, reprit-elle. De ceux qui ne font pas d'efforts. Tu ne crois pas que Buddy aussi aimerait mieux jouer dehors avec ses copains ? Mais il préfère venir t'aider. Parce que c'est un chien attentionné. Et moi aussi, je suis ici pour toi. Tu nous en es reconnaissant ? Tu nous remercies ? Bien sûr que non. Parce que tu trouves que c'est trop dur. Tu sais quoi, Daniel ? Parfois, la vie est dure. Tu dois apprendre à lancer un ballon dans le panier avant d'être un bon basketteur. Au début, tu le manques presque à chaque essai. Et puis, un jour, tu y arrives et ça devient de plus en plus facile. Simplement parce que tu t'entraînes.

Elle marqua une nouvelle pause.

— Ecoute-moi bien, Daniel. Buddy et moi n'abandonnons pas. Alors il n'est pas question que toi, tu abandonnes.

Elle se tut et reprit le livre qu'elle feuilleta distraitement, surveillant la réaction du petit garçon du coin de l'œil.

Daniel la fixait, les yeux écarquillés. Il avait l'air anxieux. Pourtant, il ne s'enfuit pas. C'était sans doute bon signe.

Elle soupira et le regarda.

— Je suis désolée, dit-elle. Je sais que je radote. Mais savoir lire est vraiment important. C'est pour ça que j'ai créé ce cours. Un de mes amis a été brûlé de façon très grave quand il avait ton âge. Il a passé presque cinq ans à l'hôpital. Il a travaillé très dur pour guérir. Aujourd'hui, c'est un grand médecin qui sauve des gens. Et quand mon neveu a été blessé au visage dans un accident de voiture, il a pu le soigner. Imagine qu'il ait renoncé ? Qu'il ait décidé que c'était trop difficile ?

— Je ne serai pas médecin, grommela Daniel.

— Comment le sais-tu ?

Un long moment, il la fixa, perplexe.

— Tu es vraiment sérieuse ?

— Oui, je le suis. Alors, qu'est-ce que tu décides ?

Lui prenant le livre des mains, il s'installa sur un pouf. Buddy vint s'asseoir à côté de lui.

Il était temps pour elle de quitter la pièce.

Cette scène l'avait perturbée. Elle détestait s'énerver après les enfants. Jamais jusqu'à aujourd'hui elle ne l'avait fait. Soudain, sa vie lui parut compliquée et elle ne savait pas très bien comment retomber sur ses pieds. Elle avait besoin d'une pause, d'un massage, ou bien tout simplement d'un *cupcake*.

Adossée au mur, dans le couloir, elle écouta Daniel

lire. Comme toujours, il ânonnait chaque mot. La lenteur de son rythme devait le décourager. La présence du chien n'était peut-être pas efficace. Peut-être aurait-il dû voir un spécialiste, avoir recours à un autre genre d'aide.

— Il y a qu… inze chaussures sous…

Le silence se fit quelques secondes, et tout à coup, d'une voix claire, sans hésiter, il lut :

— Il y a quinze chaussures sous le lit.

Elle tendit l'oreille. Elle devait prendre garde à ne pas s'enthousiasmer trop vite. Il avait pu mémoriser la phrase par hasard. Pourtant, tout en se répétant de ne pas crier victoire trop tôt, elle ne pouvait s'empêcher de se répéter que, soudain, on passait d'une série d'onomatopées à une vraie phrase. Et… l'on savait lire !

— Quinze chaussures pour quinze garçons, continuait-il. M. Smith savait que tout le monde serait content quand il lui parlerait des chaussures.

Montana regardait la porte entrouverte. Pour un peu, elle se serait pincée.

Daniel continua à lire, la voix pleine d'excitation. Un claquement sec indiqua qu'il venait de refermer le livre. Il déboula en courant dans le couloir.

— Je sais lire ! hurla-t-il. Je lis ce livre ! Ecoute.

Il recommença à lire toute l'histoire, sans hésiter. Buddy l'avait suivi et le regardait de son air anxieux. Il semblait ne pas pouvoir décider si ce qui se passait était positif ou non.

Avec un grand sourire, Montana s'exclama :

— Tu y es arrivé !

— Comme dans ton exemple avec les paniers de basket. Au début, je ne pouvais pas lire du tout, et maintenant, c'est de plus en plus facile.

Il se précipita vers le chariot des livres qui attendaient d'être rangés dans les rayonnages et, après avoir lu plusieurs titres, choisit une histoire de lapin solitaire. Debout au milieu du couloir, il l'ouvrit et commença :

— Le lapin solitaire était tout seul. Tout ce que le lapin

solitaire voulait, c'était un ami. Mais quand il sautilla jusqu'à l'étang, les canards refusèrent de lui parler. Lui tournant le dos, ils se mirent à nager, le laissant tout seul.

Il releva la tête, les yeux brillants de joie.

— Je sais lire !

— Bien sûr, tu sais, approuva-t-elle avec un sourire. A force de t'entraîner, tu réussis de mieux en mieux, mais jusqu'ici, tu ne t'en rendais pas compte.

Il revint vers elle, noua ses petits bras autour de sa taille et déclara d'un air grave :

— Merci de m'avoir grondé. Ça m'a beaucoup aidé.

— La prochaine fois, je m'en souviendrai, lança-t-elle en riant.

Il éclata de rire, la relâcha, et retourna fouiller dans le chariot.

— Tu peux m'aider à choisir quelques livres, s'il te plaît ? Je vais les emporter chez moi pour m'entraîner. Je peux faire la lecture à mon chat. Il s'endormira, mais ce n'est pas grave. Et, quand je serai prêt, je ferai la surprise à ma mère.

Sans lui laisser le temps de le rejoindre, elle le vit s'élancer en appelant Mme Elder, annonçant à tous ceux qui pouvaient l'entendre qu'il savait lire.

Elle s'agenouilla devant Buddy pour le caresser. Le chien avait toujours son air inquiet.

— Tu as bien travaillé, le complimenta-t-elle. Tu es un bon garçon. C'est notre travail, pas vrai ? Apprendre à lire à un enfant ou faire sourire une personne âgée dans une maison de retraite. Toi et moi, nous avons le pouvoir de transformer la vie des gens. Les crétins peuvent toujours parler, nous aurons toujours du travail.

Buddy la regarda d'un air solennel, avant de lui donner un grand coup de langue sur le visage.

— Merci, lui dit-elle. Moi aussi, je t'aime.

***

— Si vous ne pouvez pas faire votre travail correctement, faites vous muter dans un autre service, grommela Simon.

L'infirmière, apparemment fraîchement diplômée, rougit.

— Docteur Bradley, je…

— Evidemment, vous avez une excuse. Laissez-moi juste vous rappeler que vous êtes dans un service de grands brûlés. Nous n'avons pas de temps pour les excuses. M. Carver a eu le bras brûlé par une torche. Tant que vous n'avez pas fait l'expérience d'une telle brûlure, d'une douleur aussi atroce, vous n'avez pas le droit de présenter des excuses. Je ne veux plus vous voir dans ce service. Ai-je été clair ?

L'infirmière fondit en larmes et se mit à courir vers la sortie.

Les autres infirmières qui n'avaient pas perdu une miette de la scène, s'empressèrent de retourner à leurs activités.

Il savait déjà à quoi s'attendre pour les jours à venir. Elles allaient l'éviter — le scénario classique quand il renvoyait un membre de son personnel. Mais bon sang, était-ce se montrer trop exigeant que de vouloir du travail bien fait ?

Il se dirigea vers son bureau, conscient des gens qui faisaient un pas de côté sur son passage. Mais cela ne le perturba pas. Dans cette partie du monde, il était un dieu, un dieu vindicatif. Il devait tout donner et attendait la même chose de ses collaborateurs. Peut-être n'avaient-ils pas passé le même pacte avec le diable mais, quand ils travaillaient avec lui, ils étaient censés adopter son éthique.

Après avoir refermé la porte de son bureau, il s'installa devant son ordinateur et resta de longues minutes immobile. A quoi bon se mentir ? Son humeur massacrante était liée à Montana. Elle lui manquait. Pire encore : il lui avait fait de la peine.

Il maudissait ce fichu gala de bienfaisance auquel il n'avait pas plus envie d'assister seul qu'avec elle. Bien sûr, il aurait aimé passer la soirée avec elle, mais ce genre d'événement était si pénible, si embarrassant. Il n'avait jamais pensé la soumettre à ce genre de situation. Mais comment aurait-elle pu comprendre cela ? Elle devait s'imaginer une autre raison, beaucoup moins alambiquée.

Il se secoua. Il ne s'autorisait jamais à regretter quoi que ce soit. C'était inutile. S'il regrettait toujours de perdre un patient, même s'il n'avait rien pu faire, il ne regrettait pas ses choix, la façon dont il vivait, sa solitude. Tout cela faisait partie du contrat qu'il avait passé avec lui-même des années auparavant. Pourtant, cette fois, il ne pouvait s'empêcher de regretter d'avoir fait de la peine à Montana.

Quelqu'un frappa à sa porte, le ramenant à la réalité. Avant qu'il ait eu le temps de répondre, elle s'ouvrit et la tête de Reese Hendrix apparut dans l'entrebâillement. Souriant, le petit garçon le salua :

— Bonjour, docteur Hendrix ! Je suis venu voir Kalinka. Ma grand-mère qui m'a accompagné m'a dit de venir vous demander la permission. Vous êtes d'accord ?

— Bien entendu. Je suis sûr qu'elle sera très heureuse de te voir.

Puis, lui faisant signe d'entrer, il étudia son visage à la lumière.

— Je ne sais pas qui est le docteur qui t'a opéré, mais il a fait du très bon travail, plaisanta-t-il.

Reese se mit à rire.

— Vous savez bien que c'est vous !

— Allons-y ! lança-t-il en lui tapotant une épaule. Je t'accompagne. Chichi n'est pas sortie depuis un moment. Je vais l'emmener faire un tour dehors pendant que tu tiens compagnie à Kalinka.

Au moment où ils arrivaient devant la porte de la chambre, Fay en sortit. Pour une fois, elle n'avait pas l'air au bord des larmes.

— Bonjour, Reese. Docteur Bradley. Je pense qu'elle va mieux. Je vais lui chercher une glace à la cafétéria. Tu veux que je te rapporte quelque chose, Reese ?

— Non merci, répondit ce dernier en entrant dans la chambre.

— C'est bon signe qu'elle me demande de la glace, non ? s'enquit alors Fay. Cela fait un moment qu'elle n'a plus faim.

— La faim nous indique que le corps guérit.

— Et sa fièvre est tombée. Je suis tellement soulagée. Nous traversons cette épreuve grâce à vous, ajouta-t-elle souriante, en lui tapotant le bras. Je ne sais pas comment nous aurions fait sans vous.

Kalinka aurait été suivie par un autre. Mais ce médecin aurait-il été aussi soucieux de sa petite malade ? Si sa raison lui soufflait que son confrère aurait fait preuve du même dévouement, son cœur doutait. En tant que médecin, rien, jamais, ne venait s'interposer entre ses malades et lui. Il ne s'autorisait jamais aucune distraction.

Du moins, jusqu'à sa rencontre avec Montana…

Il s'empressa de chasser la jeune femme de ses pensées et, à son tour, entra dans la chambre. Reese avait installé l'ordinateur et Kalinka avait relevé son lit de façon à s'asseoir.

— Salut, les jeunes ! lança-t-il.

— Bonjour, docteur Bradley, lui répondit la fillette. Nous allions commencer un jeu. Vous avez besoin de m'examiner ?

— Non. Je viens juste chercher Chichi pour la faire sortir.

Il se tourna vers la petite chienne qui, assise sur le lit, le fixait avec adoration, ses yeux bruns de caniche brillant d'amour. Quand il la souleva dans ses bras, elle sembla vouloir l'aider d'une petite poussée.

— Tu pèses trois kilos, ma mignonne, murmura-t-il. Je n'ai pas besoin de ton aide.

Kalinka se mit à rire.

— Elle est très polie. Elle fait toujours ça.

Polie ou pas, elle semblait tout excitée et, se tortillant, s'approcha de lui pour lui lécher de visage.

— Elle vous aime vraiment beaucoup, remarqua Reese.

— Il paraît. Je ne serai pas long.

— D'accord, répondirent distraitement les deux enfants.

Son départ passa quasiment inaperçu, ce qui lui convenait très bien.

Après être repassé par son bureau pour mettre son collier et sa laisse à Chichi, il la porta dehors et la posa sur la pelouse. Elle renifla l'herbe et trotta pour chercher l'endroit idéal. Quand elle eut fini ce qu'elle avait à faire, il se dit qu'elle avait peut-être envie de se dégourdir un peu les pattes. Montana l'avait déposée assez tôt, ce matin.

— Tu veux faire le tour du bâtiment ? demanda-t-il, s'assurant aussitôt que personne ne l'avait entendu parler à la petite chienne.

Remuant la queue, cette dernière le fixa, la tête légèrement penchée de côté, comme si elle essayait de comprendre.

Il avait l'intention de faire le tour de l'extérieur de l'hôpital, soit une promenade d'un bon kilomètre.

Pendant ses exercices du matin, il regardait toujours les nouvelles à la télévision pour s'occuper l'esprit. Mais à cet instant précis, la petite chienne qui sautillait à son côté ne suffisait pas à le distraire de ses pensées.

Malgré l'excitation de Fay concernant les progrès de sa fille, il restait sur ses gardes et ne l'encourageait pas à se réjouir. Il ne pouvait pas prédire l'évolution de l'état de Kalinka, ne pouvait rien faire pour l'empêcher d'empirer, si cela devait arriver. Or il lui était impossible d'en discuter avec Fay. Une mère était beaucoup trop vulnérable. D'un autre côté, Kalinka pouvait guérir, certes ; les statistiques étaient là pour le prouver. Toutefois, ses expériences passées lui dictaient la méfiance.

Chichi s'arrêta devant un arbre qu'elle se mit à renifler avec intérêt. Elle s'accroupit, refit un petit pipi, puis afficha une expression satisfaite.

— Tu voulais marquer ton passage ? lui demanda-t-il.

Elle remua la queue et se remit en route.

L'air tiède de cette fin de matinée annonçait un après-midi chaud. Avec ses sommets verdoyants qui se découpaient sur l'azur de l'horizon, Fool's Gold était vraiment une ville agréable.

Et sans le vouloir ses pensées le ramenèrent à Montana…

Sa fuite du restaurant le taraudait sans cesse. Mais quel idiot il était ! Etant donné tout le temps qu'ils passaient ensemble, il était évident qu'elle s'attendait à ce qu'il lui demande d'être sa cavalière pour le gala de bienfaisance.

Mais bon sang, pourquoi ne pouvait-il pas passer à autre chose ? Il ne devait rien à Montana, il ne lui avait rien promis, bien au contraire. Il s'arrêta, mal à l'aise soudain ; c'était la première fois de sa vie qu'il s'inquiétait des états d'âme d'une femme. Les liens aussi brefs que temporaires qu'il nouait d'habitude étaient dépourvus de toute dimension affective. Un intérêt réciproque mais superficiel, un peu de conversation, et du sexe : voilà à quoi ses précédentes relations avec les femmes se limitaient.

Il n'en allait pas de même avec Montana. Pour la première fois il comprenait le sens de l'expression « avoir quelqu'un dans la peau ». Au-delà du cliché, c'était une sensation : une douleur, un besoin, une impossibilité d'oublier, d'ignorer.

Il était incapable de chasser de son souvenir l'expression meurtrie de son visage, la douleur dans son regard. Incapable de faire taire son sentiment de culpabilité. Ne s'imposait-il pas comme règle de conduite de ne jamais laisser s'installer l'intimité avec une femme pour se protéger de toute souffrance inutile ? Ne vouloir s'engager sous aucun prétexte était lié à deux raisons : sa vie de nomade et son refus d'éprouver le moindre remords.

Aussi sa raison aurait dû lui dicter la seule solution logique : rompre. Quitter Montana et, au terme de son contrat à l'hôpital, quitter Fool's Gold. C'était simple, propre, honnête.

Pourtant, dès qu'il envisageait cette solution, tout en lui se rebellait. Comment allait-il pouvoir se passer de sa compagnie ? Bien sûr, elle hantait ses pensées, habitait son âme. Mais il y avait autre chose. Cette phrase qu'elle avait prononcée au cours de leur déjeuner : « Simon, je ne vois pas tes cicatrices. Je ne les vois plus depuis longtemps. »

C'était la première fois de sa vie qu'on lui disait cela.

S'il avait toujours su que Montana était exceptionnelle, ces simples mots lui prouvaient qu'elle était plus que ça. Et un homme comme lui ne méritait pas une femme comme elle. Lui causer la moindre peine sans raison, lui infliger ne serait-ce qu'une seconde de chagrin, équivaudrait à gâcher sa découverte si récente : que le monde pouvait être beau.

— Que de tourments, murmura-t-il.

Chichi leva les yeux vers lui et remua la queue.

Lorsqu'il arriva devant l'entrée latérale de l'hôpital, il se pencha vers elle et la prit dans ses bras.

— Tu es une chienne très intelligente, lui dit-il en la serrant contre lui.

Elle lui lécha le menton, puis se blottit contre son torse, ses pattes avant sur son bras, comme si elle voulait s'installer là à demeure.

Emu par sa confiance, il la ramena dans la chambre de Kalinka. Alors qu'il allait ouvrir la porte, il entendit un bruit de pleurs.

— Ne pleure pas, disait la voix de Reese. Je t'en prie.

— Je ne veux pas être comme ça.

— Ce sont juste des brûlures.

Le cœur soudain serré, Simon s'arrêta et tendit l'oreille.

— Elles sont horribles, elles me font mal et je suis moche. Je serai moche toute ma vie. Aucun garçon ne sera jamais amoureux de moi, ne m'invitera pour un rendez-vous. Je ne me marierai jamais.

La fillette sanglotait maintenant.

— Tu n'es pas moche et tu auras plein d'amis. Ecoute-moi bien : si personne ne te demande de t'épouser et que tu veux toujours te marier, je me marierai avec toi.

Les pleurs cessèrent.

— Tu es sérieux ? hoqueta Kalinka.

— Bien sûr. Promis, juré !

Il entendit un reniflement et se décida à entrer. Kalinka souriait maintenant à travers ses larmes.

Comme c'était simple ! songea-t-il. En fait, Kalinka était exactement comme Chichi : confiante.

Il se sentit soudain empli d'une force nouvelle. Il était prêt à tout pour que la confiance de la fillette ne soit jamais trahie.

Montana était sur la pelouse, chez Max. Les chiens et les chiots jouaient à lui sauter dessus. Ou, dans le cas des chiots, à ramper sur elle.

Allongée dans l'herbe chaude, elle fixait le ciel, songeuse. Comment expliquer sa vie ? Ces dernières semaines, ses projets si simples avaient été perturbés par tellement de nouveautés.

Elle aperçut Max qui sortait de la maison.

Elle se redressa et le regarda s'avancer vers elle. Il marchait à grandes enjambées souples. Avec son beau visage buriné, il avait dû être irrésistible quand il était plus jeune. Grand, mince, il avait dû en briser, des cœurs ! ! Avait-il vraiment subjugué sa mère ? Et, si c'était le cas, qu'est-ce qui avait poussé cette dernière à rester à Fool's Gold et à épouser Ralph Hendrix ?

Elle ne le regrettait pas, certes. Si leur mère avait fait un autre choix, elle ne serait pas là. Et, même si les choses étaient un peu compliquées pour elle en ce moment, elle était très heureuse de son sort.

En attendant, elle n'avait toujours pas trouvé de prétexte pour amener la conversation sur la question qu'elle brûlait de poser à Max. Il lui était difficile en tant que salariée d'interroger son patron sur le fait que le prénom « Max » était tatoué sur la hanche maternelle. A cela venait s'ajouter le fait qu'elle ne tenait pas à connaître trop de détails.

Max pénétra dans l'enclos. Tous les chiens coururent vers lui, les chiots en trébuchant parfois mais sans perdre leur enthousiasme — même s'ils ne comprenaient pas vraiment l'objet de toute cette excitation, ils ne voulaient surtout rien rater !

— Tu as une livraison, annonça Max, s'accroupissant pour distribuer des caresses à la ronde.

— Un paquet ? s'étonna-t-elle. Mais je n'ai rien commandé.

— Ce n'est pas un paquet, ce sont des fleurs. Vu la taille du bouquet, l'expéditeur doit avoir des choses à se faire pardonner.

Elle lui jeta un coup d'œil surpris. Qui pouvait bien lui envoyer des fleurs ? Bêtement, elle se sentit fondre de l'intérieur. Sans doute Simon. Il était le seul homme dans sa vie. Hélas, comme elle l'avait compris depuis peu, leur relation était à sens unique. Même si le fait de lui faire livrer un bouquet était un joli geste, il ne changeait rien à la réalité.

Elle se leva d'un bond.

— Qu'est-ce que tu racontes ? demanda-t-elle. Quel est le rapport entre le besoin de se faire pardonner et la taille du bouquet ?

Max se mit à rire.

— Mon chou, si nous parlons d'un homme, la taille a toujours de l'importance. Plus il se sent coupable, plus le bouquet est gros. Et vu la taille de ces fleurs, je parie que cet homme se sent très très coupable.

— Tu dis n'importe quoi ! lança-t-elle en refermant la barrière de l'enclos derrière elle.

D'un pas vif, elle gagna la maison. Dans la cuisine, elle vit un vase d'au moins quatre-vingts centimètres de haut d'où jaillissait une gerbe de fleurs exotiques qui donnaient l'impression de vouloir s'envoler vers le plafond. Max n'avait pas menti, le bouquet était gigantesque.

Hormis deux sortes d'orchidées, elle ne reconnut aucune autre fleur. Attirée par leur délicat parfum, elle s'approcha. Il y avait une carte.

Elle hésita un instant. Devait-elle ouvrir l'enveloppe ? Rien de ce que Simon pourrait lui dire ne changerait quoi que ce soit. Mais elle devait savoir.

« Je ne suis pas très adroit. Désolé. »

Sourcils froncés, elle examina la phrase quelques instants. Que voulait-il dire, au juste ? Etait-il désolé de s'être montré maladroit ? Ou cherchait-il à lui faire comprendre qu'il n'était pas très adroit pour lui annoncer qu'il était désolé mais que tout était fini entre eux ?

— J'aurais pensé que les fleurs t'auraient fait plaisir.

La voix de Max la fit sursauter.

— Si tu pouvais m'expliquer son message, répondit-elle en lui tendant la carte. Tu es un homme, tu devrais comprendre.

— Je n'ai pas mes lunettes. Lis-le-moi.

Elle s'exécuta.

— Alors ?

— Je n'en ai pas la moindre idée, avoua-t-il. Qu'est-ce qui a provoqué votre dispute ?

— Nous ne nous sommes pas disputés. Enfin pas vraiment. C'était juste que… je…

S'interrompant, elle poussa un soupir résigné.

— Je sais qu'il va bientôt partir. J'ai toujours su qu'il n'était que de passage. Mais j'ai fait l'erreur de penser que, pendant qu'il était ici, nous vivions une vraie relation. Or il semblerait qu'il voie les choses autrement.

— Comment le sais-tu ?

Elle lui résuma leur conversation au sujet du gala de bienfaisance.

— Un couple ne manque pas ce type d'événement. C'est une occasion de sortir. Si je comptais un peu pour lui, il m'aurait proposé de l'accompagner. Je suis une idiote.

— Tu es beaucoup de choses Montana, mais sûrement pas une idiote. Si je me base sur ce que tu me dis, je dirais que cet homme est très amoureux. S'il ne tenait pas à toi, pourquoi perdrait-il son temps à t'envoyer des fleurs et à s'excuser ? Peut-être n'a-t-il pas osé t'inviter au gala de bienfaisance.

Elle lui jeta un regard sceptique. Son entourage commençait à l'agacer un peu. Nevada ne lui avait-elle pas suggéré la même chose ?

— Pourquoi prends-tu sa défense ? lança-t-elle.

Max passa un bras autour de ses épaules et la serra contre lui.

— Nous avons manifestement dépassé ma capacité à te donner des conseils sur ta vie amoureuse, dit-il. Sache simplement que je ne le défends pas. Je suggère qu'avant de le prendre pour un salaud, cherche à savoir pourquoi il ne t'a pas invitée.

Puis il quitta la cuisine, la laissant seule avec cet énorme bouquet et ce petit mot sibyllin. Qui, ni l'un ni l'autre, ne lui apportaient la moindre réponse.

Pour rentrer, Montana avait été obligée de caler le vase entre le siège avant et la banquette arrière de sa voiture, et de plier le sommet des tiges qui frôlaient le plafond de l'habitacle. Une fois arrivée chez elle, elle installa l'énorme bouquet dans la minuscule alcôve utilisée comme salle à manger, et le parfum des fleurs ne tarda pas à se propager dans toute la maison.

Après avoir avalé quelques bouchées à grand-peine, elle se sentit incapable de tenir en place. Elle décida alors de réorganiser l'agencement de son dressing. Une tentative visant à l'empêcher de penser à Simon — tentative aussi vaine que stupide !

A 19 h 30, elle entendit la sonnette de la porte d'entrée.

Devinant sans peine l'identité de son visiteur, elle alla ouvrir, le cœur battant la chamade. Qu'allait-elle bien pouvoir lui dire ? Quelle attitude adopter ?

Simon se tenait immobile sur le perron, droit comme un « i ». La première chose qu'elle remarqua fut les cernes qui ombraient ses yeux. Comme il avait l'air fatigué ! En fait, il était plus que fatigué, il paraissait accablé. Elle fut saisie d'une étrange envie de l'attirer à l'intérieur et de le serrer très fort. Pour lui communiquer sa force, le guérir de son mal de vivre. Comme si elle en était capable…

— Je hais ce type de manifestation, commença-t-il sans préambule. Partout où je passe, j'ai droit à un gala de bienfaisance dont je suis l'invité d'honneur. Tout le monde se presse pour me parler et me sortir des banalités, toujours les mêmes. Mais je ne suis pas le genre de type qui sait raconter d'amusantes anecdotes de cocktail, et ce n'est pas le genre d'événement où je peux discuter de mon travail. Je ne t'ai pas invitée parce que la perspective de ces mondanités m'est odieuse. Jamais je n'ai voulu te faire de peine.

Reculant d'un pas, elle s'effaça et lui fit signe d'entrer. Il la précéda dans le salon, puis se retourna pour lui faire face.

— Ce n'est pas dans mes habitudes, continua-t-il. Je ne m'engage jamais sérieusement. Pourtant, jamais une femme ne m'a inspiré une telle passion. Au début, c'était strictement chimique, une simple attirance sexuelle. Je ne sais même pas quel terme y appliquer. Maintenant, c'est différent. C'est plus fort, je ne peux pas me contrôler, je ne peux pas me passer de toi.

Elle le dévisagea, abasourdie. Elle n'était pas sûre d'avoir tout compris. Pour un homme qui avait le pouvoir de changer une vie grâce à ses mains magiques, il avait l'air étonnamment vulnérable. A nu. Comme s'il n'avait plus de secrets pour elle, et qu'il était effrayé de ne rien pouvoir y changer.

Avec ses ex, elle avait toujours craint de ne pas être à la hauteur. Ils ne s'étaient d'ailleurs jamais gênés pour le lui dire, à maintes reprises. Et maintenant, elle était face à cet homme merveilleux qu'était Simon, la bonté incarnée, le genre d'homme dont toutes les femmes rêvaient, et il était celui qui s'inquiétait de ne pas la mériter ? Comment aurait-elle pu ne pas l'aimer ?

S'approchant de lui, elle le débarrassa de sa veste et la posa sur le dossier du canapé.

— Dis quelque chose ! l'implora-t-il en lui prenant les mains.

— Merci pour les fleurs.

Elle se souleva sur la pointe des pieds pour l'embrasser.

Au contact de ses lèvres, elle se détendit aussitôt. Elle penserait à ses paroles plus tard, pour l'instant, tout ce dont elle avait besoin, c'était de le sentir en elle.

Il l'attira vers lui, avant de reculer.

— Tu veux parler de ce qui s'est passé ? demanda-t-il.

— Non.

Elle n'en avait plus besoin.

Il la reprit dans ses bras, la serrant cette fois comme si plus jamais il ne la laisserait partir. Sa bouche exigeante dévora ses lèvres en un baiser fiévreux qui explosa dans son âme. Ses mains voletaient sur son corps, sur son dos, le long de ses bras, puis il prit son visage en coupe entre ses mains. Elle sentait son érection contre son ventre embrasé, mais, plus important, elle sentait son désir fulgurant faire écho au sien.

Elle commença à se débattre avec les boutons de sa chemise. Puis, avec un grognement d'impatience, elle releva son T-shirt, poussée par son besoin frénétique de sentir sa peau sous ses doigts. Il fit glisser la fermeture Eclair de sa robe, défit son soutien-gorge, et prit ses seins douloureux au creux de ses paumes.

Une vague de chaleur liquide submergea son corps en fusion. Son désir s'amplifiait, l'oxygène lui manquait. Son sexe palpitait, déjà humide, ses jambes flageolaient.

— Fais-moi l'amour, murmura-t-elle contre sa bouche, ses doigts jouant avec sa ceinture.

Il se raidit, son regard plongé dans le sien.

— Fais-moi l'amour, répéta-t-elle d'une voix saccadée, caressant son sexe dur.

L'espace d'une seconde, il resta figé sur place. Puis, prenant sa main, il l'entraîna dans la chambre. Il ouvrit le tiroir de la table de chevet avec une telle vigueur qu'il vint s'écraser au sol. Parmi son contenu dispersé, il trouva les préservatifs.

Tandis que, fébrile, il ouvrait la boîte, elle retira son slip et s'allongea. Il se débarrassa de ses chaussures, défit son pantalon, le fit glisser le long de ses jambes d'athlète, avant de la rejoindre sur le lit.

— Montana, je devrais…

— Non.

Elle le guida en elle. L'extrémité de son sexe tendu frôla son intimité brûlante, et elle s'arc-bouta, l'invitant à plonger au cœur de sa féminité.

D'un mouvement souple, il s'enfonça en elle. Nouant ses jambes autour de ses hanches, elle l'attira plus profond encore. Sa bouche s'empara de nouveau de la sienne et, jouant pour elle la partition d'un plaisir indicible, il l'entraîna au septième ciel.

A chaque nouvelle poussée, son tempo s'accélérait. Elle se sentait flotter sur un voile de volupté. Rien ne comptait plus que la délivrance, l'orgasme qu'elle sentait monter. Elle caressait chaque centimètre de la peau de Simon, s'agrippait à son corps puissant, ses hanches oscillant en cadence, ses muscles tendus comme des cordes. La tension montait, montait…

Reculant légèrement, il plongea son regard dans le sien. Le plaisir qu'elle lisait sur son visage reflétait sa propre jouissance. Son regard toujours rivé au sien, il se redressa encore un peu. Sans cesser de la combler, il glissa une main entre eux et caressa son sexe brûlant.

Aiguillonnée par le plaisir, elle se souleva pour venir à sa rencontre.

Soudain, elle se laissa emporter par les spasmes de l'orgasme.

Simon s'enfonça en elle en un dernier coup de reins, murmurant son nom, et le long frisson qui l'électrisa rejaillit sur elle par vagues, dans un feu d'artifice de sensations ultimes. La tête renversée en arrière, il laissa échapper un long, très long râle.

Ils émergèrent peu à peu des brumes, et elle se lova au creux de ses bras. Couvrant son visage de caresses d'une tendresse infinie, il murmura :

— Je ne te comprends pas. Tu n'es plus en colère.

— Non.

— Je ne comprends pas.

— Tu n'as pas besoin de comprendre.

— Tu as sans doute raison, conclut-il en frôlant ses lèvres de ses doigts. Je devine que tu ne partages pas mon aversion pour ce gala de charité.

— C'est exact.

— Dans ce cas, tu aimerais peut-être m'accompagner.

— Peut-être…

Elle aurait pu le suivre n'importe où. Mais le moment était mal choisi pour lui faire part de ses états d'âme.

— Peut-être ? demanda-t-il, perplexe.

— Je serais ravie de t'accompagner. Je ferai de mon mieux pour te protéger du côté grand guignol de ce genre d'événement.

— Même la fée que tu es n'a pas ce pouvoir.

— Attends un peu de voir ! répondit-elle dans un éclat de rire.

16

Tenant chacun un chien en laisse, Montana et son patron marchaient côte à côte sur le trottoir. Max promenait Cupcake, l'un des chiens thérapeutes en dressage, et Montana, Buddy qui, cette fois, devait montrer l'exemple à Cupcake. Croisée de colley, cette dernière, d'une intelligence remarquable, était peu encline à se mettre en situation difficile, et Max n'était pas sûr de pouvoir la dresser.

— Explique-moi, demanda Max en montrant le parc.

Au bord du lac, un groupe de pom-pom girls de Fool's Gold était en pleine répétition.

— Que veux-tu que je t'explique ? demanda Montana d'un air étonné. Je sais que tu regardes le football. Ce n'est pas la première fois que tu vois des pom-pom-girls s'entraîner.

— Elles sont très nombreuses.

— Dans cette ville, nous encourageons la participation. Tu devrais les voir à Noël.

— Noël ?

— Elles donnent des spectacles pour financer leur camp d'été. Tu les engages et elles se produisent chez toi ou lors d'événements festifs. Les touristes les adorent.

— Fool's Gold a bien changé ces dernières années, laissa-t-il tomber avec une petite grimace.

— C'est une ville merveilleuse. Ne sois pas si cynique.

Il la regarda du coin de l'œil et sourit.

— Tu es plus heureuse aujourd'hui, lui fit-il remarquer. Tu as gagné la bataille ?

— Il n'y a eu ni bataille ni vainqueur. Tu avais raison. S'il ne m'a pas invitée au gala de bienfaisance, cela n'avait rien à voir avec moi. A sa façon aussi tordue qu'étrange, il voulait me rendre service.

— Tu dois accepter le positif comme le négatif. En attendant, c'est toi la gagnante.

— Non, rétorqua-t-elle, un peu agacée. Quand on a un gagnant, on a automatiquement un perdant. On ne vit pas une bonne relation sur ces bases. Chacun doit s'y épanouir également. Sinon, quel est l'intérêt ?

— Tu es d'une grande sagesse, petite sauterelle !

Elle éclata de rire.

— Ce n'est pas encore ça, mais je ne désespère pas.

Pour une fois, les rues étaient calmes. A peine quelques flâneurs, touristes et habitants de la ville. Ils avaient laissé les clameurs des pom-pom girls derrière eux et marchaient, silencieux.

— Max, tu connaissais ma mère autrefois ? demanda-t-elle brusquement.

— Pourquoi me poses-tu cette question ?

Elle hésita un instant. Puis se décida. Il était temps d'en avoir le cœur net, et tant pis pour les conséquences.

— Elle a le prénom Max tatoué sur sa hanche. Je voulais savoir s'il pouvait s'agir de toi, hasarda-t-elle.

Un long moment, il ne dit rien. Puis, s'arrêtant de marcher, il se tourna vers elle.

— Tu devrais demander à ta mère.

— Ça veut dire oui ?

Il ne répondit pas.

Elle sentit son cœur battre un peu plus vite, un léger malaise s'installer entre Max et elle. Elle n'avait pas voulu croire la théorie de Nevada. Elle avait refusé l'éventualité que leur mère ait pu vivre une histoire avec Max Thurman. Manifestement, elle avait fait fausse route. Malgré elle, un flot de questions s'échappa de ses lèvres :

— Vous êtes sortis ensemble ? Vous avez vécu une

histoire d'amour ? Que s'est-il passé ? Quelle raison t'a poussé à quitter Fool's Gold ? Etait-ce mon père ? As-tu été le premier amant de ma mère, ou était-ce lui ?

— Petite, je ne répondrai à aucune de tes questions, répliqua Max. Comme je te l'ai dit, si tu veux en savoir plus, demande à ta mère. Cela ne regarde qu'elle.

— Et toi ?

Il lui jeta un regard indulgent qui semblait dire « Me crois-tu vraiment assez bête pour tomber dans ce piège ? ».

— Tu n'as rien à ajouter ? insista-t-elle.

— A ce propos ? Non.

— En d'autres mots, je dois trouver un autre sujet de conversation.

— C'est exactement ce que je te suggère.

Dakota était installée sur le canapé de son salon, surveillant Hannah qui jouait sur un plaid étalé à même le sol. Enfoncée dans un fauteuil, Montana regardait Nevada et Kent tremper des chips dans une sauce. A peine la dernière bouchée avalée, Nevada déclara :

— Ethan pense que nous faisons une montagne d'une taupinière à propos de Max et de maman. Qu'est-ce qu'il peut être…

S'interrompant, elle jeta un coup d'œil à Hannah.

— … pénible, parfois, dit-elle en levant les yeux au ciel. Il est si heureux avec Liz et leurs enfants qu'il a un peu tendance à faire la morale à tout le monde.

— Je sais, renchérit Montana. Il persiste à dire de ne pas nous en mêler. J'en suis incapable. Tout cela est bien trop étrange.

— Maman a eu une vie avant d'épouser papa, fit remarquer Dakota. Mais j'ai beau me le dire, toute cette histoire me donne la chair de poule. Je ne veux pas qu'elle ait eu une vie avant papa. Ce n'est pas juste. Même si j'ai toujours su que ce tatouage devait être lié à un premier amour, j'avais presque réussi à me convaincre que c'était un tatouage de naissance.

Kent s'assit par terre et prit Hannah sur ses genoux.

— Je me rappelle, il y a des années, quand j'avais l'âge de Reese, avoir aperçu l'un de mes professeurs avec une petite amie, au cinéma. C'était très étrange. Jusque-là, je n'avais jamais envisagé que mes professeurs puissent avoir une vie à l'extérieur de l'école. Je devais penser qu'ils vivaient enfermés dans une boîte et n'en sortaient qu'à l'heure des cours.

— Oui, mais là, dit Nevada, nous parlons de maman et de Max. C'est plus grave que de voir un prof manger du pop-corn au cinéma en galante compagnie. En plus à l'époque, quand elles avaient vingt ans, les filles bien ne se faisaient pas tatouer. Ce n'était pas passé dans les mœurs comme aujourd'hui. C'est donc bien qu'il y avait quelque chose entre eux.

Montana la regarda, songeuse. D'instinct, elle sentait que sa mère et Max avaient vécu une relation torride. Mais elle se garderait bien de faire part de son impression à ses sœurs.

— Quoi qu'ils aient vécu ensemble, ils ont rompu et elle a épousé papa, leur rappela-t-elle. N'est-ce pas tout ce qui compte ?

— Mais nous ne savons pas quand ils ont rompu, rétorqua Dakota.

Un lent frisson de panique parcourut Montana. Que leur mère ait rencontré leur père, qu'elle soit tombée folle amoureuse de lui, et qu'elle ait quitté Max était une chose. Mais si c'était Max qui avait rompu, rendant leur mère malheureuse ? Avait-elle épousé leur père par dépit ? Non, c'était impossible. L'amour qui unissait leurs parents était presque palpable.

— Nous pourrions le lui demander, suggéra Nevada.

— Ne te gêne pas pour le faire ! lança Montana.

Elle soupira longuement avant d'enchaîner :

— J'essaie de me convaincre que j'attache bien trop d'importance à tout cela. Elle avait un petit ami. Et alors ?

Alors, elle n'arrivait pas à concilier le mot « petit ami » avec une mère quinquagénaire, à la hanche tatouée.

— Vous ne pensez pas…, commença Dakota avant de s'interrompre.

Trois regards se braquèrent sur elle.

— Quoi ? demanda Nevada.

— Non. Ce n'est pas possible. Je ne l'accepte pas.

— Accepter quoi ? demanda Kent.

Montana était sur le point de poser la même question quand elle comprit soudain le soupçon qui avait jailli dans l'esprit de sa sœur : si Max avait été le premier amant de leur mère, pouvait-il être le père d'Ethan ?

— Je ne le crois pas ! affirma-t-elle.

— Tu ne crois pas quoi ? demanda Kent avec impatience. Je déteste quand vous jouez à ça.

— Que maman était déjà enceinte d'Ethan quand elle s'est mariée avec papa. Ce qui ferait de lui notre demi-frère, lui expliqua-t-elle.

— Mes trois sœurs sont complètement folles, déclara-t-il en faisant sauter Hannah, radieuse, sur ses genoux. Ethan n'est pas notre demi-frère. Vous l'avez vu ? Il ressemble beaucoup à papa. Quoi qu'il se soit passé avec Max, cela n'a rien à voir avec nous six. Vous créez des problèmes qui n'existent pas.

Les trois sœurs échangèrent un regard.

— Il a raison, approuva Dakota. Mais vu le magnétisme animal que cet homme dégage encore aujourd'hui, je te laisse imaginer à quel point il devait être sexy il y a trente-cinq ans.

Une pointe d'ironie dans la voix, Kent répliqua :

— Je vais faire l'impasse, si tu veux bien.

— Elle a raison, renchérit Nevada. Max est le genre d'homme qui provoque un coup de foudre chez une femme. Mais ils devaient être ensemble avant. Je ne peux pas croire que maman soit revenue vers papa après l'avoir quitté pour Max et s'être fait tatouer son prénom.

— Nous devons essayer de comprendre ce qui s'est passé entre eux, déclara Dakota, songeuse.

— Pas nécessairement. Même si nous avons du mal à imaginer papa sexy, nous n'étions pas celle qui sortait avec lui, fit remarquer Montana. Nos parents ont toujours été fous l'un de l'autre. Ça a peut-être été un coup de foudre. Peut-être papa s'est-il interposé entre Max et maman.

— L'une d'entre vous devrait lui parler, suggéra Kent.

Nevada haussa les sourcils d'un air surpris.

— Et pourquoi l'une d'entre nous ? Pourquoi pas toi ? A moins que ce soit un truc de fille ?

— Exactement. La seule chose dont maman et moi discutons, c'est son aversion pour Lorraine. Bon, admit-il dans un soupir, j'exagère peut-être un peu. Mais je sais ce qu'elle pense. Je refuse d'aborder la vie amoureuse de ma mère adolescente avec elle.

— Lâche ! le taquina Dakota. Comme tu es fragile d'un point de vue émotionnel !

— Je vais me dévouer, proposa Montana. Je ne suis pas allée la voir depuis un moment. Je lui parlerai de Simon, puis, discrètement, j'amènerai le sujet sur ses amours passées et sur Max.

— Tu crois vraiment la duper ? s'enquit Nevada.

— Non, mais je peux faire comme si de rien n'était. Je lui poserai les questions puis je vous ferai mon rapport.

Simon était installé à une grande table du *Fox and Hound*, entouré de femmes. Certaines jeunes, comme Charity Golden, l'urbaniste de la ville. D'autres qui avaient plusieurs heures de vol, comme avait coutume de le dire l'une de ses infirmières préférées. Celles qui n'avaient pas besoin de montrer leur carte senior pour obtenir une réduction. Marsha Tilson, maire dynamique, d'autres membres du conseil municipal, y compris une femme à l'air austère, de plus de soixante-dix ans, qui lui avait intimé de faire de Montana « une femme honnête ». Elle s'appelait Eddie quelque chose et elle était aujourd'hui vêtue d'un survêtement jaune vif.

Jusque-là, la conversation avait été agréable. Les femmes avaient discuté de divers événements arrivés en ville. Il avait été mis au courant des dernières nouvelles : la naissance des jumelles de Pia, la grossesse de Dakota Hendrix, le projet de construction d'un casino au nord de la ville, l'acquisition de Castle Ranch par une certaine Heidi qui élevait des chèvres et qui vivait avec son grand-père. Cette dernière information relevant sans doute de la pure légende.

Le déjeuner touchait à sa fin. Néanmoins, personne n'avait encore abordé la véritable raison de cette réunion : le convaincre de rester.

Cette pression lui était familière. Partout où il passait, il la subissait. Il s'était vu offrir tout ce qu'il pouvait souhaiter par des chefs de villages, des dons qui pouvaient aller de poulets à leur fille vierge. Dans les pays occidentaux, on lui proposait surtout de l'argent, des postes de direction, des actions en Bourse. Là aussi, certains gros bonnets étaient prêts à lui donner la main de leur fille — sans toutefois la garantie de leur virginité.

Voyant le serveur arriver pour débarrasser, il jeta un coup d'œil furtif vers la porte. Pouvait-il prendre la fuite ? Un regard à la ronde eut tôt fait de le décourager. Séniors ou pas, ces femmes étaient résolues à atteindre leur but. Comme pour confirmer ses craintes, Marsha Tilson se tourna vers lui, un grand sourire aux lèvres.

— Je suis sûre que vous avez deviné pourquoi nous avons souhaité votre présence à ce déjeuner, Simon.

— J'ai ma petite idée, répondit-il, laconique.

— Vous avez tellement apporté à cette commune. Vous faites un travail extraordinaire. Mais cela va plus loin encore : votre dévouement envers vos patients nous émeut profondément. Nous sommes très impressionnées de voir à quel point vous prenez leur guérison à cœur.

Il la regarda, surpris. Il se voyait comme brillant, talentueux, parfois même affreusement tyrannique. Mais de là à prendre la guérison de ses malades *à cœur* ? Elles devaient se tromper sur le personnage.

— L'un des facteurs qui donnent son caractère exceptionnel à Fool's Gold est que ce qui unit notre communauté va beaucoup plus loin que le fait que nous habitons le même endroit, poursuivit Marsha Tilson. Notre lien affectif nous fait plutôt ressembler à une famille. Nous sommes nombreux à voir nos racines remonter à plusieurs générations.

— Prenez les Hendrix, par exemple. C'est l'une des familles fondatrices, intervint Eddie. Nous connaissons tous votre liaison avec Montana, et…

Quelqu'un lui fit signe de se taire.

— Qu'est-ce qu'il y a ? lança-t-elle. Nous l'avons tous constaté. Allons-nous feindre de ne pas savoir qu'ils couchent ensemble ?

— Je suis désolée, dit Charity en le regardant. Eddie est… un peu *spéciale*.

— Vous pourriez éviter de parler de moi comme si je n'étais pas là, intervint l'intéressée, acerbe.

Simon leva une main apaisante.

— Tout va bien. Je comprends ce qu'elle veut dire.

Il était partagé entre l'agacement et l'envie de rire. Au moins, cette conversation était épargnée à Montana. Il se demandait quelle aurait été sa réaction. L'embarras ? L'humour ? Sans doute les deux.

Marsha secoua la tête d'un air indulgent et reprit :

— Comme je le disais, vous donnez beaucoup de vous-même à l'hôpital. Et nous estimons que nous vous devons beaucoup. Ce qui m'amène à ma question : quel est votre souhait le plus cher ?

— Pardon ? fit-il, interloqué.

— Dites-nous par quel moyen nous pourrions vous convaincre de rester. Nous sommes en train de construire un nouvel hôpital. Vous pourriez aider à sa conception. Créer votre service idéal.

Il réfléchit un instant à ce qu'il venait d'entendre. Il n'avait pas l'habitude d'être traité de la sorte. Partout où il était passé, on s'était contenté de l'appâter avec des offres en tous genres. Aucune autre municipalité ne lui avait jamais offert de l'aider à concrétiser ses désirs.

Son regard balaya les visages pleins d'espoir autour de lui. Il était évident que ces femmes feraient leur possible pour satisfaire n'importe laquelle de ses requêtes. S'il voulait diriger le conseil d'administration de l'hôpital, elles feraient en sorte qu'il obtienne le poste. S'il demandait à avoir sa photo en poster géant sur la montagne, il n'avait qu'à claquer des doigts.

Un sentiment de tristesse le traversa soudain. Si seulement tout pouvait être aussi simple…

Pesant chacune de ses paroles, il commença à parler avec lenteur :

— Tout ce que je demande, c'est que les gens fassent preuve de plus de prudence avec le feu. Nous n'avons qu'une vie. Tout ce que je veux, c'est que les parents cessent de faire du mal à leurs enfants.

Marquant une pause, il étouffa un soupir douloureux.

— Mais ce n'était pas ce que vous vouliez dire, je présume.

Marsha esquissa un sourire plein de compréhension.

— Non, en effet.

Ce qu'il voulait ? Il savait qu'il n'avait pas de réponse à la question puisque rester n'était pas une option. Elle n'avait pas besoin de lui vanter la ville, il l'aimait déjà. S'il pouvait rester…

— J'apprécie la proposition, leur dit-il. Fool's Gold est un endroit formidable. J'ai aimé vivre ici. Ma décision de partir n'a rien à voir avec la ville mais avec moi.

— Comment pouvons-nous vous faire changer d'avis ? s'enquit Marsha.

— Vous ne le pouvez pas.

Aussitôt le déjeuner avec Marsha Tilson et ses amies terminé, il décida d'aller rejoindre Montana au chenil. Il la trouva dehors avec les chiots, profitant de la chaleur de l'après-midi. Il retira sa veste et s'allongea sur l'herbe, laissant les chiots, ravis, escalader son ventre et ses jambes.

— Je suis contente que tu sois passé. Mais ton costume jure un peu avec l'ambiance du chenil.

Il lui prit la main et déposa un baiser au creux de son poignet.

— Au moins, j'ai retiré ma veste.

— C'est déjà ça. Ta récréation dure combien de temps ?

— Une heure.

Se penchant vers lui, elle frôla sa bouche de ses lèvres.

— Fainéant.

— A l'occasion, répondit-il en riant.

— Et maintenant, raconte-moi ton déjeuner avec toutes ces femmes si sexy.

— Certes, j'admire votre maire, mais elle a soixante-dix ans.

— En espérant que nous les portions tous aussi bien qu'elle.

Se redressant, il étudia son visage. D'un doigt, il dessina ses pommettes, la ligne de son menton.

— Tu n'as aucune inquiétude à te faire, murmura-t-il. Et c'est le professionnel qui parle. Tu seras toujours belle.

Il vit ses joues se colorer de rouge. Elle baissa les yeux.

— Simon, ne fais pas ça.

— Quoi ? Te prédire ce qui va arriver ?

— Je ne suis pas si exceptionnelle.

— Pour moi, tu l'es.

Daphné se faufila entre eux et commença à le lécher.

— Ton autre petite amie réclame ton attention, plaisanta-t-elle.

Il ramassa la petite chienne, et la berça dans ses bras.

— Tu n'as vraiment aucune éducation, la sermonna-t-il.

Daphné lui adressa un sourire canin et, fermant les yeux de satisfaction, se laissa gratter le ventre.

— Alors ? Ton déjeuner ? demanda Montana.

— Ces dames veulent que je reste à Fool's Gold.

— Et ça te surprend ?

— Je le pressentais. Au lieu de se contenter de me proposer une chose après l'autre, elles m'ont carrément demandé de leur dire ce que je voulais. Pour être honnête, je suis surpris qu'il leur ait fallu si longtemps pour me faire leur proposition. D'habitude, j'y ai droit dès le début, directement ou indirectement. Parfois, une personne est chargée de me convaincre, d'autres fois, c'est tout un comité. D'une façon ou d'une autre…

Il s'interrompit. Pourquoi Montana était-elle si pâle soudain ?

— Quoi ? demanda-t-il.

Un éclair de culpabilité traversa son regard.

— Mon Dieu, j'ai oublié, murmura-t-elle. Enfin, ce n'est pas que j'ai oublié, c'est juste que…

Elle ferma les yeux un instant, puis les rouvrit.

— Simon, tu vas mal le prendre, je le sais. Mais avant de te mettre en colère, laisse-moi t'expliquer.

Il la fixa sans comprendre. De quoi diable parlait-elle ?

— C'était moi, reprit-elle, l'air penaud. La personne désignée pour te convaincre de rester, c'est moi. Juste après ton arrivée, Marsha m'a demandé de faire connaissance avec toi, puis de trouver un moyen de te convaincre de rester à Fool's Gold. J'avais pour mission de t'influencer. Et maintenant, tu vas croire que je t'ai menti tout ce temps. Ce qui n'est pas vrai. La plupart des moments que nous avons passés ensemble, j'oubliais. A part les quelques mises au point pour savoir où t'emmener.

Elle se tut et baissa la tête.

— Tu me détestes maintenant, n'est-ce pas ? demanda-t-elle d'une petite voix.

Il posa Daphné sur le sol avec précaution, se pencha vers Montana et l'embrassa.

— Non, je ne te déteste pas.

— Je… je ne comprends pas. Tu devrais être furieux. Je t'ai trahi.

Avec un petit rire, il prit son visage entre ses mains.

— Trahi ? C'est un peu exagéré. Je ne voudrais pas te vexer, mais ton travail laisse à désirer. Nous avons à peine parlé de la ville et de ses merveilles qui auraient pu me séduire et me faire rester.

— Je sais. Comme je te l'ai dit, j'ai oublié.

— Tu ferais une très mauvaise espionne.

— Je détesterais être une bonne espionne ! répliqua-t-elle d'un ton horrifié. Tous ces mensonges !

A son tour, elle posa sa bouche douce et avide contre la sienne. Quand leurs lèvres se séparèrent, il se recula légèrement et plongea son regard dans le sien.

— Marsha t'a demandé de coucher avec moi ? demanda-t-il doucement.

— Bien sûr que non ! s'exclama-t-elle, offusquée. Jamais elle ne ferait une chose pareille. Et moi non plus, d'ailleurs !

— Excuse-moi, répliqua-t-il en refoulant son hilarité. Je voulais juste vérifier.

— Simon ! Comment as-tu pu penser une chose pareille ?

— Je n'y ai pas pensé. J'étais curieux de savoir jusqu'où les braves habitants de Fool's Gold pouvaient aller. Après tout, on m'a déjà offert des vierges, ajouta-t-il, un petit sourire en coin, en s'étirant langoureusement dans l'herbe. Et des vaches aussi.

— Je connais quelqu'un qui a des chèvres, si tu es intéressé.

— Non merci.

— Très bien, mais tu ne sais pas ce que tu perds. Je crois que ce sont des chèvres françaises. Très élégantes.

— Il est vrai que si elles sont françaises, ça change tout.

Elle l'observait, la tête penchée de côté, le regard scrutateur. Soudain alarmé, il demanda :

— Qu'y a-t-il ?

— Je me demandais si tu fantasmais parfois sur mes sœurs et moi au lit avec toi. Nous trouvons l'idée affreuse, mais tu me croiras ou non, certains hommes n'hésitent pas à nous le proposer.

Il se redressa d'un bond.

— Jamais ! Tu es la seule qui m'intéresse.

— Vraiment ?

— Tu es tout à fait différente de tes sœurs, affirma-t-il en lui prenant la main. Je ne veux vexer personne, mais tu es beaucoup plus jolie, beaucoup plus drôle.

Elle se mit à rire.

— Merci, mais je décèle en toi une certaine partialité.

Il était sincère mais il n'insista pas ; il savait bien qu'elle ne le croirait pas.

— En tout cas, vous portez des prénoms intéressants, enchaîna-t-il. C'est une tradition familiale ?

— Non. Un coup du destin. Après notre naissance, maman est restée un certain temps à l'hôpital. Elle avait eu un accouchement difficile, on ne savait pas si elle vivrait. Mon père faisait la navette entre ses trois nourrissons et ses trois fils à qui leur maman manquait. Nos frères ne nous avaient pas encore vues mais ils nous en voulaient de les avoir privés d'elle. Pour couronner le tout, c'était Noël. Pour les calmer, papa leur a proposé de choisir nos prénoms. Dans un sens, nous avons eu de la chance qu'ils se limitent à des noms d'Etats, ajouta-t-elle avec un sourire fataliste. D'après ma mère, il avait été question d'« Oceania », entre autres.

— En effet, vous l'avez échappé belle, lança-t-il en riant. Accoucher de jumeaux ou de triplés est toujours compliqué, ajouta-t-il, redevenu sérieux. Epuisant pour un corps de femme. Mais pour ton père aussi, ça a dû être très éprouvant.

— C'est le médecin qui parle ?

— Désolé, je m'emballe toujours un peu.

— Ne t'inquiète pas, le rassura-t-elle. J'aime ton côté ultra-professionnel.

Ils furent distraits de leur conversation par Palmer et Jester qui se précipitaient vers Montana. Les prenant dans ses bras, elle embrassa leurs petites têtes chaudes.

— Comment vont mes chéris ? murmura-t-elle avec tendresse. Toi aussi, Bentley, tu es l'un de mes chéris.

Simon esquissa un sourire. Elle avait parlé à l'autre chien comme s'il comprenait et qu'il souffrait de se sentir exclu.

Il n'avait jamais rencontré une femme comme elle. Et sans doute n'en rencontrerait-il jamais une autre. S'il était tombé sous le charme de Fool's Gold plus que sous celui de n'importe quel autre endroit, rien, ici, ne lui manquerait autant que Montana. Son rire, son sourire, cette façon qu'elle avait d'écouter son cœur.

« Viens avec moi ! », faillit-il lui demander. Il se retint juste à temps, mal à l'aise soudain ; pour la première fois de sa vie, il envisageait plus qu'une histoire sans lendemain.

Il balaya du regard le chenil, la pelouse, les autres chiens paressant au soleil. Il pensa à la chaleureuse famille Hendrix, à la coquette maison de Montana.

Elle était chez elle, à Fool's Gold. De plus, lui demander de partir avec lui impliquerait une promesse de sa part. Une promesse qu'il était incapable de lui faire.

Si elle avait été différente… Son imagination vagabonde s'emballa. Mais sa raison eut tôt fait de le sermonner. Il était stupide de rêver. Si elle avait été différente, elle ne l'aurait pas intéressée.

17

Montana était assise dans la cuisine familiale, un verre de lait devant elle.

— Maman, je peux te demander quelque chose ?

— Bien sûr. De quoi s'agit-il ? répondit sa mère en posant une assiette de biscuits au chocolat à peine sortis du four devant elle.

Le parfum du chocolat fit remonter un flot de souvenirs à la mémoire de Montana. Elle les revoyait, ses sœurs et elle, avec leur mère, faire des cookies dans cette même cuisine, la pagaille qu'elles mettaient, et la patience maternelle à toute épreuve…

— Tu as fait du bon travail avec nous tous, dit-elle, le cœur soudain gonflé d'amour.

Sa mère se mit à rire et prit place face à elle.

— Merci pour ta gratitude, ma chérie.

— Cela n'a pas dû être facile d'élever six enfants. Sans compter Josh qui est venu habiter à la maison.

— Après les deux premiers, ça suit son cours. Ton père m'a beaucoup aidée et j'ai eu la chance d'avoir des enfants plutôt faciles.

— Quand même.

Si elle aussi voulait des enfants, elle ne s'imaginait pas en élever six. C'était bien trop éreintant ! La voix de sa mère la ramena sur terre.

— Comment vont les choses pour toi ?

Elle lui parla des chiots et du gala de bienfaisance auquel elle allait accompagner Simon.

— Mon travail est très absorbant, dit-elle. Les rendez-vous habituels. A la bibliothèque, l'expérience pilote d'alphabétisation assistée par un chien thérapeute marche vraiment très bien. Max a même prévu de dresser de nouveaux chiens dans le cadre de ce programme, ajouta-t-elle d'un air innocent.

Elle guetta la réaction de sa mère. Mais le nom de Max sembla la laisser indifférente. Si la subtilité ne fonctionnait pas, elle allait devoir changer de tactique.

— Maman, je voudrais te parler de mon patron.

— Bien sûr. Tu as un problème ?

— Pas du tout. Juste…

Elle marqua une pause et demanda :

— Max Thurman est-il le Max avec qui tu sortais autrefois ? Celui dont tu as le nom tatoué sur la hanche ?

Se levant d'un bond, sa mère se dirigea vers l'évier.

— Quelle drôle de question ! Pourquoi me demandes-tu ça ?

— Parce que je travaille pour lui. Si vous avez vécu quelque chose ensemble, je veux éviter de faire la moindre gaffe.

— Comment le pourrais-tu ?

— Tu ne réponds pas à ma question, insista-t-elle.

— Je ne suis pas sûre de vouloir y répondre, riposta sa mère en se retournant pour lui faire face. Oui, j'ai eu une vie avant de rencontrer ton père, dans un passé très lointain. Puis je l'ai épousé et je l'ai aimé de tout mon cœur. C'était un père merveilleux, le meilleur des maris. Je donnerais tout pour qu'il revienne.

Montana dévisagea sa mère d'un air inquisiteur. Son visage exprimait un mélange d'émotion et de colère.

— Loin de moi l'idée de remettre en question ta fidélité à papa, s'empressa-t-elle de la rassurer.

— J'espère bien ! Je suis veuve depuis dix ans et je commence tout juste à accepter de rencontrer d'autres hommes. Même si cela ne m'emballe qu'à moitié.

Le regard soudain soupçonneux, elle ajouta :

— Vous en avez discuté, tes sœurs et toi ?

— Un peu, avoua-t-elle. Nous sommes curieuses de savoir ce qui s'est passé.

— Rien qui vous regarde. Je n'en parlerai pas et je vous défends d'aborder le sujet.

— Maman, pourquoi es-tu en colère ?

— Je ne suis pas en colère. Je te fais juste remarquer que je ne veux pas que mes enfants adultes se mêlent de ma vie privée, lâcha-t-elle, cinglante.

Montana frissonna. Elle avait l'impression d'avoir reçu une gifle.

— D'accord, murmura-t-elle en se levant. Nous n'en parlerons plus. Je suis désolée.

Puis, attrapant son sac, elle sortit vivement et se précipita vers sa voiture.

Le téléphone portable de Simon vibrait.

— Bradley, se présenta-t-il en décrochant.

— C'est Erica. Comment ça va, à Fool's Gold ?

— Bien.

Erica travaillait pour l'organisation qui coordonnait ses missions. Celle de Fool's Gold touchant à sa fin, il aurait dû deviner qu'elle chercherait à le joindre.

— Comme d'habitude, les demandes se bousculent, déclara-t-elle. Après le Pérou, les deux plus intéressantes me paraissent être une mission dans un centre hospitalier des Appalaches ou de rejoindre un groupe d'aide humanitaire au Pakistan. Tu feras ton choix en fonction de l'endroit que tu préfères. Les deux équipes seraient ravies de t'avoir. Veux-tu que je t'envoie les informations par e-mail ?

Il sentit un petit grattement sur sa jambe et jeta un coup d'œil par terre. Chichi le fixait avec adoration. A l'évidence, elle voulait monter sur ses genoux. Se penchant vers elle, il la souleva d'un bras.

— Bien sûr, répondit-il. Envoie-moi les dossiers, je les étudierai.

La petite chienne l'enveloppa d'un regard brûlant d'amour, et, quand il lui gratta le torse, elle lui lécha le poignet.

— Si tu vas au Pakistan, tu devras te faire faire quelques rappels de vaccins, précisa Erica. L'une des joies des voyages à l'étranger.

— Envoie-moi aussi les détails sur les vaccins à faire, s'il te plaît.

Après avoir acquiescé, Erica le salua et raccrocha.

Tout en continuant à caresser Chichi, il fixa un point sur son bureau, songeur. D'ordinaire, la perspective d'une nouvelle mission l'enthousiasmait plus que ça. Mais cette fois… Il pensa à Kalinka, qui était loin d'être tirée d'affaire, à Montana… Il fut distrait par un coup frappé à sa porte entrouverte

— Bonjour, dit Montana en entrant. J'attendais dans le couloir. Je ne voulais pas interrompre ton coup de téléphone.

— Tu ne l'aurais pas interrompu.

— Je suis venue faire sortir Chichi, annonça-t-elle alors en s'avançant jusqu'à son bureau.

Il remarqua immédiatement son expression troublée.

— Qu'est-ce qui ne va pas ? demanda-t-il.

— Je me suis disputée avec ma mère. Mais ce n'était pas une vraie dispute. Je lui ai demandé de s'expliquer sur Max.

— Ton patron ?

— Oui. Nous n'avons jamais su qui il était. Il m'a recrutée à son arrivée à Fool's Gold. Bien sûr, au début, je n'ai pas fait le rapprochement avec le tatouage de maman. Ils n'ont jamais parlé l'un de l'autre. Et puis Nevada les a surpris ensemble. Enfin, façon de parler. Ils s'étaient rencontrés par hasard et, selon elle, se regardaient avec une intensité brûlante.

— Mais s'ils ont vécu quelque chose ensemble, cela doit remonter à des années.

Elle s'installa dans le fauteuil, de l'autre côté de son bureau.

— Je sais bien, laissa-t-elle échapper dans un soupir. Cela ne devrait pas avoir d'importance, si c'est ce que tu penses. Elle aimait papa. Nous le savons tous. Mais quand je lui ai parlé de Max, elle a vu rouge et m'a dit que cela ne me regardait en rien. Qu'elle me défendait de parler de cela avec mes sœurs. Elle avait l'air vraiment en colère. Nous nous entendons très bien. Je n'ai pas l'habitude d'être fâchée avec elle.

— Dans ce cas, retourne lui parler.

— Peut-être. Je vais laisser passer quelques jours, et je lui présenterai des excuses. Si ce n'est que je n'ai rien fait de mal. Dans la famille, nous avons pour habitude de parler de tout ensemble. Papa et elle ont encouragé cette transparence. Pas de secrets. C'est la première fois que ma mère me cache quelque chose. C'est… étrange. Cela me fait de la peine.

N'ayant jamais eu de famille proche, il lui était difficile de comprendre ce qu'elle ressentait. Qu'importe. Il lui suffisait de voir qu'elle avait de la peine pour vouloir l'aider.

— Peut-être ne veut-elle pas que tu saches que toute cette histoire la met mal à l'aise.

— Qu'est-ce qui la mettrait mal à l'aise ? Un ancien petit ami ? Max est un type super. Je suppose que, ce qui me tourmente, c'est que j'ai toujours cru que papa était le grand amour de sa vie. Et si elle avait aussi aimé Max ?

— On peut aimer plus d'une fois.

— Les autres, peut-être. Pas ma mère.

Se carrant dans son fauteuil, il caressa Chichi d'un geste distrait.

— Je ne me dispute jamais avec elle, reprit Montana. Je n'aime pas ça. Et maintenant, assez parlé de moi. Puis-je me permettre de te demander à qui tu téléphonais ? J'ai cru t'entendre évoquer un voyage.

— Il s'agissait de ma mission après le Pérou.

— Oh ! fit-elle en baissant les yeux, avant de le regarder de nouveau. Où penses-tu aller ?

— Dans les Appalaches ou au Pakistan.

— Ça fait une sacrée différence.

— Ce sont deux endroits où je trouverai la pauvreté et des gens qui ont besoin de mon aide.

Après un instant d'un silence songeur, elle reprit :

— Sur quels éléments bases-tu ta décision ?

— Quelqu'un me fait parvenir des informations fondamentales. J'examine les cas et je vois quel est l'endroit qui me paraît être celui où je peux faire le plus de bien.

— Alors pourquoi es-tu venu à Fool's Gold ?

— L'hôpital a mis en place un programme qui permet à des dizaines de malades de venir se faire soigner ici. Y compris des enfants du Mexique. Je ne suis pas obligé d'être dans un pays du Tiers-Monde pour faire progresser les choses. Je vais où je pense être le plus utile.

— Je suis heureuse que tu nous aies choisis.

Il attendit. Allait-elle ajouter quelque chose ? Lui laisser entendre qu'il devrait rester ? Essayer de le faire culpabiliser ? Au lieu de cela, elle lui décocha un sourire éclatant.

— Chichi et toi commencez à ne plus pouvoir vous passer l'un de l'autre, remarqua-t-elle.

— Elle est mon type de femme.

— Adoratrice ?

— Ça aide.

— Tous les mêmes ! Tu n'échappes pas à la règle.

Même s'il savait que c'était faux, il aimait l'entendre la taquiner.

— Ça va aller ? demanda-t-il en se levant, la chienne toujours dans ses bras.

Elle l'imita.

— Je pense que oui. Je vais parler à ma mère et tout ira de nouveau bien.

— Je peux t'aider ?

— Tu m'as déjà aidée. Parler m'a fait du bien. Je vais aller la promener et je la ramènerai, enchaîna-t-elle en le débarrassant de Chichi.

Il jeta un coup d'œil au réveil posé sur son bureau.

— Je dois me préparer pour une intervention.

— D'accord. Après sa promenade, je passerai voir si je peux la laisser avec Kalinka. Sinon, je la ramènerai chez Max.

Sur ces mots, elle l'embrassa d'un frôlement de lèvres et quitta le bureau, le laissant en proie à un profond sentiment de solitude. Il s'était attendu à ce qu'elle lui pose plus de questions sur le choix de sa future destination, qu'elle lui suggère de rester…

— Ne bouge pas, grommela Dakota en vérifiant les rouleaux accrochés dans les cheveux de Montana.

Montana avait demandé à ses sœurs de venir l'aider à se préparer, ce qui lui éviterait de trop gamberger avant son rendez-vous avec Simon. Néanmoins, elle n'aurait jamais imaginé tant de travail pour atteindre un semblant de perfection !

— Tu es magnifique, la complimenta Dakota. Ne touche plus à ton maquillage. Nous allons laisser les rouleaux quelques minutes encore, puis je les enlèverai et nous ferons bouffer tes cheveux.

— Et nous les laquerons, ajouta Nevada. Ils sont plutôt longs. Tes boucles ne tiendront pas toutes seules.

Montana étudia son visage. Ses sœurs avaient fait du bon travail : elle avait l'œil charbonneux et les lèvres brillantes de rouge. Une fois ses cheveux coiffés, elle n'aurait plus qu'à mettre les boucles d'oreilles en onyx et diamants léguées par sa grand-mère, et elle serait parée.

Elle portait une petite robe noire bustier, toute simple, avec deux fines bretelles. Courte et moulante, son décolleté était suggestif sans être outrageant. Sa peau scintillait légèrement d'une lotion qui faisait ressortir son bronzage. D'élégantes sandales noires à talons hauts attendaient devant la porte d'entrée, et Dakota lui avait prêté un petit sac en satin noir.

— Je dois reconnaître que tu as des formes étonnantes, déclara Nevada.

— Tu as les mêmes, répondit-elle en riant.

— Elles sont plus belles sur toi.

— Merci. Tu devrais voir ce que je porte dessous.

— De la lingerie *shape up* ? demanda Dakota.

— Ça se rapproche plus du gilet pare-balles, plaisanta-t-elle en traversant la chambre, pieds nus. Je ne peux pas respirer.

Changeant brusquement de sujet, elle demanda :

— L'une d'entre vous a-t-elle parlé à maman, ces derniers jours ?

Ses sœurs échangèrent un regard et secouèrent la tête. Elle leur avait raconté ce qui s'était passé quand elle avait amené le sujet sur Max.

— Tu n'aurais pas dû aller la trouver seule, dit Dakota. Il fallait lui parler ensemble. L'union fait la force. Elle n'aurait pas pu être en colère après nous trois.

— Je n'en suis pas si sûre, répondit-elle. Elle n'était vraiment pas contente. Même si je n'ai toujours pas compris pourquoi. Nous parlons d'événements qui remontent à plus de trente-cinq ans. Tout le monde s'en fiche.

— A part elle, intervint Nevada. Ce que nous ne savons pas, c'est pourquoi. Veux-tu que nous essayions d'en savoir plus ?

— Non. Elle a insisté sur le fait qu'elle ne veut pas que nous discutions de Max et d'elle toutes les trois. Inutile d'amener le sujet sur le tapis.

A l'invitation de Dakota, elle se rendit dans la salle de bains. Une fois les rouleaux retirés, elle fit bouffer ses cheveux. Quand elle fut satisfaite, sa sœur les aspergea de laque.

Montana se redressa, agita la tête et se couvrit le visage pour le deuxième jet de laque.

— Tu es superbe, déclara Nevada, admirative. Je devrais peut-être me laisser pousser les cheveux.

Montana passa les doigts dans ses longues boucles

cascadant sur ses épaules. Elle avait bien fait de retourner à son blond naturel.

— Merci.

S'adossant au lavabo, Dakota l'observa un instant avec un petit sourire.

— Tu es folle de lui, non ? demanda-t-elle.

— Oui. Et j'aurais dû me montrer plus prudente. Mais cela n'a pas été le cas, et maintenant, chaque fois que nous sommes ensemble, je pense au temps qu'il me reste avant son départ.

— Tu es sûre qu'il va partir ? s'enquit Nevada qui les avait rejointes.

— Oui. Il a déjà le projet d'aller au Pérou. C'est sa prochaine destination. Et il doit choisir sa mission suivante qui peut l'emmener dans des endroits aussi éloignés que les Appalaches ou le Pakistan.

— Tu lui as demandé s'il n'était pas fatigué de cette vie-là ? demanda Dakota.

— Plus d'une fois, oui.

Simon partait du principe que le prix à payer pour le don qu'il avait reçu était qu'il n'avait pas le droit de se fixer quelque part. Mais elle n'avait pas envie d'en discuter avec ses sœurs. D'autant qu'elle avait la conviction que Simon se trompait sur le fond du problème. Il souffrait d'une blessure bien plus profonde. D'un autre côté, comment pouvait-il accorder sa confiance à quiconque après une telle enfance ? Il prenait moins de risques en gardant ses distances.

— Je sais à quel point il est seul, dit-elle toutefois. Que, même s'il ne se l'avoue pas, il veut trouver des racines. Mais il ne s'y autorise pas.

— Etant donné le drame de son enfance, cela ne m'étonne pas, déclara Nevada. Ça aide de se fixer des règles, de s'imposer des limites. La priorité de Simon est de ne perdre le contrôle de lui-même sous aucun prétexte. Il est prêt à tout pour ne pas ressembler à sa mère. Or, l'amour ne connaît pas de règles, l'amour ne se contrôle pas. La vie qu'il a choisie est sa façon à lui de se protéger. Bien sûr, il passe à côté d'un tas de choses, mais même cet inconvénient ne le surprend pas. Il sait à quoi s'attendre.

Devant les regards incrédules de ses sœurs, elle s'interrompit et demanda :

— Qu'est-ce qu'il y a ?

— C'était d'une grande perspicacité, la complimenta Dakota.

— Je ne suis peut-être pas docteur en psychologie mais je ne suis pas complètement idiote en matière de relations humaines.

— Apparemment non, répondit Dakota avec un sourire.

Lorsque la sonnette de la porte d'entrée retentit, Montana sentit une boule venir se loger au creux de son ventre. Allons ! Elle devait se ressaisir. Mais quand elle ouvrit, ses bonnes résolutions disparurent.

Simon portait un costume noir coupé à la perfection, une chemise d'un blanc éblouissant et une cravate rouge vif. Mais ce qui la fascina le plus, ce fut l'expression de son visage, un mélange d'admiration et de désir. D'une voix un peu étranglée, elle le salua.

— Bonsoir. Entre. Je suis prête, je dois juste aller chercher mon sac.

La retenant par la main, il l'enveloppa d'un regard brûlant.

— Montana, fit-il d'une fois rauque, tu es sublime.

— Merci, murmura-t-elle, sentant une vague torride la submerger.

Les jambes en coton, elle regagna sa chambre. Ses sœurs, sur le seuil, n'avaient pas perdu une miette de leur échange.

— J'espérais plus, chuchota Nevada. Qu'il serait tellement bouleversé qu'il te plaquerait sur le canapé et te ferait l'amour tout de suite.

— Pas avec vous deux nous espionnant, protesta-t-elle faiblement.

— Nous nous serions éclipsées par-derrière.

— Vous le pouvez encore, répliqua-t-elle en attrapant

son sac. De toute façon, vous dites n'importe quoi. vous n'avez pas vu son regard.

Dakota se mit à rire.

— Alors là, ça change tout ! En attendant, amuse-toi bien. Et n'oublie pas de nous téléphoner pour tout nous raconter en détail.

— Peut-être...

Elle regagna le salon, se forçant à respirer calmement.

— Je suis prête.

Simon poussa un soupir résigné.

— Moi aussi, marmonna-t-il. Enfin pour être honnête, je préférerais rester ici un moment, mais si nous arrivons avec un trop grand retard, nous risquerions d'éveiller les soupçons.

La pensée de lui signaler la présence de ses sœurs dans sa chambre lui traversa l'esprit. Réflexion faite, il n'avait pas besoin de le savoir. En outre, leur tête-à-tête pouvait reprendre après la réception.

— On remet ça à plus tard ? suggéra-t-elle.

— Absolument !

En général, Simon détestait ce genre d'événement. Il n'était pas du genre soirée mondaine et avait toujours préféré les conversations tranquilles à une multitude de personnes avec des sourires de circonstance plaqués sur le visage et des phrases toutes faites plein la bouche. Néanmoins, ce gala de bienfaisance lui parut différent de la plupart de ceux auxquels il avait assisté. Pour commencer, il fut surpris de voir le nombre d'invités qu'il connaissait.

Marsha Tilson l'avait chaleureusement accueilli, ainsi que la plupart des femmes qui avaient assisté au déjeuner de l'autre jour. Il reconnut de nombreux membres du personnel de l'hôpital qui, tous, le saluèrent avec gentillesse. Mais ce qui faisait la différence, c'était Montana à ses côtés.

Jamais il n'était venu à un gala accompagné. Non seulement, Montana était la plus jolie femme de la soirée mais son aisance avec tous l'aidait à se sentir plus à l'aise. Elle connaissait pratiquement toutes les personnes présentes, les questionnait sur leurs enfants, leurs parents, riait et souriait au bon moment.

— Vous devez trouver beaucoup de choses à apprécier dans notre ville, docteur Bradley, lui déclara une femme d'un certain âge, d'un air plus que déterminé. Fool's Gold a tellement à offrir.

Sans lui laisser le temps de répondre, Montana déclara d'un ton dégagé :

— Je lui ai fait visiter toute la ville. Vous êtes allée dans les vignobles dernièrement ? Je pense que cela va être l'une de nos meilleures récoltes.

Et, avant que leur interlocutrice dise quelque chose, elle enchaîna sur le Festival des Vendanges qui drainait toujours une foule nombreuse.

Puis, sans avoir l'air d'y toucher, elle orienta la conversation sur le vin, le raisin, le tourisme. Simon l'observait du coin de l'œil, très impressionné.

— Tu es très forte, lui dit-il, quelques instants plus tard, après avoir échappé à une autre représentante du conseil municipal, tout aussi déterminée.

— L'art de la diversion. Je me suis entraînée.

— J'apprécie.

— Comme tu l'avais peut-être remarqué, je suis une amoureuse multiservices.

Une amoureuse ? Ce n'était pas un terme qu'il avait utilisé pour qualifier ses autres conquêtes, mais elle avait raison.

Prenant sa main, il l'attira à lui et déposa un baiser au creux de sa paume.

Un serveur passa, portant un plateau de coupes de champagne. Simon en prit deux.

La réception se tenait dans la salle de bal d'un hôtel, construit dans la montagne. L'élégant complexe avait été conçu en misant autant sur l'esthétisme que sur le confort.

Au-dessus de leurs têtes, les lustres scintillaient de mille feux, le brouhaha des conversations se mêlait à la musique du petit orchestre qui jouait dans un coin, des portes-fenêtres ouvraient sur le patio prolongé par une grande pelouse, jusqu'au versant de la montagne qui barrait le ciel étoilé.

Il regarda de nouveau Montana qui sirotait son champagne, et sentit son sang bouillonner dans ses veines. Il ne pouvait pas être dans la même pièce qu'elle sans la désirer. Mais, plus encore, il appréciait sa compagnie. Elle était à la fois rassurante et troublante. C'était une sensation… délicieuse.

L'orchestre attaqua une mélodie romantique.

— Tu danses ? demanda-t-il.

Elle leva des sourcils étonnés.

— Je ne t'aurais pas cru du genre à danser.

— C'est vrai. Mais j'aimerais danser avec toi.

Il la débarrassa de sa coupe de champagne, puis il l'entraîna sur la piste, au bout de la grande salle.

— Tu sais ce que tu fais ? Ou tu veux que je mène ? s'enquit-elle.

La prenant dans ses bras, il l'entraîna dans une série de pas compliqués.

— Waouh ! s'exclama-t-elle. Tu sais danser.

— Quand j'étais à l'hôpital, plusieurs des infirmières dansaient avec moi. C'était un moyen facile de faire de l'exercice. Elles m'avaient promis qu'un jour je trouverais la femme avec qui je voudrais danser. Tu vois, je ne pensais pas que cela arriverait. Tu n'es pas mauvaise non plus. Quelle est ton excuse, à toi ?

— Maman nous a fait prendre des cours. Juste ses trois filles. Très sexiste de sa part, je l'admets.

— C'est plutôt mignon.

— Tu n'avais pas trois frères qui se fichaient de toi.

— Vous connaissant, tes sœurs et toi, vous n'avez pas dû avoir de mal à les remettre à leur place.

— C'est vrai, mais le problème n'est pas là.

Se penchant vers elle, il couvrit sa joue et son menton

d'une pluie de baisers, avant de promener ses lèvres sur son cou et le long de son épaule dénudée. Sa peau chaude avait un parfum de fleurs exotiques. Il sentit son corps souple comme une liane se presser contre le sien. Danser n'était pas si mal, après tout.

— Quel est le problème ? demanda-t-il soudain.

Elle cligna des yeux, le regard un peu embrumé.

— Je n'ai pas la moindre idée de ce dont nous parlions.

Il se mit à rire.

— J'aime bien te savoir aussi facile.

— Je ne le suis pas du tout, protesta-t-elle faiblement. Seulement avec toi.

Il s'arrêta de danser et la regarda dans les yeux.

— C'est la même chose pour moi.

Quelqu'un les percuta, brisant la magie de l'instant.

Ils dansèrent sur plusieurs autres chansons, burent du champagne, dégustèrent des canapés. Il discuta finances pour l'école locale avec le trésorier de la mairie et des travaux d'intérêt public par opposition à la prison avec Alice Barns, le chef de la police — encore une femme à un poste à responsabilités ! Quand Montana s'excusa pour aller se rafraîchir, il était en grande conversation avec Marsha Tilson. Quelques secondes plus tard, il vit du coin de l'œil les frères Hendrix qui s'approchaient d'eux.

— Kent et moi nous demandions si nous pouvions vous emprunter Simon, Marsha.

— Bien sûr, répondit cette dernière en s'éloignant.

— Tu t'amuses ? s'enquit Ethan en l'entraînant dehors.

Il y avait moins de monde sur les pelouses. Le soleil était couché et les étoiles brillaient dans le ciel. Pourtant, Simon savait que les frères de Montana n'avaient pas quitté la salle de bal pour lui faire admirer la vue.

— Qu'y a-t-il ? demanda-t-il.

Ethan et Kent échangèrent un regard entendu.

— Nous aimerions discuter de Montana. Au risque de

parler comme un cow-boy dans un vieux western, quelles sont tes intentions ?

Simon les regarda un instant sans comprendre. Montana avait bientôt trente ans, vivait seule depuis plusieurs années. Elle aurait sans doute hurlé en entendant ses frères. Pourtant, il comprenait. Ethan et Kent tenaient à elle et voulaient s'assurer qu'elle était entre de bonnes mains. Quoi qu'il en soit, il refusait ce genre de discussion.

— Je ne parlerai pas de ma vie privée avec vous, répondit-il.

— Bien sûr que si. Montana dit que tu es un type bien. Ne la fais pas mentir.

Il n'était pas question de mensonge ici. Il partait. Il avait toujours dit qu'il était de passage. S'il ne faisait pas partie de l'avenir de leur sœur, il ne menaçait pas non plus son bonheur.

N'avait-il pas toujours été clair sur le fait qu'il partirait ? Pourtant, quand elle s'était qualifiée de son *amoureuse*, il l'avait laissée faire — il avait même ressenti de la satisfaction. Il avait une fois évoqué le fait de revenir faire des séjours à Fool's Gold. Y avait-elle lu un message caché ?

Bon sang ! Il avait agi inconsidérément et, sans s'en rendre compte, il lui avait donné de faux espoirs.

— Je suis désolé, dit-il en les repoussant pour regagner la salle de bal.

Il se faufila à travers la foule, à la fois furieux contre lui et mal à l'aise. Où était la femme à qui il avait eu l'intention de faire l'amour après la fête ? La femme qui hantait ses rêves et le rendait fou chaque fois que son regard se posait sur elle ?

Il la trouva en grande discussion avec Charity Golden.

— Bonsoir Charity. Tu permets que je t'emprunte Montana un moment ?

— Bien sûr.

Prenant Montana par la main, il l'entraîna hors de l'immense pièce. Il préférait éviter le jardin. Ethan et Kent les y attendaient peut-être. Non loin de l'entrée, il la poussa dans une alcôve et lui fit face.

— Tout va bien ? demanda-t-elle, inquiète.

Sans répondre, il sonda son regard.

— Tu m'aimes ? demanda-t-il.

Sa bouche s'entrouvrit et elle rougit. L'espace de quelques secondes, elle garda le silence, puis elle releva le menton dans un geste de défi.

— Oui Simon, je t'aime.

Les mots lui firent l'effet d'un coup de poing dans l'estomac. Le souffle court, il sentit ses muscles se raidir.

Il aurait dû s'en douter. Se détournant, il étouffa un juron. Où diable avait-il eu la tête ? Elle ne ressemblait en rien aux femmes auxquelles il était habitué. Elle n'était ni froide ni calculatrice, n'avait aucune expérience des hommes comme lui. Il s'était conduit en égoïste, ne pensant qu'à lui, qu'à ce qu'il voulait.

Il la regarda de nouveau et son cœur se serra en la voyant esquisser un sourire tremblant.

— Ta réaction m'indique que ce n'est pas la meilleure nouvelle, murmura-t-elle.

— Montana…, commença-t-il, avant de s'arrêter.

Qu'était-il censé dire ? Comment pouvait-il arranger la situation ?

Son téléphone se mit à vibrer dans la poche de sa veste. Il le prit et l'ouvrit. Il y avait un texto.

— C'est Kalinka, dit-il.

— Vas-y ! lui ordonna-t-elle.

Il s'élança vers la sortie.

18

Sur le seuil de la chambre de Kalinka, Simon, démuni, regardait Fay et son mari enlacés, en pleurs. Il savait que le corps de la fillette abandonnait la lutte. Après un coup d'œil à sa feuille de température, il s'avança pour examiner sa petite patiente, bien déterminé à comprendre.

Hélas, il avait déjà compris.

En le voyant entrer, Fay se rua vers lui.

— Docteur Bradley, ça ne va pas du tout. Vous devez faire quelque chose.

— Je sais, répondit-il, laconique.

Il palpa le visage de Kalinka. Il était brûlant de fièvre. Le résultat de la dernière prise de sang confirmait le diagnostic communiqué par l'infirmière de service quand il était arrivé dans le service. La fillette ne répondait plus au traitement, ses organes la lâchaient, et aucun miracle ne pouvait plus la sauver.

Une victime de brûlures était vouée à de longues et éprouvantes souffrances. Longtemps après l'attaque des flammes, les dommages persistaient. Le processus de cicatrisation épuisait le corps. Souvent, une vie entière ne suffisait pas à se remettre de l'agression. En résistant aussi longtemps, Kalinka avait déjà puisé dans ses précieuses réserves.

— Bonjour docteur Bradley, murmura la fillette en ouvrant les yeux. Je ne me sens pas très bien.

— Je sais, répondit-il.

Debout d'un côté du lit, il lui prit la main. De l'autre côté, ses parents s'approchèrent d'elle.

— Coucou, chérie, murmura sa mère. Il faut que tu t'accroches. Tu le sais, n'est-ce pas ?

Kalinka ne répondit pas et continua à fixer Simon.

— J'ai mal…

— Ne pouvez-vous pas lui donner un calmant ? lui demanda Fay.

Il jeta un coup d'œil à la perfusion. La dose de morphine était déjà très élevée.

— Elle a la dose maximum.

— Vous devez faire quelque chose, répéta la jeune femme, la voix brisée.

— Tout va bien, maman, murmura Kalinka. Je vais bien. Je n'ai pas si mal que ça.

Simon regarda la fillette essayant de réconforter ses parents et sentit une vague de douleur le submerger, comme chaque fois qu'il était face au courage extraordinaire dont faisaient preuve les enfants. Prenant sur lui pour paraître positif, il déclara de son ton le plus énergique :

— Nous avons encore du travail, ma jolie.

— Je me fiche d'être opérée. Je ne pourrai plus jamais être jolie.

— Bien sûr que si.

Dissimulant sa tristesse, il se garda bien d'ajouter « Tout au moins, normale ». Au bout du compte, « normale » ne serait déjà pas si mal.

Elle le dévisageait. Son regard azur, empreint de gravité, semblait sonder son âme.

— Non, vous ne le pouvez pas, décréta-t-elle. Vous allez partir.

Ses paroles lui firent l'effet d'un coup de revolver.

Elle avait raison, bien sûr. Comment pouvait-elle lui faire confiance ? Il n'avait jamais dit qu'il resterait. Un autre chirurgien allait finir ce qu'il avait commencé. Un autre la tirerait d'affaire.

Aucune réponse ne lui venait à l'esprit. Au cours de sa carrière, d'autres enfants l'avaient supplié de ne pas partir. En vain. Il avait toujours su que l'on avait besoin de lui ailleurs. Il avait quitté ses malades, tout comme, au cours de ses longues années d'hospitalisation, ses propres médecins l'avaient quitté.

A la différence que le départ de ses médecins était lié aux aléas de la vie. Lui, il partait parce que…

A cet instant précis, il ne savait plus. Il savait juste que c'était important.

— Si vous restez, je vais guérir, chuchota Kalinka en serrant sa main. Je vous le promets.

Tout comme Reese lui avait promis de l'épouser si personne d'autre ne le faisait. Pour cette petite fille, une promesse était une promesse.

Il voulait la sauver. Mais il ne pouvait pas lui mentir. Rester ? C'était impossible. Toutefois, il pressa à son tour la petite main, comme pour sceller leur promesse.

Et soudain, sur les écrans de contrôle, des lumières rouges se mirent à clignoter, un bruit de sirène emplit la petite chambre. La main de Kalinka retomba sur le lit et, le regard soudain vitreux, la fillette perdit connaissance.

Simon nota vivement les données sur la feuille de température, et ordonna aux parents de reculer.

Il n'était pas nécessaire d'appeler de l'aide. A peine l'alarme déclenchée, il savait qu'une équipe d'urgentistes allait se précipiter.

Ce qui ne devait pas l'empêcher d'essayer le bouche-à-bouche. Se penchant vers Kalinka, il fit basculer sa tête en arrière. A l'écran, la ligne indiquant le rythme cardiaque était redevenue régulière. Néanmoins, il préférait ne prendre aucun risque.

Oubliant tout le reste, il se concentra sur ces gestes qu'il avait tant de fois pratiqués. A peine une minute plus tard, une armée d'urgentistes en blouses blanches déboula dans la chambre.

On le repoussa. Il sortit, entraînant les parents de Kalinka avec lui.

Secouée de sanglots, Fay se tordait les mains.

— Non ! hurla-t-elle en se jetant contre son mari. Non ! Ne la laissez pas mourir. Mon bébé, Kalinka. Pas maintenant, pas comme ça.

Simon resta avec eux. Il préférait ne pas voir l'équipe urgentiste à l'œuvre. Au nom des médicaments annoncés, au bourdonnement du défibrillateur, il savait qu'il était déjà trop tard.

Il aurait pu dire aux malheureux parents à quel point il était navré. Que, parfois, cela arrivait. Mais il n'était pas navré. Il était en colère. Pire, il avait l'impression d'être, en quelque sorte, responsable. Pourquoi n'avait-il pas pu la sauver ?

Sans un mot, il se dirigea vers son bureau. Il sentait comme un grand vide en lui. Un désarroi infini. Cela n'aurait pas dû finir ainsi. Sa mission n'était-elle pas de guérir ?

Il tourna au coin du couloir et s'arrêta net. Montana l'attendait devant la porte de son bureau.

Toujours vêtue de sa petite robe noire, elle portait Chichi. A sa vue, le petit caniche se mit à trembler et à se débattre pour sauter de ses bras.

— Je ne savais pas quoi faire pour aider, expliqua-t-elle. J'ai eu l'idée de téléphoner à Max qui m'a amené Chichi. J'ai pensé qu'elle pourrait lui faire du bien.

— Kalinka est morte.

Il savait que l'appel lui faisant part du décès de sa petite malade n'était qu'une question de minutes.

Montana, les yeux embués de larmes, bredouilla d'une voix altérée :

— C'est impossible. Elle allait mieux. Je l'ai vue hier. Elle riait.

Il ne voulait pas épiloguer, ne voulait voir personne. Surtout pas une femme qui affirmait l'aimer et qu'il voulait protéger de l'injustice de la mort d'une enfant.

— Je dois y aller, se contenta-t-il de dire.

Bien sûr, il aurait dû ajouter quelque chose. Mais aucun mot ne semblait pouvoir franchir ses lèvres. Seul comptait son besoin impératif de fuite.

Il se dirigea à grands pas vers l'escalier qu'il dévala quatre à quatre avant de se ruer dehors. Une fois à l'air libre, il prit plusieurs profondes inspirations. Peine perdue. Rien ne pouvait apaiser son tourment.

Machinalement, il sortit son téléphone portable et pressa la touche d'un numéro préenregistré. Quelques secondes plus tard, il entendit la voix familière :

— Tu veilles bien tard, mon ami.

— Alistair…

— Qu'est-ce qui ne va pas ? demanda Alistair, redevenu sérieux.

— J'ai perdu une malade. Une enfant.

Alistair poussa un juron.

— Je suis désolé pour toi, vieux. Mais ce n'était pas de ta faute.

— Tu n'en sais rien.

— Si ! Je le sais, Simon. Tu es le meilleur.

Peut-être, mais ce soir, cela n'avait pas suffi.

— Alistair, n'as-tu jamais envie de…

— Tout plaquer ?

Son ami marqua une pause avant de reprendre :

— Parfois, oui. Toute cette souffrance, toute cette peine. Mais quelqu'un doit essayer de les soulager et, franchement, qui, mieux que nous, le peut ?

— Ne veux-tu jamais plus ? Une vraie vie ?

— J'ai eu une vie.

Simon esquissa une grimace. Trois ans auparavant, Alistair avait perdu sa ravissante femme et leur bébé dans un accident de voiture. Un mois plus tard, il le rejoignait en Afrique et, depuis, n'était jamais plus retourné à Londres.

— Désolé, s'excusa-t-il. Je n'aurais pas dû te poser cette question.

— Le temps qui passe finit par agir, murmura son ami.

— Pas assez.

Il savait bien que, pour sa part, jamais il n'oublierait la douceur de Kalinka. Comment aurait-il réagi face à la mort de son propre enfant ? Même sans avoir jamais connu les joies de la paternité, il devinait l'insoutenable supplice.

— Tu dois continuer, Simon. Continuer à mettre un pied devant l'autre. Tu m'as demandé un jour si les aimer pour les perdre valait le coup. Mais est-ce que, pour toi, aider ta petite malade valait le coup ?

— Bien sûr ! lança-t-il sans l'ombre d'une hésitation.

— Dans ce cas, tu as ta réponse.

Montana refoula ses larmes. Toujours dans ses bras, Chichi la regardait, l'œil soucieux, comme si elle sentait sa détresse.

— Elle est morte, répétait-elle, sachant que les mots n'auraient aucun sens pour la petite chienne.

Ils n'avaient pas plus de sens pour elle. La mort de Kalinka semblait inutile, arbitraire. Que s'était-il passé ?

Elle fixa la porte qui ouvrait sur l'escalier. Devait-elle suivre Simon ? Après quelques secondes de réflexion, elle décida de n'en rien faire. Lui répéter qu'elle l'aimait ne ferait rien pour le réconforter. Pire, il risquait d'imaginer qu'elle faisait pression sur lui, en essayant de se rendre indispensable. Il était déjà venu la trouver quand il avait eu besoin d'elle. Le cas échéant, il recommencerait. Il voulait sûrement être seul. Perdre un de ses patients, surtout une enfant, devait être une épreuve terrible.

Une question lui traversa soudain l'esprit. Avait-elle eu tort de lui avouer son amour ? Est-ce que la vérité l'embarrassait ? Compliquait les choses ? Elle secoua la tête. Non, elle ne s'aventurerait pas sur ce terrain. L'amour était toujours un don. Elle n'avait rien exigé, n'avait pas essayé de le manipuler. Il lui avait demandé si elle l'aimait, et elle lui avait répondu. Alors s'il paniquait, c'était son problème. Pour sa part, elle était fière d'avoir pris ce risque. Libre à lui maintenant de décider quoi faire de son amour. La balle était dans son camp.

Elle se dirigea vers la chambre de Kalinka. Elle voulait voir Fay, lui dire à quel point sa fille avait été merveilleuse. Que, quels que soient leurs besoins, toute la ville les soutiendrait. Pour sa part, elle ferait son possible pour les aider.

En arrivant près de la chambre, elle tendit l'oreille, stupéfaite. Elle s'était attendue à entendre des pleurs mais c'étaient des voix qui s'échappaient dans le couloir… dans un joyeux brouhaha !

Elle pressa le pas et arriva devant la porte ouverte. Debout de chaque côté du lit, les parents de Kalinka avaient les mains jointes au-dessus de leur fille, un grand sourire éclairant leur visage baigné de larmes. Fay leva les yeux et l'aperçut.

— Elle va bien, chuchota-t-elle avec un large sourire. Elle va bien. Son cœur a tenu.

Les larmes aux yeux, Montana flageola sur ses jambes.

— Vous n'imaginez pas à quel point je suis heureuse ! répondit-elle.

Soudain distraite, Fay la regarda de la tête aux pieds.

— Vous êtes bien chic, lui dit-elle. Vous étiez à une soirée ?

— Oui. A une soirée de bienfaisance, avec Simon. Dès qu'il a eu votre message, il s'est précipité à l'hôpital. A tout hasard, je l'ai suivi et j'ai demandé à mon patron de venir déposer Chichi. A propos de Simon, il a été prévenu pour Kalinka ?

— L'une des infirmières s'en occupe, la rassura Fay.

Elle fit un pas vers elle et l'étreignit. Chichi remua la queue et les gratifia tour à tour d'un coup de langue amical sur le menton.

— Merci pour tout ce que vous avez fait pour elle, murmura Fay.

— J'aimerais continuer. La compagnie de Chichi lui fait du bien, à votre avis ?

— J'en suis convaincue.

Montana déposa la petite chienne sur le lit. Cette dernière s'avança avec précaution sur les couvertures. Sous leurs yeux fascinés, elle lécha délicatement la main de Kalinka, se roula en boule contre l'une de ses hanches et ferma les yeux.

Kalinka bougea à peine. Puis lentement, très lentement, ses doigts se soulevèrent pour pouvoir tapoter Chichi.

— Merci, murmura-t-elle faiblement.

Avant de quitter l'hôpital, Montana vérifia ses messages. Etonnée, elle vit que sa mère avait cherché à la joindre. Un coup d'œil à sa montre lui indiqua qu'il était 22 heures à peine. Elle pouvait encore la rappeler.

— Allô, maman ?

— Montana, c'est toi ! s'exclama cette dernière d'un ton soulagé. Merci de me rappeler. Tu es toujours au gala de bienfaisance avec Simon ?

— Non. Il a été appelé pour une urgence à l'hôpital. Tout va bien maintenant.

— Tant mieux !

Sa mère marqua un court silence, avant de reprendre :

— Montana, je suis désolée pour ce qui s'est passé l'autre jour. Pour ma colère, pour mon manque de bon sens. Tu as dû me prendre pour une folle.

Montana, qui était arrivée devant sa voiture, s'appuya contre la portière.

— Mais non, maman, rassure-toi. Simplement, ta colère m'a étonnée. Je ne voulais pas me montrer indiscrète. Bien sûr, tu as eu une vie avant nous. Tu n'es pas née le jour où tu as épousé papa. C'est juste que Max est mon patron et…

S'interrompant, elle poussa un soupir, et reprit :

— Je suis contente que tu ne sois pas fâchée.

— Non, je ne suis pas fâchée. Quant à Max, c'est compliqué, voilà le problème. Non que nous partagions de gros secrets. Disons plutôt que je ne m'attendais vraiment pas à voir mon passé resurgir ainsi. Oui, nous sommes sortis ensemble, avant que je ne rencontre votre père. Mais Max n'était pas le genre d'homme qui se projetait dans le futur. J'attendais plus d'un homme. Voilà pourquoi je n'ai pas hésité une seconde à dire oui à votre père quand il m'a demandé de l'épouser.

Montana sourit.

— Tu ne devais pas t'ennuyer, à l'époque !

— Oh que non ! Mais j'ai préféré mes années de mariage.

— Merci pour ta confiance.

— Je t'en prie. Et je suis vraiment navrée. Je t'aime, ma chérie.

— Moi aussi, maman.

Après s'être promis de se rappeler très vite, elles raccrochèrent. Mais quand Montana s'installa au volant, sa curiosité était loin d'être satisfaite. Elle aurait bien aimé connaître la suite de l'histoire de Max. Sa mère ne lui disait pas tout. Elle secoua la tête. Elle ferait aussi bien de laisser tomber. Mieux valait ne pas remuer le passé.

Simon arpenta Fool's Gold jusqu'à ce que son corps soit douloureux. Il savait qu'il était tard. Sans prendre la peine de regarder sa montre, il savait qu'il était plus de minuit. Et il s'en contrefichait !

En proie à une agitation que rien ne semblait pouvoir apaiser, il continua à marcher sans but précis. Il avait reçu plusieurs appels l'informant de la progression de l'état de Kalinka. La fièvre était tombée, elle était stable. Elle allait vivre.

Il n'aurait pu rêver meilleure nouvelle.

Le bruit de ses pas résonnait dans le silence de la nuit. Les rues étaient désertes. Il n'avait vu personne depuis un bon moment. Il savait qu'il aurait dû rentrer à l'hôtel et essayer de dormir, mais il savait qu'il lui serait impossible de se détendre assez pour trouver le sommeil.

Au carrefour suivant, il tourna dans un quartier résidentiel et s'engagea dans une rue obscure. Enfin il s'arrêta devant la maison familière. Debout près d'un arbre, il la regarda.

Les lumières étaient allumées. Soudain, il vit une silhouette se découper derrière une fenêtre.

Les battements de son cœur s'accélérèrent. Son instinct lui soufflait que Montana l'attendait. Elle savait déjà qu'il aurait besoin d'elle, qu'il viendrait la retrouver. Parce qu'elle voulait être là pour lui.

Il se rappela soudain sa mère lui disant qu'elle l'aimait. Bien sûr, ses effusions se faisaient généralement sous l'effet de l'alcool. Elle ne lui montrait de l'affection que quand elle était ivre d'ailleurs. Le serrant contre son cœur, elle lui murmurait qu'il était tout pour elle, qu'ils allaient partir pour toujours. Elle lui jurait qu'elle renoncerait aux hommes, qu'il n'y aurait plus qu'elle et lui, qu'elle serait désormais la meilleure des mères.

Des années durant, il avait eu la naïveté de la croire, avait attendu de la voir commencer leurs bagages. Il avait regardé des cartes, imaginant tous les endroits qu'ils pourraient découvrir. Il avait rêvé d'une vie idéale.

L'année de ses onze ans, il avait cessé d'attendre, cessé de la croire quand elle l'étreignait à l'étouffer en lui jurant son amour. Et quand il voyait ses amants la battre, il s'inventait un ailleurs où les cris et les coups n'existaient pas. Un monde meilleur. Il s'était juré de trouver un moyen de survivre seul et de disparaître, purement et simplement.

Et puis il y avait eu ce jour où elle l'avait poussé dans le feu…

Aucun mot ne pouvait décrire la douleur intolérable, atroce, sa lutte pour échapper à l'agonie, quand, une seconde fois, elle l'avait poussé dans les flammes. Il avait entendu des cris qui n'étaient pas humains, avant de comprendre qu'il s'agissait de ses propres cris. Jamais il n'aurait imaginé qu'une telle souffrance soit possible.

Quand, enfin, il était parvenu à s'échapper, il s'était enfui en courant dehors, incapable de faire cesser ses vomissements et ses tremblements.

Il avait appris plus tard que, même si elle avait toujours soutenu qu'il s'agissait d'un accident, on l'avait surprise en train de dire en catimini à son avocat qu'elle l'avait fait exprès. Des années après, il avait lu les rapports de ses entretiens avec la police. Pas une fois elle n'avait exprimé le moindre regret concernant son acte. En revanche, elle avait déclaré qu'il avait toujours été un poids pour elle et qu'elle regrettait de l'avoir mis au monde.

Il avait alors compris qu'elle avait menti : elle ne l'avait jamais aimé.

Depuis, il n'avait pas voulu perdre de temps à croire en l'amour. Il avait préparé ses examens sur un lit d'hôpital. A l'université, étudiant précoce timide, d'une intelligence remarquable, il avait toujours été en marge. Quand il s'était retrouvé entouré de gens de son âge, il était trop tard. Il ne restait jamais assez longtemps nulle part pour tisser des liens, mais cela ne lui avait jamais posé de problèmes ; si une mère pouvait mentir à son propre enfant en lui disant qu'elle l'aimait, pourquoi aurait-il cru des étrangers ?

Puis Montana était entrée dans sa vie. Une femme qui avait grandi dans un cadre idyllique, au sein d'une famille aimante. Jamais elle n'avait connu la douleur, les souffrances, même si, bien sûr, la vie s'était chargée de la cabosser un peu. Alors comment pouvait-elle comprendre ne serait-ce le quart de ce qu'il avait enduré ?

Pourtant, elle ne s'était pas laissé décourager. Elle acceptait ses bleus à l'âme, elle croyait en ce qu'il avait de meilleur. Elle l'aimait.

Bien sûr, il avait déjà vu l'amour : chez les parents qui suppliaient Dieu de sauver leur enfant, ou qui offraient de mourir à sa place. Chez la mère ou le père ne quittant jamais un chevet. Il avait été témoin du chagrin des proches en perdant l'un des leurs. Mais il avait le pouvoir de rester hermétique.

En tant qu'adolescent hospitalisé, il s'était entretenu avec divers psychiatres et psychologues. Il avait appris que sa mère étant incapable de tout lien émotionnel, il lui fallait guérir ce manque affectif qui le lésait tant d'un point de vue mental que physique. Tout en feignant d'être d'accord, il avait verrouillé son cœur et s'était juré que jamais personne n'y aurait accès. Et puis Montana était entrée dans sa vie…

Il traversa la rue et, sur le seuil de la porte, frappa un coup discret.

Elle ouvrit immédiatement et l'attira à l'intérieur.

— Je m'inquiétais pour toi. Tu as appris pour Kalinka ? demanda-t-elle, un peu volubile. N'est-ce pas merveilleux ? Ses parents sont si heureux. J'ai laissé Chichi avec eux pour la nuit. J'irai la chercher demain matin. Je n'arrive pas à comprendre comment tu peux supporter ces situations extrêmes avec tes malades. Enfin, cette fois, tout s'est bien terminé.

Il frôla son visage du bout de ses doigts. Il était incapable de se rassasier de sa beauté. Elle aurait fait n'importe quoi pour lui, y compris prétendre ignorer à quel point son cœur desséché pouvait la faire souffrir. Hélas, elle se trompait. Un vampire affectif qui prenait sans rien donner en retour, voilà ce qu'il était ! Un jour ou l'autre, elle finirait par ouvrir les yeux sur sa vraie nature, c'était dans l'ordre des choses. Et elle le quitterait. Alors, pour la première fois de sa vie, il saurait ce qu'est vraiment sombrer sans pouvoir remonter à la surface.

Laissant retomber sa main de côté, il déclara d'une voix glaciale :

— Je ne veux plus te voir.

Elle le fixa, l'air éperdu.

— Je ne…

— Dans quelques jours, je serai parti, l'interrompit-il. Nous n'avons donc aucune raison de continuer à nous voir.

Etonné, il la vit se redresser.

— Très bien, murmura-t-elle, le menton levé.

Il voulait ravaler ses mots. Lui dire qu'il avait tort. Que jamais, dans ses rêves les plus fous, il n'avait imaginé recevoir de la vie un cadeau comme elle. Qu'il ne la méritait pas. Hélas, aucun mot ne semblait vouloir franchir ses lèvres. Comme si toute bonté, toute gentillesse, toute décence, étaient glacées en lui.

Lui rouvrant la porte, elle murmura, les yeux brillants de larmes :

— Je ne te retiens pas. Adieu, Simon.

Il passa devant elle et sortit dans la nuit, emportant avec lui un effluve de son parfum. Un instant, il flotta dans l'air, puis s'évanouit. La porte se referma et il se retrouva seul.

Comme il l'avait voulu, se dit-il en s'éloignant. N'était-ce pas le mieux, pour elle comme pour lui ?

19

Montana tenait le minuscule bébé dans ses bras, sentant la chaleur du petit corps enroulé dans une couverture moelleuse.

— Que tu es mignonne, ma beauté, murmura-t-elle à Rosabel. Un vrai trésor.

Sa jumelle, Adelina, était dans les bras de Dakota, et Nevada faisait sauter Hannah sur ses genoux.

— C'est génial ! s'exclama Pia en s'étirant sur une chaise longue, les pieds sur un coussin, une tisane à la main. Sérieusement, je pensais que s'occuper de bébés serait difficile, mais jusqu'ici, j'adore. Et puis il y a toujours quelqu'un qui passe pour aider. Je sais que tout le monde finira par reprendre le cours de sa vie mais, pour le moment, je profite de toute l'aide que l'on m'apporte. Le pédiatre dit que si les visiteurs sont en bonne santé, il est bon pour les bébés de voir du monde. Cela développerait leur sociabilité.

— Tu t'habitues à être une maman alors, lui fit remarquer Montana.

Pia s'était inquiétée de ne pas être assez maternelle, de tout gâcher.

— Je dois reconnaître que ce que l'on dit est vrai, admit cette dernière. A la seconde où vous le tenez, vous sentez le lien entre le bébé et vous. Je leur ai expliqué que j'allais faire de mon mieux. Elles sont plutôt patientes avec moi.

— Je regrette d'avoir raté cette conversation, intervint Nevada avec un sourire taquin.

— Oui, bon. C'est surtout moi qui ai parlé, plaisanta

Pia. Mais elles m'ont écoutée, je vous le jure. Et elles ont même hoché la tête d'un air compatissant !

Malgré la bonne humeur ambiante, les coups d'œil qu'échangeaient Dakota et Nevada n'échappaient pas à Montana. Même si ses sœurs n'en soufflaient mot, elle était consciente de leur inquiétude à son égard. Elle étouffa un long soupir. Il n'était pas facile pour une triplée de dissimuler longtemps un secret ! C'était le revers de la médaille.

La conversation dériva sur les potins de la ville : les pom-pom girls de Fool's Gold qui partaient pour leur camp annuel, la semaine de vacances à Hawaii d'Ethan, Liz et les enfants.

— Comment vont les choses avec Simon ? demanda Dakota, de son air le plus innocent.

— Nous avons rompu, répondit Montana, espérant que sa voix était normale.

— Etais-je censée être au courant ? lança Pia en se redressant.

— Non. Cela remonte à hier soir.

— Et tu vas bien ? s'enquit Nevada. Tu veux que je demande à Kent et à Ethan d'aller lui casser la figure ?

— Surtout pas ! Je ne veux pas que l'on touche à un seul de ses cheveux. Tout va bien.

Se penchant vers elle, Pia la fixa d'un air inquisiteur.

— Tout va bien ? Tu as mis au moins seize couches d'anticerne.

— Je n'ai pas bien dormi.

Elle avait aussi beaucoup pleuré, s'était défoulée en jetant des coussins à travers son salon et avait avalé un pot de Ben & Jerry.

Non content de rompre avec elle, Simon avait été méchant. Elle avait beau tourner et retourner la question dans sa tête, elle ne comprenait pas ce qui l'avait poussé à vouloir la blesser. Si elle trouvait de nombreux traits de son caractère déroutants, à commencer par son côté distant et son refus de dévoiler ses sentiments, elle savait néanmoins qu'il ne possédait pas une once de méchanceté.

Elle l'avait vu avec ses malades. Elle savait combien ils comptaient pour lui, tout ce qu'il avait sacrifié pour eux. Les paroles virulentes qu'il avait eues pour elle étaient donc dues à autre chose.

A sa peur, peut-être. N'avait-elle pas brisé son monde protégé en lui avouant être amoureuse de lui ?

— Tu veux nous raconter ce qui s'est passé ? demanda Nevada.

Elle soupira. Evidemment qu'elle allait le faire. Sinon ses sœurs ne la lâcheraient pas avant de tout savoir.

— Nous étions au gala bienfaisance quand, apparemment, Ethan et Kent l'ont entraîné à l'écart pour lui demander quelles étaient ses intentions, commença-t-elle.

Devant le départ précipité de Simon, ses frères étaient venus la trouver et lui avaient tout avoué ; ils craignaient d'avoir poussé le bouchon un peu loin. Son cœur se serra. Dire qu'elle les avait rassurés en riant. Elle s'était bien trompée !

Pia et ses sœurs émirent un concert de grognements désapprobateurs.

— Je sais qu'ils croyaient bien faire, marmonna Dakota. Ah, je vous assure ! Les frères !

— Tu peux le dire ! renchérit Nevada d'un air dégoûté. Et après, que s'est-il passé ?

— Simon est revenu vers moi et m'a demandé si j'étais amoureuse de lui.

Elle s'interrompit. Les trois regards braqués sur elle exprimaient la même surprise.

— Qu'as-tu répondu ? demanda Pia.

— La vérité. Que je l'aimais. A cette seconde précise, il a été appelé à l'hôpital pour une urgence.

Elle leur expliqua la peur qu'avait faite Kalinka à toute l'équipe de soins, le départ précipité de Simon, croyant que sa petite patiente était morte.

— Et voilà ! Environ trois heures plus tard, il est arrivé

chez moi pour m'annoncer que tout était fini entre nous, conclut-elle.

Elle préférait ne pas répéter ses paroles exactes. Il était inutile de le rendre détestable aux yeux de Pia et de ses sœurs.

— A sa décharge, précisa-t-elle, je savais à quoi m'attendre quand j'ai commencé à sortir avec lui.

Dakota la foudroya du regard.

— Ne me dis pas que tu te sens responsable de votre rupture. Tu n'as rien fait de mal.

— Je sais bien. Ne t'en fais pas, je ne dis pas que c'est ma faute. Simplement que j'avais cerné le personnage dès le début. C'est comme d'entamer une relation avec un homme qui te prévient d'emblée qu'il n'est pas fidèle et, néanmoins, d'être surprise de le trouver au lit avec une autre femme. Simon m'avait dit qu'il ne s'engageait jamais. Je savais qu'il ne recherchait ni une relation sérieuse ni un endroit où s'installer. Qu'il allait partir et passer à autre chose. Je pensais que le fait de ne pas nourrir d'illusions me protégeait. Hélas, ce n'était pas le cas.

S'interrompant, elle les fixa d'un air grave.

— Je ne regrette pas de l'aimer.

Le regard songeur, Dakota murmura :

— Finn aussi devait partir. Simon va peut-être changer d'avis.

Montana haussa les épaules d'un air résigné. C'était peu probable.

— Bien sûr, je suis loin d'être indifférente, reprit-elle. Je souffre. Mais personne n'est à blâmer. Ni lui ni moi n'avons rien fait de mal.

— Tu n'es pas enceinte, par hasard ? lança soudain Nevada. Si tu l'étais, il accepterait peut-être de rester.

— Rien n'est pire que piéger un homme ! s'exclama Montana, horrifiée. Je ne suis pas enceinte et je ne suis pas intéressée par un homme qui ne resterait que pour un bébé.

— Comme tu sembles sereine, remarqua Pia.

— C'est parce que je suis au stade où je pleure intérieurement. Je l'aime, je ne veux pas qu'il parte. Mais rien de ce que je dirai ne le fera changer d'avis. Et je vous préviens, toutes les trois, je vous défends d'intervenir ! décréta-t-elle en les foudroyant du regard.

— Tu nous en crois capables ? demanda Nevada.

— Oh que oui ! Je veux votre promesse.

Toutes s'exécutèrent sans broncher.

Montana savoura sa petite victoire — maigre consolation. Quelle satisfaction d'avoir réussi à berner trois personnes qui l'aimaient alors que, dans le fond, elle était totalement anéantie. Elle aurait voulu pouvoir leur dire qu'elle aurait fait n'importe quoi pour que Simon l'aime aussi. Même un peu.

Mais non, elle n'aurait pas fait n'importe quoi. Et même si chaque battement de son cœur la faisait souffrir, en acceptant ce qui s'était passé et en croyant en sa capacité à guérir, elle avait eu la bonne réaction.

Il lui avait fallu du temps mais elle avait enfin grandi. Elle parviendrait à tourner la page. A l'oublier. A tomber amoureuse d'un autre.

— Il y a toujours de l'espoir, chuchota-t-elle au bébé endormi dans ses bras. N'oublie jamais ça, ma puce.

Pendant plusieurs jours, Simon s'attendit à être pris à parti. Il s'attendait à tout moment à être assailli par une foule en délire lui demandant de prendre la décision qui s'imposait au sujet de Montana.

Aussi s'étonnait-il de trouver les gens toujours aussi amicaux. Ils lui souriaient, lui demandaient des nouvelles de ses malades, lui suggéraient des activités pour le week-end. Comme si rien n'avait changé.

La seule chose à en déduire était que Montana n'avait parlé de leur rupture à personne. D'un autre côté, pourquoi garderait-elle cette information pour elle ? Elle devait le détester. Et une femme en colère pouvait faire des ravages.

En ce samedi, ses visites terminées, il se sentait désœuvré.

Las de ruminer de sombres pensées, il décida d'aller faire un tour au festival du week-end, dédié à l'artisanat. Après avoir flâné parmi les badauds, il déjeuna d'un en-cas acheté à un vendeur ambulant, et déambula dans la foule, sans but précis. Finalement, il se dirigea vers la librairie avec l'intention d'acheter des livres.

Au détour d'une rue, il aperçut une silhouette blonde familière. Ce ne pouvait être que Montana. Elle disparut derrière un petit groupe de passants et il hâta le pas, son cœur battant de plus en plus fort.

Il se mit à courir vers elle et fut stoppé dans son élan par une femme qui vendait des boucles d'oreilles de verre multicolore. Reprenant ses esprits, il se ressaisit. Que diable faisait-il ? Il ne pouvait pas courir après Montana. Il avait rompu avec elle. Pire, il lui avait fait de la peine.

Il ne devait pas oublier qu'il voulait être seul. C'était ainsi. Pourtant, elle lui manquait à en hurler de douleur. Bien au-delà du contact physique, tout en elle lui manquait. Son sourire, son rire, ses conversations. Jamais il n'avait voulu une femme comme il voulait Montana, et jamais personne au monde ne lui avait autant manqué.

A contrecœur, il entra chez Morgan's Books. La librairie était spacieuse et lumineuse. S'arrêtant devant l'étalage des romans policiers de Liz Sutton, la belle-sœur de Montana, il feuilleta le dernier paru et décida de l'acheter.

Puis, son livre sous le bras, il arpenta le magasin. Les clients le saluaient avec chaleur. Pourtant, il s'était attendu à essuyer quelque remontrance. Il le regrettait presque… Il voulait s'entendre dire qu'il s'était comporté en immonde salaud. Les reproches lui auraient donné l'occasion de se défendre, de le convaincre qu'il avait eu raison de mettre un terme à sa relation avec Montana.

Il s'engagea dans une allée et faillit percuter Denise Hendrix.

Son vœu était exaucé ! Il avait enfin trouvé celle qui allait le mettre plus bas que terre — ce qu'il méritait. Les mères comme Denise Hendrix protégeaient leurs enfants avec une férocité de tigresse.

— Simon ! le salua cette dernière avec un sourire. Je ne vous ai pas vu depuis un moment. Comment allez-vous ?

Stupéfait, il la dévisagea avec inquiétude. Pourquoi diable se montrait-elle si amicale ?

— Vous avez parlé à Montana récemment ? demanda-t-il.

— Pas depuis quelques jours, pourquoi ?

Quand elle saurait, elle le détesterait.

— Nous avons rompu.

Une expression de surprise se peignit sur le visage de Denise.

— Oh ! Je suis désolée de l'apprendre.

— Au cas où vous vous poseriez la question, c'est moi qui ai rompu, se hâta-t-il de préciser. Vous savez que je ne peux pas rester. Pour des raisons évidentes, j'ai décidé de mettre un terme à notre relation. Elle n'était pas d'accord. Elle est amoureuse de moi.

Il jeta un coup d'œil méfiant au livre que Denise avait à la main. Peut-être allait-elle le frapper ? Peut-être les autres clients allaient-ils l'encercler, se mettre à hurler, lui dire qu'il avait tort ?

Au lieu de cela, Denise prit une longue inspiration.

— Vous avez beaucoup de chance, Simon.

Il la fixa, incrédule. Avait-il bien entendu ?

— Beaucoup de chance ? répéta-t-il.

— Etre aimé de quelqu'un est un don merveilleux. Surtout si cette personne est Montana.

Elle se redressa, droite comme un « i », dans une attitude qui lui rappela aussitôt Montana.

— Alors oui, si elle vous aime, vous avez beaucoup de chance, reprit-elle. Et si elle vous aime, vous devez être un homme très bon.

De plus en plus perplexe, il l'écoutait. Que pouvait-il répondre à cela ? Il n'en avait pas la moindre idée.

— Montana a mis pas mal de temps à trouver sa voie,

poursuivit Denise. Elle n'a jamais été très sûre de ce qu'elle voulait faire de sa vie. Mais elle n'a jamais renoncé, et maintenant, elle a trouvé. Je suis contente pour elle, et surtout très fière.

Il était de plus en plus désorienté. Où étaient les cris ? Les accusations ? A moins que... Denise n'avait sans doute pas bien saisi la situation.

— Je ne l'aime pas, hasarda-t-il.

Un long moment, elle le dévisagea. Puis, s'avançant d'un pas, elle l'étreignit d'une brève accolade.

— Je suis désolée, Simon. Je ne sais pas grand-chose de vous mais j'ai cru comprendre que la vie ne vous avait pas fait de cadeaux. Vous devez avoir du mal à faire confiance à un sentiment inconnu. Etre aimé est sans doute l'une des choses les plus terrifiantes sur cette terre.

Elle recula d'un pas et lui adressa un sourire plein de bonté.

— J'espère que vous apprendrez à avoir confiance. Peut-être pas en Montana, mais au moins en vous-même.

Sur ces mots, elle tourna les talons et s'éloigna.

Il resta figé sur place, plus perdu que jamais. Et, toujours, sans aucune chance de rédemption.

Simon désigna le petit X rouge sur l'image.

— Nous allons commencer par la partie droite de ton visage, expliqua-t-il.

Kalinka hocha la tête devant le dessin de visage auquel il avait recours quand il travaillait avec des enfants. Leur montrer ce qui allait se passer était souvent plus utile que d'en discuter. De plus, on lui avait fait remarquer qu'il employait parfois des termes trop techniques.

— Parce que c'est le mauvais côté ? demanda-t-elle d'un air attentif.

— Je n'aime pas parler en termes de « bon » et de « mauvais ». Le côté droit est peut-être plus abîmé et aura besoin de plus d'attention.

Kalinka leva les yeux au ciel.

— Tu parles comme ma mère, maintenant.

— Et alors ? lança Fay avec un petit rire. C'est un défaut ?

— Mais non, marmonna la fillette.

Depuis le soir de sa crise, Kalinka allait mieux. Simon n'avait pas besoin de regarder sa feuille de température pour se rendre à l'évidence. Devenue un vrai moulin à paroles, elle ne dormait presque plus dans la journée et, pleine d'énergie, s'intéressait à tout ce qui se passait autour d'elle. A ce rythme, il pourrait l'opérer au moins deux ou trois fois avant son départ.

— Après l'intervention, est-ce que tu vas couvrir tout mon visage ? voulut-elle savoir. Est-ce que j'aurai l'air d'une momie ?

— Probablement d'une demi-momie.

— Alors je pourrai marcher dans les couloirs la nuit, les bras tendus, et faire peur aux infirmières ? demanda-t-elle, radieuse. Tu dois me transformer en momie complète pour Halloween.

Fay intervint avec douceur :

— Ma chérie, tu sais bien que le Dr Bradley ne sera plus là pour Halloween.

— Si ! lança vivement la fillette en le regardant. Tu as promis. Une promesse c'est une promesse. Tu dois rester.

Ses yeux bleus lançaient des éclairs. Il était vrai que sa colère était justifiée. Malgré lui, une bouffée de satisfaction l'envahit. Enfin quelqu'un pour l'enguirlander ! Hélas, Kalinka n'était pas celle dont il souhaitait les foudres.

— Kalinka…, commença-t-il.

— Tu as promis. Tu étais en train de promettre quand mon cœur s'est arrêté. Alors maintenant, tu ne peux pas revenir sur ta promesse.

Comme il se dirigeait vers la porte sans répondre, Fay se leva.

— Je vais vous raccompagner.

Quand ils furent dans le couloir, Fay esquissa un sourire d'excuse.

— Je suis désolée. Kalinka peut se montrer très entêtée. Je comprendrais que cela vous agace, mais imaginez mon bonheur de la voir redevenue elle-même.

— Moi aussi, je constate les progrès.

Il allait dire qu'il n'avait pas réellement promis à Kalinka de rester, mais il se retint. A quoi bon se torturer l'esprit puisqu'il partait bientôt, de toute façon.

Hélas, il semblait incapable de faire taire la petite voix lui soufflant qu'il fallait être sacrément tordu pour jouer sur les mots.

Il sursauta, s'extirpant de ses sombres pensées. Fay venait de frôler son bras.

— Merci pour tout, docteur Bradley. Sans vous, jamais elle ne s'en serait sortie.

L'envie de lui répondre qu'il n'y était pour rien le démangeait. Néanmoins, il accepta ses remerciements avec un sourire. N'était-ce pas ce que Montana lui aurait conseillé de faire ?

De retour dans son bureau, il entreprit de mettre ses feuilles de température à jour. Au bout d'un moment, il s'adossa à son fauteuil, les yeux fixés sur son téléphone portable. Comme il aurait été facile d'appeler Montana. Et puis ensuite ? Rien n'avait changé pour lui ; il était toujours décidé à partir.

— J'ai vu les films plusieurs fois, mais j'ai préféré les livres, avoua Daniel à Montana. Ma mère m'a déjà acheté toute la série. Ils sont un peu difficiles à lire, mais ils sont drôles.

Son nez se plissa.

— Ne le répète à personne, ajouta-t-il.

Assise en face de lui dans une petite salle de la bibliothèque, Montana se retint de sourire.

— Parce que tu trouves que lire n'est pas cool ? demanda-t-elle.

— Non. Je ne veux pas devenir genre premier de la classe.

Elle dissimula sa surprise. Ainsi, on pouvait subir la pression de ses condisciples dès l'école primaire ?

— Je suis contente de voir que tu apprécies les Harry Potter, se contenta-t-elle de remarquer. Ils font partie de mes livres préférés.

Sans répondre, Daniel tapota la tête de Buddy, assis à côté de lui.

— Un million de dollars, c'est beaucoup d'argent ? demanda-t-elle alors d'un ton dégagé.

Daniel leva vers elle un regard étonné.

— Oui, répondit-il.

Son ton ne laissait pas de doute sur le fait qu'il trouvait sa question stupide.

— Je le pense aussi. Tu sais que, d'après des études, ceux qui vont à l'université gagnent un million de dollars de plus que ceux qui n'y vont pas ?

Elle guetta sa réaction. Bien sûr, on ne comptait pas les exceptions, mais elle ne voyait pas l'intérêt de les évoquer.

— Un million de dollars de plus ? répéta-t-il.

— Oui. Comme quoi, tu vois, l'intelligence peut parfois se révéler utile. J'ignore pourquoi tu avais des problèmes pour lire, ajouta-t-elle en se penchant vers lui, mais c'est fini. Au cours des quinze derniers jours, tu as rattrapé deux années de scolarité en lecture. Un peu comme si ton cerveau s'était réveillé d'un coup.

— Je suis désolé de n'avoir pas voulu essayer avant, avoua-t-il avec une petite grimace. C'était difficile.

— Je sais. Mais tu l'as fait. Buddy aime bien les garçons courageux.

— Buddy aussi est très intelligent, dit-il en serrant le chien contre lui.

— C'est vrai. Grâce à tes progrès, à la rentrée, tu passeras un test de lecture qui te permettra de sauter une classe.

— Je vais me retrouver avec les premiers ? lança-t-il, visiblement paniqué.

— Cela dépendra de tes résultats. Je sais que tu t'inquiètes que tes copains te fassent la tête si tu changes. Mais c'est ça, grandir. Grandir signifie changer. Se lancer dans de nouvelles aventures. Tu veux faire du sport au lycée ?

Il acquiesça vigoureusement de la tête.

— Dans ce cas, tu dois avoir de bonnes notes pour rester dans l'équipe. Pareil pour l'université.

— J'aimerais intégrer l'équipe de football américain de mon université. J'y arriverai, tu crois ? demanda-t-il d'un ton plein d'espoir.

— A voir la façon dont tu t'es accroché pour lire, je pense que tes possibilités sont illimitées.

— C'est ce que dit ma mère. Mais je pensais qu'elle parlait comme ça parce qu'elle était ma mère. Elle m'aime, ajouta-t-il avec un haussement d'épaules.

En entendant la conviction dans sa voix, Montana sentit son cœur se serrer. Malgré elle, ses pensées avaient dérivé vers Simon. Lui, il n'avait jamais connu l'amour inconditionnel d'une mère.

— C'est pour toi qu'elle dit ça, Daniel, pas pour elle.

Le petit garçon se leva et vint la serrer dans ses bras.

— Merci, Montana. Je vais aller à l'université pour gagner un million de dollars de plus que les autres, ajouta-t-il en se redressant.

— Tu m'en vois ravie.

Une fois son jeune élève sorti de la pièce, elle caressa Buddy.

— Tu as réussi, mon grand ! Tu étais exactement ce dont Daniel avait besoin. Tout le monde est très content. La mère de Daniel a envoyé une lettre au proviseur de l'école. Notre programme d'alphabétisation va être développé.

Buddy parut soudain soucieux, comme s'il craignait de ne pas pouvoir suivre le rythme.

Elle se mit à rire et, ponctuant sa phrase d'un baiser sur sa tête, s'empressa de le rassurer :

— Détends-toi ! Tu t'en sortiras très bien. Et puis, je serai avec toi.

L'opération de Kalinka demanda une dizaine d'heures. Le travail était minutieux ; le moindre ajustement, la moindre incision, le moindre point de suture allait déterminer les traits de son visage pour le reste de sa vie. Pour Simon, la responsabilité était lourde. Il voulait un travail parfait.

Il retira ses gants avec la satisfaction du travail bien fait; même si la perfection était quasi inaccessible, il la frôlait presque.

Il s'empressa d'aller rassurer Fay et son mari. Tout s'était bien passé, leur fille serait en salle de réveil pendant quelques heures.

Son corps était ankylosé — il était resté de longues heures debout, penché sur Kalinka —, et il payait la concentration qu'exigeait la précision de ses gestes.

Après une halte au poste des infirmières le plus proche pour prendre un café, il monta les deux étages qui menaient à son bureau. Il aurait dû prendre des forces et manger quelque chose, il allait avoir besoin de toute son énergie pour sa tournée de visites.

Un petit aboiement l'accueillit lorsqu'il entra.

Chichi émergea de sa cage et s'étira, avant de se précipiter vers lui pour lui faire la fête.

— Je ne m'attendais pas à cette surprise ! s'exclama-t-il. Montana est passée te déposer ici pour que tu ailles voir Kalinka à son réveil ? Mais c'est très professionnel, ça.

Après avoir posé son café, il prit la petite chienne dans ses bras. Elle le gratifia de coups de langue enthousiastes, puis s'installa contre lui avec un soupir de satisfaction. Il contourna son bureau et s'assit, la chienne toujours dans ses bras. Ouvrant le dernier tiroir, il en sortit quelques jouets achetés pour elle.

— Tu veux jouer ?

Devant le petit chat en plastique qui couinait et la balle de ping-pong, Chichi frissonna d'enthousiasme et se débattit pour sauter de ses bras. Puis, se ruant à l'extrémité de la pièce, elle jappa d'impatience, le pressant de lui envoyer les jouets.

Il commença par le chat qu'elle rattrapa à la volée.

— Tu es contente de toi, non ? Mais as-tu déjà vu un vrai chat ? Je ne suis pas sûr que tu gagnerais la bataille.

Son jouet dans la gueule, Chichi fonça vers lui pour sauter sur ses genoux, comme elle avait pris l'habitude de le faire. Mais cette fois, elle fut gênée dans son élan par le tiroir entrouvert.

Devinant ce qui allait arriver, Simon essaya de l'attraper au vol. Trop tard ! La patte postérieure gauche de la petite chienne avait heurté violemment le meuble. Laissant tomber son jouet, Chichi poussa un hurlement de douleur. Puis elle s'écroula avec des gémissements stridents.

Simon s'empressa de refermer le tiroir et s'agenouilla à côté de la chienne.

— Tout va bien, lui murmura-t-il.

Il se sentait stupide, totalement désemparé. Il n'avait pas la moindre idée de ce dont elle souffrait. Il était chirurgien, pas vétérinaire. Comment pouvait-il la soulager ?

Quand il palpa la petite patte, elle émit un nouveau jappement. Il étouffa un juron. Pourvu que sa patte ne soit pas cassée.

— Attends, je vais appeler de l'aide, lui dit-il avec douceur.

Il se sentait de moins en moins rassuré. A sa peur s'ajoutait la culpabilité d'avoir provoqué la souffrance de cette chienne qui lui témoignait tant d'affection.

A tâtons, il chercha son téléphone portable sur son bureau et pressa la touche correspondant au numéro pré-enregistré de Montana.

— Allô ? fit la voix familière.

— C'est Simon. Chichi a voulu sauter sur mes genoux et s'est cogné la patte contre un tiroir de bureau. Elle a mal mais je pense qu'il n'y a pas de fracture. Que dois-je faire ?

— Emmène-la chez le vétérinaire, le Dr McKenzie. Il a repris le cabinet du Dr Rivera, parti à la retraite. Un détail inutile, je sais. Voici l'adresse. Tu iras aussi vite à pied.

En trois phrases, elle lui expliqua l'itinéraire pour gagner la clinique vétérinaire.

— Je l'appelle pour annoncer ta visite, précisa-t-elle.

— Merci.

A peine la communication terminée, il souleva Chichi dans ses bras. Malgré son gémissement, elle se blottit de nouveau contre lui, confiante.

D'un pas rapide, il sortit de l'hôpital et se hâta vers le cabinet du vétérinaire. Le regard levé vers lui, la chienne semblait vouloir lui dire qu'elle savait qu'il allait la tirer d'affaire.

— Arrête de croire en moi ! maugréa-t-il. Il y a de fortes chances pour que, une fois de plus, je gâche tout.

20

Le cabinet du Dr McKenzie se trouvait dans une vieille bâtisse au jardin ombragé, une ancienne maison de particuliers dont la salle de séjour avait été transformée en salle d'attente.

Ignorant les deux femmes et leur chien, le gamin et son poisson dans un aquarium, Simon se précipita vers la réceptionniste.

— Montana Hendrix a téléphoné, dit-il. Je vous amène Chichi.

— En effet, docteur Bradley. Je vous attendais. Chichi est arrivée, annonça-t-elle après avoir tapé un numéro sur son téléphone. Carina arrive dans un instant, ajouta-t-elle à son intention.

Il hocha la tête, se faisant violence pour contenir la fureur qu'il sentait monter en lui. *Dans un instant* ? Pourquoi cette Carina ne pouvait-elle pas examiner Chichi tout de suite ? Même si la petite chienne continuait à le fixer avec des yeux pleins d'amour, il savait qu'elle souffrait. Elle peinait à respirer, poussait de petits gémissements. De plus, la position de sa patte ne lui disait rien qui vaille. Si elle était cassée, il ne se le pardonnerait jamais.

Ses pensées furent interrompues par une jeune fille blonde qui poussa les deux battants de la porte. Il lui jeta un regard surpris. Elle semblait avoir douze ans à peine !

— Bonjour, je suis Carina.

Malgré son envie de lui rétorquer qu'il s'en fichait complètement, il contint son irritation et se contenta de demander :

— Montana vous a dit ce qui s'était passé ?

— Oui, répondit-elle en prenant Chichi dans ses bras.

Malgré sa délicatesse, la petite chienne se mit à japper.

— Faites attention ! lança-t-il.

— Ne vous inquiétez pas, nous allons bien nous occuper d'elle, docteur Bradley, le rassura-t-elle avec un sourire chaleureux. Le Dr McKenzie est très compétent. Si vous voulez nous laisser un numéro de téléphone où nous pourrons vous joindre.

— Je reste ici. Je veux savoir exactement ce dont elle souffre et comment vous comptez la soigner.

— D'accord. Mais cela risque de durer un peu. Nous allons peut-être être obligés de faire une radio.

— Comment ça, *peut-être* ? Vous avez vu comment elle tient sa patte ? Quelle expérience avez-vous ? Vous avez reçu une formation médicale, au moins ?

Le sourire de la jeune femme disparut aussitôt.

— Oui, répliqua-t-elle sèchement. Et nous perdrions peut-être moins de temps si vous nous laissiez faire notre travail. Et maintenant, si vous voulez bien m'excuser, je vais emmener Chichi. Quelqu'un viendra vous voir dès que possible pour vous communiquer le diagnostic.

— Très bien.

Il la regarda repasser les portes battantes, le cœur serré par l'angoisse. Chichi tendit le cou vers lui, le regard implorant, semblant lui demander de ne pas l'abandonner.

Avec un juron, il passa ses mains dans ses cheveux. Puis, à grandes enjambées, il s'avança vers la réceptionniste.

— Je dois donner quelques coups de téléphone. Je serai dehors. Venez me chercher dès qu'il y aura du nouveau.

Elle hocha la tête, imperturbable. Son agitation ne semblait pas la troubler le moins du monde.

— Carina m'a expliqué l'accident. Je vous assure que le

Dr McKenzie est vraiment très compétent, dit-elle simplement. Votre petite chienne va très bien se remettre.

— Vous n'en savez rien, marmonna-t-il.

Puis, ignorant toujours les autres personnes dans la salle d'attente, il sortit. Il jeta un coup d'œil à sa montre. Chichi n'était dans la salle de soins du vétérinaire que depuis deux minutes à peine. Le vétérinaire n'avait sans doute encore rien trouvé. En supposant, bien sûr, qu'il ait daigné l'examiner !

Il appela l'hôpital, demanda à parler à l'une des infirmières de son service, lui expliqua qu'il avait dû s'absenter d'urgence mais qu'il avait son téléphone avec lui. Puis il s'entretint avec l'une des infirmières du service réanimation. Kalinka se remettait si bien qu'elle était déjà en route pour sa chambre.

Soulagé pour sa petite malade, il fourra son téléphone dans sa poche et commença à faire les cent pas.

— Toc toc, fit Montana en entrant par la porte arrière du cabinet du vétérinaire.

Si elle n'avait rencontré le Dr McKenzie qu'une seule fois, elle connaissait bien le personnel.

— Montana ! s'exclama Carina en arrivant vers elle pour l'embrasser. Qui est ce dragon ?

— Quel dragon ?

— Le type qui a amené Chichi. C'est le pire spécimen de propriétaire d'animaux domestiques. Terrifié et en colère à la fois. J'ai cru que j'allais être obligé de lui mettre une muselière ! ajouta-t-elle en riant.

— C'est un médecin.

— Evidemment ! J'aurais dû m'en douter. Il donnait l'impression de vouloir tout régenter.

— Ça doit le rassurer. Comment va Chichi ?

— Elle est toujours avec Cameron. Il lui fait une radio, assisté par Sally. Nous aurons les résultats dans quelques instants.

— Super ! Merci.

— Tu veux attendre ici ? C'est plus sûr.

— Non, je peux gérer Simon. Il aboie fort mais il n'est pas méchant.

— Si tu le dis.

Avant de franchir la porte à battants qui ouvrait sur la réception, Montana puisa tout son courage dans une profonde inspiration. Simon ne devait rien deviner de ses émotions. Les circonstances qui les réunissaient aujourd'hui étaient exceptionnelles. Il l'avait appelée sous l'emprise de la panique, pas pour la voir. Il avait été on ne peut plus clair sur sa position. Et si ses sentiments pour lui restaient inchangés, cela ne signifiait pas qu'il les partageait. Elle ne devait surtout pas l'oublier.

Il n'était pas dans la salle d'attente.

— Vous cherchez le monsieur qui a amené Chichi ? s'enquit la réceptionniste.

— Oui.

— Il fait les cent pas dans le jardin. Je n'ai jamais vu un homme aussi inquiet.

Montana la remercia d'un sourire et sortit. Elle aperçut Simon tout de suite. Il avait l'air hagard. Ses cheveux épais étaient en bataille, comme s'il venait de les ébouriffer.

L'opération de Kalinka avait dû l'épuiser. Le cœur lourd d'un mélange de compassion, d'inquiétude et, surtout, d'un chagrin inexorable, elle le regarda se diriger vers elle d'un pas vif.

— Comment va-t-elle ? demanda-t-il.

— Ils sont en train de lui faire une radio. Nous le saurons bientôt.

— Bon sang, je ne me pardonne pas mon manque de prudence ! C'est ma faute. Elle avait déjà sauté comme ça. J'aurais dû le savoir.

Elle posa sa main sur son bras, regrettant aussitôt son geste. L'air s'embrasa entre eux avec une violence qui semblait la narguer. Prenant sur elle, elle essaya de le réconforter.

— Mais non. C'était un accident. Ça arrive.

— J'aurais dû fermer le tiroir.

— Oui, tu aurais dû. Mais tu ne l'as pas fait. Et si elle a la patte cassée, ils vont la lui remettre en place et elle guérira.

Se passant la main dans les cheveux, il se remit à marcher.

— Voilà donc ce que l'on traverse quand on est parent, marmonna-t-il. Attendre. Bon sang ! J'ai envie d'aller dans la salle de soins et de m'occuper d'elle moi-même !

— Je ne me souvenais pas que tu avais fait l'école vétérinaire, répliqua-t-elle d'un ton qu'elle voulait léger.

Il lui jeta un regard assassin.

— Tu n'aides pas beaucoup.

— Mais si. Pour répondre à ta question, oui, c'est ce que traversent les parents. Pire encore, étant donné qu'ils ont vu leur enfant naître alors que tu ne connais Chichi que depuis quelques semaines.

La porte d'entrée s'ouvrit, leur évitant de poursuivre le débat, et Cameron McKenzie sortit. Montana l'avait déjà rencontré une fois. C'était un grand brun, d'une trentaine d'années, très bel homme. De plus, ce qui ne gâtait rien, il adorait les animaux et il élevait sa fille seul. Elle devinait qu'il devait déjà être la coqueluche de toutes les femmes libres de la ville.

— Bonjour, Montana, la salua-t-il.

— Bonjour, Cameron. Je te présente le Dr McKenzie, ajouta-t-elle en se tournant vers Simon. Cameron, le Dr Simon Bradley, qui est chirurgien.

— Enchanté, dit Cameron en tendant la main.

— Moi aussi, répondit Simon d'un ton sec. Comment va Chichi ?

— Elle va bien. Rien de cassé. Elle s'est juste froissé un muscle et elle a eu peur. Elle a besoin de quelques jours de repos, ce qui n'est pas facile pour un chien. Je lui ai administré un antalgique et un anti-inflammatoire. Nous vous en donnerons à emporter pour elle.

— Je la ramène chez moi, décréta Simon. Mais je dois repasser à l'hôpital chercher sa cage.

— Prenez votre temps. Les antalgiques la font dormir. Alors au revoir, les salua Cameron en retournant à l'intérieur.

Il y eut un court silence, puis Simon se tourna vers elle.

— Tu es d'accord pour que je la prenne avec moi ? demanda-t-il, d'une voix radoucie.

— Bien sûr. Dis-moi juste quand je dois prendre la relève.

— Merci, mais je me débrouillerai seul.

— Bien sûr que non ! Pour commencer, je te rappelle que Chichi est sous *ma* responsabilité. Et puis nous sommes toujours amis, non ?

Son regard vert s'enchaîna au sien, devint soudain triste.

— Je t'ai fait de la peine, Montana, et j'en suis désolé. Mais mes excuses ne me disculpent en rien.

Pas plus qu'elles ne changeaient le résultat, songea-t-elle avec une pointe d'amertume.

— Tu te sentais piégé, fit-elle remarquer.

— Tu me cherches des circonstances atténuantes ?

— Non, je veux juste que tu saches que je comprends pourquoi tu as réagi ainsi. Je connaissais les règles dès le début.

— Je n'en suis pas si sûr.

« Reste ! », l'implora-t-elle silencieusement. Si seulement l'implorer avait pu suffire à le convaincre. Si seulement il avait voulu rester avec elle, lui rendre son amour. Mais elle n'avait plus l'âge de rêver. Arborant son visage le plus impassible, elle se contenta de dire :

— Appelle-moi si tu as besoin de quoi que ce soit.

Puis, sans rien ajouter, elle regagna l'intérieur de la clinique. Elle avait songé un instant lui proposer de venir l'aider avec Chichi, mais elle savait ce qui arriverait s'ils passaient la nuit sous le même toit.

Aussi, au lieu d'écouter son cœur, elle écouta la voix de la raison. D'un pas lent, une sourde douleur lui étreignant le cœur, elle monta dans sa voiture et démarra.

*
* *

Dans l'accueillante cuisine familiale, Nevada regarda tour à tour sa mère et sa sœur.

— Ça y est, annonça-t-elle. J'ai envoyé ma candidature à Janack Construction. Ils recrutent. J'ai un entretien la semaine prochaine.

— Tu n'as pas besoin de prendre cet air inquiet, la rassura leur mère. Je ne vais pas te sermonner. Tu dois choisir ce qui te rend heureuse.

— Mais je vais quitter Ethan.

— Tu ne vas plus travailler pour lui. C'est différent. Comme tu l'as dit, de toute façon, il est plus intéressé par ses éoliennes.

— Tu n'es pas fâchée, alors ?

— Bien sûr que non, répondit sa mère en lui pressant la main. Et toi Montana, comment vas-tu ?

— Tu sais ? avança Montana.

— Que Simon et toi n'êtes plus ensemble ? Oui. J'ai croisé Simon et il me l'a dit. Je peux faire quelque chose ?

— Non. Changer Simon en un autre, peut-être ? Tu ne le pourrais sans doute pas. Et même si tu le pouvais, je ne veux pas qu'il soit différent. Je l'aime comme il est.

— En général, c'est le mieux. Les femmes pensent qu'elles peuvent changer un homme mais, souvent, elles se trompent. Tu veux que je l'accable de reproches ou que je demande à tes frères d'aller lui casser la figure ?

Montana sourit.

— Peut-être une autre fois.

Comment aurait-elle pu reprocher à Simon ce qui s'était passé ? Leur mère avait raison. Vouloir changer quelqu'un était une bataille perdue d'avance. Les gens changeaient parce qu'ils le choisissaient, pas parce qu'ils y étaient obligés.

Mais il était temps de passer à autre chose. Avec une légèreté qu'elle était loin de ressentir, elle se tourna vers sa sœur et lança :

— Sur une note plus joyeuse, j'ai quelqu'un à te présenter.

Nevada leva les yeux au ciel.

— Tu n'es pas sérieuse ? demanda-t-elle.

— Si. Tu n'as pas eu de petit ami depuis des mois.

— Tu peux même dire des années, grommela-t-elle. Je ne trouve personne qui m'intéresse. Ou si je suis intéressé, ils sont amoureux de quelqu'un d'autre.

— Tu es intéressée par un homme marié ? s'étonna-t-elle.

— Bien sûr que non ! Ne sois pas idiote. Je dis juste que, peut-être, une fois, j'ai connu quelqu'un…

S'interrompant, elle poussa un soupir.

— Ça n'a pas d'importance, conclut-elle.

Montana jeta un coup d'œil interrogateur à leur mère. Mais cette dernière avait l'air tout aussi intriguée. Pourtant, elle aurait pu jurer qu'elle connaissait tout de la vie privée de Nevada. Manifestement, elle se trompait. Sa sœur avait des secrets.

— D'accord, parle-moi de ce type que tu veux que je rencontre, reprit Nevada.

— Il s'appelle Cameron McKenzie. C'est le nouveau vétérinaire. Un grand brun, pas mal du tout. Il est ici depuis un mois environ. Il a repris le cabinet du Dr Rivera. Il aurait une adorable fille, de six ou sept ans.

— Où est la maman ? s'enquit leur mère. L'expérience de Kent nous a appris que l'ex-femme compte toujours dans l'équation. Il faut tout savoir d'elle avant de s'impliquer.

— Enfin, maman ! Je ne suis pas impliquée, rétorqua Nevada. Je ne sais même pas à quoi ressemble cet homme.

— Il a l'air très sympathique, protesta faiblement leur mère.

— Montana a dit qu'il n'était pas mal et qu'il avait une fille. En quoi cela fait-il de lui un homme très sympathique ?

— Il aime les animaux.

— De grâce ! gémit Nevada. Je n'ai pas besoin de vous pour rencontrer quelqu'un.

— J'en suis bien convaincue, ma chérie. Mais tu ne fais rien pour. Je veux te voir heureuse.

— Je suis heureuse.

— Tu changes de travail et tu n'as personne dans ta vie. A d'autres !

L'air furieux, Nevada se tourna vers Montana.

— Tu avais manigancé tout ça ?

— Ce n'était pas prévu, je le jure. C'est une conversation spontanée.

— Alors essayons de faire en sorte que cela ne se reproduise pas.

Malgré l'irritation flagrante de sa sœur, Montana sourit.

— Je ferai mon possible, promit-elle.

La semaine suivante, Simon se prépara à affronter des situations qui, à sa grande surprise, ne se présentèrent pas. Il était convaincu que les habitants de Fool's Gold tenteraient une ultime offensive pour le convaincre de rester. Marsha Tilson était femme à avoir une arme secrète qu'elle ne sortait qu'en cas d'urgence. Et surtout, il s'était attendu à des rencontres *fortuites* avec Montana.

Pourtant, il ne fut confronté à rien de tout cela. Il croisa par hasard Marsha, plusieurs femmes du conseil municipal, il joua au golf avec Ethan, Josh Golden, le champion cycliste, et Raoul Moreno, le célèbre *quarterback*. Mais personne ne fit allusion à son départ ou ne lui suggéra de rester. Josh lui parla même de sa prochaine mission, et tous les quatre débattirent des avantages de rester aux Etats-Unis plutôt que d'aller travailler au Pakistan.

C'était incompréhensible. Il savait qu'il serait un atout pour cette communauté. Que le nouvel hôpital aurait des installations à la pointe du progrès qui auraient tenté n'importe quel professionnel de la médecine. S'organiser pour que les malades viennent à lui au lieu d'aller à leur rencontre demanderait un peu plus de logistique, mais il savait que c'était tout à fait possible. Néanmoins, personne à Fool's Gold ne semblait plus essayer de le retenir.

Autre source d'étonnement, il ne voyait plus Montana nulle part. Une fois, en sortant de l'hôpital, il avait cru l'apercevoir au coin d'une rue. Il avait pressé le pas, mais quand il avait abordé le tournant, elle avait disparu. Si Chichi continuait à passer de longs moments avec Kalinka, sa dresseuse semblait s'être volatilisée.

La seule fois où, n'y tenant plus, il l'avait attendue, c'était Max, son patron, qui était venu chercher le petit caniche.

Il était même allé jusqu'à questionner Reese, un visiteur régulier, pour lui demander comment allait sa tante.

« Laquelle ? », lui avait demandé le petit garçon d'un air intrigué.

Eludant la question, il avait changé de sujet.

Au fil des jours, il s'apercevait qu'il était encore plus difficile de ne pas la voir que de la voir tout le temps. Au moins, quand il était avec elle, il pouvait se perdre dans sa présence, respirer le parfum de son corps, l'écouter parler, discuter avec elle, la faire rire, la toucher. Et quand ils étaient seuls, il pouvait lui faire l'amour.

Désormais, elle faisait partie de lui. Sans elle, il avait l'impression d'avoir un bras coupé.

Pourtant, il savait qu'il devait continuer, qu'il devait guérir, et aller de l'avant, vers ces accidentés de la vie qui l'attendaient pour retrouver un semblant de normalité, pour retrouver l'espoir. Toutes ses pensées devaient se concentrer sur son départ et les sérieux avantages financiers qui y étaient liés, et sa liberté qui le protégeait du risque de voir son cœur brisé ; c'était les deux choses qui comptaient.

Pourtant, il n'y croyait plus.

En ce samedi matin, incapable de tenir en place, il quitta son hôtel sans but précis. Il n'était attendu nulle part. A l'hôpital, le petit garçon du Guatemala avec un visage malformé qui venait de subir sa dernière opération aurait sans doute la permission de rentrer chez lui à la fin de la semaine prochaine. En attendant son intervention suivante, Kalinka cicatrisait et avait le moral au beau fixe.

Tous ses patients, les brûlés, les accidentés, ou, tout simplement, ceux qui étaient nés différents, étaient suivis, soignés, ou sur le point de redevenir normaux. Il avait donc quartier libre.

Il se dirigea vers le centre-ville. Le quartier jouxtant le parc était en effervescence. Il ne fut pas surpris d'apprendre qu'un nouveau festival battait son plein. Dans les rues fermées à la circulation, une foule des badauds se pressait. Une odeur de barbecue et de pop-corn caramélisé flottait dans l'air.

Décidément, Fool's Gold semblait avoir son festival hebdomadaire. Quelqu'un avait évoqué pour lui le Festival d'Automne qui devait suivre le Festival d'Eté et précéder le Festival d'Halloween, ajoutant qu'il ne pouvait pas rater le Festival de Thanksgiving et la Crèche Vivante. Avec les animaux vivants, elle était toujours riche en rebondissements, comme l'année dernière, quand une chèvre avait tranquillement grignoté les gants de la Vierge Marie.

Mais à Noël, il serait loin. Tout en se faufilant parmi les gens, il imagina les montagnes couvertes de neige. Malgré lui, le visage de Montana baigné par la douce lueur des bougies passa devant ses yeux.

Il s'arrêta devant un stand pour acheter un hot dog et surprit une conversation entre deux femmes qui discutaient du futur chantier.

— Ce sera énorme, disait l'une d'elles. Un grand hôtel de luxe, un casino, des boutiques.

— J'ai entendu dire qu'il y aurait peut-être un centre commercial. Ça me plairait beaucoup.

— Franck a envoyé sa candidature à Janack Construction. Il paraît que c'est une entreprise sérieuse.

— C'est ce que Julia m'a dit. Ce chantier va booster notre économie locale.

Il termina son hot dog et s'apprêtait à regagner l'hôtel

quand il perçut un bruit étouffé. Des rires que, même dans la foule, il aurait reconnus entre mille.

Lentement, il se retourna, fouillant les lieux du regard. Puis il la vit. Assise sur un banc, devant le manège, en compagnie de Dakota, Montana tenait la petite Hannah dans ses bras. Le soleil caressait son visage. Elle était plus belle que jamais…

Figé sur place, il dévora la scène des yeux, gravant l'image de Montana avec un enfant.

Une image de leur enfant dans ses bras s'imposa alors à son esprit, comme une évidence. Il voulait un enfant avec elle.

Une puissante vague de désir le submergea, lui coupant le souffle. Il avait besoin de cette femme, un besoin plus puissant que tout le reste. Pas juste pour quelques heures, quelques jours, mais pour la vie entière. Jamais il n'avait éprouvé une émotion aussi violente.

Lentement, il laissa errer son regard sur la foule joyeuse, sur toutes ces familles qui prenaient leur bonheur pour acquis.

Au moment où il s'apprêtait à aller vers elle, il s'arrêta. Il en était incapable. Allait-il vraiment sacrifier tout ce qu'il était, tout ce qu'il avait, pour un rêve de bonheur fugace ?

Si, dans le passé, cette interrogation l'avait toujours ramené à la raison, aujourd'hui, il se rebellait. Mais tout ce qui avait jusqu'à présent façonné sa vie était tenace. Soudain oppressé, il se hâta vers son hôtel. Il avait besoin de réponses. Et il était bien résolu à les obtenir. Or il ne voyait qu'un moyen.

Montana savait que depuis trop longtemps elle repoussait l'inévitable. L'heure de l'aveu de son échec avait sonné.

Elle n'eut pas grande difficulté à trouver Marsha, venue au festival en compagnie de sa petite-fille, Charity, et de son arrière-petite-fille. S'excusant auprès de Charity, elle entraîna Marsha vers un banc.

— Je suis désolée, dit-elle. J'ai échoué dans ma mission. Simon part.

— Montana, c'est surtout toi qui m'inquiètes. J'ai entendu dire que vous aviez rompu. Comment vas-tu ?

— Je tiens le coup, se contenta-t-elle de répondre.

Comment pouvait-on tenir le coup avec le cœur arraché ?

— Mais il me manque, avoua-t-elle.

— Tu l'aimes ?

— Oui. Je sais, ça ne faisait pas partie du plan. Vous m'aviez demandé de le convaincre de rester à Fool's Gold. Je n'avais pas à tomber amoureuse. C'est ma faute.

— Si cela peut te consoler, l'amour est rarement un sentiment négatif. Je suis désolée d'être en partie responsable. Si je ne t'avais pas demandé ce petit service, rien de tout cela ne serait arrivé.

— Ne dites pas ça. Je ne suis pas désolée. Simon est un type étonnant. Peut-être n'aurai-je pas mon *happy end*, mais j'ai de merveilleux souvenirs avec lui. J'aime la femme que je suis devenue à son contact. Il m'a aidée à comprendre que je suis seule responsable des choix qui déterminent ma vie. Je souffre mais je m'en remettrai.

— Je le sais, lui répondit Marsha avec un sourire encourageant. Tu descends d'une longue lignée de femmes fortes. Les femmes de la tribu Máa-zib étaient des guerrières.

Montana se mit à rire.

— Même si j'aimerais revendiquer cette ascendance, je vous rappelle que ma famille est arrivée bien plus tard. Les Máa-zib ne sont pas mes ancêtres.

— C'est vrai, mais leur force est toujours avec nous. Les arbres, les feuilles, l'air que nous respirons, transportent leur essence. Tu es l'une des leurs, Montana. Elles sont très fières de toi.

A ces mots, Montana sentit une étrange fierté l'envahir.

— Je l'espère, murmura-t-elle d'une voix étranglée.

— Je le sais ! affirma Marsha, souriante. Surtout, ne

t'inquiète pas. Je ne suis pas en train de devenir sénile. Je dis la vérité.

Montana allait répondre, quand elle aperçut Reese qui arrivait vers elles en courant.

— Le Dr Bradley a un problème ! s'écria le petit garçon essoufflé, en s'arrêtant devant leur banc.

Montana se leva d'un bond.

— Que s'est-il passé ? Un accident ? Il est blessé ?

— Il est devenu fou. On l'a vu courir comme un dingue vers son hôtel. Il parlait tout seul. Après, il est monté dans sa super décapotable et il a pris la direction de la montagne en criant comme s'il parlait à quelqu'un. Mais il n'y avait personne.

— Ce n'est pas très bon signe, murmura Marsha.

Montana s'élança.

Elle n'avait pas la moindre idée de ce qui se passait. Mais si Simon avait besoin d'elle, elle serait là.

Sa Mercedes décapotable abordant les virages de la route de montagne en souplesse, Simon roulait vers le sommet. Le soleil implacable était éblouissant. Il avait chaud. Il aurait préféré de la pluie, des bourrasques de vent.

Une fois la circulation de la ville derrière lui, il avait trouvé la route déserte, à l'exception de quelques cyclistes.

Il savait parfaitement où il allait : à la prairie où Montana l'avait emmené. Un endroit paisible, propice à la spiritualité, lui avait-on dit. L'endroit idéal pour sa dernière bataille.

Tout en négociant chaque tournant, son esprit bouillonnait d'idées contradictoires. Etait-il pris au piège ou en sécurité ? Devait-il rester ou fuir ? C'était la première fois de sa vie qu'il remettait ses choix en question. Qu'il doutait.

La cérémonie d'inauguration du nouvel hôpital devait se dérouler dans quelques jours. Il ne tenait qu'à lui d'y participer. D'en décider l'orientation, les priorités. Il pouvait développer un programme qui deviendrait le meilleur au monde, faire venir d'autres spécialistes, faire progresser la recherche de manière constante.

Cela ne l'empêcherait pas de voyager quelques semaines par an. D'aller dans des pays lointains, de soigner ceux à qui il ne restait que l'espoir. Il n'était pas question de renoncer à ses missions à travers le monde.

Il pouvait rester ici, fonder un foyer, avoir une vie normale. Il pouvait faire partie d'une communauté, se sentir chez lui.

Il continua à grimper et finit par s'arrêter sur un chemin terreux qui menait à une clairière. Après s'être garé, il descendit de voiture, traversa la végétation dense d'arbres et de buissons, sans but précis, et soudain, émergea dans une clairière.

S'avançant au centre, il leva les yeux vers le ciel.

— C'est fini ! hurla-t-il. Je ne veux plus être un otage. J'ai travaillé dur, plus dur que la plupart. Je mérite d'être heureux. Tu m'entends ?

L'écho lui renvoya ses mots. Un bruit de branchages écrasés le fit tressaillir. Allait-il se faire attaquer par un lion des montagnes, un loup ? Mais le bruit finit par s'évanouir.

Envahi par une infinie lassitude, il ferma les yeux.

Il ne pouvait pas continuer ainsi. Il ne pouvait pas continuer à fuir. Surtout pas cette fois. Il ne pouvait quitter ni Fool's Gold, ni ses habitants, ni Montana.

— Je ne renoncerai pas à elle ! lança-t-il en rouvrant les yeux, les deux bras dressés vers le ciel, comme en incantation.

Les bras toujours levés, il resta là, à attendre. Il allait bien finir par être frappé par la foudre. Ou par autre chose.

Mais seul le silence lui répondit. Le ciel était d'un bleu limpide, l'air chaud.

Il entendit de nouveaux bruits de feuilles écrasées et, tournant la tête, il vit Montana émerger des fourrés. Laissant retomber ses bras, il demanda :

— Que fais-tu ici ?

— C'est ma question. Tu sais que tu fais peur aux

randonneurs ? Tâche d'éviter, s'il te plaît. Nous avons besoin de l'argent du tourisme.

Elle s'avança vers lui, l'air inquiet.

— Tu veux en parler ? demanda-t-elle.

— Je ne suis pas fou.

— J'ai des témoins qui affirment que si.

Ses yeux bruns le fixaient sans ciller, ses magnifiques yeux qui exprimaient l'amour, la certitude. Il se rappela tout ce qu'elle lui avait donné, sa confiance, sa foi en lui, l'assurance qu'elle ne voyait même plus ses cicatrices.

Avec un juron, il arracha sa chemise. La lumière du soleil illumina la laideur qui altérait son torse et son dos. Il prit la main de Montana dans la sienne et la pressa contre son cœur.

— Voilà qui je suis. Je ne serai jamais parfait, jamais comme les autres. Je ne suis bon que dans mon travail et si je perds ça…

— Ce n'est pas ton travail qui fait de toi l'être humain que tu es, l'interrompit-elle en prenant ses deux mains dans les siennes. Si tu as reçu un don de chirurgien extraordinaire, tu n'es pas que cela. Ce qui compte, c'est l'homme que tu es à l'intérieur. Ta force, ta détermination, ton engagement sans faille pour donner le meilleur à tes malades. Tu es un homme d'une grande bonté, avec un cœur si grand que tu as peur de l'ouvrir, ne serait-ce qu'un peu, par crainte d'être englouti.

Avec un sourire plein de tendresse, elle ajouta :

— Je dois te dire un secret. L'amour ne t'affaiblit pas. L'amour te rend fort. Plus fort que ce que tu peux imaginer. Tu as passé toute ta vie au service des autres. Peut-être est-il temps de penser un tout petit peu à toi.

Ses mots lui firent l'effet d'un torrent furieux, l'emportant, le jetant contre les rochers. Il se sentait meurtri, brisé, défié par ce qu'il ne pourrait jamais avoir… car…

Les souvenirs remontaient à sa mémoire : sa mère, le feu, sa peur, l'odeur de sa propre chair brûlant. La douleur. La vue de son visage, pour la première fois, quand il avait compris qu'il serait toujours un monstre. La façon dont il s'était fermé à toute émotion. Dont il s'était juré que jamais personne ne lui ferait plus de mal.

Alors, pour sa sécurité, il avait cadenassé son cœur. Il s'était muré dans sa propre prison dont lui seul avait la clé.

Ses pensées dérivèrent vers Alistair, vers la douleur que ce dernier avait endurée. Il savait pourtant que, si c'était à refaire, son ami n'hésiterait pas un instant à faire face à ce drame, ne serait-ce que pour repasser une seule minute avec sa femme. C'était ça, l'amour.

Attirant Montana au creux de ses bras, il murmura :

— Pardonne-moi, je me suis trompé. Sur toute la ligne. Ce que je t'ai dit, la façon dont je t'ai traitée.

Il recula d'un pas, plongea son regard dans le sien.

— Je t'aime, Montana. Je t'ai aimée au premier regard. Tu es ce qu'il y a de meilleur en moi. Tu es ma lumière et, sans toi, je suis aveugle. Si tu acceptais de rester avec moi, je te donnerais tout.

Elle le fixa, et il vit ses yeux s'embuer de larmes.

— Je n'ai jamais voulu que toi, murmura-t-elle. Je t'aime.

Alors, pour la première fois de sa vie, il s'autorisa à croire ces mots.

— Je t'aime, chuchota-t-elle de nouveau en l'embrassant. Je t'aime, Simon.

— Moi aussi. Je vais rester à Fool's Gold. Tu veux bien de moi ? Je vais demander un poste à l'hôpital et mettre en place un programme. Je continuerai à voyager de temps en temps, mais je peux faire presque tout mon travail ici. Tu es d'accord ?

Le rire de Montana fusa à travers ses larmes.

— Oui ! C'est merveilleux. Je vais m'accrocher à toi, jamais je ne te laisserai partir. Ça ne va pas t'aider dans ton travail, mais tu trouveras un moyen de gérer.

Elle le serra contre elle à l'étouffer.

— Jamais je ne te laisserai partir, répéta-t-elle.

Il lui rendit son étreinte. Ils étaient faits l'un pour l'autre, il en avait l'intime conviction. Il avait reçu un cadeau aussi puissant qu'extraordinaire, l'amour de Montana.

Il imaginait leur futur, sachant que tout ce qu'il avait vécu jusqu'ici l'avait amené à cet instant. Le destin lui donnait la chance de faire le bonheur de la femme la plus étonnante du monde. Il allait passer le reste de sa vie à s'assurer de remplir cette mission.

— Tu veux des enfants ? lui demanda-t-il brusquement.

— Avec toi, oui.

Il l'embrassa de toute son âme, puis, la soulevant dans ses bras, la fit tournoyer sur place. Leurs rires résonnèrent dans la montagne, flottant jusqu'à la vallée où se nichait Fool's Gold.

En avril, retrouvez Fool's Gold et les héroïnes de Susan Mallery dans votre collection Prélud'.

Le 1er Avril

Prélud' n°345

Quand le destin s'en mêle - Sarah Mayberry

Une nuit, une seule… Voilà tout ce que Charlie est prête à offrir à Rhys Walker, l'homme terriblement séduisant qu'elle a rencontré dans le restaurant de Syndney où elle fêtait le début de sa nouvelle vie. Parce qu'un homme comme Rhys ne peut certainement pas être intéressé par une liaison durable avec une fille comme elle – avec la vraie Charlie qui se protège sous sa robe de soirée chic et glamour. Après leur nuit magique, elle prend la fuite, ne laissant derrière elle qu'un mot griffonné à la hâte… Mais quelques semaines plus tard, Charlie fait une découverte bouleversante : elle est enceinte. Adieu, rêves de relation sans lendemains ! Déterminée à ne pas priver son enfant de l'amour d'un père, elle part annoncer la nouvelle à Rhys…

Prélud' n°346

Un bébé en héritage - Holly Jacobs

Elle, célibataire et libre ? Angelina Tucker a du mal à s'imaginer dans sa nouvelle vie. Jusqu'à maintenant, elle a consacré tout son temps à son fils et à la petite entreprise familiale et, soudain, elle voit s'ouvrir devant elle un monde d'insouciance. Intimidant… mais excitant. Un monde dans lequel elle se verrait bien… savourer une liaison sans lendemain avec Tyler, l'homme très, très sexy que son père vient d'engager. Sauf que Tyler n'est pas venu seul : il veille sur un bébé… Un bébé qui n'entre pas du tout dans les plans insouciants d'Angelina – mais qui est aussi craquant que son père adoptif est troublant…

Prélud' n°347

Proposition inattendue - Jeannie Watt

Layla Taylor menait une petite vie bien ordonnée – professeur d'anglais dans une école huppée, bientôt mariée à l'un de ses collègues… Mais, le jour où son fiancé lui annonce qu'il la quitte pour sa rivale, tout bascule : incapable de garder son calme légendaire, elle est renvoyée pour « conduite choquante ». Bien pis, la scène se passe devant Justin Tremont qui ne pouvait pas choisir meilleur moment pour resurgir dans sa vie. Justin, l'arrogant Justin, qui ne savait que la taquiner lorsqu'elle était adolescente alors qu'elle n'avait d'yeux que pour lui ! Le même Justin qui, aujourd'hui, lui offre un emploi dont elle a, hélas, sacrément besoin…

Prélud' n°348

Défi et confidences - Stephanie Doyle

Repartir de zéro ? L'idée est tentante... en théorie! Car dans la vraie vie, après avoir dégringolé du poste de journaliste vedette à celui d'assistante, Gabby Haines ne voit pas bien comment redresser la situation... Jusqu'à ce qu'une opportunité inespérée se présente à elle sous la forme d'un défi lancé par sa nouvelle boss : si elle parvient à récupérer la biographie du célèbre Jamison Hunter, un héros national mis en cause dans un terrible scandale, Gabby fera faire un pas de géant à sa carrière. Mais, attention, le héros scandaleux n'est pas du genre à faire des confidences. Et il a un caractère de chien. Sans compter que, vu son fabuleux pouvoir de séduction, il est tout à fait capable de faire fondre même la femme la plus déterminée sur Terre...

Prélud' n°349

Mariages à Fool's Gold - Susan Mallery

SÉRIE : « RENCONTRES À FOOL'S GOLD »

Tout le monde se marie à Fool's Gold ! Tout le monde, à l'exception de Nevada Hendrix qui assiste, émue, aux préparatifs de mariage de ses sœurs. Côté sentimental, pour elle, c'est le calme plat ! Même sa mère a une vie amoureuse plus intense que la sienne ! Heureusement, son travail passionnant occupe tout son temps. Aussi est-elle ravie quand une occasion de booster sa carrière se présente, un job en or à deux pas de chez elle. En or, vraiment ?... Lors de l'entretien d'embauche – qu'elle envisageait comme une simple formalité –, Nevada a la surprise de découvrir que son futur boss n'est autre que Tucker Janack, son premier amour. Celui qui lui a appris le plaisir... et brisé le cœur...

Prélud' n°350

Le retour de Logan Creed - Linda Lael Miller

SÉRIE : «L'HONNEUR DES FRÈRES CREED »

Depuis qu'elle vit avec ses fils à Stillwater Ranch, Briana a entendu toutes sortes d'histoires au sujet des « scandaleux » héritiers du domaine. D'après la rumeur, Logan et ses frères se seraient violemment disputés à la mort de leur père, avant de quitter définitivement la ville. Pourtant, Briana vient de tomber nez à nez avec le ténébreux Logan. Sérieusement, après toutes ces années, il est vraiment revenu s'installer sur la terre de ses ancêtres ? Surprise, Briana est plus encore... incroyablement troublée. Logan n'est pas du tout le bad boy rustre qu'elle imaginait. Bad boy, oui, mais sympa avec ses enfants et si prévenant, si protecteur avec elle... Alors, le jour où elle a de sérieux ennuis avec son ex-mari, et qu'un mystérieux vandale pénètre chez elle au milieu de la nuit, Briana sait immédiatement vers qui se tourner – Logan Creed.

A paraître le 1er mars

Best-Sellers n°551 • suspense

La demeure maudite - Heather Graham

Comme chaque année, Ashley se réjouit d'accueillir dans sa superbe et majestueuse demeure de Louisiane — la plantation Donegal, au cœur du bayou — un festival historique qui rend hommage au passé de sa famille. Mais cette fois, rien ne se passe comme prévu : la fête tourne au cauchemar lorsqu'un cadavre est découvert, suspendu à l'ange de pierre qui surplombe le mausolée familial. Profondément choquée, et inquiète face à l'inaction de la police locale, Ashley décide de faire appel à une équipe d'enquêteurs du FBI, des spécialistes réputés pour avoir résolu les affaires les plus étranges. Une unité à laquelle appartient Jake Mallory, son premier amour, un homme atypique et pourvu d'un talent troublant pour communiquer avec l'au-delà. Mais aussi celui qui lui donnera le courage de dévoiler des secrets de famille que même la mort n'a pu ensevelir…

Best-Sellers n°552 • *suspense*

Ciel de feu - Karen Harper

Quand elle découvre que l'une des granges de la communauté Amish où elle vit vient de brûler, Sarah Kauffman est bouleversée. Non seulement elle est profondément touchée par la détresse des propriétaires, dont elle est proche, mais elle avait récemment obtenu d'eux l'autorisation de peindre une fresque sur le mur de la maison : tout le travail qu'elle a réalisé avec passion a été consumé dans les flammes. Mais lorsqu'un second, puis un troisième incendie se déclarent dans d'autres bâtiments également ornés de ses peintures, Sarah, stupéfaite, comprend qu'il s'agit bel et bien d'incendies criminels. Et que ces incendies ont un lien avec son propre travail. Décidée à découvrir la vérité, elle accepte alors sans hésiter de collaborer avec le troublant et charismatique Nate MacKenzie, l'inspecteur chargé de l'enquête. Très vite, les langues se délient, les secrets de familles se dévoilent, tandis que ses propres convictions commencent à vaciller. Se pourrait-il qu'elle soit la cible, la seule et unique cible, d'un criminel dépourvu de tous scrupules ?

Best-Sellers n°553 • *suspense*

Epiée - Leslie Tentler

« Je n'ai pas l'intention de vous tuer. A moins, bien sûr, que vous ne m'y forciez… »
Psychologue et animatrice d'une émission de radio, Rain Sommers a l'habitude des déséquilibrés qui l'appellent depuis les quartiers sombres de La Nouvelle-Orléans, pour donner libre cours à leurs fantasmes. Mais lorsqu'un auditeur commence à témoigner d'une obsession terrifiante pour elle et pour sa mère — une chanteuse emblématique assassinée trente ans plus tôt —, Rain prend peur. Qui peut bien être cet homme à la fois cynique et malsain qui semble très bien la connaître ? Près de basculer dans la panique, Rain n'a d'autre choix que d'accorder sa confiance à Trevor Rivette, un agent du FBI apparemment convaincu que l'auteur des coups de fil et le tueur en série sur lequel il enquête en ce moment ne sont qu'une seule et même personne. Mais en se plongeant dans l'enquête aux côtés de Trevor, Rain ignore encore qu'elle va se retrouver entraînée dans une spirale infernale où les secrets du passé et les événements récents sont inextricablement liés…

Best-Sellers n°554 • thriller

La signature écarlate - Andrea Ellison

A Nashville, personne n'a oublié la série de crimes qui ont terrifié la ville : dix jeunes femmes victimes d'un meurtrier sadique. Dix jeunes femmes au teint d'albâtre et aux cheveux de jais, aux lèvres outrageusement maquillées de rouge.

Vingt ans plus tard, la ville est de nouveau plongée dans la peur tandis que quatre nouvelles victimes sont découvertes, tuées exactement selon le même rituel. Pour les enquêteurs, il n'y a aucun doute : ces crimes portent la signature sanglante du même tueur. Mais pour Taylor Jackson, le lieutenant chargé de l'enquête, l'affaire va prendre une tournure plus personnelle : un détail dans le profil de l'assassin a en effet réveillé des souvenirs enfouis au plus profond d'elle-même. Des souvenirs qui lui font croire qu'elle a fréquenté de près le tueur. Pire encore : le portrait du suspect correspond point pour point à celui d'un notable de Nashville. Un homme qu'elle connaît bien…

Best-Sellers n°555 • suspense

N'oublie pas que je t'attends - Amanda Stevens

« Maman, je reviens bientôt. » Quand ce message est découvert sur le pare-brise d'une voiture garée devant chez elle, Tess Campbell reprend espoir. Car l'enfant qui a écrit ces mots ne peut être que sa petite Emily, kidnappée trois semaines plus tôt, et qui, elle en a la certitude, est toujours vivante. Mais à Eden, petite ville tranquille du Mississippi, Tess n'est pas seule à vivre dans l'angoisse de ne plus jamais revoir son enfant. Tout près d'elle, une autre mère, Naomi, endure ce calvaire depuis dix ans déjà. Depuis que sa fille Sadie a été enlevée dix ans plus tôt, dans la même école qu'Emily, et dans des circonstances étrangement similaires. Y a-t-il un lien entre ces deux enlèvements ? Et si oui, quels sont les mobiles des ravisseurs, qui n'ont fait aucune demande de rançon ?

Devant l'inertie de la police, Tess et Naomi décident d'unir leurs forces et de continuer à se battre. C'est alors qu'un nouveau drame se produit, qui vient relancer l'enquête : dans la petite école d'Emilie et de Sadie, une troisième fillette, Sara Beth, manque à l'appel…

Best-Sellers n°556 • roman

La fille du New Hampshire - Shannon Stacey

Quand sa rédactrice en chef découvre qu'elle a autrefois été la petite amie de Joe Kowalski, un auteur de bestsellers jaloux de son intimité, Keri Daniels se retrouve confrontée à un ultimatum : obtenir une interview exclusive avec Joe ou trouver un nouvel emploi. Furieuse mais désireuse de promouvoir sa carrière de journaliste qu'elle adore, Keri accepte de tenter sa chance auprès de Joe, quelle n'a pas revu depuis dix ans. Mais elle n'est pas au bout de ses surprises, car Joe lui propose bientôt un marché aussi surprenant qu'audacieux : si elle vient camper avec lui dans le New Hampshire, elle aura le droit de lui poser chaque jour une question pour son interview. Si c'est le prix à payer pour rédiger l'article de sa vie, qu'à cela ne tienne ! En revanche, pas question de céder à nouveau au charme ravageur de son ancien amant. Même si Keri a bien remarqué l'étincelle de désir qui illumine le regard de Joe quand il pose ses yeux d'azur sur elle…

Best-Sellers n°557 • historique
L'héritage scandaleux - Nicola Cornick
Londres, 1811

Après la disparition de son cruel époux, lady Joanna Ware est bouleversée par l'ultime humiliation que lui réserve le testament de celui-ci. En effet, non content de la déposséder de tous ses biens, son mari a fait d'elle la tutrice d'une petite Nina, fruit de l'une de ses innombrables liaisons. Pis encore : il a abandonné la fillette dans un monastère à l'autre bout du monde et exige que Joanna la récupère en personne. Malgré sa colère, Joanna est déterminée à sauver l'enfant, même s'il lui faut pour cela partir à l'autre bout du monde. Mais sa détermination vacille lorsqu'elle découvre qu'elle devra partager la garde de Nina avec le meilleur ami de son époux, Alex Grant. Car entre l'arrogant Alex et elle, la haine est palpable… tout autant que le désir.

Best-Sellers n°558 • historique
La fausse mariée - Margaret Moore
Midlands, 1204.

Pour remercier l'ombrageux inconnu qui lui a sauvé la vie alors qu'elle était attaquée par une bande de brigands, lady Elizabeth d'Averette est prête à tout… ou presque. Car lorsque le prétendu sir Oliver lui demande son aide pour infiltrer le château de Wimarc, l'une des forteresses les mieux gardées de la région, Elizabeth hésite. Certes, Oliver défend une noble cause : il veut libérer son frère retenu prisonnier injustement par le cruel Wimarc, mais son plan est aussi risqué qu'indécent. Comment pourraient-ils se faire passer pour mari et femme alors qu'ils se connaissent à peine ? D'autant qu'un tel mensonge les obligerait à une intimité intolérable pour une lady de son rang…

Composé et édité par les

éditions HARLEQUIN

Achevé d'imprimer en janvier 2013

BRODARD & TAUPIN

La Flèche

Dépôt légal : février 2013

N° d'imprimeur : 71030

Imprimé en France